미소의 정원

쓸쓸한 영혼의 미스테리

정진영
장편소설

청어

미소의 정원

정진영
장편소설

작가의 말

세상에서 가장 쓸쓸하고 아름다운, 미스터리한 정원에 대한 이야기를 쓰고 싶었다.

어렸을 때 '비밀의 화원'이 내 메르헨 중 하나였다. 아마 소녀들이라면 마음속에 자기만의 '비밀의 화원' 하나쯤은 갖고 있을 지도 모르겠다.

이제 나이 먹어서, 성인판 매우 다크한 나만의 '비밀의 화원'이 완성되었다.

인간만의 영역이 아닌, 영(靈)이 구현한 천상의 화원, 도원경 같은 곳을 그려보고 싶었다. '사람과 유령' '현실과 꿈' '생과 사'까지도 불분명한 공간. 유령과 인간들의 여러 형태의 사랑, 상처, 이별이 붉은 악몽처럼 펼쳐지는 그 곳. 몽환적인 다크로맨스를 쓰려다가 약간 옆길로 샜다.

인간에 대한 연구, 남녀상열지사를 분석하는 것이 작가가 할 일이지만, 이 소설에서는 유령의 디테일한 심리묘사를 가장 고심해야 했다. 유령과 인터뷰를 하고 싶었다 할까.

유령에게 정원사라는 할 일을 주기로 했다. 언제부턴가 그 집에 나타난 유령은 장미를 가꾸고 나무를 손질하며 심심하게 지낸다. 정원사가 있어 그 집의 꽃들과 나무는 항상 풍성하다. 투명인간 같은 그녀에게 '미소'라는 이름을 지어주자, 그 모습은 점차 뚜렷해지기 시작했다. 그녀는 더 많은 것을 내게 요구하기 시작했다. 나도 인격을 가진 존재로 존중받고 싶다, 내가 그 정원의 주인이다 등등. 그래서 처음 내 의도와는 전혀 다르게 정원은 미소의 소유가 되어버렸다.

　불교에서 공(空), 그 우주적인 허무주의에서 위안을 받을 때가 있고, 슬픔
이 비극적인 예술을 통해 정화될 때가 있다.
　상처 입고 갈 데 없는 쓸쓸한 영혼을 통해 이 책의 독자가 잠시라도 위안
을 얻기를,
　'몽환의 정원'에 갇히지 말고 길을 찾아 꼭 빠져나오기를.

정진영

목차

유령이 있는 풍경

빈털터리가 된 채 이혼 당한 시현은 달리 갈 곳이 없었다. 그는 자기 소유의 집이 한 채 있다는 것을 기억해냈다. 운전하며 가는 동안 그는 이미 고립무원의 신세가 된 것을 실감했다. 눈앞에 펼쳐진 것은 안개에 잠긴 늪지였고 지나는 사람이나 짐승 한 마리 구경 못했다. 도시에서 두 시간 남짓 거리였는데 딴 세상으로 들어선 것 같았다. 마음의 거리는 더 막막해서 티베트 오지에 뚝 떨어진 것만 같았다. 안개 자욱한 황야를 헤매었고 황천인 듯 싯누런 강이 망망대해처럼 펼쳐졌다.

"가끔 도도 닦고 명상을 하자."

그는 긍정적인 마인드컨트롤을 하기 위해 힘차게 말했다. 그는 무교였지만 여러 종교와 도, 명상, 무속까지 약간은 관심이 있었다.

붓다의 말씀이 떠올랐다.

'한적한 장소를 향해 일곱 걸음만 내딛어라, 강가 강 모래알만큼 수많은 겁(怯)동안 붓다에게 공양을 올리는 것보다 이로움이 크다.'

붓다는 그렇게 길 떠나는 수행자를 격려하였다.

그는 치아를 슬쩍 드러내며 웃었다. 이제 강의 모래알보다 많은 공양을 올렸으니, 극락은 예약해 두었다, 이참에 은둔수행자처럼 살아 보자. 농담처럼 결심했는데 효과가 있었다.

가슴이 미어지던 쓸쓸함이 힐링으로 변하는 것 같았다.

"외딴 집, 산골 은둔처에서 행하는 모든 것은 선행이 된다네⋯⋯."

그는 멜로디를 붙여 노래 부르듯 흥얼거렸다. 마인드컨트롤은 성공했다. 그 집으로 가서 사는 일이 대단한 선행을 하는 것 같아 기분이 좋았다.

그는 안개등을 켜고 신경을 곤두세우며 운전했다. 괜히 창을 열었다. 창문을 열었다가 재채기를 했고 문을 닫자 이미 늦은 것 같았다. 차 안을 금세 가득 채운 안개는 그저 미스트 같은 것이 아니었다. 플라스틱을 태운 것 같은 역한 냄새와 먼지 알갱이가 섞여 있었다.

8인용 승합차에는 대형 캐리어 두 개와 잡다한 짐들이 가득 차 있었다. 승합차는 비포장의 좁아터진 길로 먼지를 일으키며 달렸고 구불구불 돌았다. 그는 뱀 같은 길이 구부러질 때마다 급브레이크를 밟았고 속도를 줄였다. 누가 일부러 만들어 놓은 놀이동산 코스 같았다. 작은 마을로 진입하자, 언덕 중턱에 우뚝 선 회색 이층집이 보였다. 시현이 물려받은 집이었다.

조부가 땅 부자였던 시절, 그 집도 별장으로 화려한 시절을 보냈다. 그 후 종손인 큰형은 별장을 관리하며 펜션으로 쓰기도 했지만 적자를 보자 방치해 두었다. 쓸모 있는 땅과 집은 종손 차지였고 시현에게도 황무지와 폐가한 채가 떨어졌다. 돌아갈 집 한 채가 있는 것이 그래도 다행이었다. 이혼을 하자 그는 집에서 나와야 했고 수중에 남은 돈도 없었다.

캐리어 두 개만 끌고 그는 언덕을 올라갔다. 캐리어 속에는 고가의 캠코더와 카메라가 있어 조심스럽게 취급해야 했다. 바닥이 울퉁불퉁해지면 번쩍 들고 올라갔다. 아이고! 소리가 절로 나왔고, 대문 앞에 서자 그는 숨을 몰아쉬었다. 역한 안개를 들이킨 탓인지 가슴에 뻐근한 통증이 지나갔다.

바람 부는 방향이 달라지자 안개가 옅어졌다. 부근 어딘가에 공장이 있는데 바람 부는 방향에 따라 안개가 오거나 가는 것 같았다.

조부가 살아계실 때 이 집에 몇 번 놀러왔던 기억이 났다. 어린아이였을 때 이 집은 '백조의 성'처럼 하얗고 아름다웠으며 지붕은 붉은 색이었다. 백조 대신 흰 거위가 연못에서 헤엄쳤다. 주황빛 부리와 주황빛 물갈퀴의 뽀얀 거위는 짙은 화장을 한 듯 예뻤고 개보다 더 사나웠다. 낯선 사람이 오면 개처럼 짖으며 쫓아다녔고, 어린 시현을 죽일 듯 부리로 쫀 적도 있었다. 그때 거위 부리에 찍힌 흉터가 그의 짙은 눈썹 속에 비밀스럽게 숨어 있었다.

그는 아련한 감상에 젖은 채 성처럼 높은 담장을 올려다보았다. 담 위에 도둑이 오를 수 없게 뾰족한 창살이 빽빽이 꽂혀 있는데, 창살은 붉은 녹이 두터워 피부에 스치기만 해도 파상풍에 걸릴 것 같았다. 그 흉하게 녹슨 창살을 담쟁이와 넝쿨 장미가 절묘하게 감싼 채 감추고 있었다. 뭔가 소중한 것이 있어 단단히 지키고 있는 것 같았다. 잠자는 숲 속의 절세미녀라도 있나. 미녀가 잔다는 소문이 나면 남자들은 백리 가시밭길이라도 기어서 담을 넘어 올 것이다. 가시 장미 길이 열리는 대신 그는 열쇠로 문을 땄다. 철문은 금속성 굉음을 지르며 활짝 젖혀졌고 오랜만에 기지개를 켜서 시원한 모습이었다.

그는 자신의 대저택으로 당당하게 들어갔다. 아직도 쓸만해 보이는 이층집과 조경사가 와서 가꾼 듯 풍성한 장미 밭과 둥글둥글한 향나무들이 그를 맞았다.

"아, 누가 왔다……. 어서 오세요……."

순간 소곤거리는 소녀의 목소리를 들은 것 같았다. 킬킬거리며 웃는 소리도 들은 것 같았다.

환청이겠지, 시현은 실제로 들린 소리가 아니라는 것은 알고 있었다. 그런데 머릿속에서 울린 것 같았다.

그는 집의 넓은 정원 어딘가에 소녀들이라도 숨어 있나 둘러보았다. 소리의 근원지가 어딘지 하늘도 쳐다보았다.

수천만의 나뭇잎들, 연둣빛 손바닥들이 바람에 부산스레 흔들렸다. 어쨌든 그는 매우 환영받는 기분이었다. 집의 안마당은 장미와 향나무 때문에 화사했지만, 저 너머 숲은 안개 속 울창한 나무들이 하늘까지 가린 듯 우중충하고 어두웠다. 저 나무 아래 시체라도 묻으면, 그야말로 완전범죄가 될 것 같았다.

안마당은 장미가 지천으로 흐드러져 있었다. 모란인 줄 알 만큼 꽃송이가 큰 장미는 대부분 빨강이지만, 주홍, 노랑, 흰 장미도 틈틈이 섞여 있었다. 장미향이 익사할 것처럼 고여 있어 그는 숨쉬기가 힘들었다. 취해서 비틀거리던 호랑나비가 그의 머리를 부딪고 날아갔다. 누가 향수 원료로 팔려고 장미를 몰래 재배하나, 생각도 들었다.

"돈 떨어지면 이 대가리 큰 장미들 다 팔아 치우자."

그는 자기가 한 말이 우스워 이를 드러내고 웃었다. 앞에 카메라나 있는 것처럼 매력적으로 웃었고 희고 고른 치아가 드러났다. 그는 자신의 매력을 항상 더 과신하고 있었다. 마흔이 되었지만 30대 중반처럼 보일 때도 있었다. 괜찮은 편이고 오래 보면 잘 생겨 보였으므로, 40년 가까이 자기 얼굴을 본 그는 당연히 미남이라고 생각했다. 또 그와 10분만 이야기하면 대부분의 사람이 그에게 호감을 가졌다. 그는 아는 것도 많았고 화술도 뛰어났으며 목소리도 좋았다.

그렇지만 그런 매력들이 다 무슨 소용인가. 돈 안 되는 영화나 만들다 빈 손이 되었고 여자도, 사람들도 다 그의 곁을 떠났다. 그래서 촌구석 이 폐가까지 흘러 들어오게 된 것이다. 처박혀서 적응하며 생존하는 것이 우선이었다. 모든 것이 한꺼번에 순식간에 무너지고 있었다.

장미들 사이로 흰 블라우스를 입은 소녀 하나가 후다닥 지나가는 것 같았다. 심지어 여자는 홀로그램처럼 빛나며 반투명한 느낌이 들었다.

그는 장미와 향기가 가득한 붉은 악몽 속에 있는 것 같았다.

머리털이 서면서 팔의 털도 부스스하게 일어섰다. 그는 팔에 털이 많았는데 여자들은 개털을 쓰다듬듯 팔을 쓰다듬곤 했다. 겨울에 춥지 않겠다며, 털옷을 입어 좋겠다며 리라는 놀리곤 했다. 그런데 그는 지금 한기를 느꼈다. 그가 얼어붙어 서 있자, 장미 덤불 아래서 작은 짐승 한 마리가 튀어 나왔다. 짐승은 그를 빤히 쳐다보았다. 짐승 또한 너무도 당황한 나머지 네발이 땅에 붙어버렸다. 동그란 눈을 크게 뜬 짐승은 금방 무슨 말이라도 할 것 같은 표정이었다. 돼지 코에 뾰족한 면상, 뻣뻣한 회색 털이 썩 귀엽지는 않았다.

"너, 너구리는 아니고 오소리지? 야! 오소리!"

오소리는 똥짜바리를 흔들며 수풀 속으로 사라졌다.

"그 집은 빈 집이 아닌 것 같은데? 집에 누가 들어와 살고 있어……."

말을 하다 뜸들이던 큰형이 뻔히 그를 보았다.

"정신 이상한 여자 같기도 하고 귀신같기도 하고…… 아직 정체를 모르겠다. 동네 사람들 말로는 그 여자가 누굴 해친 적은 없다는데, 그래도 그 집에 가는 사람은 아무도 없어. 어떤 날은 그 집에서 밤에 울음소리가 났는데 마을까지 들렸다는 거야. 사람들이 이불을 덮어쓰고 덜덜 떨었다는데……."

그런 말을 들었는데 시현의 기분이 상쾌할 리야 없었다. 그래도 그는 나름 유머를 발휘했다.

"정신이상한 여자보다는 귀신이 낫지. 형이 직접 본 건 없어?"

"가 봤는데, 난 아무도 못 봤다. 누가 살면 내보내려고 다 둘러 봤어. 난 유령이나 그런 걸 보는 능력이 없잖아. 식스 센스가 없는 것이 천만다행이었지."

형은 한숨을 쉬었다. 시현은 그 한숨을 비웃으며 큰 소리를 쳤다.

"일부러 폐가를 찾아다니며 유령 다큐 한 편 찍을 생각이었어. 멀리 있는 유령을 찾아다닐 시간이 없었는데. 우리 집에 있는 내 소유의 유령을 만날 수 있다니!"

"유령을 만나면 그냥 모른 척 해. 소름이야 끼치지만 아무 짓도 안 하니까. 그 아가씨가 꽃을 가꾸고 나뭇가지를 치니까 정원은 아주 보기 좋아."

"돈 안 들이고 정원사를 고용한 셈이네."

형은 웃는 시현의 얼굴을 심각하게 보고 있었다.

"내가 전에 관리인을 고용했는데, 티브이가 가끔 절로 켜졌단다. 아가씨가 심심해서 티브이 보는 걸 좋아한 모양이야. 어느 날은 관리인이 티브이를 켜놓고 잠이 들었는데, 아마 잠결에 헛 걸 본 거겠지만 희끄무레한 아가씨가 티브이를 보고 있더래. 다음 날 관리인이 티브이를 내다버리자, 아가씨가 화를 내며 불쑥불쑥 나타나더래. 관리인이 심장발작으로 죽을 뻔 했다. 일자리를 잃기 싫어 버티던 관리인도 결국 도망갔지."

"형, 집 팔아도 될까?"

"팔 재주 있으면 한번 팔아 보든지."

그는 유령을 믿지 않았고 무섭지도 않았다. 그래도 티브이를 보다 잠들었을 때, 몰래 옆에 와서 티브이를 보는 빛나는 여자를 만나고 싶지는 않았다.

한 때 시현은 폐가들을 여행하며 다큐멘터리 같은 미스터리 B급 영화를 하나 만들까 생각한 적이 있었다. 하지만 그는 페이크와 다큐를 결합한 것이 싫었다. 허구면서 다큐멘터리인 척 속이는 것이 싫었다. 페이크 다큐는 말 그대로, 페이크며 C급보다 못한 싸구려 영화 티가 나서 내키지 않았다.

신비주의자 같은 면이 있던 수정은 뭔가를 끌어낼 것 같았다. 그래서 수정에게 같이 폐가를 돌아다니며 취재하자고 제의한 적도 있었다. 아마 수정이 동의했다면, 폐가의 유령 이야기 한 편 만들었을 지도 모른다. 수정에 의하면, 호기심이나 취재를 목적으로 폐가와 무덤들을 돌아다니면, 저급한 령들에게 빙의될 위험이 있다고 했다. 깊은 신비주의에 빠지거나 도를 닦을 때, 잘못해서 악령의 지배를 받는 일은 자주 언급된다고 했다.

"예수도 악마의 유혹을 받았고, 부처도 보리수나무 아래서 깨달음을 얻으려 할 때 마왕의 유혹을 받았죠. 성인들이니까 악마의 유혹을 물리쳤지, 교수님 같은 분은 악마의 밥이죠. 령하고 잘못 접촉하는 건 위험해요."

"그럼 성 프란체스코는 천사를 만난 건가? 악마를 만난 건가?"

그가 성 프란체스코에 대해 물은 건 수정이 존경하는 인물이기 때문이었다. 수정도 그처럼 무교면서 여러 종교에 관심은 있었다. 수정은 『티베트 사자의 서』를 쓴 파드마삼바바를 존경했고, 또 성 프란체스코를 모신 아시시에 여행을 가고 싶다고 했다.

"성인은 산에서 불타는 천사를 만났죠. 성인은 예수나 부처와 달리 너무도 인간적이어서 참 정이 가는 분이에요. 성인은 천사를 보고 상흔을 얻은 후, 눈이 멀고 심한 병에 걸려 돌아가셨어요."

"상흔을 얻었을 때 다른 목격자도 있었나?"

"산에 혼자 들어가 오래 계셨어요."

"그럼 자기 혼자만의 주장이군, 환상을 보며 스스로 자기 몸에 상처를 내서 상흔을 만들었다, 그게 가능한 이야기지."

"종교적 기적을 무슨 형사 취조라도 하시는 건가요?"

"너무 인간적인 분이라서 정이 간다며? 정신병 환자 중에는 영적이나, 종교적 과대망상을 가진 사람이 많아."

"그 분의 일생도 모르면서…… 단편적인 부분밖에 모르시잖아요."

"내 인정하지."

시현은 자기주장을 굽혔다기보다는, 대충 넘어가고 싶은 마음이었다. 자신의 말이 인정받았다고 느낀 수정의 표정은 부드러워졌다.

"교수님은 유령이 있다고 믿어요?"

"유령, 영혼 그런 거 말이냐? 안 믿어. 죽은 다음 존재하는 거나 사후 다시 태어나는 거 다 안 믿어. 죽음이 두려워서 인간이 만들어 낸 거야. 영원히 살고 싶은 인간의 욕망이 귀신도 있다고 믿는 거지. 죽으면 우리는 원소가 되어 흩어지는 거야."

"어떤 유물론자, 과학자도 영혼이나 유령이 없다고 증명한 사람은 없어요."

"그래, 난 유물론자야. 나는 생각한다, 고로 존재한다. 데카르트의 그 말을 신봉해. 나는 뇌로 생각하지, 뇌가 있기에 내가 존재하는 거야. 죽어 뇌가 썩거나 먼지가 되면 아무 것도 없어. 우리는 흙에서 흙으로, 먼지에서 먼지로 돌아간 거지."

"그 놈의 뇌, 뇌…… 계속 뇌 타령이시네."

"유령은 뇌가 없으므로 생각도 할 수 없어. 인간의 의식은 뇌에서 나오는 것. 유령이 나타나는 장소란, 뭔가 충격적인 일이 있었던 장소지. 인간의 강한 사념이 그 장소에 레코딩 되었다는 설이 그럴 듯해. 한 장소에 어떤 인물의 모습이 자연적으로 레코딩 되었다 나타나는 것. 그러니 흐릿한 영상 같은 것 밖에 없는 거야."

어쩌면 재미있는 영상이나 영화 소재를 얻을 지도 모른다. 그런 생각에 미치자 그는 기쁨을 감출 수가 없었다.

안개로 가린 하늘에 구름까지 몰려오자 주변은 삽시간에 어둠이 깔렸다. 조명이 바뀌자 정원의 풍경도 확 달라졌다. 집의 풍성한 장미와 나무들, 돌 하나하나에도 적막과 슬픔이 묻어있는 것 같았다. 세상에서 가장 외로운 장소에 온 것 같았다. 그는 이 집에 대해 뭔가 운명적인 것을 느꼈다. 이 집은 원래부터 자신의 소유였고 앞으로도 자신의 것이라는 걸. 비밀을 감춘 어두운 집과 창문들이 오래 기다렸다는 듯 그를 바라보고 있었다.

누군가 분명 나를 보고 있다. 감시하고 있다! 그는 동물적인 본능으로 시선이 느껴진 곳을 향해 획 고개를 돌렸다.

녹조 가득한 연못에 녹색 연잎이 빽빽이 떠 있었다. 가만 보니 녹조를 뒤집어쓴 녹색 뱀이 녹색 연잎을 보호색으로 숨어 있었다. 뱀은 V라인 고개를 빳빳이 치켜들고 째진 눈으로 그를 감시하고 있었다. 뱀은 지가 연못의

16

주인임을, 강력하게 영역 주장을 하고 있었다. 그는 뱀을 자세히 보기 위해 연못으로 갔다. 그와 뱀은 서로 지지 않으려 노려보았다. 그는 협상하고 평화롭게 살고 싶었다.

"너, 예쁘구나! 거긴 네 집이고 저긴 내 집이야. 우리 서로 남의 집에 들어가는 일은 없도록 하자."

그는 길에서 만난 동물에게 말을 거는 습관이 있었다. 동물을 존중하기 위해 그가 만든 습관이었다. 웬만하면 예쁘다고 칭찬했고 못생긴 동물에게는 귀엽다고 말해 주었다. 알아들은 듯 꽃뱀이 알록달록한 빨간 줄무늬를 보이며 연잎 아래로 숨었다. 흔들거리는 빨간 꼬리 뒤로 동그란 물수제비가 퍼졌다.

그는 탐험이나 하듯 정원을 돌아다녔다. 장미 밭을 지나자 트레비 분수를 흉내 낸듯한 거창하며 고색창연한 분수가 보였다. 작동을 오래 전에 멈춘 분수대 아래에 수도꼭지 같은 것이 있었다. 꼭지를 틀자 붉은 녹물이 피처럼 콸콸 쏟아졌다. 붉은 물은 곧 누렇게 옅어졌다. 수도세를 염려한 그는 분수 물을 잠갔다. 그는 수도에 호스를 대서 가끔 꽃에 물이라도 줘야겠다고 생각했다.

정원 귀퉁이에 낡은 그네가 하나 있었다. 어릴 때 그 그네를 탔던 기억이 났다. 향수에 젖어 그네에 걸터앉아 보았다. 그의 몸무게를 감당하기 힘든 그네가 삐걱거리며 휘청거렸다. 줄이 끊어질 것 같아 얼른 일어섰다.

과수원처럼 과일나무가 많았다. 개복숭아 나무를 지나자 매실만한 열매가 달린 야생 사과나무 몇 그루가 나타났다. 먹을 만 한 건 없네, 불평하듯 돌아보다 노랗게 익은 살구나무를 발견했다. 고개를 들고 하늘을 보자 3,

40미터는 됨직한 거대한 뽕나무가 있었다. 뽕나무에 보라색 오디가 주렁주렁 달렸는데 그 열매를 따먹으려면 사다리가 있어도 힘들 것 같았다. 대신 그는 아담한 살구나무의 열매를 땄다. 그 자리에서 달콤새콤한 살구 세 개를 먹자 피로가 확 풀리는 것 같았다. 아래로는 나무산딸기가 지천에 널렸고 뱀딸기까지 빨간 꽃처럼 점점이 흩어져있었다. 그는 '뱀딸기'라는 이름 때문에 혹시 뱀이 지나는 길인가 수풀을 살펴보았다.

그는 나무산딸기 맛도 보았는데, 당분과 수분이 부족해 과일 먹는 기분은 나지 않았다. 그러자 머릿속에서 속삭임이 들렸다.

'산딸기와 설탕을 끓여 잼을 만들어요. 맛있고 오래 먹어요.'

과수원지대를 지나자 야생화 군락과 텃밭이 보였다. 데이지와 보라색 루피너스가 바람에 흔들리며 먼저 그를 맞았다. 은방울꽃, 까마중꽃, 패랭이꽃, 꽃잔디 등 알록달록한 꽃들이 꽃방석처럼 동그랗게 모여 있었다. 꼭 누가 일부러 모양을 내서 만든 것 같았다. 버려둔 텃밭은 폭설이라도 온 듯 개망초가 하얗게 우거져 있었다. 개망초의 원기왕성한 번식력에도 틈틈이 비집고 자라는 실파와 방울토마토가 보였다. 방울토마토 몇 알은 이미 빨갛게 익어 있었다. 그는 방울토마토를 몇 알 따고 실파만한 쪽파 몇 뿌리를 뽑았다.

숲 입구에 와 있었다. 소나무와 잣나무, 자작나무, 가문비나무가 하늘을 가린 채 동산처럼 높이 이어져 있었다. 그 나무들은 열매나 꽃이 없어선지 고독하면서도 기개가 있어 보였다. 신발이 눅눅해졌고 발바닥까지 습기가 스며들었다. 깊이 들어갈수록 나무들이 더 울창해서 한밤중처럼 어둡고 서늘했다. 이곳이 산의 숲인지, 정원의 나무들인지 구분이 잘 안 갔다.

'빈털터리는 아니구나. 이곳에서 적어도 휴식은 할 수 있겠지. 명상이나 하며 느리게 살자. 그야말로 재충전 하는 거야.'

현관문을 열고 캐리어부터 집 안으로 밀어 넣었다. 따끔따끔해서 보니 바지에 도꼬마리들이 붙어 있었다. 수풀에서 묻어온 것들이었다. 그는 바지를 벗어 털었고 도꼬마리를 떼어 마당으로 던졌다. 그는 신발을 벗고 현관 앞의 실내용 슬리퍼로 갈아 신었다. 팬티만 입어 하체가 서늘했지만 가방을 뒤져 옷을 찾는 게 귀찮았다. 어차피 집에서는 늘 팬티만 입고 살았다. 곰팡이 냄새가 역했으므로 문과 창문을 모두 열었다. 청소를 했다고 들었는데, 천정에는 거미줄이 있고 가구 위는 먼지가 뽀얗다. 가죽 소파 하나만 닦아 놓은 듯 윤이 반들반들 났다.

소파에 앉자 침대가 있는 침실이 보였다. 시트와 이불은 삼베 수의를 펼쳐 놓은 것 같고, 커튼은 가루를 풀풀 날릴 거대한 나방 날개 같았다. 그래도 침구만 세탁하면 그럭저럭 잘 수 있겠다는 생각이 들었다. 쓸 만한 것은 소파였다. 고급품으로 중후한 앤티크 분위기를 풍겼으며 새까만 가죽은 부들부들하니 촉감도 좋았다. 그는 생활공간이 된 거실 마루를 걸어보았다. 삐걱거리는 곳이 있지만 예상한 정도였다.

시현은 운동화를 신고 이층으로 올라갔다. 한 발씩 올릴 때마다 계단이 비명을 질렀다. 우선 그는 위층에 누가 몰래 살고 있는 건 아닌 지 확인하고 싶었다. 이층은 전혀 청소를 하지 않았고 손도 대지 않았다. 큰 방 두 개 다 먼지가 눈처럼 쌓여 있었다. 먼지를 보니 차라리 안심이 되었다. 사람이나 야생 동물이 들어왔다면 당연히 발자국이 남았을 것이다. 복층인 듯 위로 계단과 연결된 작은 문이 하나 더 있었다.

다시 계단을 올라간 그는 문을 열었다. 문을 열자 거미줄이 얼굴을 덮었다. 얼굴의 거미줄을 걷어낸 그는 방을 살폈다. 다락방에는 옛날 책들이 가득한데, 갈색 빛 케케묵은 책을 읽을 일은 없을 것 같았다. 그는 방문들이 저절로 열리지 않게 꼭 닫은 다음 조심해서 계단을 내려왔다. 이층은 다시 올라갈 일이 없을 것 같았다. 1층만 관리하고 사는 것도 버거웠다.

이 집에 호기심이나 도둑질하러 들어온 인간이라면, 저 커튼만 바람에 흔들려도 유령 한둘쯤은 봤다고 소란 떨었을 것이다. 그래서 아무도 얼씬 못하겠지. 그런 한편, 그는 바람에 살짝 부푼 커튼 속에 누가 숨어 있나 시선을 뗄 수가 없었다.

소파에 드러눕자 시커먼 거미발들이 그의 머리 위로 부산스럽게 움직였다. 오랫동안 천정구석을 혼자 차지했던 왕거미가 침입자를 보고 우왕좌왕하는 것 같았다. 엄지손가락만한 거미가 금세라도 머리 위로 툭 떨어질 것 같아 그는 벌떡 일어났다. 바닥에서도 그를 보고 놀란 노래기가 수십 개의 발을 오므린 채 떨고 있었다. 그가 발을 들며 소리 지르자, 더 혼비백산한 노래기는 소파 밑으로 숨었다.

그는 청소를 시작했다. 피곤했지만 이사를 왔으니 간단한 청소라도 하는 것이 옳은 일 같았다. 사실은 잘 때, 입이나 귀 같은 구멍으로 벌레가 들어올까 봐 겁이 났다. 천정이 높아서 거미줄만 좀 걷어내는데 만족해야 했다. 걷어낸 거미줄 반은 그의 머리에 떨어졌고 얼굴에 끈끈하게 달라붙었다. 노려보며 벼르는 거미의 끈질긴 시선이 느껴졌다. 소파를 들어낸 그는 구름솜 같은 먼지 속에 웅크린 노래기를 강제퇴출 시켰다.

그는 트렁크를 열었고, 생수병과 캠핑용 버너와 코펠, 수저, 라면부터 꺼냈다. 생수병을 열고 양껏 마신 후 버너를 켜고 코펠에 물을 부었다. 시골 부자 부모덕에 그는 어릴 때부터 서울에 유학 와서 혼자 살았다. 외국 유학 가서도 혼자 살면서 간편 요리를 했고 지수와 동거할 때도 그가 식사 담당일 때가 더 많았다. 그러다보니 결혼해서도 그가 주로 식사를 담당했다. 인스턴트를 반은 보탠 조리법이지만 음식은 심플할 것, 탄수화물과 단백질, 채소와 과일을 균형 있게 먹으면 된다는 룰을 정해 두었다.

라면이 끓자, 그는 쪽파 한 뿌리를 손으로 뚝뚝 잘라 넣었다. 방울토마토는 후식으로 먹을 것이다. 여기에 계란 한 알이 들어가면 완벽한 식사가 되겠지만, 오늘은 계란이 없어도 유기농 채소를 섭취했으니 만족하기로 했다.

10인용 식탁에 라면 한 냄비만 달랑 올려놓았다. 궁상맞지만 허겁지겁 먹었다.

그는 현관문을 닫았다. 소파에 앉아 1회용 인스턴트커피를 마시던 그는 머그잔을 손에 든 채 졸기 시작했다. 자면서 머그잔을 떨어트리는 것도 몰랐다. 그런데 누가 자기 얼굴을 보고 있다는, 이상한 감을 느끼며 번쩍 눈을 떴다. 분명히 닫았던 문이 약간 열려 있었다. 그는 자신이 문을 덜 닫았든지, 바람 때문일 것이라 생각했다.

그는 다시 문을 닫았다. 잠금 걸쇠도 있었지만 일부러 걸지 않았다. 누가 장난을 치는가, 한번 지켜보고 잡을 생각이었다.

다시 문이 신중할 정도로 조금씩 열리기 시작했다. 소리가 나지 않도록 조심스럽게 살짝 열리는 것이 더 섬뜩했다. 아무도 없었다. 그런데 문은 반이나 열렸다. 누군가 밖으로 나간 것 같았다. 지금까지 집 안에 누군가 자기와 같이 있었던 것이다. 보이지 않았던 그것이 자고 있던 얼굴을 빤히 바라보고 있었다.

그는 그것을 따라 밖으로 나갔다. 그것을 확인해야만 했다. 아무도 없었다. 캄캄한 정원은 나무와 꽃들의 그림자로 가득했고, 그것은 그 속에 숨은 것 같았다.

연못은 시커멓고 고요했다. 연못이랄 것도 없는 웅덩이였지만 밤에는 호수처럼 넓어 보였다. 한밤에는 바다나 강이나 황천인 듯 더 무섭지만, 집 안에 작은 황천이 있다면 문제가 또 다르다.

그는 자신의 두려움을 그 모르는 것에게 들켜서는 안 되겠다고 생각했다. 할 수 있는 한 모른 척 할 것이다. 같이 살아야 한다면 자신이 더 강한 자임을 알려주고 기선제압을 하는 것이 현명하리라. 누가 서열이 위인지 확실히 알려 줘야지.

그는 남자가 화를 내면 이렇다, 라는 것을 알려주는 험한 표정을 지으며, 온 집이 흔들릴 정도로 문을 세게 닫았다. 낡은 집이 부서질까 겁날 정도였다. 그 후 사방이 고요했다. 벌레 하나, 새 한 마리 울지 않았다. 모든 것들이 숨죽은 채 숨어 있었다. 어쩐지 그는 자신이, 이 집 안의 모든 살아있는 것들과 죽은 것보다 서열이 높은 것이 확실하다는 생각이 들었다. 잠이 완전 달아난 그는 캐리어 두 개를 다 풀어 놓고 짐정리를 하기 시작했다. 그는 겨울이 오기 전까지 이 집에서 지낼 생각이었다.

냉장고는 가동되고 있었고 친절하게 생수 두 병이 들어 있었다. 그는 남은 쪽파도 알뜰하게 냉장고에 넣었다. 싯누런 전자레인지도 있는데 작동이 되어 즉석 밥을 사야겠다는 생각을 했다. 싱크대 문을 열자 식기들과 프라이팬, 냄비, 믹서 같은 것이 보였다. 웬만한 건 있는 것 같은데 커피머신은 없었다.

쪽잠을 자던 그는 다시 깜짝 놀라 잠을 깼다. 누가 또 나를 보고 있나? 분명 불을 켜고 잠이 들었는데 사방이 캄캄해서 가위라도 눌린 것 같았다. 그는 맞은 편 벽에 있는 전신용 거울을 보았다. 달도 없는데 거울에서 은은한 빛이 나는 것 같았고 거울 속에서 그를 바라보는, 자신의 음침한 눈빛조차 기분 나빴다. 그는 휴대폰 플래시로 랜턴을 찾았다. 랜턴을 켠 그는 거울부터 구석으로 치웠다. 이제는 거울을 보고도 놀라는 자신이 한심했다.

그는 밀양의 '아랑'이라는 처녀 귀신 이야기를 떠올렸다. 사또들이 발령받아 오기만 하면 하룻밤을 못 넘기고 죽어 나자빠졌다는. 그런데 아랑은 그저 원을 풀어달라고 나타났을 뿐, 사또들에게 깜짝 쇼를 보일 마음은 없었다. 그저 아랑을 보는 것만으로 놀란 사또들이 죽은 것이었다. 결국 담이 큰 사또가 아랑의 사연을 듣고 한을 풀어 주자 귀신이 다시 나타나지 않았다는, 다 아는 이야기다.

'그래, 귀신이 무슨 힘이 있나. 담만 크면 돼! 나타나려면 나타나 봐. 술이나 같이 한 잔 하면서 네 사연을 들어 주지. 그리고 네 사연을 들어본 후, 부탁을 들어주든 말든 할 거야.'

다시 눈이 스르르 감기며 불안한 졸음이 엄습했다.

순간, 뭔가 앙칼진 소리로 짧게 울부짖었다. 그는 벌떡 일어나 앉았다. 이 귀신이 내가 자는 꼴을 못 보고 대놓고 겁주네. 그는 소리가 난 냉장고 쪽을 두리번거리며 살폈다. 냉장고 뒤에는 아무도 숨어 있지 않았다.

해가 뜨는 것을 보고야 잠이 든 그는 정오에 일어났다. 정원으로 난 창문을 통해 햇빛이 들어와 거실을 환히 비추었다. 소파에서 자던 그는 눈이 부셔서 더 잘 수가 없었다. 태양을 마주하자 어제 겁을 내며 잠을 설친 자신이 바보 같았다. 정원에 나간 그는 팬티마저 훌렁 벗고 대가리 큰 장미들을 향해 오줌을 힘차게 갈겼다. 그 누군가 보려면 실컷 봐라, 그런 오기였는데, 괜히 보여줬다 싶어 찜찜했다.

'로빈슨 크루소도 항상 팬티는 챙겨 입었다. 팬티 벗고는 돌아다니지 말자.'

그는 또 라면을 끓였다. 라면에 어제 남은 파를 넣고 끓이면서 반달 치 식량을 사 와야겠다고 생각했다.

그는 드라이브를 하며 어제 올 때와는 다른, 한결 느긋한 마음으로 동네를 둘러보았다. 안개 때문에 보이지 않았던 '읍' 같은 작은 마을이 있었으며 마을 회관 같은 건물도 보였다. 50채 정도 집이 있는 마을이었는데 반 이상은 빈 집 같았고, 밭에서 일하는 노인 한명의 뒷모습만 보였다. 그는 강 근처의 구멍가게도 하나 발견했다. 구멍가게에는 살 만한 게 없을 것 같아 두 시간을 운전해서 도시까지 나갔다. 대형마트가 보이자 그는 차를 주차하고 들어갔다.

커피머신과 원두커피부터 산 후, 그는 포장 김치와 단백질 공급원이 될 계란 한판과 통조림, 병조림 종류를 잔뜩 카트에 넣었다. 쌀 대신 즉석 밥과 식빵, 라면, 스파게티 같은 탄수화물 공급원을 확보한 후, 비타민과 섬유질을 공급해 줄 채소와 과일을 보며 고민했다. 식료품비도 아껴야 할 형편이었고, 음식을 낭비 않기로 했다. 텃밭에는 쪽파 뿐 아니라 야생 허브며 얼갈이도 자라는 것 같았다. 과일도 사고 싶었지만 지천에 널린 산딸기가 떠올라 그는 설탕 한 봉지만 추가했다. 맥주 한 박스와 소주도 몇 병 넣었다.

음식은 소박하고 깔끔하면 된다. 은둔 수행자처럼 살기로 했는걸, 뭐.

차를 주차시킨 후 그는 양 손에 장 본 것을 들고 언덕길을 낑낑대며 올라갔다. 걸음을 멈춘 그가 집을 올려다보았다. 그 집이 꼭 자기를 기다리며 내려다보는 기분이 들었다. 좀 떨어져서 보니 집은 더 쓸쓸하고 비밀스러워 보였다. 석양이 내려앉아 불타는 듯 괴기스러운 집은, 지구 최후의 날 혼자 보는 풍경처럼 비장하기 그지없었다.

밤보다 깊은 네 눈동자

장미가 올라오자 나는 일하느라 나름 바빴어요. 장미는 손이 많이 가거든요. 내가 가꾸는 장미는 아주 크고 새빨갛고 향기도 진해요. 봉오리들이 나른하게 향기를 뿜으며 꽃잎을 벌리기 시작했습니다. 애써 키워 놨더니, 장미들은 하품을 하며 불평만 해댔어요. 세상이 너무 심심하고 재미없대나요.

갑자기 장미에게 생기가 돌고 빛이 나기 시작했어요.

그 남자가 이 집 대문 아치형 넝쿨 장미 아래로 들어서던 순간, 나와 이 정원은 방문객의 매력에 놀라 흠뻑 빠졌습니다.

꽃들은 현란하게 입을 벌리며 진한 향을 뿜었고 호랑나비가 환영인사 차 그 남자 머리 위에서 춤을 추었습니다.

연잎 위에 턱을 괴고 해바라기를 하던 유혈목이도 고개를 빳빳이 세우며 줄무늬를 번쩍였습니다.

이게 대체 무슨 일인가요? 무슨 일이 벌어진 걸까요?

그는 이 동네에서는 볼 수 없는 세련되고 훤칠하며 준수한 남자였어요. 나 같은 촌 여자는 구경하기조차 힘든 타입의 남자지요. 적적한 곳에서 혼자 지내던 시골 여자가 구경할 남자라도 생겼다는 자체가 얼마나 사건이었던지.

그런데 그런 남자가 이 집 대문을 직접 열고 주인으로서 들어선 것입니다. 양손에 크고 무거워 보이는 가방을 들고서. 그는 가방을 놓고 긴 숨을 몰아쉬었어요. 아마 그는 오래 머물 생각인 것 같아요. 좋아라!

숨죽인 채 바라보는 그 수많은 눈길들을 느꼈는지 갑자기 그가 고개를 휙 돌렸습니다. 그러다 그만 나를 본 것 같았어요. 깜짝 놀란 나는 목련 나무 뒤로 숨었어요.

그는 다시 나를 보려고 찾았고 나는 들장미 덤불 밑으로 기어 들어갔어요. 대신 낮잠 자던 오소리가 놀라 튀어 나갔습니다. 그가 나를 볼까 긴장했어요. 다행히 그는 오소리를 보느라 정신이 팔려 있네요. 당장 내 모습을 그에게 보이고 싶진 않았습니다. 그 남자에 비해 난 너무 촌스럽고 못 생겼거든요. 화장도 하고 고운 옷을 입은 뒤 인사할까 그런 생각을 했어요.

그는 정원을 이리저리 살피며 돌아다녔습니다. 그는 뽕나무에 높이 달린 오디를 아쉽게 올려다보더니, 대신 살구를 따먹었습니다. 또 나무 산딸기 맛도 봤어요. 표정을 보니 그의 입맛에 맞지 않는 것 같았어요.

"산딸기와 설탕을 끓여 잼을 만들어요."

내가 말했는데 그가 들었는지 모르겠습니다. 파를 뽑고 방울토마토 몇 알을 그가 땄을 때도 기뻤습니다. 이 정원의 풍요로운 모든 것들을 그가 마음껏 활용하기를 바라요.

그는 바지를 벗고 집 안으로 들어갔습니다. 그는 창들과 문을 활짝 열었습니다. 나는 열린 문으로 그가 움직이는 모습을 지켜봤습니다. 팬티만 입고 돌아다니는 폼이 썩 멋지지는 않지만 익숙해지더군요.

그가 문을 닫자 나는 창으로 살짝 들여다보았습니다. 잘 안 보였어요. 그를 좀 더 잘 보고 싶어 문을 열고 문틈으로 들여다보았지요. 소파에 드러누운 그의 모습이 보였습니다.

갑자기 벌떡 일어난 그가 문을 닫았습니다.

나를 본 걸까요? 나는 더 조심하기로 했어요.

그가 잠들었는지 코고는 소리가 들렸어요. 그래서 문을 열고 들어가 남자의 자는 얼굴을 마음 놓고 보았습니다. 자는 모습도 인물이 훤하더군요. 그는 잠자는 얼굴이 더 잘 생겨 보이는 드문 쪽의 사람에 속했습니다. 입을 벌리고 코를 고는 모습이 애처럼 귀여웠어요. 그 잠자는 얼굴은 아무리 봐도 싫증이 나지 않았어요.

갑자기 악몽이나 꾼 듯 벌떡 일어난 남자가 문을 닫았습니다. 당황한 나는 눈치를 보다 살짝, 조심조심 문을 열고 나갔습니다. 그러자 그가 따라 나오더군요. 그는 화가 많이 나 있었어요. 다시 집 안으로 들어간 그는 집이 부서질 정도로 문을 닫고 걸쇠를 걸었습니다. 심장이 떨어지는 것 같았어요.

그가 정말 나를 보았을까요? 도둑질이라도 하러 온 못생긴 여자라고 생각했을까요? 한편 진심으로 그에게 미안했습니다. 훔쳐보는 건 훔치는 것 못지않게 나쁜 짓 같기도 해요. 그래서 정원 일이나 하며 멀리서만 그를 바라 볼 결심을 했습니다.

다음 날 해가 중천에 오르자, 그가 정원에 나왔습니다. 팬티마저 훌렁 벗어 던진 그가 오줌 줄기를 장미꽃에 시원스럽게 뿌렸습니다. 나는 고개를 돌리지 않고 호스가 달린 남자의 하반신을 관찰했습니다. 그의 모든 것이 흥미로웠고, 남자라면 다 달린 것인데 당황할 필요는 없지 않겠어요?

그가 외출하자 정원은 잠잠해졌고 생기를 잃었습니다.

그가 언제 올까 목이 빠져라 기다렸습니다. 시간은 길었고 기다리다 지쳐 그만 꽃잎이 떨어져버린 장미도 있었어요.

그가 돌아오자 공기의 흐름이 소란스러워졌고 정원의 모든 것들에 반짝이는 생기가 흘렀습니다.

그는 식료품을 사 왔고 음식을 만들어 먹었어요. 그리고 커피를 마시며 노트북을 보았고 무슨 일인가 하고 있었습니다. 그는 오랫동안 그 자리에서 꼼짝을 않았습니다.

정말 그를 귀찮게 한다거나 부담스런 존재가 되고 싶진 않았어요. 그렇지만 한 집에 사는 이상, 내가 아무리 조용하게 행동해도 그의 눈에 띄지 않을 수는 없는 노릇이었나 봅니다.

장미에 진딧물이 세 마리 붙은 걸 잡아 주고 있을 때였습니다. 나는 장미에 진딧물이 있나 한 송이 송이마다 꼼꼼하게 검사했어요. 진딧물은 장미의 전염병이죠. 한 송이에 진딧물이 생기면 순식간에 정원의 모든 장미에 진딧물이 번지거든요. 또 시든 장미는 잘라 주었어요. 시든 꽃을 잘라야 양분이 봉오리에게 잘 가요. 장미는 이렇듯 손이 아주 많이 간답니다.

그가 현관문을 열고 나왔습니다.

그는 나를 똑바로 노려보며 걸어오는 중이었습니다.

그러다 무슨 생각인지 다시 집 안으로 들어가 버렸습니다. 그가 나를 본 것이 틀림없어요. 더 이상 정원에 오줌을 뿌려대지 않았으니까요.

나는 인사를 한 번 할까 망설였어요. 그런데 내 예쁘지 않은 얼굴, 오래된 촌스런 옷이 마음에 걸렸습니다. 단 한 가지 내 손으로 잘 가꾼 이 집의 정원만은 자랑스럽습니다. 달개비도 내가 가꾸면 미니 보라색 난초처럼 기품 있게 변한답니다. 그에게 정원 구석구석 안내하면서 보여 주고 싶은 것이 많았어요.

그런데 나를 보고 걸어오던 그 남자가 다시 집 안으로 들어가 버렸습니다. 남자란 예쁜 여자를 보면 아는 척이라도 하고 싶지요. 그런데 보고 외면하는 건 그 여자가 역시 추하다— 그런 걸 의미할 테지요. 기가 죽은 나는 정원을 돌보는 데도 게을러졌습니다.

장미에 진딧물이 번졌지만 손가락 움직일 힘조차 없었어요. 그래도 장미는 내 염려보다 생명력이 왕성했습니다. 장미는 붉고 커다란 꽃송이를 피우고 또 피워댔고 넝쿨은 자라고 엉키기를 멈추지 않았습니다.

연못에 연꽃이 분홍 아기 손처럼 올라오기 시작했습니다.

나는 정원 귀퉁이의 그네에 걸터앉아 그가 있는 방 창문을 바라보았습니다. 책상 앞에서 일에 열중한 그의 모습을 바라보고 또 바라보았습니다. 그를 바라보는 일 외에는 딱히 할 일이 없었어요.

그렇게 그네를 흔들며 그를 보고 있을 때, 그가 자리에서 일어났습니다. 그는 창문을 열고 나를 보았습니다. 뭔가 심기가 불편한 표정이었습니다.

나는 놀라서 얼어붙었습니다. 몸이 절로 덜덜 떨렸어요.

제가 무슨 잘못을 했나요?

나를 뻔히 보던 그는 안됐는지 입 꼬리를 약간 올리며 웃었습니다.

내가 그네에서 일어나자, 그는 손짓으로 앉아 있어도 괜찮다는 동작을 했습니다.

나는 감사하다며 고개를 숙였습니다.

그도 묵례로 답을 했습니다.

이로써 인사는 나눈 셈이지요.

나는 정원을 더 자유롭게 돌아다녔어요. 즐겁게 훨훨 날듯이 그네를 마음껏 탔습니다. 달이나 화성, 목성을 향해 날아가는 것 같았어요.

그가 일에 몰두해 있을 때면 나는 방해하지 않으려 살금살금 정원을 돌아다녔어요. 그러다 창문을 기웃거리며 보고 싶은 그의 얼굴을 살짝 보았습니다.

대부분 그는 몰랐지만, 어쩌다 나를 쳐다볼 때가 있었어요. 그럴 때면 빙그레 웃더군요. 그는 나를 볼 때마다 다정하게 웃어 주곤 했습니다.

그는 창밖 정원에 있는 나를 보며 웃고, 나도 그를 보며 내 딴에 가장 예쁘게 보일 수 있는 미소를 지었습니다.

그렇게 우리는 날마다 서로 바라보며 미소를 짓고 할 말은 딱히 없었습니다.

정말 그에게 부담스런 존재가 되고 싶진 않았어요. 그래서 며칠 면 마당의 나무 손질이나 하며 숨어 있었어요.

그러다 그가 너무나 보고 싶어 창문 아래서 조금만, 살짝 훔쳐보았습니다.

그런데 그가 창문을 열고 내게 말을 거는 것이 아니겠어요?

아가씨 미소가 참 예쁘네…… 이름이 뭐지요?

아주 오랫동안 내 이름을 불러준 사람이 없어 생각나지 않았습니다.

그럼 미소가 예쁘니까 아가씨 이름은 미소라고 부를게요.

이보다 달콤하고 황홀하며 슬프고 허망한 꿈은 없을 거예요. 그가 지그시 나를 바라보면, 나는 그가 예쁘다 해준 미소를 짓고…… 우리는 서로 그렇게 좀 떨어진 채 바라보기만 했습니다.

더 가까이 와서 내 눈을 보던 그가 한숨을 쉬며 말했습니다.

밤보다 깊은 네 눈동자…… 넌 대체 어떤 인생을 살았기에…… 너 왜 이러고 있는 거냐?

숨바꼭질

시현은 아직 이집에 대한 탐험은 끝내지 못했다. 지하실은 사생활 침범이라며 유령이 강하게 저항할 것 같아 차마 문을 열어 보지도 못했다.

창고에 들어가니 거의 만물상수준이었다. 조경과 농사에 필요한 웬만한 기구들이 있는데다 가구와 가전제품도 있었다. 그는 선풍기 한대와 골동품 접시, 고무호스, 물뿌리개, 가위, 플라스틱 소쿠리 같은, 당장 쓸모가 있는 것부터 꺼냈다.

그는 수도에 긴 호스를 연결하여 정원에 물을 주었다. 그가 없어도 잘 자란 꽃들이지만 주인이 왔으니 가끔 샤워하는 기쁨을 누리게 하고 싶었다. 물뿌리개로 텃밭에서 자라는 쪽파와, 얼갈이, 방울토마토의 먼지도 씻어 주었다. 텃밭의 채소들은 야생 유기농인 탓에 작고 벌레가 먹은 흔적이 많았다. 온갖 벌레들이 기어 다니며 먹던 것들이니 깨끗이 씻어 먹어야 한다.

빽빽한 잎사귀 아래 가지를 발견하자 그는 보물찾기라도 한 것처럼 재미있었다. 가지 서너 개가 달렸는데 그의 손가락보다 작았다. 그래도 그중 두 개는 보라색으로 충분히 영글어 있었다. 더 자랄 것 같지 않은데다 둬 봤자 벌레 차지일 것 같아 뚝 잘랐다. 산딸기를 보자 입에 침이 괴었다. 썩 맛있지도 않은데 왜 입에 침이 괴는 지 알 수 없었다. 그는 홀린 것처럼 산딸기를 한 소쿠리 가득 따서 물에 헹궜다.

'산딸기와 설탕을 반씩 섞어 졸여요.'

누군가 속삭였지만, 단 걸 그다지 좋아하지 않는 그는 거부하며 설탕을 반의반만 섞었다. 30분 정도 졸이자 산딸기 잼이 되었다. 빵 한 조각에 발라 맛을 보자 딸기 씨가 오도독 씹히는 훌륭한 잼이었다. 단언컨대 이런 고품질의 딸기잼은 시중에 나온 것이 없었다.

딱히 할 일이 없었으므로 그는 정성스럽게 요리하고 식탁을 차렸다. 스프 가루를 물에 풀어 끓인 후 야생 허브를 첨가하자 신비한 향이 나는 크림스프가 되었다. 그는 프라이팬에 올리브유와 소금을 두르고 가지와 방울토마토를 볶았다.

순간 개, 고양이가 싸우며 울부짖는 소리가 들렸다. 돌아보자 비명을 지르던 냉장고가 잔잔하니 구슬픈 소리로 레퍼토리를 바꿨다. 그는 어젯밤 비명의 원흉이 냉장고란 것을 알았다. 그는 프라이팬에 통조림 골뱅이와 삶은 스파게티 면을 섞어 비빈 다음 불을 껐다. 창고에서 찾은 골동품 접시 위에 올리자 레스토랑의 봉골레 스파게티보다 화려했다. 곁들인 식빵에는 산딸기 잼을 듬뿍 발랐다.

식탁은 열 명이 앉아도 될 만큼 넓었다. 그 휑한 식탁 맞은 편 자리에 유령이 얌전히 앉아 있는 것 같았다. 이 집 유령은 얌전하고 조용했지, 괴상한 소리나 지르면서 사람을 놀라게 하는 취향은 없었다.

멍하게 앉아 먹던 그는 이게 뭐하는 짓인가, 하는 생각이 들었다. 앞으로는 요리 하는 걸로 시간 낭비하지 말자, 다짐을 했다. 테이블을 보니 4, 5인용 식탁 두 개를 붙인 것이어서 그는 식탁 한 개를 창문 앞으로 옮겼다. 책상으로 쓸 생각이었으므로 위에 노트북과 책을 올려 두었다.

진한 블랙커피를 한 잔 뽑은 후, 시현은 방금 만든 책상에 앉아 노트북을 펼쳤다. 이메일을 확인하자 가을에 나갈 대학의 강의 과목과 시간표가 와 있었다. 또 인디 영화제에서 상영하는 영화 목록과 초대를 알리는 긴 메일이 와 있었다.

그는 학교 강의에서 잘리지 않은 것을 다행으로 생각하며 구상중인 시나리오로 넘어갔다. 문제는 돈이었다. 돈 들이지 않고 만들 수 있는 지문을 쓰려고 하자 진도가 나가지 않았다. 그 영화는 자신이 감독이며 카메라 감독이고 주인공이며 작가고 제작자지만 기본비용은 필요했다. 배우도 캐스팅해야 했는데 그것이 돈 다음으로 문제였다. 돈 한 푼 없이, 마음에 드는 배우도 없이 영화를 만들 수 있을지, 워드를 툭툭 치면서도 그는 통 의욕이 나지 않았다. 굳이 쓸 필요도 없었다. 자신이 감독이니 머릿속에 있는 대로 콘티를 그려가며 가내수공업 식으로 한 씬 씩 찍어도 무방했다.

밖을 보니 별로 한 일도 없는데 해가 지고 있었다.

안개와 노을이 장미 밭에 내려 앉아 환상적이었다. 봉오리를 맺는 장미도 있고 일찍 피었다 미련 없이 먼저 지는 꽃도 있다. 저 꽃들을 감탄하며 바라보자, 내게 넘치는 건 시간뿐이니. 그는 무거운 머리를 뒤로 젖히고 좌우로 목 운동을 하면서 정원을 감상했다.

장미 밭 속에 쭈그리고 앉았던 여자가 일어났다. 긴 생머리에 젊은 여자인 것 같은데 꽃 한 송이 송이를 꼼꼼하게 검사하며 벌레를 잡고 있었다.

'사람인가, 유령인가.'

그는 여자의 행동을 지켜보았다. 사람이네. 저렇게 또렷하고 생생한 건 사람이지. 무엇보다 벌레를 잡는다거나, 시든 장미를 자르는 여자의 행동이 매우 구체적이었다. 여자의 모습도 평범했다. 긴 머리에 둥그스름한 얼굴,

보통 키에 호리호리한 체격, 흰 블라우스와 감색 스커트를 입은 옛날 여대생 스타일 같았다. 잘나지도 못나지도 않은, 한번 보면 잊어버릴 것 같은 희미한 인상이었다.

그는 현관문을 열고 밖으로 나갔다. 유령인지, 사람인지 확인하고 싶었다. 사람이라면 왜 남의 집에 있는 지 묻고 싶었다. 그가 성큼성큼 걸어가자 여자가 뭔가 기대에 찬 표정으로 바라보았다. 그 표정이 자신에게 간절히 갈구하던 길 잃은 유기견과 비슷했다. 그 유기견 같은 표정에 그는 마음이 약해졌다.

'제발, 그런 표정으로 동정을 유발하지 마라, 난 널 돌봐 줄 수 없단다…….'

여자는 손에 들고 있던, 덜 시든 빨간 장미 하나를 그에게 내밀었다. 그는 여자가 주는 장미를 받고 싶지 않았다. 그를 보던 여자가 지나치다 싶게 순진무구한, 즉 백치의 미소를 흘렸다.

'유령이 아니고 정신이상한 여자구나.'

그는 가슴이 덜컥 내려앉았다. 그는 사이코 여자가 유령보다 더 무서웠다. 본디 사람이 귀신보다 피곤하고 무서운 법이다. 미친 여자와 안면을 트면 이 집에서의 생활이 더 견디기 힘들어질 것 같았다.

'장미 벌레나 실컷 잡게 그냥 두자.'

아는 척 말고 무시하면 괜찮을 거라 했다. 형의 충고를 떠올린 그는 그녀가 투명인간이라도 되는 듯 돌아섰다. 그는 문짝이 부서져라 세차게 문을 닫았다.

아침은 산딸기 잼을 바른 토스트와 커피를 먹었다. 그리고 정원을 한 바퀴 둘러보는 버릇이 생겼다. 안개가 없는 날은 조깅을 했다. 얼굴만 선크림을 발랐다. 배우를 할지도 모르니까 얼굴 관리를 하는 것이다. 배우는 얼굴뿐 아니라 신체단련도 요구한다. 트레이닝복과 러닝운동화, 모자에 선글라스까지 무장을 한 후 두 시간 정도 조깅을 했다. 자신이 만들지도 모를 영화에 잘 나오기 위해 몸 관리를 하는 것이었다. 그가 좋아하는 코스는 동네 마을과 강변이었다. 산도 있었지만 그는 자기 집보다 더 음침한 숲은 들어가고 싶지 않았다. 사람과 개, 고양이라도 잠깐 구경하고 싶어 마을을 달렸고 곧 강변이 나타났다.

이제 그는 생수나 라면, 소주 정도는 강변 구멍가게에서 샀다. 가게는 60대 부부가 운영했는데, 이 마을에서 가장 젊은 사람들이었다. 남편은 주로 배를 타고 민물고기를 잡으러 나갔고 여자 혼자 가게를 보았다. 그가 생수를 사러 들리면 주인 여자는 넋을 잃고 그를 쳐다보았다. 얼른 물만 산 그는, 여자가 말이라도 걸까 귀찮아 튀어 나가 달렸다. 가게 여자 뿐 아니라, 동네 노인 모두가 눈과 입을 휘둥그레 벌린 채 그를 쳐다보았다. 사람 뿐 아니라 개, 고양이까지 동작을 멈추고 그를 빤히 쳐다보았다.

썩은 바닥을 감춘 강은 은빛 비늘을 튀기며 찬란하게 반짝였다. 쓰레기와 민물 생선이 부패한 야릇한 냄새가 코언저리를 스치기도 했다. 그러나 햇살을 가득 품은 강의 수평선을 보면 환호하는 감정이 물결쳤다. 강은 넓고 너그러웠으며 신비한 자정 능력을 가지고 있는 것 같았다.

'강도 조명이 아주 중요하구나. 햇살이 좋을 때나 해가 질 때는 썩은 강도 아름답거든. 사람도 화장발보다는 조명발이야. 조명이 좋아야 영상이 아름

다운데.'

조명에 쓸 돈이 없으니 좋은 자연광을 이용하자, 그런 생각을 하며 그는 조명발 잘 받은 강을 감상했다. 수영을 할 수 없는 오염된 물이지만 그는 태양 아래 강이 있다는 사실만으로도 좋았다. 물고기를 잡으러 출항하는 작은 통통배라도 보이면, 그림 같은 풍경 속 휴양지에서 잘 쉬고 있다는 가짜 만족감도 느낄 수 있었다.

운동을 마친 그는 샤워를 하고 맥주 한 캔을 마시며 소파에서 쉬었다. 그런 다음 가사일 약간과 식사를 하고 텃밭을 둘러보면 저녁이었다.

정원의 장미 반이 떨어졌다. 바닥에 깔린 빨간 꽃잎이 햇살에 곱게 말라가고 있었다. 말린 꽃잎을 병에 담아 보관하면 아로마 향을 오랫동안 맡을 수 있을 것 같았다. 시현은 그런 생각을 하는 자신이 이상했다.

'내게 정원사 귀신이 쓰인 거야, 자꾸 내 머리 속에 들어와 이래라저래라 하는 것 같아. 난 장미 아로마, 그런 생각을 할 인물이 아니지. 텃밭에 물 준 것도 그렇고 산딸기 잼도 난생 처음 만들어 봤다. 참! 산딸기가 땅에 떨어지기 전에 잼을 차고 넘치게 만들어 유리병에 보관해야 되는데……'

산딸기를 볼 때마다 그런 강박증이 드는 것도 분명 자신이 아니었다. 숙제를 해야 할 것처럼 잼을 만들고 싶었다. 또 잼을 만들면 정원사 귀신이 조종하는 대로 움직이는 것 같았다. 그래서 그는 저항했고 머리를 흔들며 그 생각을 떨쳤다.

장미가 반이 지자 수국이 그 자리를 채웠다. 그가 아는 수국은 푸르스름하거나 보라색 비슷했는데, 이 집의 수국은 진홍빛으로 장미 못잖게 화려했다. 연못의 연꽃도 올라오기 시작했다. 자색 봉오리로 올라 온 연꽃은 밤이 되면 진홍으로 활짝 꽃잎을 펼쳤다.

그가 책을 보거나 작업을 구상할 수 있는 시간은 밤이었다. 그는 집중을 하며 뭔가 해보려고 했지만 잘 되지 않았다. 전원의 밤은 고요하거나 적막한 것만은 아니었다. 오히려 너무 시끄러워 스트레스를 받았다. 보름달이 뜬 밤, 늑대 대신 고라니가 길 잃은 아이처럼 울부짖었다. 짐승 소리라기보다는 한 품은 사람처럼 구슬퍼서 마음이 심란해졌다. 벌레소리는 나름 풀피리를 부는 것처럼 청초했지만, 두꺼비가 끄르륵거리며 징그러운 불협화음을 엮었다. 그러자 마을의 개들이 조상인 늑대를 그리워하며 하울링 합창을 했다.

그는 소주병을 들고 나발 불며 정원을 서성거렸다. 밤에만 피는 진홍빛 수련 몇 송이 때문에 연못은 화려했다. 연못 가운데 달이 잠기자 아련한 황금빛이 났다. 달빛에 마법이 있다는 그런 상투적인 표현은 정말이었다. 똑같은 연못인데, 밤의 연못은 낮과는 완전히 달랐다. 연못은 기다랗게 퍼져 두 세배는 넓어 보였고 호수처럼 보일 지경이었다. 달과 연꽃 때문에 발광(發光)하는 연못은 작은 극락정토 같기도 했다.

달이 잠긴 연못을 보자, 그는 찰나지만 뭔가 '깨달음'을 얻은 것 같기도 했다. 물속의 달은 존재하는 것이 아니면서도 분명히, 환하게 보인다. 이백이 물속의 달을 보다 물에 빠져 죽었지, 신기루를 향해 가다 죽은 사람도 많았다.

인생 또한 실제로 존재하는 것이 아니다. 그러니 집착 말고 그 속박을 잘라버리라 했다, 내가 정녕 이 집에서 '깨달음' 한 가지는 얻었구나. 그는 자신이 현자라도 된 기분이었다. 이제 정원의 야채만 먹고 살면서 하나하나

'깨달음'을 보탠다면 언젠가 성자도 될 것 같았다.

"히히…… 놀고 있네, 현자 씨! 나 좀 볼까나."

그를 비웃는 환청이 들렸다. 그는 전율이 일었다. 달을 맞으러 올라온 유혈목이 연꽃 아래서 웃듯이 그를 쳐다보고 있었다. 작은 악마가 나타나 명상을 방해하는 것이다. 그는 기분이 나빴지만 뱀이 나름 예쁘다는 것은 인정했다.

"클레오파트라의 피 먹은 양 붉게 타오르는 고운 입술이다. 스며라 배암!"

그는 서정주의 시, 「화사(花蛇)」를 떠올리며 물의 정령 같은 뱀의 미모를 칭찬해 주었다.

미동 않고 그의 말을 경청하던 뱀은 요염한 미모를 더 자랑할 기세였다. 혓바닥을 날름거리며 웃던 뱀은 연꽃들 사이로 교태를 부리며 빙그르르 돌았다. 뱀은 도도한 빨간 줄 뒤태를 뽐내며 사라졌다.

병째로 소주를 마시던 그는 연꽃에게도 술을 권하며 한 잔을 부었다. 그러자 이태백이라도 된 기분이었다. 썩은 물에서 저리도 환한 꽃을 피우는 연꽃은 신비롭고 특이하다. 물의 더러움이 결코 연잎과 꽃에는 스며들지 않는다. 하지만 연꽃이 아름다워도, 연잎 아래 검은 물속은 지옥이란 것을 알고 있었다. 물방개, 소금벌레 같은 곤충 외에도 올챙이, 개구리, 작은 물고기도 사는데 최상위 포식자는 물론 꽃뱀이었다. 서로 잡고 잡아먹히느라 아귀다툼이고 아수라장일 것이다. 그리고 연못 저 바닥 진흙 속에는 뭔가 비밀이 묻혀 있을지 모른다.

늪 속에서 수백 년 전의 미라가 발견됐다는 기사를 본 적이 있었다. 썩지도 않고 시랍 화해서 모양이 잘 보존되었다는. 이 연못에도 썩지 않은 시체가 자빠져 있는지 모르지. 언젠가 다시 살아나길 기다리면서.

그는 먼 마당의 그네 쪽을 보았다. 아까부터 의식적으로, 일부러 안 보고 있었지만 신경이 너무 쓰였다. 바람도 안 부는데 그네가 계속 흔들리고 있었던 것이다.

그네에 사람은 없었다. 아니, 그네를 잡고 있는 하얀 손만 보였다.

홀연히 나타나 공중에 떠 있는 저 하얀 손은? 도를 잘못 닦으면 귀신과 주파수가 맞는다고 했나? 현자는 내 주제에 무슨 현자? 난 절대로 도 같은 건 안 닦아.

술 취해서 헛것을 본 거지, 그는 못 본 척 고개를 돌렸다.

그는 빈 소주병을 아무 데나 던지고 집 안으로 들어갔다. 그는 문을 잠그고 커튼도 내렸다. 아무 것도 더 보고 싶지 않았다.

시현은 나름 무난하게 살았다. 운동을 했고 정원에 물도 주었으며, 소박해도 몸에 좋은 것을 먹으려 요리도 했다. 그는 공부를 하든, 영화를 보든 책상 앞에서 노트북만 쳐다보려 했다. 그러다 절로 창문 너머 먼 마당에 있는 그네를 바라보고 있었다. 아무도 안 보여도, 누가 그네에 앉아 있는 지 없는 지 알 것 같았다. 어떤 때는 그네를 봐도 마음이 편했고, 어떤 때는 그네에 뭔가 있다는 느낌 때문에 머리털이 곤두서기도 했다.

'저것이 또 저기 앉아 나를 쳐다보고 있구나.'

모골이 송연해지면서도 짜증이 났다. 보일 때도 있고 안 보이기도 하는 투명인간 같은 유령이 언제나 바라보고 있는 것이다. 숨어서 바라볼 때도 기분이 나빴는데 이제는 대놓고 쳐다본다. 뭔가 조금씩 보이기 시작했다. 어떤 날은 그녀를 잡고 있는 손과 팔만 보이고, 또 어떤 날은 그녀를 타면서 까닥거리는 흰 발이나 다리만 보였다. 흡사 그를 놀리기로 작정한 것 같았다.

그는 정신을 집중하고 흔들리는 그녀를 보았다. 왠지 노력하면 제대로 보일 것 같아서였다. 마침내 그네에 앉아 그를 보는 온전한 여자의 모습이 보였다. 둥근 얼굴에 긴 생머리, 흰 블라우스에 스커트를 입고 맨발이었다. 장미의 벌레를 잡아 주던 바로 그 여자였다. 그네 위 여자의 텅 빈 시선이 그에게 고정되어 있었다.

그는 벌떡 일어나서 창문을 열고 그 여자를 보았다. 그 여자가 유령이라 해도 무섭다기보다는 짜증부터 났다. 당신 뭐야, 버럭 소리 지르고 싶었지만 인상만 써도 자신의 기분 나쁜 감정이 충분히 전달될 것 같았다.

그러자 여자가 벌벌 떨기 시작했다. 종이처럼 팔랑이던 여자는 그가 콧바람만 불어도 날아갈 것 같았다.

'제가 무슨 잘못을 했나요?'

그에게 여자의 마음이 들렸다. 그는 애처로운 마음이 들었다. 공포에 질린 쪽은 그 여자였지 자신이 아니었다. 유령이라 해도 저 젊은 나이에 죽었다면 억울한 사연이 있을 지도 모른다. 그가 아저씨라면 저 유령은 소녀나 아가씨였다. 젊은 아가씨라면 아저씨에게 좀 관대한 대우를 받아야 하지 않을까. 설령 유령이라 해도 말이다. 그래서 그는 아저씨다운 미소를 지었다.

여자가 그네에서 일어났다.

'방해가 되어 죄송해요……'

괜찮아요, 그는 중얼거리며 손으로 앉아 있어도 괜찮다는 동작을 취했다.

여자는 머리카락이 땅에 닿도록 절을 했다.

그도 묵례로 답을 했다.

그렇게 서로 인사를 나눈 후 유령은 자유롭게 돌아다녔다. 둘 사이의 거리는 늘 일정했지만 고개만 돌리면, 그 여자가 있는 것 같았다. 안 보일 때도 있고 발만 보일 때도 있고 온전하게 보일 때도 있었지만, 그 여자가 곁에 있을 때는 공기와 향기가 달랐으므로 그는 알아차렸다.

그가 노트북으로 작업을 하다 창밖을 보면, 제 딴에는 등을 잔뜩 구부리고 고양이처럼 살금살금 정원을 다니는 여자의 모습이 보였다. 또 책을 보다 시선이 느껴져 보면, 창문을 기웃거리는 창백하고 공허한 유령의 얼굴이 있었다. 이제 익숙해진 유령은 무섭다기 보다는 연민이 느껴지는 대상이었다. 그 불쌍한 여자와 자꾸 마주치자 더 모른 척 할 수 없어 그는 웃었다.

'차라리 아는 척 하자. 모른 척 하는 게 더 힘들다. 너는 거기 있고 나는 여기 있는 거 그것만 지키면 돼.'

여자도 미소를 지었다. 아마 뇌가 없으니 저리도 순진무구한 미소를 짓겠지. 처음으로 그는 여자의 미소가 아름답다는 생각을 했다.

한 며칠 여자는 보이지 않았다. 그는 후련했고 자유를 만끽했다. 그러면서도 버릇이 되어 그네 쪽을 자꾸만 보게 되는 것이었다. 그네는 미동도 하지 않았다.

또 어디 웅크리고 숨어 나를 보고 있나, 그는 정원의 꽃나무들을 이리저리 들춰보며 찾아보기까지 했다. 그렇게 빨리 갈 줄 알았으면 저승 가서 잘 지내라고 인사라도 해주는 건데. 이상하게 미안한 마음마저 들었다. 정녕 눈부시게 환한 빛이 그녀를 데리러 왔던 것일까?

갑자기 창문 아래서 유령의 얼굴이 쑤욱 올라왔다. 그 올라오는 모습이 모딜리아니 그림 속 여자처럼 위로 길쭉하게 퍼져보였다. 모딜리아니가 아마 유령을 봤는지도 모르겠다는 생각이 들었다. 그가 창문을 열자, 유령은 다시 동그란 얼굴이 되었다. 그녀는 그의 반기는 표정을 알아보았다. 여자는 별빛을 담은 듯 반짝거리는 미소를 지었다.

"아가씨 미소가 참 예쁘네. 이름이 뭐지요?"

역시 유령은 뇌가 없는 것 같았다. 여자는 아무 생각도 안 나고 기억도 없는 것 같았다. 그저 웃을 뿐이었다.

"그럼 내가 이름 지어 줄까? 미소가 예쁘니까 아가씨 이름은 미소라고 부를게."

그의 따뜻한 말이 여자를 더 슬프게 만든 것 같았다. 깊고 어두운 우물 속에 백년은 잠겨 있던 여자를 보는 것 같았다. 그 습기와 냉기 때문에 그는 절로 이가 딱딱 부딪혔다. 여름인데 몸이 얼어붙을 듯 한기가 돌았다. 그래도 여자의 애처로움 때문에 가슴이 저민 그가 한 발 더 가까이 갔다. 그녀는 늙음과 젊음이 신비하게 뒤섞인, 노파 같기도 하고 소녀 같기도 한 얼굴이었다.

여자의 눈을 들여다보던 그가 한숨을 쉬었다.

"밤보다 깊은 네 눈동자…… 넌 대체 어떤 인생을 살았기에, 너…… 왜 이러고 있는 거냐?"

서재의 유령

'덧없는 인생 꿈만 같으니, 얼마나 즐거움을 누리겠는가?'

이백이 시에서 한탄한 말입니다.

그 남자의 다정함은 내가 꾸고 싶었던 봄꿈 같은 것일 테지요. 봄꿈은 장미이슬처럼 사라질 테지만, 나는 그의 눈길과 미소, 감미로운 목소리를 오랫동안 간직하기로 했습니다. 그는 '미소'라는 예쁜 이름을 내게 지어 주었고, 좋은 목소리로 내 이름을 불러 주었습니다.

나는 뇌가 없는 유령이 아닙니다. 기억나지 않는 것도 있지만, 기억나는 것도 있습니다. 정신을 차리니 장미가 만발한 이 집 정원에 누워 있었습니다. 그래서 계속 이 집에 살고 있습니다. 이 집은 방이 많아 하나쯤 차지하고 숨어도 티가 안 나요. 그는 일층만 사용할 뿐 이층은 올라오지도 않아요.

다락방에서는 그가 좋아하는 강이 얼마나 잘 보이는지! 그는 그것도 모른답니다. 문 열 생각조차 아예 없어요. 그 방이 내 마음에 든 이유는 서재이기 때문입니다. 서재에는 '이백'의 시 같은 고서적부터 유아용 그림책, 연애소설, 철학까지 다양한 책들이 있습니다.

비어 있는 나의 뇌를 채우기 위해 책을 읽어야 했습니다.

'부생육기(浮生六記)'는 중국인 심복의 자서전으로 죽은 아내에 대한 추억 이야기입니다. 심복의 아내인 '운'은 아침마다 향기로운 차를 남편에게 내옵니다.

심복은 운이 끓이는 같은 차로 수십 번 우려내 봤는데 그런 향이 아예 나지 않았지요. 그래서 '운'이 어떻게 차를 끓이나 그 행동을 관찰했습니다.

그 집에도 우리 집처럼 연못이 있고 연꽃들이 피었습니다. 연못의 수련은 저녁에 봉오리를 오므렸다가 아침에 활짝 피었다더군요. 밤에 주로 피는 우리 연꽃들보단 훨씬 부지런했던 것 같아요. 저녁이 되자 운은 비단주머니 속에 차를 넣고 연꽃 속에 올려 두었습니다. 연꽃은 봉오리를 오므렸고 밤새도록 차는 연꽃의 향기를 흡수했습니다.

아침에 운은 활짝 핀 꽃 속에서 비단주머니를 꺼내 차를 우렸습니다. 말단관리였던 남편의 녹봉으로 좋은 차를 끓일 수 없었던 운의 지혜였지요.

운이 죽은 후, 심복은 눈물을 흘리며 꿈만 같았던 아내와의 추억을 씁니다.

이 책에 감동한 이유는 아마 내가 운이 되고 싶어서였던 것 같아요. 나는 그에게 아침마다 향기로운 연꽃차를 내드리고 싶었어요. 내가 드린 차를 그가 기뻐하며 음미하는 것을 보고 싶었어요.

어느 날 문득 내가 사라지면, 그가 회한의 눈물을 흘리며 나를 추억해 주기를.

그건 내게 너무 과분한 허영심일까요? 연애소설을 읽다 보면 사랑에 대한 허영심이 너무 커지는 것 같아요. 주제도 모르고 말예요.

유령과의 인터뷰

그는 창밖을 보았다. 먼 마당 그네에 그 여자가 앉아 있었다.

그녀는 그를 보고 있지는 않았다. 자신의 시선이 그를 불편하게 한다는 걸 알고 있었다. 그에게 존재를 인정받은 탓인지 그녀는 덜 외로워 보였다. 오히려 신이 나서 그네를 흔들며 혼자 잘 놀았다.

저러다 내가 안 보면 또 몰래 나를 보고 있겠지. 유령의 유일한 관심사가 자신인 것을 알게 된 시현은 갑갑했다. 그는 진정 '도'를 닦는 심정으로 그 갑갑함과 짜증을 참고 있었다.

이제 그는 불을 끄고서는 잠을 잘 수가 없었다. 아니면 아예 해가 뜬 후에 자든지.

어둠 속에 홀로그램처럼 반투명한 유령이 얼굴을 들여다보고 있을 생각을 하자, 깜박 잠이 들었다가도 화들짝 깼다. 불을 켜놓고 잠들었는데도 어떤 때는 캄캄했다. 정전인지, 유령의 장난인지 구별도 안 되었다.

외출 후 돌아온 그는, 책상 위 책이나 메모한 노트가 누가 살짝 보고 덮어둔 것처럼 위치가 좀 달라져 있는 것을 보았다. 그러고 보니 그 전에도 그랬다. 그는 자기가 정리를 안 해서 그런 줄 알았는데, 유령은 궁금한 게 많았던 것 같았다.

그가 유령과 말을 트고 '미소'라는 이름까지 지어 주자, 여자의 모습이 점점 뚜렷하게 보이기 시작했다. 전에 안 보일 때는, 미소가 곁에 있어도 몰랐겠지만 이제 그의 눈에는 미소가 사람처럼 잘 보였다. 책상 앞에서 일하다, 창밖에서 천천히 올라오는 그녀의 창백한 얼굴과 마주친 적이 있었다. 그는 간이 떨어지는 것 같았지만 내색 않고 못 본 척 했다. 그가 노트북으로 영화를 볼 때, 등 뒤의 공기가 서늘하여 돌아보면 유령이 진지하게 영화를 보고 있었다.

그는 미소가 자신에게 할 말이 있는 것이라 생각했다. 옛날이야기나 영화를 보면, 유령은 자신이 할 수 없는 일을 인간이 도와주기를 바라기 때문에 나타난다는 것이다.

그가 미소에게 묻지 않는 것은, 원한을 풀어 달라고 할까 봐 겁이 나서였다. 누군가의 억울한 원한을 풀어줄 엄청난 일이라면 자신이 감당할 수 없다. 차라리 안 듣는 게 낫다. 그렇지만 유령은 그를 졸졸 따라다녔고 바라보았으며, 그의 일거수일투족에 다 관심이 있었고 심지어 머릿속에 들어와 이래라저래라 할 때도 있었다.

시현은 이제 제법 미소와 친숙해지고 그녀에게 연민을 느끼기도 했다. 하지만 한밤중 멀리서 물끄러미 자신을 응시하고 있는 유령을 보면, 어차피 뇌도 없는 머리라고 무시하면서도, 저 뇌 없는 귀신의 머릿속에 자신이 모르는 다른 세상이 있을 지도 모른다. 호기심이 생겼고 신비주의에 탐닉해보고 싶은 마음도 생겼다.

마침내 그는 유령을 정식 초대해서 시원하게 사연이라도 한번 들어주고 다른 세상에 대한 인터뷰라도 하고 싶었다.

자기를 이 집 어딘가 묻은 살인범을 찾아내서 죽여 달라는 그런 부탁이라도 받는다면, 곤란하다고 잘 설득하자─ 그런 거절도 준비해 두었다. 타협이 잘 되면 유령은 하늘 길로 제 갈 길을 가든지, 적어도 각자 사생활을 존중하기로 한다는 다짐 정도는 받아낼 수 있을 것 같았다.

어차피 자기가 먹을 것이겠지만, 그는 테이블에 그럴 듯한 초대 상을 차릴 생각이었다. 승합차를 몰고 두 시간 걸리는 도시의 대형 마트까지 간 그는 베이커리에서 여자가 좋아할 만한 생크림 케이크를 샀다. 마트까지 간 김에 생활용품과 반달 치 식료품도 샀는데 그 중에는 와인과 아로마 양초, 아스파라거스가 있었다.

집에 돌아오니 저녁 시간이었다.

숲에서 뻐꾸기 소리가 온종일 심난하고 처량하게 들렸다. 뻐꾸기 소리를 들으며 유령 맞을 준비를 하자 서글퍼서 눈물이 날 것 같았다.

먼저 그는 카메라를 세팅했고 미소와의 대화도 녹음할 참이었다. 중형 캠코더는 삼각대 위에 설치하고 벽에 무빙 카메라를 달았으며, DSLR카메라는 테이블에 올려 두었다. 인터뷰를 하듯 그녀에게 물어볼 말을 연습하면서 머릿속에 정리했다. 적어도 종류가 다른 카메라 세대 중 하나에는 뭔가 걸리겠지. 녹음이 잘 되면 좋으련만.

그는 창고에서 찾은 체크무늬 테이블보를 테이블에 깔았다. 와인 병은 얼음에 재웠고 와인 잔을 두 개 마주 배치했다. 테이블 가운데 생크림 케이크를 두고 아로마 양초도 두 개 올렸다. 요리는 간단하게 하나만 준비했다. 아스파라거스에 베이컨을 말아 프라이팬에 구웠다. 아스파라거스를 골동품 접시에 담아 케이크 옆에 두자 조촐한 파티 분위기가 났다.

그는 양초에 불을 붙였다. 불이 붙으면서 양초에서 달콤한 과일 향이 났다. 어디선가 유령은 이 모든 광경을 지켜보았을 텐데 아직 나타나지 않았다. 형광등 빛이 너무 밝은 것 같아 그는 껐다. 촛불만으로는 촬영하기 어두워서 국부 조명 하나를 구석에 설치했다.

그렇게 만찬을 차리고 앉았지만 유령은 아직 나타나지 않았다.

'정작 초대를 할 때는 나타나지 않네.' 그는 속으로 툴툴댔다.

일어선 그는 문을 활짝 열고 유령이 들어오는 길을 만들어 주었다. 뭔가 그래야만 할 것 같아서였다.

구석의 조명 등이 꺼질 듯 깜박거렸다. 등이 깜박거리는 것이 무슨 조짐 같아 긴장되었다. 문 앞에 미소가 나타났다. 그녀가 들어서는 순간 장미 밭인 듯 짙은 꽃향기가 훅 풍겼다. 조명이 꺼졌지만 촛불만으로도 그 모습은 충분히 잘 보였다. 예상보다 아름다운 모습이어서 그는 놀랐다. 그녀는 화장을 한 듯 얼굴이 화사했고 머리카락도 미용실을 갔다 온 듯 구불거렸다. 레이스가 달린 핑크빛 드레스는 촌스러웠지만 그녀를 생기 있는 사람처럼 보이게 했고, 하이힐을 신고 있어 키도 늘씬해 보였다.

'귀신이든 사람이든 여자는 역시 꾸미고 하이힐을 신어야 해.'

그는 여자를 테이블 의자로 안내했다.

유령은 초대받을 자격이 있는 미인처럼 우아하게 앉았다.

허리를 숙인 그가 정중하게 와인을 부어 주었다.

"드세요. 아가씨를 초대하려고 최선을 다해 차렸어요."

"감사합니다."

미소 짓던 그녀는 와인을 마셨고 케이크를 한 입 먹었다. 그녀는 베이컨을 만 아스파라거스도 딱 한 입 먹었다. 실제로 먹은 것인지 먹은 체 한 것인지는 알 수 없었다. 그도 와인을 마셨고, 그녀의 빈 잔과 자기 빈 잔에 다시 와인을 부었다. 그녀가 다시 잔을 비웠다. 그는 유령이 와인을 참 잘 먹는다고 생각하며 다시 잔을 채워주었다. 그는 저녁 대신 케이크와 베이컨을 만 아스파라거스를 먹었다. 이렇게 수정을 위해 만들고 함께 먹었던 적도 있었다. 수정이 근사하다며 칭찬해 주었던 기억도 났다. 앞에 유령이 대신 앉아 있으니 그는 수정이 못 견디게 그리웠다.

그는 실연의 고통을 숨기며 말했다.

"미소, 내게 할 말이 있는 것 같은데?"

미소는 얌전하게 고개를 흔들었다.

"그럼, 내가 뭘 해주기를 바라는 건가?"

미소는 잠자코 있었다.

"그도 저도 아니면 내가 하고 싶은 말을 할게요. 당신이 산 사람이 아니라는 건 알고 있나요?"

미소는 적잖게 당황한 기색이었다.

"제가 죽었다는 사실을 잊었습니다…… 맞아요, 저는 오래 전 죽었어요……."

그녀는 자기가 죽은 걸 인정했다. 망설이며 말했지만 음성이 또렷하게 들렸다.

"미소는 내가 이 집 주인인 걸 알고 있나?"

"당신이 이 집 주인이고 제가 객인 건 알겠습니다."

"그럼 집 주인이 나가달라면 가야 하는 건 아닐까?"

"어디로 가야 하는지 몰라요."

"가는 길을 찾으면 갈 수도 있다는 말이군."

"저는 밥 같은 건 먹지 않아도 되지만 지낼 곳은 필요해요. 저를 쫓지만 말아 주세요."

"아가씨더러 당장 나가라고 하지는 않을 게요. 그런데 정말 한 같은 건 없는 거야?"

"네…… 저는 딱히 한이 있는 거 같지 않고, 한이라니…… 그런데 그것도 이제 아무 의미가 없어요. 100년이란 시간이 흘렀다면 할 말이나 한, 그런 건 이제 아무 의미가 없는 거 아닐까요?"

"아가씨, 죽은 지 100년이나 됐습니까?"

그녀는 고개를 흔들었다.

"모르겠어요. 시간이 아주 길었던 것 같아요."

"한이 없다면 왜 안 가는 겁니까?"

"어디로요?"

"빛의 터널 같은 데로, 아니면 황천을 건너든지, 영들이 가는 저세상으로 가야 되는 거 아닌가?"

"이 집에 있고 싶습니다. 나무, 장미, 돌들까지 오래 함께 있다 보니 애착이 깊어졌어요. 좀 더 있을게요."

"그럼, 이 집에 사는 대신 예의를 좀 지키기로 합시다."

그러자 그녀는 고개를 들지 못했다.

"제가 조심하겠습니다."

"나이가 백 살도 넘는데 내가 반말을 해서 미안합니다."

"아니에요. 저는 시간과 공간 개념이 없는 것 같습니다. 제가 생각만 하면 그 장소에 가 있어요. 편하게 말씀 낮춰 주세요."

"생각만 하면 그 장소에 가 있다고?"

"네, 당신은 이 집의 유일한 사람이라 제가 생각을 하지 않을 수 없습니다. 당신 생각을 하면 어느새 당신 근처에 가 있어요."

"당신은 물건을 움직일 수 있지?"

"네, 약간."

"또 어떤 능력이 있나?"

"저는 아무 능력도, 힘도 없습니다."

"옷하고 구두는 어디서 났지?"

"집중하면 제가 상상하는 옷과 구두를 신은 모습이 됩니다."

"대단한 능력인 걸! 당신은 대체 몇 살에 죽었지? 죽으면 자신이 원하는 젊은 모습으로 돌아 갈 수도 있다던데 사실인가?"

그는 갑자기 궁금해졌다. 그렇다면 그녀가 80에 죽었을 수도 있지 않은가. 눈앞의 20대 여자가 여든일지도 모른다는 생각을 하자 더 소름이 돋았다.

미소는 미소를 띠었다.

"저는 길게 살지 못했던 것 같아요. 인간으로서의 생은 짧았고 유령으로 이 집에 아주 오래 있었습니다."

"다른 사람 몸속에 들어가 본 적은 있나?"

"없어요. 다른 사람 몸속에 들어가는 건 날강도나 마찬가지지요. 사람의 몸과 정신을 뺏어 이용하는 것은 큰 죄를 짓는 것입니다. 때문에 그럴 능력이 있는 영이라 해도 하지 않아요. 저승의 윤리라는 것도 있고 대부분 영은 그럴 힘도 없어요. 영들에게도 인간과 마찬가지로 도덕과 규범이란 게 있답니다. 그런 짓을 한 악령은 고통스런 대가를 치르게 됩니다."

"그런데 난 왜 내 머리 속에서 당신 목소리를 들은 것 같을까?"

"그저 당신에게 제 마음의 소리가 들린 거예요!"

"당신이 내게 빙의한 적이 없단 말이지?"

"당신처럼 자아가 강한 사람은 빙의하기 힘듭니다."

"이 집에 다른 유령은 없나?"

"여기는 제 집입니다. 유령도 각자 자기 집이 있답니다."

"혹시 누가 여기서 당신을 죽였나?"

"아뇨……."

"그럼 자살이라도 한 건가?"

"자살 안 해요. 전 사람으로 오래 살고 싶었어요."

"죽어 보니 어때요?"

"죽으면 자유롭고 아무 것도 모를 줄 알았습니다. 오랫동안 제가 죽은 줄도 몰랐고 죽음을 받아들이지 못했어요. 그런데 전 아무데도 갈 수 없어요. 죽은 지 수십 년은 된 것 같은데 왜 이 집에 있는 지 그 이유를 나도 모르겠습니다."

"사람이 죽으면 당신처럼 되는 건가?"

"다른 세상으로 갈 테죠. 세상이 나 같은 유령으로 뒤덮여 있으면 안 될 테니까. 하지만 수많은 영들이 자신이 죽은 줄 모르고 지상에 있습니다. 나는 어째서 여기 있는 걸까요?"

그녀는 애처로움을 담은 눈으로 그에게 되물었다.

"누군가 오기만을 기다리면서…… 그런데 당신이 나타났습니다."

"사람을 기다렸다고? 그런데 왜 사람들이 이 집에서 못 견딜까?"

"사람들이 겁이 많았어요. 제 손만 봐도 기절해서 자빠지곤 했어요."

"솔직히 말해 봐, 그 사람들이 나가길 바라서 놀래 킨 건 아니고?"

"아뇨. 저는 누구든 이 집에 오길 바랐어요. 사람 발자국 소리만 들어도 반가웠는걸요. 외로워서 울기도 했습니다."

"울었다고? 네가 우는 소리가 끔찍해서 마을 사람들이 이불을 덮어썼다던데."

미소는 억울한 표정이었다.

"그저 숨죽여 울었을 뿐인데…… 유난히 민감한 사람이 있어요. 마을에 한두 명씩 그런 사람이 있죠. 그 사람이 우는 소리를 들었다고 하면, 다음부터는 바람만 불어도 귀신이 운다고 난리가 나요."

"당신은 무서운 존재가 아닌가?"

"저는 할 수 있는 일도 없고 사람이 두려워할 힘도 없어요. 그저 공허한 존재일 뿐입니다."

"자, 그럼 백 년 전으로 돌아가 봅시다. 한일합방이 되기 전후 시대 같군."

"수십 년 전인지 백 년 전인지…… 전 시간개념이 부족해요. 예전에 같이 살았던 부모, 형제, 좋아했던 사람이 있었는지 모르겠습니다. 그 사람들을 저승에서도, 이승에서도 다시는 찾을 수 없었어요."

"저승세계는 가 봤던 건가?"

"가끔 지나가는 영들을 만납니다. 영들을 통해 저승이나 이승 소식을 들을 수가 있어요."

"영계통신이라는 거구나. 그럼 당신 부모님이나 형제는 어떤 사람들이었지?"

"그분들에 대한 제 슬픈 감정, 그리움만 기억날 뿐입니다. 유령은 뇌가 없기 때문이지요. 기억해봤자 무슨 소용 있겠어요."

그녀의 말에 그는 소름이 끼쳤다. 이 여자는 내 머리 속을 훔쳐보며 거짓말을 한다.

"유령도 거짓말을 하나?"

참다못한 그가 언성을 높였다. 유령이 왠지 솔직하다는 느낌은 들지 않았다. 유령의 말에는 진실과 거짓말, 애매모호한 얼버무림이 섞여 있었다.

"거짓말하는 유령이 있습니다. 산 자나 마찬가지로 죽은 자도 거짓말을 합니다."

"유령 말을 믿으면 안 되겠군."

"네⋯⋯."

"주로 어떤 거짓말을 하나?"

"약하고 가벼운 사람의 마음을 사로잡기 위해 거짓말을 해요. 자신이 신이라며 허풍을 치기도 하고, 연인이라며 달콤한 거짓말도 하고, 심지어는 당신의 어머니나 할머니인 척 인자한 미소를 짓기도 합니다. 거짓 예언도 하고 신통력도 주장하며, 사람과 다름없이 사기를 치는 유령도 있어요. 심지어는 이간질도 하고 사람을 지배하려 하죠."

"역시 나쁜 유령이 많은 건가?"

"유령도 사람처럼 여러 종류죠. 저처럼 평범한 유령도 있고⋯⋯ 혹시 악령이나 귀신이 보이면 본 것도 믿지 마세요. 그 모든 것을 꿈이나 환상 같은 유희로 보고 스쳐가게 두세요. 외로운 자들이니 약간의 연민은 가지셔도 됩니다. 하지만 저는 악령이 아니에요. 그런 악령으로부터 당신을 지켜 드릴 수도 있습니다."

"그만! 수호령이 된답시고 내게 딱 붙어 있으려는 수작 따윈 관두시지."

그는 화를 내며 전등을 켰다. 환한 형광등 아래서도 미소의 모습은 사라지지 않았다. 볼수록 더 사람 같았다. 그는 화를 더 내서 다짐을 받아야 한다고 생각했다.

"내가 이 집을 나가야 되겠나? 그 수밖에 없어!"

"가지 마세요! 집 주인은 당신이니까, 시간을 주신다면 제가 떠나겠습니다."

그녀는 다급한 나머지 그에게 안길 듯 달려들었다. 그는 뒷걸음질 치며 소리쳤다.

"가까이 오지 마! 당신과 나는 서로 사는 세계가 다르니까, 일정한 거리는 늘 유지합시다. 난 당신에게 그것밖에 바라는 게 없어."

"네, 불편하게 하지 않겠습니다. 좋은 점도 있을 거예요. 전 괜찮은 정원사여서 저를 보내면 당신은 틀림없이 후회하실 거예요."

그는 마지막으로 한 가지만 더 묻고 싶었다. 그건 당신 시체가 이 집 어딘가 묻혀 있냐는 것이었다. 그런데 그 말은 아무리 유령이라 해도 너무 실례되는 말 같았고, 막상 말을 꺼내기가 무서웠다. 대신 그는 엉뚱한 말을 했다.

"너 역시 꿈이나 환상 같은 유희로 봐야 하지 않을까?"

"네…… 저는 구름이나 안개 같습니다. 언젠가 흘러 갈 테지요."

기분이 나쁜 지 미소는 간다는 말도 없이 사라졌다.

그는 미소와 적당히 타협을 본 것이라 생각했다.

그는 촬영한 영상을 노트북에 연결해 보았다. 카메라 세 대 다 미소의 모습을 찍지 못했다. 그런데 그 자신의 모습이 아주 가관이었다. 맞은편의 와인 잔에 술을 부어 주곤 잠시 후 자신이 마시는 것이었다. 귀신에게 홀렸다는 말이 바로 이런 것이다. 미소의 결백하고 말간 얼굴을 떠올리던 그는 배신당한 기분마저 들었다.

'유령이 거짓말을 잘 한다고 하더니 나를 속였어…….'

그렇지만 그녀를 다시 불러 어떻게 된 일이냐고 따질 수도 없었다.

영상을 볼수록 그는 얼굴이 화끈거렸다. 애인이나 초대한 듯 예쁜 테이블 세팅을 하고, 혼자서 떠들어대며 인상을 쓰고 웃고 화를 내고, 맞은 편 잔에 술을 붓고 또 자신이 마신다. 그래서 생각보다 두 배나 취했다. 누구든지 이 장면을 본다면 그가 정상이 아니라고 생각할 것이다. 잘 봐줘 봤자, 신 내림을 받은 남자가 혼자서 강령회를 하며 놀았다고, 쇼라고 생각할 것이다.

그래도 꼼꼼히 두 번은 돌려봤다. 마침내 무빙카메라가 '엑토플라즘'이라고 할 수 있는 희뿌연 물체를 잡은 것을 포착했다. 그의 맞은편 의자에 흐린 빛이 잠깐 머물렀다. 그 물체는 뭔가 자기주장을 하는 것처럼 움직였고 전기 같은 에너지를 발산했다. 그는 자신이 미치지 않았다는 확증을 잡을 수 있어 기뻤지만, 공개하기에는 조잡한 영상이었다. 녹음도 실패했다. 이상한 정신세계를 가진 그의 좋은 목소리만 녹음되었다. 미소의 목소리는 녹음되지 않았고 가끔 라디오 잡음 같은 소리가 났다. 혼자서 말하는 그의 그윽하게 깐 목소리는 그가 미친놈이라는 것을 입증하는 더없이 좋은 자료였다. 적어도 유령의 사진 한 장이나 목소리라도 따 보고 싶었던 그의 계획은 말짱 무산되었다. 낯 부끄러워서 다 삭제했다.

그는 자신의 눈도, 귀도 믿을 수 없고 뭐가 뭔지 알 수 없었다. 카메라에 찍히지 않는 걸 보면 이 유령은 실제로는 존재하지 않는 것일까? 오로지 내게만 허상으로 나타난 걸까? 보였지만 진짜 존재하지는 않는 것일까? 신기루처럼? 하지만 신기루도 카메라에는 찍힌다. 그가 아는 사진작가 중에는 사막에서 멋진 신기루를 찍은 사람도 있었다.

눈물의 무게

서재에 숨어 웅크린 채 책을 읽었습니다. 내가 집 안에 있는 걸 그 남자가 알면 큰일 나거든요. 정원은 다닐 수 있지만 집 안은 출입이 금지되어 아주 조심해야 해요. 그림 형제의 민담을 읽으며 눈물을 흘렸습니다.

사랑하는 아이를 잃은 어머니가 밤낮으로 눈물을 흘렸어요. 밤이면 이 아이는 어머니 앞에 나타났고, 어머니가 울면 아이도 울다가 아침이 되면 사라졌습니다. 그래도 어머니는 눈물을 그치지 않았습니다. 밤에 아이는 수의를 입고 어머니 침대 발치에 나타났습니다.

어머니, 제발 눈물을 거두세요. 관 속에서 잠을 잘 수가 없어요. 어머니의 눈물이 자꾸 수의에 떨어져 마르지 않아요.

어머니는 이 말을 듣고 두려워 다시는 울지 않았습니다. 다음 날 밤 아이가 나타나 말했어요.

어머니, 내 수의가 거의 다 말랐어요. 이제는 무덤에서 잠잘 수 있어요.

누군가 홍수 같은 눈물을 흘렸기에 내 옷이 항상 마르지 않았다고 생각했습니다. 나 때문에 그 많은 눈물을 흘려보냈을 사람을 위해 나도 울었습니다. 그 사람의 눈물 때문에 내 몸은 항상 젖어 있었고 잠을 잘 수도 없었어요. 아마 몸이 무거워 내 갈 길을 못 가고 묶여 버린 지도 모릅니다.

나 때문에 홍수 같은 눈물을 흘린 사람을 한번이라도 보고 싶었습니다.

당신의 눈물이 무거워 나는 죽어서도 자유로울 수가 없었노라고, 지금도 축축하고 무겁고 춥다며 원망하고 싶었습니다.

하지만 이제 눈물을 흘렸던 그 사람은 이승에도, 저승에도 없습니다. 영원히 만날 수 없습니다.

내가 왜 죽었는가. 그 사실도 이제 와서 중요할 게 없습니다.

나는 이제 와서 무엇을 슬퍼하고 있는 것일까요?

처음에는 내가 죽었다는 사실도 몰랐습니다. 꿈도 없는 긴 잠을 자다가 춥고 축축해서 일어났지요. 낯설고 어두운, 절대 암흑 속에 갇혀 있는 것 같았습니다. 입구를 찾아 나가려고 소리를 지르고 몸부림쳤지요. 정신을 차리니 천국 같은, 장미가 만발한 정원 속에 누워 있었어요. 아무 기억도 없고 갈 곳도 없었기에 여기에서 지냈습니다. 공허한 어둠 속으로 사라지다 눈을 뜨면 다시 이 정원에 있었습니다.

가끔 내가 죽었다는 사실을 일깨워주는 동물들, 사람도 있었지요. 내가 빙의를 하지 않았다는 말은 거짓말입니다. 사람에겐 죄의식 때문에 빙의를 못했지만, 개나 고양이, 다른 만만한 동물들에게 가끔 빙의한 적이 있었습니다. 길고양이 속에 들어가 사람 사는 세상을 구경하며, 세상이 어떻게 변해가나 알기 위해서였습니다. 그리고 정원으로 돌아와서 동물을 자유롭게 놓아주었지요. 어느새 내가 죽었다는 사실은 다시 잊고, 정원을 가꾸며 책도 보고 일상생활을 했습니다.

정원에 서 있으면, 눈부신 빛 속의 다정한 누군가가 나를 부르는 소리가 들릴 때도 있었어요. 그렇지만 대답하지 않았어요. 나는 내가 가꾼 장미와 이곳의 꽃들, 나무들, 내가 밟고 다녔던 돌들에게조차 깊은 애착을 느꼈습니다. 나는 여기서 사는 게 좋았고 내가 천국 같은 곳을 갈 거라는 기대는 하지 않았어요.

내가 죽었다면, 죽은 자가 가야 할 곳이 따로 있다면…… 그에게 시간을 좀 달라고 했지만, 이제 어떻게 가야 하는 지 그 방법도 모릅니다…….

꿈의 미로

다음 날 시현이 정원을 내다보자, 미소가 인간처럼 서 있었다. 안개도 없는 6월의 환한 태양 아래, 그녀는 현실 속 여자인 척 정원에 물을 주고 있었다.

날마다 모습이 뚜렷해지던 미소는 어제 초대를 계기로 더 인간에 가까워졌다. 그는 그녀가 사람이면서 귀신인 척 장난을 친 게 아닌가, 생각을 했지만 카메라에는 찍히지 않았다. 고로, 자신 눈에만 보이는 유령이라는 결론을 내렸다. 뇌가 고장 났다고 생각하기보다는, 유령을 인정하는 게 더 마음 편하기도 했다. 그래도 이제 예전만큼은, 그 기억력 좋았던 머리에 자신을 가질 수 없었다.

그는 고독이라면 로빈슨 크루소만큼 견딜 자신이 있었다. 그런데 스토커인지, 유령인지, 꼭 썸을 타는 여자 친구가 하나 생긴 것만 같았다. 그는 유령의 존재보다, 혹시 자신의 멘탈이 약해서 유령에게 홀린 것이 아닌 가, 고민이 더 컸다. 빈털터리가 된 지금도 그는 잘생긴 외모에 만족했고 좋은 머리를 믿었으며, 자기는 특별한 사람이라고 생각했다. 지금은 전원생활을 하며 재충전하는 시기며 미래는 지금보다 나은 생이 펼쳐질 거라고.

그런데 유령이 생생하게 보일수록 자신을 믿을 수 없었다. 뭐가 현실이고 꿈인지, 현실과 몽환의 경계가 희미해졌다. 자고 나면 꿈의 파편들이 먼지처럼 베개에서 피어올랐다. 분명 잠에서 깨서 토스트와 커피로 식사를 하고

있는데 꿈속에서 먹고 있었다. 꿈속의 꿈을 꾸는 데도 토스트는 바삭바삭
했고 산딸기 잼은 달콤했으며 커피는 향이 짙었다.

사다리를 세워 놓고 올라가 오디열매 몇 송이를 땄다. 잘 익은 까만 열매
를 입속에 넣고 맛을 봤다. 풀과 머루를 섞은 묘한 맛을 느꼈지만 진짜라고
확신할 수는 없었다. 미소가 나무 아래서 그를 쳐다보고 있었다. 그녀가 양
이 부족하다 해서 한 바구니를 채웠다. 그의 꿈은 총천연색이었으며, 열매
나 꽃의 향도 더 짙었다. 왜 미소가 시키는 대로 오디 열매를 따고 있나? 언
제 미소와 그렇게 친밀해졌나? 꿈이라면 이해할 수 있고 그러니 꿈일 것이
다. 꿈이란 것은 '기승전결'이란 차례도 없고, 아무 개연성 없는 일이 툭 튀
어나오기도 하니까.

좋은 점이 한 가지는 있다고 생각했다. 신비로운 유령에 홀려, 어느새 수
정이나 리라 같은 여자들을 까맣게 잊었다는 것을 알게 되었다. 과거의 여
자들에게 해방된 기분이 들어 후련했다. 헤어진 여자를 그리워하며 고통 받
는 자기 모습이 혐오스러웠던 것이다.

그는 날마다 창문너머로 미소가 일하는 모습을 지켜보았다. 정원은 삶과
죽음이 자연의 섭리임을 쉽게 가르쳐 준다. 미소는 봉오리를 위해 시든 꽃
을 잘랐고 장미가 떨어진 자리에는 달리아를 심었다. 그녀는 웬만한 풀은
그냥 두는 듯 했다 하지만 '마귀풀'이라는 번식력 강한 잡초를 뽑느라 종일
바빴고, 꿀벌을 잡아먹는 말벌을 쫓아내느라 또한 바빴다.

미소는 그가 딴 오디로 오디 잼을 만들었다. 소주를 사 오면 오디술을 담
가 주겠다는 말도 했다. 그는 술은 줄여야 하니 잼으로 충분하다고 했다.
미소는 예쁜 찻잔에 담은 차를 대접하였다.

"당신에게 이 차를 아침마다 대접하는 게 제 꿈이었어요."

꿈이라고 분명히 미소가 말했다. 그러고 보니 미소가 꾸는 꿈속에 그가 들어와 있는 것 같기도 했다. 어디서 그렇게 향기로운 차를 가져 오는 지 궁금해서, 그는 가만히 미소를 관찰하였다. 저녁이 되자 미소는 비단주머니를 들고 연못으로 갔다. 주머니 속에는 차가 들어 있었는데, 그녀는 그 차를 연꽃 속에 올려두는 것이었다. 아침이 되자 미소는 다시 연못으로 갔다. 미소는 벌어진 연꽃 속에 있던 차주머니를 꺼내 차를 우렸다. 꿈꾸는 듯 그녀는 행복해 보였다.

"저를 추억해 준다고 약속해요."

"그래, 너를 추억할게."

"떠나지 않는다고 말해 주세요."

"절대 떠나지 않을 거야."

그는 무엇 때문에 그런 약속을 했는지 모르겠는데, 꿈이니까 그냥 해달라는 대로 해준 것 같았다. 꿈속에서는 미소가 자기 아내인 것도 같고, 10년은 족히 사귄 애인 같기도 했다. 미소와 지내며 그는 늘 반수면 상태로 지냈다. 꿈은 점점 더 길어졌고 깨어 있어도 몽롱한 반수면 상태에 여전히 머물러 있는 것 같았다.

비가 오는 날, 미소는 어딘가 숨어서 종일 나오지 않았다. 이제는 오히려 그가 궁금해서 여기저기 미소를 찾아다닐 정도였다. 그러다 이층 위의 또 다른 작은 방, 다락방 서재에서 책을 읽는 그녀를 발견했다.

그들은 다락방의 통유리 창으로 흘러가는 강을 보았다. 비가 떨어지는 강은 운치 있고 눈물이 날 만큼 쓸쓸했다. 그 광경을 보자 그는 오히려 이 방을 몰랐던 게 다행이라는 생각을 했다. 날마다 여기 숨어 저런 강을 보면 우울증에 걸릴 것 같았다.

그는 미소가 흥얼거리는 구슬픈 노래를 들었다. 제목은 알 수 없었다. 그런 노래가 세상에 있는 지도 알 수 없으니까. 아주 오래 전 노래 같았다. 미소는 100살이 넘었을 지도 모르니까(미소가 80에 죽었을 지도 모른다는 상상은, 그저 상상만으로도 징글징글했다.) 그녀의 끝없는 흥얼거림에 그는 토할 것처럼 멀미가 났다.

'정말 옛날 여자네. 할머니처럼 노래하는 걸 보니 70에 죽었는지 몰라, 예쁜 척 하려고 젊은 나이에 죽었다는 거야. 이름도 모른다고 내숭떠는 걸 보면, 아마 본래 이름이 분녀(糞女)나 똥간에서 태어난 똥숙이였을 거야.'

그는 자면서 투덜거리고 있었다. 그런데 장면이 바뀌어 노을 지는 환상적인 강가에 혼자 앉아 있었다. 그는 자기가 뭘 하는 지도 몰랐고 낚시에 별 관심이 없었다. 그저 묵직한 게 걸려서 낚싯대를 올렸다. 그런데 긴 머리카락이 달린 해골이 올라왔다. 놀라 도망가려다 이건 꿈인데, 싶어 계속 낚시를 하기로 했다. 꿈인 걸 아니까 '자각몽'이라 할 수 있다. 줄에 칭칭 감긴 머리카락과 해골을 풀며 신경질을 냈다. 해골은 그가 부수거나 강에 다시 던질까 봐 겁에 잔뜩 질려 있었다. 그런 해골이 불쌍해서 그는 옆에 두고 낚시를 했다. 낚시를 할 때마다 갈비뼈, 다음에는 정강이뼈, 그런 순으로 결국 뼈가 다 올라왔다. 그는 뼈들을 다 자루에 담아 들고 집으로 돌아왔다. 거실에 자루의 뼈들을 펼친 그는 인터넷으로 인체 해부도를 보았다.

"인간의 뼈가 208개인가? 208개의 뼈를 해부학도 공부하지 않은 내가 어떻게 다 맞추지?"

그는 이제 제한된 시간 내에 208개의 뼈를 다 맞춰야 빠져 나갈 수 있는 공포 영화 속에 들어와 있었다. 그래도 인터넷이라는 찬스를 2번은 쓸 수 있다고 했다. 한 번 썼는데 마지막 찬스를 또 써야 하나, 그는 고민했다. 찬스는 다 써버렸다. 한 달은 해골을 끌어안고 있어야 뼈를 맞출 것 같았다. 이제 영원히 이 악몽 속에 갇혀야 하나?

　악몽이라고는 하나 썩 무섭지는 않았다. 꿈이기에 분명 깰 것을 믿고 있는 것이다.

　자각몽은 자기가 만들어가는 꿈이고 악몽의 결말도 바꿀 수 있다는데, 이제 그만 일어나자. 그런데 자고 있는데도 계속 졸렸다.

　가까이서 귀에 대고 속삭이는 미소의 낭랑한 목소리가 들렸다.

　"너무 오래 주무셨어요. 연향차를 가져 왔어요."

　은은한 연꽃 향기가 퍼지며 미소의 손가락이 그의 눈을 가린 머리카락을 쓸어주었다. 미소의 손길은 살아있는 사람처럼 섬세하고 사실적이었다. 그 손에는 온기가 있고 가녀린 떨림이 느껴졌다. 그는 너무도 마음이 안정되었다.

달콤한 인생 (La dolce vita)

시현은 한동안 그림을 그리며 지냈다. 정원에 캔버스를 세우고 자신의 유년기 사진을 보며 초상화를 그렸다. 그림을 그리는 내내 마음이 아릿했고, 또 자신이 퇴물처럼 하릴없이 과거나 회상하는 것 같아 마음에 들지 않았다. 그래도 사진과 똑같이 그리는 것이 목적이었으므로 꼼꼼하게 오랫동안 그렸다. 나름 그림의 기초 공부를 시작한 것이다. 정원을 배경으로 아이가 놀고 있는 수채화도 몇 장 그렸다. 연못에서 헤엄치는 거위도 그렸다. 그는 아이 때부터 그림을 잘 그렸는데 고등학교부터는 입시 공부를 하느라 그리지 않았다. 그리고 독립영화를 만들면서 콘티를 직접 그리기 위해 다시 일러스트레이션 공부를 했다. 화가라고 할 수는 없지만 아쉬운 대로 쓸 만한 솜씨였다.

희망도 의욕도 없이 평화롭기만 한 하루가 또 시작되었다. 시현은 초여름의 싱그러운 정원에서 그림이나 그리며 빈둥빈둥 지내고 싶었다. 장미가 지기 전에 마음껏 그 향기를 음미하리라, 그런 걸 백일몽에 빠졌다고 하는 것이다. 석양에는 지는 해를 보러 강에 나갔고, 달이 뜨면 연못 속의 달을 보며 명상했다.

그가 좋아하는, 그에게는 평범한 단어를 골라 암시를 걸 듯 중얼거렸다. 라 돌체 비타(la dolce vita). 그는 돌체 비타를 자주 중얼중얼 거렸다. 나는 달콤한 인생을 살고 있다. 이 안일함, 아무 하는 일 없이 지내는 즐거움!(dolce far niente) Let it be, Let it be 하고 케세라 케세라(Que sera Que sera)하자.

장미 덤불 그늘에 주저앉은 그는 별 하는 일이 없는데도 깊은 피로감을 느꼈다. 장미마다 꿀벌들이 바글바글했다. 꿀벌들은 너무도 바빠서 그에게 아무 관심이 없었다. 자세히 보니 꿀벌들의 뒷다리마다 노란 꿀단지들이 매달려 있었다. 어떤 놈은 두툼하니 꿀단지가 꽤 무거워 보였고 어떤 놈은 더 가벼웠다. 그는 자신이 꿀벌만도 못한 기분이 들었다.

그래도 그의 손에는 카메라가 들려 있었다. 그는 '파브르'같은 곤충학자가 되고 싶었던 어린 시절을 떠올리며 정원의 생물들을 관찰했다. 그림을 그리지 않을 때는 자연 다큐를 틈틈이 찍어가며 친환경적인 인간이 되어가고 있었다. 집의 정원, 숲, 연못만 해도 자연 다큐 한 편은 나올 것 같았다. 흰 나비가 애처롭게 몸부림치는 거미줄이 전선처럼 나무에서 나무로 길게 이어져 있었다. 저 나비를 살려 줄까? 그는 자연의 법칙을 존중하므로 개입하지 않기로 했다. 흰 나비의 슬픈 듯 예쁜 모습에 속지 말라. '하얀 나비'라는 우는 노래도 있으며, 흰 나비가 영혼의 매개체인 듯 말하는 웃기는 사람들도 있다. 하지만 배추흰나비는 그저 해충일 뿐이다. 흰나비는 배추에 앉는 순간 엄청난 알을 깐다. 농부가 '하얀 나비'라는 노래나 부르고 있으면 배추밭은 전멸하고 만다.

가끔 정원에 오던 노랑 고양이가 정지화면처럼 수풀 속에 웅크리고 있었다. 뭔가 노리느라 납작하게 매복한 자세였다. 할 일이 없던 그는 고양이를 관찰했지만 10분도 넘게 그러고 있으니까 지루했다. 다른 곳을 보던 그가 다시 고개를 돌리자, 살짝 일어난 고양이가 앞발을 치켜든 채 스톱모션이 되어 있었다. 어쭈, 저 자세로 얼마나 버티나, 이번에는 지켜보았다. 꽤 오래 버티던 고양이가 앞발로 수풀을 후려쳤다. 수풀 속에서 참새 한 마리가 날아올랐다. 저렇게 오래 공들였는데도 결국 참새를 잡지 못했구나, 그는 쯧쯧 혀를 찼다.

'이 정원에서 무사안일한 자는 나밖에 없다.'

그는 더 이상 불행하지 않았다. 집을 나가 산책하고 조깅을 해도 인생의 달콤한 맛이 느껴졌다. 광활한 하늘과 풍부한 뭉게구름, 강변과 수평선을 보며 천천히 달렸다. 나른하게 팔을 벌리고 달리다 강에 뛰어 들어도 좋을 것 같았지만, 실제로는 절대로 그럴 사람이 아니었다. 강물 속에 뇌를 파먹는 벌레가 우글거릴 거야. 비릿한 강물을 볼 때마다 그의 생각은 더 비약되었다. 그래도 그는 이상하게 나른한 행복감과 기쁨을 감출 수 없었다. 모두 다 아름답다! 이 아름다움을 사랑할 수 있는 많은 세월이 앞에 있으니 나는 얼마나 부자인가.

조깅을 하며 동네 한 바퀴를 도는 것이 그가 하는 일 중 가장 격렬했다. 구멍가게에 들러 소주를 사서 돌아갈 때, 그는 언덕 밑 승합차 옆에 나란히 주차된 은색 아우디를 보았다. 리라의 차였다. 기쁨이 요동쳤다. 그는 호흡을 고르느라 천천히 언덕을 올라갔다. 그는 자신의 모습을 점검했다. 친환경적인 인간이 되어가느라 머리도 길었고 턱수염이 제법 수북하게 자라고 있었다. 상 남자로 섹시해보이기엔 인물이 좀 부족해서 인텔리한 노숙자 같다는 표현이 어울릴 것 같았다. 하긴 리라가 인물을 보고 그를 좋아한 건 아니었다.

대문은 활짝 열려 있었다. 그가 또 문을 잠그지 않고 나간 것이다. 이 집 근처에는 아예 사람들이 얼씬도 않았기에, 비싼 카메라가 있음에도 그는 보안에 별 신경을 쓰지 않았다.

역시 리라가 정원에 있었다. 리라는 장미보다 백배는 눈부시게 웃었다. 리라는 구불구불한 빨간 머리에 빨간 립스틱을 발랐는데 정원의 어느 장미보다 훨씬 장미다웠다. 그 빨간 입술은 그녀의 성기를 보고 있는 느낌이었다. 하긴 꽃 자체가 성기였다. 붉은 꽃들에 벌들이 붕붕거리는 장면은 섹스의 향연이나 마찬가지다. 장미들 사이에서 음탕하게 활짝 웃는 리라를 보자, 그는 짜릿한 감동을 느꼈다.

헐렁한 티셔츠에 반바지 차림인 그녀는 생동감이 넘쳐 20대처럼 젊어 보였다.

"감독님, 그동안 폭싹 늙었네요! 삽살이 할아버지 같아!"

리라는 애교를 부리며 레트리버 같은 대형견처럼 와락 그에게 달려들었다. 그녀는 그의 목을 끌어안고 향수 냄새가 진동하는 머리카락을 흔들며 비벼댔다. 혀를 길게 뽑아 쭉 늘인 그녀는, 립스틱이 지워지지 않게 그야말로 개처럼 혓바닥으로만 날름날름 키스를 퍼부었다. 그는 잠자코 리라가 하는 대로 애무를 받고만 있었다. 그녀 입에서는 담배 피우는 여자 특유의 심한 구취가 났다. 늙은 영감 냄새가 난다고 할까. 그래도 그 구취를 참을 만큼 너무 반가웠고 그녀는 멋졌다. 다행히도 그녀는 립스틱이 지워진다며 키스를 좋아하지 않았고, 그도 매너를 가장해 그녀가 싫어하는 건 하지 않았다.

그는 리라를 힘껏 포옹했다. 그러자 그녀는 손을 그의 바지 속에 쑥 집어넣고 성기를 주물럭거렸다. 그녀에게 그 행동은 마치 손을 잡는 것처럼 자연스러웠지만, 아무 때나 그녀 손이 바지 속으로 들어올 때 그는 깜짝 놀라곤 했다. 그는 그녀 손을 잡아서 바지에서 뺐다.

그는 리라가 여전히, 별로 할 일이 없나 보다 생각했다. 그녀가 배우로 일한 것은 2년 전 그가 만든 저예산 인디 영화에 출연한 것이 다였다. 그녀는 여전히 슬럼프 중이었고 슬럼프가 너무 길었다. 그녀의 표정은 환했지만 속으로 상당히 기가 죽은 것을 그는 알았다. 그는 이런저런 이유로 일이 없어 기가 죽은 배우들을 보았다. 그가 아는 연예인이라야, 다 실직상태며 가난했고 어쩌다 형편없는 배역을 받는 정도의 사람들이었다. 그들은 쉴 때 '재충전 한다'는 좋은 표현을 하지만 재충전 시기는 사실 가장 견디기 힘든 시간이다. 리라는 상처받는 것이 두려워 다른 배우들이 활동 중인 티브이도 보지 못했다.

"리라, 요즘 무슨 하는 일 있어?"

그는 직설 화법을 썼다. 리라에게 말을 돌리는 것은 먹히지 않았다.

"아, 요즘 뭐 하냐, 그런 말이 난 가장 듣기 싫어요. 그래서 결혼이나 할까 해요."

"결혼할 거야? 누구하고?"

"감독님하고요. 이혼했으니 이제 불륜도 아니잖아요."

"난 빈털터리고 집도 없는데."

"여기서 살아요. 대저택이고 천상의 화원이네. 전원생활은 어때요?"

"전원생활이란 게 말처럼 아름답고 낭만적이지 않아."

"한 마디로 외로웠지? 많이 외로웠다고 빨리 말해!"

"어떻게 여길 알고 찾아 왔어?"

"흥신소에 전화해서 찾아 달라 했어! 돈 좀 썼지."

리라는 그러고도 남을 여자였다.

"어쨌든 얼굴 보니 반갑군."

"몸도 보여 줄게. 마음껏 보세요."

그 말을 하면서 리라는 티셔츠를 이미 훌러덩 벗었다. 노브라 상태에서 그녀의 눈부신 젖가슴이 드러났다. 몸매가 좋으니 그녀는 그럴 계기만 있으면 옷을 벗고 싶어 했다. 그녀는 어떤 식으로든 아직 사람들의 찬사를 받고 싶어 했다.

음주 운전 사고를 친 그녀는 모든 활동을 접고 '재충전' 중이었다. 아무리 '재충전'을 해도 갈 데가 없어 에로 영화를 찍든지, '작가주의'를 표방한 시현의 영화에 출연하든지 선택해야 했다. 리라는 돈보다는 '작가주의'라는 허영심을 택했고, 노 개런티나 마찬가지인 그의 독립 영화에 출연했다.

제작, 각본, 감독, 주연 남자 배우는 시현이었고, 그는 여자 주인공만은 연기를 제대로 하는 유명배우를 쓰고 싶었다. 그래서 쉬고 있던 방리라를 찾아갔는데, 재충전에 고통을 받았던 리라는 그 일이 반가웠던 것 같았다. 제목은 '남자 위의 여자'로 시현과 리라 두 사람만 거의 등장하는 영화였다. 그 외 엑스트라나 대사 몇 마디 하러 나온 조연급은 영화과 학생들이 실습을 겸해 출연했다. 시현은 어설픈 남자 주인공이면서 감독이었다. 두 사람은 그야말로 불같은 사랑에 빠졌다. 또한 그 영화로 그녀는 자신의 존재를 알리는 데는 성공했다. 그런데 다시 그녀에게 돌아온 화살은 유부남과 불륜에 빠졌다는 스캔들이었다. 시현이 유명 인물이 아니어서 곧 물 밑으로 가라앉긴 했다. 그녀가 시현을 먼저 떠난 것도 아니었다. 그가 수정을 더 좋아해서 만나지 않았던 것이다.

참 내가 복에 겹고 잘나가던 때가 있었구나, 시현은 여기까지 찾아온 리라가 황송해서 속으로는 엎드려 발가락에 입이라도 맞추고 싶었다.

"여기서 무슨 일 하세요?"

"자연 다큐를 찍고 있어."

그는 자신이 대단한 일을 하는 것처럼 허세를 부렸다.

집 안으로 들어오니 리라의 대형 캐리어는 활짝 개방되어 있고 거실은 이미 그녀의 물건들로 점령당한 채 어지럽혀져 있었다. 그 짐을 보면 아마 리라는 그와 함께 살려고 온 것 같았다. 살다가 지가 가고 싶으면 가겠지, 오는 여자 막지 말고 가는 여자도 잡지 말자, 그런 생각을 하며 그는 리라의 물건을 정리하기 시작했다.

짐정리를 그에게 맡긴 리라는 남은 옷을 벗고 나체가 되었다. 그녀가 옷을 벗은 건 그와 당장 섹스를 하고 싶어서가 아니라, 거실 모서리에 치워둔 전신 거울을 봤기 때문이란 걸 그는 알고 있었다. 그는 대낮에만 가끔 그 거울을 보았다. 특히 샤워 후 벌거벗은 몸으로는 거울 근처에도 가지 않았다. 거울 속에 어떤 여자가 숨어서 그의 발가벗은 몸을 훑는 것 같아서였다.

리라는 자신의 몸을 보여 주면서 흥분하는, 좀 변태 같은 취향이 있었다. 시현은 리라를 통해서 여자가 남자의 눈으로 자기 몸을 보는 것을 알았다. 그런데 지금은 뭐가 불만인지 조용했다. 그녀는 전신 거울 앞에서 배에 힘을 잔뜩 준 채 몸을 체크하고 있었다. 보통 여자라면 훌륭한 몸매지만 완벽하지는 않았다. 어떤 옷을 입어도 핏이 딱 떨어졌는데 이제 울퉁불퉁하다. 노는 동안 나이도 먹고 군살도 붙었고 탄력을 잃어가고 있구나, 저이가 내 뒷모습을 보고 있어 다행이다. 아직 애플 힙이고 다리는 늘씬하니까.

그도 리라 몸의 변화를 진작 알았다. 아직도 훌륭하지만 전처럼 라인이 매끈하지 않았다. 전에는 여신처럼 보였는데 이제 사람 냄새가 나는 것이다.

그의 마음을 눈치 챈 리라가 후다닥 다시 팬티를 입고 티셔츠를 입었다. 그래도 팬티 위에 반바지를 다시 걸치지는 않았다.

"아, 배고파 뭐 먹을 거 없어요? 밥부터 먹고 오랜만에 몸이나 실컷 풀 자."

리라가 냉장고를 열며 투덜댔다. 리라는 배가 고프면 신경질을 냈다. 색을 밝히는 것처럼 보여도 항상 먹는 것이 먼저였다.

"냉장고에 풀은 엄청 많네! 농사지어요?"

리라의 얼굴은 전형적인 고양이상 미인이었다. 그녀는 생긴 대로 육식을 좋아했다. 그가 냉동실에서 비상용 소고기를 꺼내자 리라의 얼굴이 밝아졌다.

"우리 밖에서 캠핑 분위기 내며 고기 구워서 쌈 싸 먹어요. 멋지겠다."

그는 창고로 갔다. 야외용 테이블과 의자 두 개를 찾아 닦았고 버너와 그릴을 올린 후 고기를 구웠다. 고기 냄새를 맡은 리라가 파와 채소를 접시에 가득 들고 나왔다. 그는 자기 팔에 꼈던 모기 퇴치용 팔찌를 리라 팔에 끼워 주고 의자에 모셨다.

"오길 잘했어. 천상의 화원에서 감독님과 고기 만찬을 먹다니."

그는 웃음으로 답하며 그녀의 맥주 캔에 자기 캔을 부딪쳤다. 리라는 맥주 한 캔을 거의 원 샷 하다시피 마셨다. 그녀는 모든 행동이 지나치게 시원시원했다.

혼자 보면 비장하리만치 쓸쓸한 정원이 그녀와 함께 있으니 퍽 화사했다. 리라와 있으니 이 무인도 같은 집에서 석양을 보는 것도 영화 속 씬 같았다.

"저 태양조차 진짜는 아니지. 우리는 15분 전의 태양을 보는 거야. 밤하늘을 볼 때 별도 환영이라는 걸 아나? 수천 년 전에 사라졌거나 1억 년 전에 죽은 별도 있지. 저 하늘조차 환영이라니."

그러자 그는 자신이 한 말에 스스로 우울해졌다. 별들도 다 유령이고 신기루 같구나, 물속의 달처럼 보이지만 진실로 존재하지는 않는. 심지어는 저 지고 있는 새빨간 애드벌룬 같은 태양조차도.

리라는 왼손으로는 바지 속 그의 성기를 주물럭거리고, 오른손에 든 젓가락으로는 핏기가 남아 있는 고기를 집어 올렸다.

"난 하늘 안 쳐다보고 살아. 별 볼 일 따윈 없어. 당신은 원래 좀 이상했어. 하늘같은 남자였어요. 하늘이 뭘 의미 하는지 알아요?"

"하늘같이 높은 남자, 그런 뜻은 아닌 것 같은데?"

"하늘처럼 변덕스럽고 변화무쌍한 남자란 뜻이에요. 빛나다가 구름 끼고 비가 오다가 어둡다가…… 웬만한 기집애보다 감수성이 풍부하셔!"

"이런데서 혼자 살아 봐, 감수성이 아주 풍부해져."

리라는 킬킬거리며 그를 마음껏 비웃었다.

"아직도 나를 사랑해?"

"잘 생기고 공부도 많이 했고 섹스도 잘하는데 뭘 더 바라겠어?"

리라가 그의 귀를 잡아당기며 까르르 웃었다.

"나는 네가 나를 사랑하는 것 보단 더 너를 사랑해."

그의 말은 진심이었다. 더 나은 남자가 있으면 리라는 당장 그쪽으로 갈 것이다.

리라는 침대가 넓다고 좋아하며 향수병을 든 채 뒹굴뒹굴 거렸다. 그녀는 향수를 자신의 머리카락과 가슴, 음부의 털에 뿌렸다. 그는 쓰지 않던 침대에 눕는 게 꺼림직 했지만, 털털한 것이 그녀의 매력이기도 했다. 리라가 알몸으로 뒹굴고 있으니 먼지 쌓인 침대도 고야의 명화 속 침상인 듯 달라보였다. 마릴린 먼로가 '나체의 마야'처럼 누워 '나는 잘 때 옷 대신 샤넬을 입어요'라고 향수 광고를 하는 것 같았다. 그녀와의 잠자리는 평범하지 않았고 대단한 퍼포먼스였다. 그 퍼포먼스가 시시하게 끝나면 리라는 씬을 대충 찍은 것처럼 실망했으므로, 그도 대단한 결의를 가지고 퍼포먼스에 임해야 했다.

'섹스를 영화로 배웠어요. 나는 아름답고 섹시하고 당당해요.'

리라는 그와 침대에 있을 때 그런 마음, 몸가짐을 항상 잊지 않았다. 그래서 그들은 만나면 영화 같은 섹스를 했다. 아마 VR(가상현실) 속의 여자와 섹스를 하면 이렇지 않을까, 그런 기분도 들었는데 물론 그는 VR 속 여자와 잔 적은 없었다. 어쨌든, 얼마동안의 이별 탓인지 둘은 열렬하게 서로를 탐했다. 그들은 잡아먹을 듯이 포효하며 정글의 맹수처럼 싸웠다. 그는 여자 구경 평생 못한 짐승처럼 달려들었고, 리라는 포르노 영화 속 주인공인양 요란한 소리를 질러댔다. 그는 말 취급을 받았다. 올라타서 젖가슴과 엉덩이를 마구 흔들어대는 그녀는 멋졌다. 저런 여자에게 선택받다니, 그는 자신이 자랑스럽고 한없이 뿌듯했다.

리라의 더운 숨결에서 구린내가 확 끼쳤다. 한창 고조된 그는 그녀의 구취 따위는 신경 쓰이지 않았다. 오히려 그녀의 입 냄새가 유령이나 VR이 아닌, 살아있으며 매우 인간적인 여자와 현실적인 섹스를 하고 있다는 안도감마저 느끼게 했다. 키스를 하자 이빨이 부딪혔고 그녀 입술에서는 피가 흘렀다. 열 받은 그녀가 그의 귀를 힘껏 물었다. 비명을 지르던 그가 그녀를 밀쳤고 그녀는 침대에서 떨어졌다. 아프다며 그녀가 울음을 터뜨렸고, 그는 그녀를 번쩍 안아 높이 들고 침대에 던졌다.

"힘이 왜 그리 좋아? 여기 백사라도 잡아먹었어? 상남자다!"

리라가 웃음을 터뜨렸다. 한번 웃음을 터뜨린 그녀는 침대 위를 데굴데굴 굴렀고 웃음이 좀처럼 멎지 않았다. 그들은 천천히 다시 시작했다. 리라 같은 대단한 미인과 있을 때는 뭔가 자신이 위축될 때도 있었다. 미인을 만족시키지 못할까 두려움을 느껴 침대의 노예를 자처하게 되는 것이다. 그는 살아있는 뜨거운 여자를 만지고 느끼는 황홀감에 취했다. 그는 그녀의 배꼽에 입을 맞추고 그녀의 사타구니 사이에 머리를 파묻었다. 향수 냄새에 머리가 어질어질했다. 리라는 눈물을 흘리고 쌍욕을 하며 탄탄한 허벅지로 그의 목을 힘껏 조였다.

그날 밤은 두 사람이 보낸 가장 멋진 밤이었다.

그는 맥주 캔을 따서 리라에게 주고 자신도 마셨다.

"담배 없어? 참 당신 담배 안 피지?"

그는 그녀의 입에서 악취가 난다는 말은 차마 못 했다. 담배 피는 여자를 애인이나 아내로 둔 남자들은 같이 담배를 피든지 그 악취를 참고 있는 것이다. 여자가 섹시하면 남자는 여자에게 아무리 독한 냄새가 나도 참는다. 섹스가 끝난 후 스멀스멀 흘러나오는 리라의 구취가 그는 매우 짜증스러웠다.

"감독님은 대마초도 피웠다면서."

"난 대마초는 피워도 담배는 안 피잖아."

그가 농담조로 대답했는데 진실이 섞여 있긴 했다. 그야말로 호랑이 담배 피던 시절, 미국에서 유학하던 젊은 시절에 친구들과 피웠다. 록 공연장이나 재즈 클럽에서 흥을 내느라 대마초를 피우던 친구들이 있었다. 친구들과 어울려 자연스럽게 피게 되었고 환각버섯 같은 것도 두루 맛을 보았다. 뭔가 신비한 체험을 해보고 싶었던 것이다. 그런 한편, 그는 매우 이성적이어서 이것저것 체험만 해 봤을 뿐 중독될 만큼 빠진 적은 없었다.

갑자기 귀를 쫑긋 세우던 리라가 고양이 같은 눈망울을 굴렸다.

"위층에 사람이 있나요? 누가 살살 걸어 다니는 것 같던데?"

리라는 시현보다 귀가 밝았다. 아마 30대여서 그럴 것이다. 30대는 40대가 못 듣는 소리를 듣는다.

"쥐라도 돌아다니나?"

리라가 창밖을 보며 소리 질렀다.

"뭔가 흐릿한 게 지나갔어! 누가 우리를 보는 것 같아!"

그의 눈에는 아무 것도 안 보였다.

"야생동물일거야. 오소리, 너구리, 길고양이까지 득실거려."

그는 한숨을 쉰 다음 말을 이었다.

"집이 워낙 오래 돼서 그래. 바람만 들어와도 온 집에 소리가 가득해. 이 집은 냉장고까지 비명을 질러. 오래된 집은 상상을 키우는 법이야."

"내가 유령 같은 걸 무서워할 줄 알아요?"

"유령이 네가 무서워서 도망갈 거다."

그의 사타구니를 쓰다듬던 리라가 또 숨넘어갈 듯 웃었다.

그 웃음소리가 밤의 정원으로 숲으로 퍼지자, 숲에서 다시 웃음소리의 메아리가 울렸다. 꼭 다른 여자가 따라 웃는 것 같았다. 순간 그는 섬뜩했고 사타구니 털까지 부스스 서는 것 같았다.

자신이 웃는 소리가 숲에서 메아리로 돌아오자 리라도 놀랐다.

"내 웃음소리도 무섭다……."

그녀는 무섭다며 그의 성기를 꼭 쥐고 잘 잤다. 자다 깬 그는 그녀 손을 밀쳤다. 리라는 깨지 않고 내처 푹 잤다. 먼저 일어난 리라는 커튼 사이로 스민 햇살을 받으며 기지개를 쫙 켰다. 그녀는 벌거벗은 그대로 밖으로 튀어 나갔다. 쭈그리고 앉아 장미와 시선을 맞추고 오줌부터 콸콸 쏟은 다음 맨발로 정원을 돌아다녔다. 그녀는 자신이 에덴동산의 이브나 되는 것처럼 아름답고 자유롭게 느껴졌다.

집 안으로 들어간 그녀는 투명 화장을 하고 머리카락을 흘러내린 다음 휴대폰을 들고 정원으로 나갔다. 그녀는 장미를 배경으로 자신의 누드를 휴대폰으로 찍었다. 꽤 멋진 상반신 사진들이 나왔다. 그러자 다리까지 나오는 전신 누드사진도 갖고 싶었다.

그녀는 아침을 차렸다. 식빵에 딸기잼을 바르고 오믈렛을 만들었으며 커피도 뽑았다. 딸기잼이 아주 맛있는데? 라벨을 보려 했지만 수제 잼이라는 것을 알았다. 다시 냉장고를 열어보았다. 딸기잼 한 병이 더 있고 그 옆에 검은색 잼도 있는데 그 잼 역시 수제였다. 그녀는 뚜껑을 열고 검은색 잼 맛을 보았다. 포도도 머루도 아닌데? 야생적이고 신비한 진한 맛이 났다. 혀가 새카매졌지만 그 맛을 포기할 수 없었다. 아까 오디 달린 뽕나무가 있는 걸 봤는데, 그래서 오디 잼이라는 것을 알았다.

'이런 잼을 만들다니 참 웃겨서. 저 남자 속에 진짜, 아주 참한 기집애가 들어앉아 있네.'

오디 잼을 듬뿍 떠서 입에 넣던 리라가 킬킬거렸다. 웃던 그녀는 냉장고 모터가 돌아가면서 내지른, 강아지 단말마 같은 소리에 놀라 커피를 쏟았다.

시현은 리라가 차려놓은 식은 오믈렛과 빵을 먹고 식은 커피를 마셨다. 그는 밥값을 하라는 그녀의 성화를 들었고 정원에서 사진 촬영을 했다. 그녀는 자기 인생 마지막 추억의 누드 화보가 될 것이라는 생각에 진지했다. 앞으로는 아무리 관리를 잘 해도 몸이 망가질 일만 남았다. 그녀는 하루하루 세월의 힘을 아프게 느꼈다.

그때 창문이 깨지는 요란한 소리가 나서 두 사람 다 깜짝 놀랐다. 누가 돌을 던졌나 했다. 그들은 창문으로 뛰어갔다. 창은 멀쩡했지만 그 아래 새가 한 마리 떨어져 있었다. 박새와 비슷한 산새인데 이마와 꽁지에 파란 점이 있었다. 새는 발을 떨며 죽어가는 중이었다. 붓으로 찍은 것 같은 새의 두 점 파란 색이 애처로웠다.

그는 창을 보았다. 창속에도 푸른 하늘과 구름, 나무들이 있었다. 나무들이 바람에 살랑거리는 풍광은 날아오라고 손짓하는 듯 감미롭기까지 했다.

"새가 창속에 하늘과 나무가 있는 줄 알고 날아든 거야."

"오면서 허상인 줄 알았을 거야. 날개 속도 조절이 안 된 거지. 흥흥……."

리라는 콧소리를 내며 웃었다. 그는 냉소적으로 웃는 그녀를 다시 보았다. 그가 생각하는 것 보다 리라는 똑똑한 것 같았다. 그녀의 육체에 압도되어, 그녀의 내면은 이해하거나 보려한 적이 없는 것이 아닌가 하는 생각이 들었다. 집 안에 들어간 그는 의자와 그림 도구를 가지고 나왔다.

그는 의자 위에 선 채 유리창에 콘도르를 그렸다. 안데스 산정에서 콘도르를 보고 싶다는 생각을 하며. 사나운 눈매에 날개를 활짝 펼친 검은 콘도르를 보며 그는 만족했다. 이제 콘도르가 있는 유리창으로 돌진할 새는 없을 것이다.

새는 완전히 죽었다. 그는 새를 삽 위에 올린 채 먼 마당 구석으로 갔다. 그는 양지 바른 곳에 땅을 팠고 새를 묻어 주었다. 고양이가 건드릴 걸 염려해서 무거운 돌도 올려 두었다.

리라가 오자 그의 하루는 바빠졌다. 시트를 빠느라 욕조에서 한 시간 덤벙거렸고 텃밭을 오가며 과일과 채소를 채집해서 점심 준비를 했다. 그는 자기가 잘하는 스파게티를 만들었고 둘이 배가 터지도록 먹었다. 냉장고가 금방 바닥났으므로 그녀와 도시 마트로 나가서 함께 장을 보기도 했다. 둘이서 카트를 끌며 함께 장을 보자 소꿉놀이라도 하는 것처럼 즐거웠다.

그는 창고에서 꺼냈던 해먹도 깨끗하게 손질했다. 뽕나무 아래 설치하면 발리의 휴양지가 부럽지 않을 것이다.

해먹을 나무에 단단히 묶던 그는 문득 고개를 돌려 그네를 보았다.

그네에는 창백한, 흐릿한 빛의 미소가 고개를 숙인 채 앉아 있었다.

그리고 그 그네를 향해 리라가 모델처럼 캣 워킹을 하며 다가가고 있었다.

미소가 달걀귀신 같은 얼굴을 들어 리라를 보았다.

"야! 거기 앉지 마!"

그가 리라에게 소리쳤다.

상관 말라는 듯 리라가 그를 보고 웃었다. 미소의 무릎에 냉큼 앉은 리라는 그네를 타기 시작했다. 미소는 리라에게서 굳이 몸을 빼내지도 않았다.

미소가 바람에 날리는 리라의 머리카락을 귀 뒤로 넘겨주었다.

그는 아찔했다. 두 여자는 잠깐 동안 함께 공중으로 솟구쳤다.

그새 미소는 사라지고 없었다. 리라는 자기를 건드린 것이 그저 바람이라고 생각했을 것이다.

그가 화를 내며 리라를 그네에서 끌어내렸다.

"왜? 재미있는데?"

"줄이 낡아서, 타다가 줄 끊어진단 말야!"

"괜찮아 보이는데? 살살 탈 게요."

"안 돼! 다시는 이 그네 곁에 안 간다고, 안 탄다고 약속해!"

그는 그네를 다시 타지 않겠다는 리라의 약속을 받아냈다.

언젠가는 돌아올 사람

그 여자가 정원으로 들어오자 나는 숨었습니다.

그 여자의 화려함은 내가 가꾼 모든 꽃들조차 무채색으로 만드는 것 같았어요. 내가 본 여자 중 가장 예뻤습니다.

그녀는, 보는 순간 남자들이 눈을 뗄 수 없는 소위 뇌쇄적인 미인 타입 같더군요. 그 사람이 그녀를 보자마자 욕정에 빠질 거라는 걸 알았습니다.

그 여자가 정원에 서 있는 것만으로도 내 존재는 무너지는 소리를 들었습니다. 내 빛은 더 희미해져 곧 사라질 것 같았습니다. 한없는 초라함을 돌아보며, 나는 절대로 그 여자 눈에 띠지 않을 결심을 하고 꽁꽁 숨었어요.

그 사람은 그 여자를 본 순간 다른 사람이 되었습니다. 무기력하고 의욕 없던 한량은 발정 난 암캐에게 모든 것을 바칠 충성스런 수캐가 되어 있었습니다. 꼬리는 팽이처럼 돌면서 표정은 무덤덤한 척, 그 남자의 이중적인 모습이 아주 가관이었지요. 한번이라도 남자에게 그런 사랑을 받아볼 수 있다면 얼마나 좋을까요. 그 여자에 대한 부러움으로 나는 숨이 막혔습니다.

그는 거드름을 피우는 거만한 남자였지요. 한데 여자의 까칠함과 변덕을 인내하며 진득한 모습도 보여 주더군요.

그들은 내 정원에서, 마지막으로 꽃을 피운 장미를 배경으로 떠들썩한 만찬을 즐겼어요. 고기를 굽고 술을 마시고 큰 소리로 웃고 난잡한 행동도 서슴지 않았지요. 난 그 여자가 어떤 옷을 입었는지 유심히 봤습니다. 헐렁한 티셔츠에 팬티만 입어도, 그게 다였음에도 좋은 옷을 입은 느낌이 들었습니다. 나는 예쁜 여자들이 어떤 옷을 입나 유심히 봅니다. 유행을 따라 비슷한 옷을 입고 싶어서예요. 하지만 그 여자 옷은 내가 따라 입을 수 없습니다. 그 여자는 자기가 옷을 입을 필요가 없음을 잘 아는 것 같았어요. 그런 여자는 모든 여자의 공공의 적입니다. 어떤 경고라도 주어야 할까요?

그들이 집 안으로 들어갔을 때 나도 들어갔습니다. 그 여자를 조금만 더 보고 싶었어요. 내 관심은 그가 아니고 온통 그 여자에게 쏠려 있었습니다.

벌거벗은 여자가 침대에서 몸뚱이를 이리저리 굴리며 그를 보고 웃었습니다. 인어처럼 미끈하게 빠지고 현란하며 비늘이라도 달린 듯 번쩍거리는 몸뚱이였어요. 그런 행동을 해도 아름다웠고 천박해 보이지는 않더군요.

그저 한없이 부럽고 유령인 내가 수치스러울 뿐.

벌거벗은 남자가 강한 수컷 흉내를 내며 여자 품으로 돌진했습니다. 금세 뒤엉킨 그들의 모습에 아찔했고 내가 더 창피했습니다. 그 광경을 다 보려던 건 아닌데.

당황한 나는 허겁지겁 날듯이 위층의 다락방으로 피했습니다. 다락 서재에는 많은 책이 있고 또 책 속에는 길이 있기 마련입니다.

온 집에 그 여자의 쾌락에 겨운 비명 소리가 울리는군요. 그 소리가 빈 벽마다 울려 퍼집니다. 그 여자가 말 타는 놀이를 하고 있군요. 집 주인이 말 노릇을 하고 재미있게 잘 노는 것 같아요.

나는 귀를 막고 책을 읽습니다.

백일 동안 잠을 자지 않고 죽은 남편을 살려낸 공주 이야기를 읽고 있어요. 비교하기에는 가당치 않지만, 책속에는 이처럼 기막힌 이야기가 많아

위안이 됩니다.

남편은 자기를 살린 공주를 몰라보고 엉뚱한 여자와 밤마다 침대에 들어갑니다. 남편은 칼과 끈과 돌을 공주에게 선물했습니다. 공주는 그 물건들에게 물었어요.

도살에 쓰이는 칼아, 내가 어떻게 했으면 좋겠니?

칼로 네 목이나 따! 그럼 숨이 끊어질 거야.

목매다는 끈아, 넌 내가 어떻게 했으면 좋겠니?

목매달아야지!

인내의 돌아, 난 어떻게 하면 좋을까?

참아야 해. 언젠가 그 사람은 네게 돌아올 거야…….

책 속에 답은 이미 나와 있습니다.

나는 참고 인내하고 기다릴 것입니다. 이 집과 나는 그를 위해 존재하는 것이고, 그는 항상 돌아오게 될 것이니까요.

더 이상 다락에서 그 여자의 교성을 듣고 있을 수는 없었어요. 나는 먼 숲으로 가야겠다고 생각하고 계단을 내려왔습니다.

나는 그의 새카맣고 숱 많은 머리카락이 그 여자의 허연 허벅지 사이에서 흔들리는 것을 보았습니다.

나는 부리나케 빠져나와 숲으로 달려갔습니다. 이 먼 숲까지도 그녀의 웃음소리가 따라와 나는 귀를 막아야 했습니다.

그가 그녀를 사랑하는 것을 나는 날마다 보았습니다. 그들은 어디서나 그 행위를 벌였고 보지 않으려고 해도 보였습니다. 귀를 막고 도망가도 그 여자의 교성은 들렸어요. 어쩌다 싱겁고 조용하게 끝내기도 했지만, 대체로 짐승처럼 야만적이며 요란한 정사를 했습니다. 온 동네가 다 알 것 같은 시끄러운 연애였지요. 날마다 애인과 껴안고 뒹구느라 수척해진 그의 몰골을 보니 고소하다는 생각이 듭니다.

그 일이 매일 반복되다 보니 내 마음도 그만 무덤덤해진 것 같습니다. 정원의 마지막 장미가 지는 것을 아쉬워하듯 그들의 사랑도 한철인 것 같았습니다. 사람들은 이렇게 살다가 죽어야 하고 그게 자연의 법칙이니까요.

그는 그 여자가 좋아할 걸 기대하면서 뽕나무 아래 해먹을 설치하고 있었습니다. 그의 마음이 온통 그 여자에게 쏠려서 내가 보일 리는 없었습니다.

나는 그들과 멀리 떨어진 그네에 앉아 있었습니다.

이 그네는 내가 좋아하는 내 자리니까요.

그 남자가 나를 보는 것 같았지만, 나는 고개를 숙인 채 모른 척 했습니다. 그런데 나를 향해 그 여자가 오고 있었고 그의 다급한 목소리도 들렸습니다.

그 여자는 내게 다가왔고– 정확히 말하면 그네를 타기 위해 온 것입니다. 그리고 그녀는 거침없이 내 무릎에 털썩 앉아 그네 줄을 당겼습니다.

나는 당황하지 않았어요. 그 여자 눈엔 내가 보이지 않으니까요. 그 여자의 긴 머리카락이 눈을 가려 그네에서 떨어질까 머리를 귀 뒤로 넘겨주었습니다. 그 여자가 다치면 그는 분명 내 탓을 할 거예요. 그네가 공중으로 솟구칠 때, 그가 비참한 내 모습에 연민을 보내기 전에 나는 얼른 자취를 감춰야 했습니다.

결국 그 여자가 뼈아픈 내 존재를 다시 각인시켜 주었습니다.

나는 수의를 펄럭이는 불행한 유령이고 보이지도 않는다는 것을.

제로섬 게임

흐린 날은 아닌 듯 하늘 꼭대기의 태양은 건재했고 눈부셨다. 그런데 바람이 먼지를 실어 날라 정원과 숲은 안개가 짙었다. 바람은 안개를 몰아내는 것이 아니라 안개를 몰고 왔다. 바람이 멈추자 안개는 정원에 머물렀다.

마당 귀퉁이에 널어둔 침대 시트가 안개를 흡수하는 것이 육안으로 보일 정도였다. 덜 마른 빨래였지만 시현은 시트를 걷었고 힘껏 먼지를 털었다. 순간 그는 다급한 리라의 비명소리를 들었다. 놀란 시현은 시트에 걸려 넘어졌고 시트는 흙투성이가 되었다. 그는 시트를 밟고 그대로 뛰어 갔다.

리라는 슬리퍼 신은 발로 뱀을 마구 짓밟고 있었다. 역시 리라였다. 사람을 잘못 보고 실수한 유혈목이는 그 발아래서 참혹하게 뭉개진 채 꿈틀대고 있었다.

"날 물었어, 뭔가 뭉클하고 따끔거리기에 보니까 뱀이 문 거야. 이거 독사야?"

그녀는 울어야 할 것 같아 요란하게 울기 시작했다. 아무도 없었으면 결코 울 여자가 아니었다.

그는 리라를 달래줄 말이 금방 생각나지 않았다. 유혈목이가 독사라는 말을 들은 것도 같았다. 사람을 먼저 물 것 같은 뱀은 아닌데 리라가 풀숲의 뱀을 밟은 것 같았다. 우선은 거짓말을 해서라도 그녀를 달래야 했다.

"독사 아냐, 꽃뱀은 독 별로 없어."

뱀이 꿈틀거리며 풀숲으로 사라졌다. 그는 으깨진 뱀의 잔해가 묻은 리라의 슬리퍼를 숲에 던져버리고 그녀를 업은 채 집으로 들어갔다. 그는 그녀를 토닥이며 물린 자리를 물로 씻고 발목 위에 수건을 힘껏 묶었다. 그런 후 부축해서 언덕 아래 주차해 있는 차까지 갔다. 큰 병원으로 가서 치료를 받았다. 심각한 건 아닌 것 같았다. 주사를 맞았고 발이 부어서 안정을 취해야 한다는 의사의 말을 들었다. 입원해서 하루를 1인실 병실에서 같이 보냈다. 그리고 다음 날 퇴원하여 리라의 집으로 갔다. 그는 리라의 발에 냉찜질을 해주며 하루를 더 보냈다. 이틀 동안 간호를 한 그는 그녀의 상태가 괜찮은 걸 보고 돌아왔다. 녹초가 된 그는 무인도라 해도 자기 집이 가장 편하다는 생각을 했다.

그는 양탄자처럼 수북이 쌓인 장미 꽃잎 위에 꽃뱀이 죽어 있는 걸 발견했다. 끔찍하면서 측은했다. 달밤에 연꽃과 어울릴 때는 신비롭고 악마 같은 매력까지 풍기던 뱀이었다. 꽃뱀은 부패하기 시작했고 온갖 벌레들이 모여 있었다. 비린 악취가 코를 찔러 얼른 치워야만 했다. 토할 것 같아 그는 고개를 돌린 채 삽 위에 꽃뱀을 얹어 먼 마당으로 갔다. 새 무덤 옆에 땅을 파고 뱀을 묻었다.

안마당으로 걸어오던 그는 대문 앞에 서 있는 엑스 와이프 지수를 보았다.

지수는 '악마는 프라다를 입는다'의 메릴 스트립처럼 온 몸을 명품으로 도배한 채 팔짱을 끼고 서 있었다. 지수의 그런 모습은 협상이 아니라 선전 포고를 내릴 때의 모습이었다. 그녀의 모습은, 나는 돈과 권력이 있으며 너를 내 마음대로 움직일 힘이 있다─ 그것을 보여 주는 것이다. 선글라스를 낀 그녀의 눈빛이 거만했지만, 불안함을 감추려는 전략이 숨어 있다고 그는 생각했다.

"잘 지냈어? 농부가 다 되셨군. 엑스 남편이 요상한 집에서 하도 재미나게 산다는 소문이 나서 좀 와 봤어. 방리라는?"

"없어. 어떻게 알고 왔어?"

"내가 당신 할아버지 별장 하나 못 찾겠어? 대단한 가문 자손이라더니 꼴랑 폐가 하나 물려받았군, 공기도 아주 더러워, 오면서 얼마나 기침을 했는지! 고쳐서 펜션으로 써 먹기도 글렀어…… 완전 개털이네!"

지수는 재채기를 두 번 더하고 콧물을 훌쩍거렸다.

그들은 집 안으로 들어갔다. 그녀가 냉장고를 열더니 자기 것처럼 맥주 캔 두 개를 꺼냈다.

"난 당신이랑 사이좋게 술 마실 생각 없는데, 그만 가시지. 여기선 나도 당신을 쫓을 수 있어."

"삐친 거야? 삐치면 늘 말도 안 하고, 내가 항상 먼저 말 걸었지."

그랬던가? 그랬지. 지수 말을 듣자 그는 아무 대꾸도 더 하고 싶지 않았다.

"여기 불편하면 다시 돌아와도 돼. 당신 방과 작업실은 그대로 있어. 전처럼 한 집에서 살아."

"장난치나? 당신이 불쑥 나타나서 집으로 들어오라면, 개처럼 꼬리라도 흔들며 당장 따라갈 줄 알았나? 음주 운전 말고 물이나 먹고 가."

그는 지수 앞의 맥주를 치우고 생수병을 건넸다. 밤에 놀이동산 같은 급커브 길에서 사고라도 낼까 신경이 쓰였다. 그녀도 그의 간섭이 기분 나쁘지 않았다.

"아직 당신이 내 남편 같아. 우리 피차 그런 기분 알잖아. 우리가 외국에서 처음 만나 같이 산 게 15년은 넘지 않았나? 아무리 미워도 난 당신 인생이었고 당신도 내 인생의 일부였지."

그녀는 갈 생각이 전혀 없었다. 맥주를 더 마시겠다고 우기며 냉장고를 뒤져 치즈를 꺼냈다.

"밥은 먹었어? 엑스 마누라 굶기는 것도 왠지 찜찜해서."

"못 먹었어."

지수의 못 먹었다는 소리에 마음이 급해져서 그는 라면을 끓였다. 배가 고프면 더 예민해질 거고 사람을 들볶아 피곤하게 만들 것이다.

그가 라면을 끓이는 동안 지수는 이층으로 올라갔다. 슬리퍼를 신고 조심해서 올라가도 계단이 삐걱거렸다. 난간을 잡자 난간과 함께 떨어질 것 같아 그녀는 손을 놓고 중심을 잘 잡았다. 그녀는 집에 대한 호기심보다 누가 숨어 있지는 않은지 꼭 확인하고 싶었다. 이층의 바닥이나 가구들에 먼지가 쌓인 걸로 봐서 오랫동안 아무도 사용하지 않은 것이 분명했다. 그녀는 방문들도 열어 보았다. 먼지가 수북하지만 청소만 하면 게스트 룸으로 쓸 만할 것 같았다. 이층의 복층 계단으로 연결된 곳에 작은 방문이 하나 더 있었다.

'혹시, 여기 숨어 있는 건 아니겠지?'

그녀는 확인을 해야만 했다. 그래서 복층 계단을 올라가 작은 문을 열었다. 문을 열자 거미줄과 시커먼 거미가 그녀를 맞았다. 재채기를 하자 거미가 도망갔고 거미줄 몇 가닥이 콧등에 척 휘감겼다. 오래 묵은 책의 싸한 냄새 때문에 다시 재채기를 하며 그녀는 문을 닫았다. 눈물, 콧물 범벅이 되었다.

그녀는 정원을 내려다보았다. 한 층을 더 올라오니 정원의 전경을 볼 수 있어 전망이 훨씬 좋았다. 제 철이 지난 장미와 장미 못잖게 화려한 달리아들이 불타는 듯 일렁거렸다. 그녀도 화려한 꽃을 좋아해서 달리아 몇 송이를 가져가고 싶었다. 하지만 전 남편의 정원 꽃에 손대고 싶지 않았다. 연못은 마음에 들지 않았다. 자색 연꽃 때문에 예쁘고 운치 있게 보이지만 썩은 물이라는 것을 알았다. 여름에 얼마나 벌레들이 끓을까, 모기 천지잖아. 그녀는 미간을 찌푸렸다. 먼 마당은 나무들이 울창해서 정원이라기보다는 수목원이나 숲 같았다.

그런데 나무 아래서 이 집을 쳐다보는 여자가 있었다. 너무 멀어서 확신은 할 수 없었지만 여자와 눈이 마주 친 것 같았다. 어리고 작아서 소녀라는 표현이 적합한 듯 했다. 소녀는 이 집을, 아니 이층에서 정원을 내려다보고 있는 그녀 자신을 보고 있었다. 리라는 아니었다. 리라보다 훨씬 어리고 키도 작고 말랐다. 전 남편이 관심가질 만한 여자가 아니었다. 숲으로 들어온 동네 소녀일 것이다, 그런 짐작을 하는데 여자의 모습이 꺼지듯 눈앞에서 사라졌다. 순간 지수는 자기 눈을 의심했다. 나무가 울창하니까 숨었겠지. 어디 숨었나? 유령일까?

지수는 침착하게 계단을 내려왔다. 그리고는 자신을 이상한 듯 뻔히 보는 시현에게 태연한 척 행동했다. 전 남편 앞에 하얗게 질린, 그런 약한 모습을 절대로 보여선 안 된다. 그와 협상을 하러 온 것도 아니다. 난 퀸의 카드가 있고 결정을 알리러 온 것이다.

"유령이라도 본 것 같은데? 유령이 다락방에 숨어 있던가?"

지수가 식탁 앞에 앉자 시현은 진심으로 물었다. 지수가 보기에 그는 이미 뭔가 아는 것 같았다. 하지만 유령은 심약한 사람이 보는 것이라고 그녀는 생각했다. 더구나 동네소녀가 숲에 와서 알짱거린 것을 유령이라고 부풀리는 것은 지수의 성미에 맞지 않았다.

"다락방엔 고물 책 밖에 없어. 거미 때문에 놀랐는데, 엄마야!"

헬리콥터처럼 돌진한 나방 한마리가 지수 머리 위로 날아다녔다. 그저 나방이 아니었다. 나방 날개에 잠자리 몸뚱이를 한 변종이었다. 시현이 나방을 쫓으며 사방팔방 뛰어다녔다. 지수는 괴물나방의 가루가 라면에 떨어지는 것을 보았다. 나방을 잡은 그가 싱글벙글 웃었다.

"나비잠자리야. 곤충들은 이상한 변종이 잘 생겨."

문 밖으로 나비잠자리를 날려 보낸 그는 어색함을 덜려고 씩, 건치를 드러내며 웃었다. 지수는 미간을 찌푸렸다. 한 때는 매력적이었던 그 웃음이 지금은 열불이 확 치밀었다. 그녀는 제발, 저 앞니 하나라도 뽑고 싶었다.

그가 그녀에게 라면을 먹으란 손짓을 하고 자신도 먹었다.

지수는 나방 가루가 떨어진 라면을 그 앞으로 확 밀었다. 너나 처먹어! 라는 말을 삼키며. 벌건 국물이 테이블에 쏟아졌지만 두 사람 다 신경 쓰지 않았다.

"됐고, 당신 잘 만드는 카페 라떼나 한 잔 줘."

벌떡 일어난 그가 커피 머신으로 갔다. 그는 커피를 짙게 뽑았고 거품 낸 우유를 끼얹었다. 그윽한 커피 향에 주변의 공기까지 달라졌다. 카페 라떼를 대령하자 지수의 표정도 우유를 탄 듯 좀 부드러워졌다.

"내가 이미 이 동네 사람들을 만나 이야기를 좀 들어봤어. 사람들이, 이 집이 무덤이고 당신이 귀신과 같이 산다고 하던데? 어쨌든 내가 당신한테 못할 짓을 한 것 같아. 요즘은 그 귀신이 남편을 방리라한테 뺏겨서 우는 소리가 들린대. 마을 사람들이 잠을 못 잔다며 당신 원망까지 하더라고."

"마을 노인네들 상상력과 창작이 참 대단하군. 한 지붕 건너 갈 때마다 말이 더 불어났을 테지."

"동네 사람들 관심은 온통 당신뿐이던데? 거기다 방리라까지 왔으니 아주 신이 나서 난리였어. 말이 전원생활이지, 공기도 서울보다 훨씬 나쁜데 무슨 전원생활이야? 사생활 하나 없고 다 노출되는 게 시골이야. 뉘 집 숟가락이 몇 갠지 어느 집 바가지가 새는 지 다 안대잖아. 강남 아파트야말로 호젓하고 평화롭기 그지없지. 당신처럼 사생활이 신비로운 남자는 펜트하우스에서 살아야지."

"난 두 달 넘게 농사만 지었는데, 리라는 단 일주일 있다 갔어. 나한테 신비로운 사생활 같은 게 좀 풍부했으면 좋겠다."

"당신은 신비로워, 유령하고 살고도 남을 남자거든."

"혹시 당신 지금 나랑 사는 유령을 질투하나?"

그가 실실 웃었다. 그는 지수가 방리라 때문에 왔는지, 같이 사는 유령을 질투하는 건지 구분이 안 되었다.

지수는 흥, 콧방귀를 뀐 후 그를 노려보았다.

"말이 되는 소리를 좀 해라! 여전히 유치하네. 당신 원래 현실 도피자였잖아! 현실을 자기가 바라는 비현실적인 세계로 바꿔 놓는 재주가 있었어! 이젠 유령 같은 허깨비나 보면서."

"환상이 현실을 지배할 때도 있는데, 그럴 땐 그 환상을 즐기면 되는 거야. 방리라 때문에 온 거잖아?"

사설이 긴 것 같아 그가 본론으로 들어갔다.

"그년이 당신과 결혼한다던데?"

"내가 리라와 결혼하든 말든 당신과는 이미 잇츠 올 오버야."

"방리라와 재혼할 거야? 당신과 방리라가 마트에서 장보는 사진이 깔렸어."

"리라가 같이 살자면 내가 마다할 이유가 없잖아. 뭐가 문제야?"

"외국이나 가서 살아. 당신처럼 데카당한 사람은 이 나라에 어울리지 않아!"

"당신이야 말로 외국 남자 좋아하면서. 이제 와서 왜 간섭하는 거야?"

"난 사회적 지위가 있는 사람이야. 난 망신살 뻗는 것, 다른 사람 입방아에 오르는 게 제일 싫어! 사람들은 방리라가 내 남편을 뺏어갔다고 생각할 거야. 아니 내가 남편을 뺏긴 불쌍한 여자로 유명해지는 거지. 당신이 이름 없는 보통 여자와 결혼하면 내가 축의금도 듬뿍 줄 수 있어. 하지만 방리라는 안 돼! 그년하고 엔조이했음 이만 끝내. 그럴 가치밖에 없는 갈보 쌍년이잖아."

"말은 당신이 더 저질스럽게 하는데? 나 좋다고 찾아오는 여잔 리라밖에 없잖아. 이름 없는 보통 여자를 어디서 만나나?"

그는 다소 능글능글하게 말했다. 지수가 뭔가 내놓을 거라는 감이 왔다.

"그래, 딜을 할까? 내가 당신 영화에 투자를 할게. 그리고 당신은 이 폐가에 처박혀 살 필요도 없어. 집으로 다시 들어와."

94

"나도 자존심이 있지. 당신 손에서 움직이는 꼭두각시가 되고 싶지도 않고."

"너, 방리라와 결혼만 해? 너, 쥐도 새도 모르게 죽을 수 있어. 네가 내 인생을 망친 만큼 보복할 거야!"

지수의 선글라스 속 시커먼 눈이 번쩍거렸다. 냅다 달려든 그녀가 번개처럼 주먹으로 그의 얼굴을 후려쳤다. 핵주먹을 맞은 듯 눈앞에 별이 번쩍였다. 그녀는 운동을 한다며 1년간 복싱을 배우러 다닌 적이 있었다. 처음에 장난처럼 때리던 그녀는 점점 과격해져서 화가 나면 주먹을 휘둘렀다. 더 맞고 살 수만 없던 그가 방어차원에서 그녀를 밀었다. 힘 조절을 잘못했는지 그녀는 벽까지 나가떨어졌다. 벽에다 머리를 찧고 쓰러진 그녀는 일어나지 않았다. 툭 떨어진 얼굴은 머리카락과 선글라스가 가려 보이지 않았다.

'엄살 떨긴' 그는 그렇게 생각했다. 그는 침실 문을 열고 들어가 문을 닫았다. 지수가 이만 가 주었으면 하는 생각을 했는데 아무 기색이 없었다. 너무도 조용했다. 순간 그는 가슴이 철렁하면서 그녀가 죽지나 않았을까 걱정되었다. 그는 문을 열고 눈치를 보면서 다시 거실로 나왔다.

그녀는 테이블에 앉아 맥주를 마시고 있었다. 아무 일도 없었다는 듯이. 그렇지만 측은하리만치 연약해 보였다.

부서질 것 같은 여자에게 심했다, 또 내가 잘못했어……. 먼저 때린 것은 분명 지수였지만 자기가 더 못할 짓을 한 것 같았다. 그는 절로 두 손을 모았는데 싹싹 비는 것 같은 포즈가 되고 말았다.

"병신, 지 밥벌이할 능력도 없는 주제에!"

그녀가 비웃으며 욕하자, 그도 증오심이 끓었다. 그들은 서로의 존재를 참을 수 없었다. 그런데 오래된 적처럼 완전히 무관심해질 수도 없는 것이 딜레마였다. 지수는 그를 훈계했고 짓밟으려 들었으며, 그가 늘 잘못하고 있다고 말했다. 그는 협상을 하고 이만 꼬리를 내릴까, 생각했다. 지수라면 청부업자라도 고용해서 자신을 죽일 것이다. 동시에 지수에 대한 뼈아픈 연민도 느꼈다. 그녀는 그보다 두 살 연상이고 유산 경험이 있고 아이를 가질 수 없을 지도 모른다. 그녀에게 더 너그러워야만 했다. 그러니까 자신이 무조건 잘못한 것이다.

그들은 넓은 집에 살았고 각자 자신들의 공간이 있었다. 다른 부부들이 싸우는 것처럼 그들도 싸웠다. 사소한 일로 감정이 상했고 소리를 지르며 격렬하게 싸우기도 했다. 지수는 그의 말과 행동을 항상 걸고 넘어졌다. 그는 자신이 무슨 말을 했는지, 어떤 행동이 그녀를 격분시켰는지 통 기억나지 않았다. 그런데 그녀는 원한을 품고 고이고이 다 간직하고 있는 것이었다. 지수는 그에게 원한이 많았다. 그래서 그는 매사에 조심하기로 했고 그녀를 건들지 말아야겠다는 결심을 했다. 그러다 보니 지수에게 할 말이 없었고 눈을 마주치는 것도 피하게 되었다. 어느덧 그들은 각자의 방에서 따로 살고 있었다. 그는 그녀와 손이 스치는 것도 은연중에 조심하게 되었고, 그저 집이라는 한 공간을 공유하는 관계로 변해갔다. 그래도 오래된 우정 같은 것을 느끼며 살았다.

서른아홉이 되자 지수는 아이를 가져야겠다는 느닷없는 선언을 했다. 그들이 사이좋았을 때 지수는 유산한 적이 있었다. 유산의 원인은 자궁벽이 얇아서 난임이라 했다. 그래서 그녀는 난임 치료를 받기도 했다. 그는 대수롭잖게, 아이는 필요 없으니 신경 쓰지 말라고 했다. 그러자 지수는 펄펄 뛰며 히스테리를 부렸다. 그것 때문에 그녀의 성격이 꼬인 것인가, 그는 고민한 적이 있었다. 그래도 젊을 때는 아이에 큰 미련이 없어서 잊고 살았다. 그런데 40을 앞두자 지수는 시험관 시술을 하겠다고 했고, 쌍둥이를 낳고 싶다는 희망을 품기도 했다. 그는 아이의 일생을 생각해보았다. 빨리 돌려보기를 하자, 아이의 유아기, 사춘기, 성년, 노인이 된 일생이 순식간에 지나갔다. 딱히 허무주의자도 아니었는데 아이에 대한 매력을 잃었다. 노력과 큰돈을 쏟아 부어도 아이는 지수 뱃속에 자리 잡지 않았다.

그 당시 그는 지수의 고통을 이해하려 하지 않았다. 손도 안 잡고 살다가 느닷없이 애를 갖겠다고 조르니, 그로서는 죽을 맛이었고 미치고 환장할 것 같았다. 지수에게 시달리는 것이 힘들어 멀리 도망갈 궁리만 했던 것이다. 시험관 시술까지 그를 괴롭히는 모략이고 쇼 같았다. 그녀는 기회만 있으면 그를 들들 볶고 싸움을 걸었으며 권투까지 배워서 턱을 후려갈겼다. 사람들 앞에서는 여전히 사이좋은 부부, 쇼윈도 부부가 되어 역할의 화신이 된 것 같았다.

그러다 겨울방학 동안 지수는 유럽에서 지내다 왔다. 그저 학회에 참석하고 여행만 하다 온 것이 아니었다. 그녀는 프랑스인인지, 유럽 남자와 연애를 하다 돌아온 것이다. 그녀는 돌아온 후에도 영어와 프랑스어를 섞어 그 외국인과 통화를 했다. 그녀는 숫제 남편을 귀머거리 취급했다. 그녀는 휴대폰을 아무데나 흘렸고, 그는 지수가 잘생긴 유럽 남자와 찍은 사진도 보았다. 여행지에서 만난 친구처럼 찍은 사진이 대부분이었지만 둘이 거의 벗고 찍은 사진도 있었다. 시현은 자기가 남자 구실한 것도 없으니 모른 척 넘어가리라 생각했다.

어느 날 지수가 그의 발가락을 툭 차고 지나면서 말했다.

"당신 밖에서 연애하고 살아. 아무도 모르는 안타까운 사랑을 하든지, 술집에라도 가서 원 나잇할 대상을 찾든지."

그녀는 너그러운 척 그런 선언을 했는데, 자기가 연애한 것에 대한 보상 차원 같았다. 어쨌든 그들은 서로의 연애를 허용하기로 암묵적인 약속을 했다. 그때만 해도 두 사람은 결코 헤어질 생각이 없었다. 지수는 이혼녀가 되기 싫었고 그는 집을 나가고 싶지 않아서였다. 지수가 갈구고 긁어대도 그녀는 편안한 집이었고 오래된 가구처럼 익숙했으며, 그는 여전히 가족 같은 애정을 느꼈다.

그는 아직 젊었고 건강했으며 여자들이 따르는 남자였다. 적어도 지수가 보기에는 그랬다. 여자들은 그를 보면 눈빛이 달라졌다. 심지어 20대 여학생들까지 그랬다. 영화학과에는 끼 있고 예쁜 여학생들이 많았다. 또 지수는 영화를 만든다며 예쁜 여자들과 어울릴 기회가 많은 남편이 신경 쓰였다. 그녀는 서로 자유롭게 연애하고 살자는 제의를 했지만, 그의 연애에 일일이 간섭하고 코치까지 하고 싶어 했다. 그녀 말에 의하면, 인간은 자신의 소셜 포지션에 따라 책임을 져야 한다고 했다.

배우 지망생인 한 여학생이 출석 일수가 부족해서 그의 연구실로 찾아온 적이 있었다. 여학생은 자기가 예쁘면 교수가 마음이 약해질 거라는 생각을 하고 온 것 같았다. 화장을 짙게 하고 가슴이 반은 드러난 민소매 상의에 미니스커트를 입고 와서 콧소리를 하며 학점을 달라고 졸랐다. 그가 안 된다고 하자 울기 시작했다. 그때 문이 열리면서 하필 지수가 들어왔다. 지수는 반라의 여학생이 울고 있는 심상찮은 광경을 보고 낯빛이 어두워졌다.

여학생을 내보내고 지수는 잔소리를 하기 시작했다.

"당신 그 애 가슴을 슬그머니 보고 있었어."

"그런 적 없는데? 일부러 더 피했는데?"

지수는 그가 여학생의 가슴을 분명히 보고 있었다고 우겼다.

"쳐다보는 것도 시선강간이야, 몰랐어? 당신이 저 애 학점을 주지 않으면 쟤가 당신이 자기 가슴을 쳐다봤다고 소문낼 지도 몰라. 쟤가 당신 연구실에서 울며 나가면 당신이 저 예쁜 애에게 무슨 짓을 했다! 사람들이 생각할 지도 모른다고."

"또 다 내 탓이네. 나더러 어쩌라고!"

"당신이 어떡해야 하는지 내가 잘 설명하지. 당신은 여자 대학이나 마찬가지인 여기서 그야 말로 말조심, 시선 조심, 스킨십 조심을 해야 해. 또 여학생들이 수영복을 입고 당신 앞에 온다 해도, 당신을 유혹한다고 생각하면 착각이야. 여자들은 그저 자기 매력을 과시하고 싶은 거야. 당신은 그럴 사람은 아니겠지만, 실수로라도 학생을 잘못 상대하면 안 돼. 젊은 애들이 신선하면 술집에 가서 예쁜 애를 골라 원나잇이라도 해. 돈 주고 하는 원나잇이 뒤끝 없고 제일 깔끔한 거야."

그는 학생을 들먹거리다, 돈 주고 원나잇을 하라는 지수의 제안에 심한 모욕감을 느꼈다. 부아가 치민 그는, 지수 소유나 마찬가지인 삼류 대학의 골빈 학생들에 대해 불평하기 시작했다.

"내가 미국에서 5년 동안 죽을 고생하며 박사 학위를 땄는데, 그 잘난 교수가 되었더니 내 앞의 애들은 아이큐가 다 두 자리 수였어. 책상에 화장대를 차리고 지 얼굴에 색칠하는 것 말곤 세상에 아무 관심도 없는 노브레인

애들이랑 내가 사고를 친다고?"

 그는 영화의 이론과 역사에 대한 강의를 주로 했다. 그가 강의하는 영화과의 학생들은 70퍼센트가 여학생이었다. 대사를 외우기는커녕 책도 제대로 못 읽었다. 한국말을 해도 못 알아듣는데 '아르 누보'나 '네오리얼리즘' 같은 영화의 역사 수업을 알아들을 리 없었다. 그나마 싹이 보이는 재원들은 현장에서 뛴다며 수업에 줄창 빠졌다. 삼류대학 교수를 하느니 똑똑한 초등학생을 가르치는 편이 훨씬 보람 있을 것이다.

 지수의 집안은 막강했다. 그녀의 부친은 모 대학 이사장이었고 그 일족이 총장, 학장, 학과장까지 다 해먹었다. 학교 권력가인 지수와 결혼한 덕에 유학에서 돌아오자 그는 조교수가 되었지만 적성에 맞지 않았다. 그래도 그는 힘 있는 아내 덕에 최소한의 강의만 나가고 자신이 하고 싶은 일을 하며 살 수 있었다.

 "나하고 사니까 당신이 교수나 되었지, 당신 친구들은 유학까지 갔다 와서 다 놀고 있잖아."

 "강의도 나가고 책도 쓰고 그만하면 잘 지내."

 "흥, 보따리 장사에다 팔리지도 않는 책 한 권 쓰면 뭐 하나? 당신 역시 잉여 인간이었지. 빛 좋은 개살구 주제에."

 지수 말은 항상 옳았고 역시 그가 잘못한 것 같았다. 그는 개살구였고 잉여인간이었다. 두 사람만 있으면 파워 게임이 시작된다. 주도권을 누가 잡는가, 누가 지배하고 복종하는가. 지수가 지배하는 것도 같고 그가 복종하는 척 했던 것도 같다. 그렇지만 그도 자기가 하고 싶은 것이 있으면 어떻게든 떼를 써서 얻어냈다. 잘 되지 않았던 예전 일이 생각난 그는 좀처럼 말이 다정하게 나오지 않았다.

"당신같이 대단한 여자가 왜 방리라를 질투해?"

그러자 지수가, 그녀가 가끔 보던 드라마속의 여자처럼 맥주를 그의 얼굴에 뿌렸다.

드라마와는 달리 그는 재빨리 피했다. 그러자 지수는 분해서 어쩔 줄 몰랐다. 맥주를 마신 그녀는 기운을 충분히 회복했다. 그녀가 다시 권투선수처럼 주먹을 휘두르자 그는 날렵하게 몸을 비틀었다. 그녀는 따라 붙었고 그는 요리조리 잘도 피했다.

"내가 왜 질투해? 내가 그딴 년을 쳐다보기나 하는 줄 알아? 평생 남자들만 뜯어 먹고 살던 년이 왜 당신한테 빈대 붙었나 몰라? 당신은 오징어야! 함부로 뿌려대는 그 먹물에 나랑 우리 집안, 학교까지 다 지저분해지고 있단 말야."

지수가 두려워하는 건 그뿐만 아니었다. 시현이 방리라와 재혼해서 아이라도 낳는다면, 두 사람이 아이를 키우며 사는 상상을 하자 그녀는 완벽한 패배자가 된 것 같아 몸서리쳤다. 그녀는 리라가 쌍둥이를 낳는 악몽도 꾼 적이 있었다.

소리 지르던 지수는 스스로를 진정시키고 카리스마를 회복하려 했다. 마침내 마지막 카드를 내놓아야 할 때라고 생각한 그녀의 표정은 서늘했다. 그것 역시 그녀 스스로를 상처 입히는 것이었다. 몸통을 다 내놓기보다는 팔 하나라도 잘라야 하리라.

"오수정을 만나게 해줄게. 오수정하고 연애하면 방리라하고 재혼 안 할 거잖아."

그는 대답을 하지 않았다. 드디어 지수 입에서 수정이 이름이 나오는 구나. 오수정! 이름을 듣는 것만으로도 그리움에 먹먹해졌다.

시현의 눈빛이 잠시 아련해진 것을 그녀는 놓치지 않았다.

"다음 주 방학이야. 오수정더러 여기 와서 지내라고 할게."

그가 고개를 끄덕였다. 그는 갈망 때문에 초조해졌다.

지수가 그런 표정을 못 볼 리 없었다.

"당신 어차피 재혼에 아무 관심 없잖아. 방리라하고 살아 봤자 1년도 못 갈 건데 무슨 의미가 있나? 1년 후 방리라하고 이혼해서 세상을 또 시끄럽게 할 걸 생각하면, 그것도 아! 골치 아프네. 수정이하고 평생 연애하며 살아. 수정이야 말로 당신의 소울메이트니까."

지수가 자리에서 일어났다.

그가 도어맨처럼 굽신거리며 문을 열었다. 그는 랜턴을 켰다. 랜턴을 향해 날벌레들이 뿌옇게 달려들었다. 날벌레 두어 마리가 코로 빨려들었고 재채기가 나왔다. 언덕을 내려가면서 하이힐 때문에 지수는 두 번이나 발목을 삐끗했다. 그가 그녀를 부축했다. 원하지 않는 스킨십이 두 사람 다 매우 어색했다. 그러자 지수가 다시 싸움을 걸었다.

"우리가 결혼한 후로도 당신은 충분히 자유롭고 방탕한 생활을 했어. 나 때문에 잘 먹고 잘 놀았지."

"인정할 건 해야지, 당신도 만만찮았어! 난 당신이 하라는 대로 했어. 나더러 자유롭게 연애나 원나잇을 하라며!"

"나쁜 자식! 누가 세상이 떠들썩한 연애를 하랬어? 내가 어떤 상처를 받았는지 뻔히 알면서! 넌 지옥에 떨어질 거야!"

"천하에 박지수의 유치한 종교적 신념이라니! 당신은 지옥이 뭐라고 생각해? 불가마, 유황 온천 이런 데서 심판 받는 게 지옥이야? 어린애 겁주는 지옥이 뭔지 한번 날 잘 가르쳐 보라구!"

그러자 지수는 말문이 막혔다. 말이 안 터져 기가 좀 죽은 것 같았다.

두 사람은 언덕 아래 차가 있는 곳에 도착했다.

차의 헤드라이트가 켜지면서 시커먼 벤츠의 윤곽이 드러났다. 차바퀴가 자갈길에서 헛도는 것 같더니 곧 차는 꽁지에서 엄청난 먼지를 일으키며 사라졌다.

강에서 두터운 안개가 똬리를 틀 듯 피어올랐다. 안개의 정확한 명칭은 스모그(smoke+fog)가 맞을 것이다. 스모그가 언덕으로, 그의 집을 향해 생명을 가진 동물처럼 폭주하고 있었다. 스모그가 그보다 먼저 집에 도달했다.

지수는 운전하며 'The winner takes all'이란 음악을 듣고 있었다. 'The winner takes all'(승자독식)은 한 때 스포츠 경기에서 한국이 이기기만 하면 나오던 음악이었다. 아바 노래의 특성 상 멜로디는 경쾌했지만, 이혼한 여자가 패배자의 입장에서 남자를 원망하는 처절한 가사였다. 노래 가사 몇 구절이 그녀의 입장과 맞물려 소름끼치게 와 닿았다.

난 더 말하기도 싫어. 우리가 지나왔던 일들에 대해

지금도 날 상처주지만 이젠 지난 일이야.

난 내 카드를 전부 다 썼어. 그리고 그건 당신도 마찬가지였지.

아무 할 말도 없고 더 내밀 에이스 카드도 없어.

승자독식이야. 루저는 초라하게 서 있을 뿐.

그 대단한 승리 옆에서, 그것이 그 여자 운명이야…….

그녀의 키스가 어땠니? 좋았어? 내가 당신에게 했던 키스랑 같은 느낌이었나?

승자에게 다 뺏겼어! 루저는 그저 나락으로 추락할 뿐이지…….

노래를 들으며 따라하다 보니, 바로 그 루저가 자신인 것 같아 지수는 분해서 눈물이 터질 것 같았다. 지수는 공포영화 장면처럼 자신이 도끼를 들고 시현의 정수리를 쪼개는 상상을 했다. 가위로 남편의 물건을 잘랐다는 여자의 실화도 공감이 가지만, 도끼로 머리를 부수는 게 더 카타르시스가 느껴졌다. 피와 뇌수로 그의 침대와 벽을 도배하고 싶었다. 다른 여자와 잤던 바로 그 침대에서 말이다. 그러나 피를 철철 흘리는 쪽은 언제나 그녀 자신이었다.

'기껏 도살자가 되는 상상이나 하다니, 이번 게임에선 기필코 이기겠어. 너도 나처럼 한 번 비참해져 봐라, 내가 널 돌아보기나 할 줄 알아? 팔 다리 다 자른 다음 돼지한테나 던져 주지!'

그녀는 여전히 시현에 대해 소유욕을 느끼고 있었다. 다른 여자에게 주니 호랑이에게나 던져 주고 싶었다. 손 탈탈 털고 버리는 게 아니었는데…… 버리고 나니 이렇게 말썽거리가 될 줄 몰랐다. 역시 원수나 적일수록 곁에 두고 살펴야 안전하다는 말은 사실이었다.

지수는 웹에서 도끼보다 근사한 전기톱을 찾아 시현의 메일로 보냈다. 그걸로 성이 차지 않은 그녀는 원체스터 총기를 검색했고 좀비를 사냥하는 샷건 사진도 보냈다.

추억을 해체하다

부인을 돌려보낸 그 사람이 집으로 돌아왔습니다. 나는 안개를 베일처럼 덮어쓰고 그를 따라다녔어요. 그는 나를 못 본 척, 아는 척도 않았어요. 아니 보이지 않았을 거예요. 안개 속에 숨어 있었으니까요.

부인은 도도하지만 불안한 여자 같더군요. 그 여자는 그에게 깊은 상처를 입은 것 같았습니다. 동병상련이라 할까, 나는 그녀에게 연민을 느꼈어요. 그는 그녀가 폭력적이라 생각하지만, 먼저 날카롭게 찌른 쪽은 그 남자 같았습니다. 부인이 그를 묶어 놓고 고문한다면 같이 거들고 싶은 생각까지 들더군요.

그가 누군가를 고통스럽게 사랑한 적이 있는지 궁금합니다.

내 사랑이란 침묵하는 것, 포기하고 조용히 숨는 것이었습니다. 차라리 무덤 속의 휴식이 달콤할까요? 어쩌다 나는 길을 잃어 살 수도, 죽을 수도 없는 존재가 된 걸까요?

고개를 휙 돌린 그가 나를 쳐다보았습니다.

"곁에 있는 거 다 알아. 차라리 시원스럽게 나타나."

그래서 내가 온전한 모습을 드러냈어요.

"지수가 너를 본 것 같더라."

"네, 먼 마당에 있었는데 부인이 보는 것 같았어요."

"전에 와이프였지. 어제 리라가 뱀에 물렸어. 왜 리라가 뱀에 물렸지?"

"나도 몰라요."

나는 시침을 떼었지만 그의 눈빛은 계속 나를 추궁하고 있었습니다.

"그 여자는 혼이 나야 했어요. 당신을 속이고 있으니까."

"네가 왜 리라 곁에 얼쩡거려? 혹시 질투라도 했던 거야?"

그가 질투라는 말을 하자 나는 몹시 부끄러웠습니다. 내가 질투를 하다니요. 공허하고 흉하며, 못생긴 유령이 질투라는 걸 한다면 그는 얼마나 비웃을까요? 그래서 나는 어린애처럼 그에게 일러바쳤습니다. 또 그도 당연히 그 사실은 알아야 한다고 생각했지요.

"당신이 생각한 것처럼 어떤 동물은 내 영향을 받아요. 내가 화내자, 그 뱀은 놀라 엉겁결에 그 여자 발을 물었어요. 내가 화를 낸 건 그 여자가 당신을 배신하고 있었기 때문이에요. 그 여자는 내 그네에 앉아서 몇 번이나 다른 남자와 전화를 하더군요. 그 여자의 전화기에서 다른 남자의 얼굴이 보였어요. 잘생긴 남자던데요. 당신보단 못했지만. 어차피 그 여자는 이 집을 떠났을 거예요."

단 하루라도 그 여자처럼 예쁠 수 있다면, 당당하게 옆에 누워 그를 기쁘게 해줄 수 있다면. 하지만 열정이나 욕정은 내가 가질 수 없는 것입니다. 나는 안개 같은 수의를 입은 차가운 유령이니까요. 하지만 내가 아까워서 바라보지도 못하는 그를, 속이고 배신하는 그 여자를 보면서 활활 타는 분노를 느꼈습니다. 질투심과는 종류가 다른 분노였어요. 무슨 경고라도 해야 했지요.

그는 의아한 빛으로 나를 보았어요.

"유령도 거짓말을 한다고 했지?"

나는 대답을 하지 않았습니다. 언젠가 그도 사실을 알게 될 테지요.

"그런데 대체 넌 왜 죽은 거야? 언제 죽었어?"

나는 기억이 안 난다고 머리를 흔들었습니다.

"누가 널 죽였어? 그래서 내가 네 원한이라도 풀어 주길 바라는 거야?"

나는 아니라고 머리를 흔들었습니다.

"그럼, 자살했지?"

"자살 안 했어요. 내가 왜 죽었는지는 이제 와서 중요한 일이 아니에요. 난 너무도 오래 전에 죽었으니까요."

"이제 뭔가 생각이 좀 나나? 미소? 아니 네 진짜 이름은?"

"당신의 추억이 보였어요. 뭔가 안 좋은 기억이 있었나요?"

"교활하게 말을 돌리네. 그리고 넌 가끔 내 머릿속에 들어오는 것 같아. 유치원 들어가기 전 대여섯 살 때까지 살았지. 인간들이 보통 다섯 살부터는 자기 인생에 대해 기억을 좀 하는 법이지. 나를 쪼았던 거위를 사람들이 죽였어. 사실은 내 잘못이었어. 내가 그 거위 등에 타고 깃털을 뽑고 아주 못되게 굴었거든. 그 거위를 마당에서 죽였는데 돼지 한 마리를 잡는 것 같았어. 멱따는 소리가 온 동네에 꽥꽥 울리고 김나는 더운 피가 연못으로 흘렀어. 연못은 피바다였지. 그 거위 뱃속에 있던 노란 알도 하나 본 것 같아. 해체된 거위는 커다란 솥에 삶겼고."

"거위 고기를 먹었나요?"

"한 숟갈 먹고 뱉었어. 그래서 육식도 안 좋아해."

"그런데 거위밖에 생각이 안 나요? 추억이 그것밖에 없어요?"

"어린애가 전원에 살며 누릴 수 있는 건 다 누렸어. 아름다운 추억이었지."

"거위를 죽였는데도 아름다운 추억이라고 말씀하시네. 아이에겐 악몽 같았을 텐데."

"어릴 때 추억이란 게 그런 거지. 뭐, 적당히 미화해서 다 아름답다고 하는 거야. 그러고 보니 참 나랑 같이 놀던 여자애가 있었어. 수경이였던가? 수정이는 아냐…… 수경이였던 것 같기도 하고. 어쨌든 수경이 비슷한 애가 자주 나를 찾아 왔어. 같이 그림책도 보고 블록도 쌓고, 식물 채집, 곤충 채집 한다며 돌아다녔어. 그때 엄마가 나를 여기 두고 가면서 내게 여자 친구가 필요했다고 생각했던 것 같아. 그래서 그 애에게 말했어. 우리 현이하고 유치원도 같이 가고 놀아야 한다, 그랬더니 그 애는 우리 엄마 말을 아주 잘 들었지. 아침마다 유치원 같이 가자고 나를 부르러 오고, 어쩌면 그 애가 내 첫사랑이었는지도 모르겠어."

"유치원 들어가기 전까지 이 집에서 살았다고 하지 않았어요?"

"아 그러고 보니, 유치원 들어갔을 때 기억하고 섞여 버렸네. 그렇지만 수경이랑 여기 분명 놀러 왔는데? 참, 유치원 여름방학 때 한 번 오긴 했다."

"추억이란 말로 다 예쁘게 포장하는군요. 추억도 거위 목과 다리를 자르듯 하나하나 해체해 보세요. 당신의 해체된 추억이 좀 궁금해지네요."

그는 이 집에서의 아름다운 추억과 악몽을 다 가지고 있군요. 피를 얼어붙게 만드는 놀라운 일도 있었던 것 같아요. 망각 속에 죄책감도 있는데 아이가 감당하기에는 컸던 것 같습니다. 그 죄책감을 유령인 나와 결부지어 생각하는 것도 같아요. 자기가 잘못해서 유령인 내가 나타나지나 않나 하고 말이에요. 하지만 나는 그의 마음을 좀 들여다 볼 뿐이지, 내가 살았을 때 일은 전혀 기억나지 않아요.

나도 내가 누군지 모른답니다.

문득 그에게 거짓말이라도 하고 싶어요.

당신 때문에 내가 이 집에 유령으로 떠돌고 있으니 내게 잘 하라는 위협 같은 거 말이에요. 호호호……

그의 기억 속을 더 더듬어 봅니다……. 그는 자신의 보모와 죽었을지도 모를 어떤 소녀의 향기를 아직도 그리워하고 있군요. 하지만 인간은 잊어버리는 존재예요. 그게 그의 꿈인지, 망각 속에서 살아남은 큰 사건인지는 불분명하네요.

그는 자신의 기억에 맹점이 있다는 것을 발견한 듯 했습니다. 그가 맹신하는 뇌의 존재 유무. 그런데 뇌에도 맹점이 있지요. 어차피 인간의 기억 같은 건 확신할 게 못되고요. 어릴 적 추억도 믿을 수 없습니다. 남의 추억을 자신의 추억으로 착각할 때도 있답니다. 사람들은 자기가 보고 싶은 것만 보고, 듣고 싶은 것만 듣는 경향이 있잖아요. 기억하고 싶지 않은, 저 심연에 잠긴 끔찍한 것도 있을 테지요. 추억이란 허깨비고 유령을 닮은 것도 있어요.

그는 무슨 말을 하려다 침을 꿀걱 삼켰습니다. 그리고 눈을 감고 기억 속으로 침잠해가는 듯 보였어요.

나는 그의 얼굴에서 아이와 노인을 함께 봅니다. 그 얼굴에서 다섯 살 귀여운 어린애가 떠오를 때, 나는 모성애적 황홀한 사랑의 전율을 느껴요.

지금, 그림자 짙은 조명의 장난과 일그러진 주름살 때문에 그가 늙은 남자처럼 보이는 군요. 정원의 흙처럼 인간의 입 속에도 흙이 있습니다. 그의 임종하는 모습이 보이자 애가 끓네요.

죽어가는 그를 껴안고 고통을 덜어주며 위로해 주고 싶어요.

기시감인지, 데자뷰라는 것인지, 이미 그의 죽기 전 얼굴을 보고 온 듯 눈에서 눈물이 솟구칩니다.

샹그릴라의 크리스탈

수정은 길을 잃었고 그에게 도움을 기대하고 있었다. 시현은 그 문제를 해결하는 건 그녀 스스로 할 일이라 생각했다. 수정은 그에게 바짝 붙어 있었고, 모른 척 할 수 없어 그녀와 하루를 돌아다녔다. 그는 일행들이 왜 그녀를 두고 간 건지 이해할 것 같았다. 그녀는 평범했고 못생긴 것보다는 약간 예쁘장한 편에 속했다. 왜소한 체격이었으며 인상이 흐릿했고, 그렇게 특징 없는 여자는 처음 보았다. 성격까지 조용해서 사람들과 있으면 묻혀서 보이지도 않을 것 같았다. 주변에 있어도 있는 것을 모르고 다음 날이면 전혀 기억나지 않을, 그야말로 존재감 제로의 특징을 가진 여자였다.

시간이 좀 흐른 후에, 그는 수정과 '샹그릴라'에서의 만남을 운명이며 큰 울림이 있었다고 기억을 바꿨다. 아마 그녀를 '샹그릴라'라는 특정 장소에서 만난 탓일 것이다. 시간이 갈수록 수정의 흐릿한 인상은 안개처럼 아련해졌다. 그러니 '기억이 왜곡되었다'라고 말할 수도 있다. 하지만 단언컨대, 수정은 그가 만난 여자 중 가장 지적이고 형이상학적이었으며 아이큐와 이큐가 높았다. 그것만으로도 그녀는 그에게 넘치는 여자였다.

3, 4년 전인가 8월인 것은 확실했다. 한여름이었고 방학이었으며 티베트에서는 쇼푼 축제가 열리고 있었다. 그는 어떤 다큐 촬영팀과 라싸에 있었다. 그는 라싸 곳곳을 다니며 촬영을 했다. 티베트인들 순례의 길인 바코르에서 오체투지를 하는 순례자들을 찍었고, 티베트의 전통 장례식 터인 조

장 터까지 다녀왔다. 스케줄이 꼬여 일이 지연되면서 그에게 하루, 이틀 정도 자유 시간이 났다. 그러자 문득 그는 '샹그릴라'가 라싸와 가까이 있다는 생각을 했다.

그는 '잃어버린 지평선'이라는 옛 흑백영화를 본 적이 있었다. 그 당시로서야 대단했겠지만 지금 보면 시시했다. 그래도 '샹그릴라'라는 유토피아에 끌려 영화를 끝까지 봤다. 영국인들이 탄 비행기가 납치되어 히말라야 티베트 어딘가, '샹그릴라'에 도착한다. 그 불교적인 유토피아에는 나이를 먹지 않는 아름다운 중국 여인도 등장한다. 늙지 않는 신선 같은 사람이 사는 거나 숨어 있는 낙원이라는 점에서, 작가가 무릉도원을 참작하지 않았나 싶다.

또 티베트 불교의 창시자며 제 2의 석가모니라 일컫던 '파드마 삼바바'라는 구도자가 있었다. 파드마 삼바바는 수행하면서 히말라야 고산과 절벽, 깊은 곳으로 다녔다. 그는 절벽에 자기가 쓴 책을 감춰 두었으며, 고산 어딘가 틈새에 사람들이 늙지 않는 낙원이 숨어 있다고 했다. 시현은 흑백영화보다는, 구도자 파드마 삼바바의 말에 끌렸다. 믿는 것이 아니고 매력을 느꼈다, 라고 할 수 있다. 그는 신비주의에 흥미가 좀 있었다. 그런데 티베트를 점령한 중국은 티베트의 작은 마을인 '중뎬'이 '잃어버린 지평선'의 모델이라며 '샹그릴라'로 개명했고 관광지로 이용하기 시작했다. 시현은 '중뎬'이 가짜 '샹그릴라'라는 것을 누구보다 잘 알았다. '샹그릴라'가 있다면, 파드마 삼바바의 말처럼 사람이 찾을 수 없는 더 깊은 골짜기 '틈새'에 있을 것이다. 가짜지만, 그래도 티베트의 일부니까 한번 가 보고 싶었다.

한번 어떤 생각에 사로잡히면, 그는 해결될 때까지 오로지 그 생각만 났다.

'샹그릴라, 샹그릴라……' 누군가가 오라며 부르듯 머릿속에서 샹그릴라가 집요하게 맴돌았다. 이 기회에 꼭 그곳을 가봐야만 할 것 같았다. 새벽에 라싸 공항으로 간 그는 왕복 탑승권을 끊었다. 대기실은 사람들이 바글바글해서 빈 의자 하나 없었다. 그는 세 시간동안 서성거리며 다리 운동을 하다 비행기를 탔다. 기창으로 광대한 히말라야의 고원이 보였다. 사막 못잖게, 지상에서 가장 척박한 땅이라 할 수 있는 곳. 메마르고 황량하며 쓸모 없는 땅을 가졌던 티베트인들, 그래서 그들은 고통스런 현세보다는 내세를 바라며 사는 사람들이 되었다. 그들은 이상향의 낙원을 꿈꾸며 '샴발라'라는 노래를 불렀다. '근심, 걱정, 고통 없고 사시사철 꽃피는 낙원 샴발라로 오세요……'라는. 어쩐지 '샴발라'와 '샹그릴라'는 어감이 비슷했다.

비행기는 두 시간을 날아갔고 샹그릴라의 작은 공항에 내려주었다.

택시를 타고 '송찬림사'라는 불교 사원에 내렸다. 황금색 사원 '송찬림사'는 라싸의 '포탈라 궁' 작은 버전이라고 할 수 있다. 샹그릴라에 온 이상 사원을 꼭 들러야 할 것 같았다. 그때 선글라스를 낀 젊은 여자 여행객이 그에게 접근했다. 그러고 보니 택시에서 내릴 때부터 그 여자가 따라붙은 것 같았다.

"최시현 교수님이시죠?"

그 여자가 이름까지 알고 반겼으므로 그는 학생인가 보다 했다. 선글라스를 끼고 있어 누군지 기억하기는 힘들었다. 그녀는 일행과 가이드를 잃어버렸다고 했다. 뭘 좀 보고 있었더니 사람들이 이미 다 떠나고 없었다고 했다. 그래서 일행을 찾느라 다음 일정 장소로 왔는데 아무도 못 만났다. 통화도 안 되고 어떻게 할지 모르겠는데, 교수님을 만나서 다행이라고 했다. 그녀를 보니 달랑 작은 크로스백 하나만 메고 있었다. 그녀는 여권과 카드, 돈이 그 안에 있다고 했다. 그래서 그는 함께 다니며 일행을 찾아보자고 제의했다. 그녀가 선글라스를 벗자 얼핏 안면이 있는 것도 같았다.

"아, 박지수 교수의 조교였던가?"

그가 아는 척 하자 그녀는 실망한 기색이었다.

"저도 학교에 출강하고 있어요. 이름은 크리스탈이에요."

그녀는 자신의 성도 말하지 않았다. 크리스탈은 그가 혼자 가버릴까 봐 불안한 것 같았다. 서로 화장실을 한 번 다녀 올 때, 그녀는 앞에서 꼭 다시 만나자고 신신당부를 했다.

"왜 내가 도망갈 거라 생각합니까?"

그가 웃으며 묻자 그녀는 무안해 했다.

"저 때문에 뭔가 낭패하신 것 같아서요. 전 겁이 없는 편인데도…… 외국에서 가이드와 가방까지 다 잃어버리니 막막했어요."

그런데 그녀는 일행을 찾으러 더 노력하는 것 같지도 않았다. 그녀는 놀랄 만치 안정감을 회복했고 천하태평이었다. 그를 흑기사로 생각했는지도 모른다. 찾는 것을 포기했거나 혹은 혼자 왔는지도. 최악의 경우에는 카드로 비행기 표를 사서 돌아가면 된다고 했으므로, 그도 남의 일에 더 신경 쓰지 않았다.

"이왕 이렇게 된 거 같이 구경이나 합시다."

그가 국립공원 입장권을 끊었고 같이 셔틀버스에 올랐다. 버스를 타고 20, 30분인가 지나 호수에 내렸다. 호수 옆길의 산책 도로로 진입해서 걸었다. 그들은 호수의 다리 위를 걸어가며 풍경을 감상했다. 티베트나 중국답게 광활한 대자연이, 무한한 땅이 펼쳐져 있었다. 초원은 색색의 꽃이 지천이었다. 푸른 꽃, 보라색, 노랑, 분홍 들꽃이 꿈을 꾸듯 흔들렸다. 그 속에서 풀을 마음껏 뜯는 말들과 야크 떼는 자유롭고 행복해 보였다. 한국이라면 땅이 좁아 동물들이 움직일 공간조차 없다.

"여긴 인간의 샹그릴라 보다는 초식 동물을 위한 샹그릴라 같은데? 사자와 하이에나도 없고 초식 동물 천국이네."

수정은 답이 없었고, 그는 스스로 쓸데없는 소리를 했다 느꼈다. 숨이 차서 필요 없는 말은 더 하지 않기로 결심했다. 그녀의 걸음이 빨라 따라가기가 힘들었다. 해발 3천 미터 정도의 고원지대였으므로 빨리 걸으니 체력소모가 컸다. 그는 고산병 증세가 와서 힘들었는데 그녀는 아무렇지 않았다. 몸이 가벼운 그녀는 5천 미터도 거뜬히 오를 것 같았다. 그는 그녀에게 열등감을 느꼈고, 그녀 혼자 돌아다니게 내버려 두고도 싶었다. 눈치를 챈 것일까? 앞장섰던 그녀가 재빨리 돌아와 보조를 맞추었다. 그녀는 전혀 피곤하지 않은 모습으로 생긋 웃으며, 그에게 초콜릿 하나를 주었다.

전체적인 샹그릴라의 분위기는, 이미 히말라야를 보고 온 그에게는 특별한 게 없었다. 그저 오지의 작은 마을에 불과했다. 그래서 어쨌다고? 샹그릴라다운 게 뭐가 있는데? 그는 그렇게 되묻고 싶었다.

하지만 수정은 보는 관점이 달랐다. 위를 보면 만년설이 쌓인 산과 풍부한 구름이 있고, 아래를 보면 예쁜 초원과 호수가 있었다. 큰 나라에서나 볼 수 있는, 대자연의 풍광 속을 걸으며 지구 여행자라는 기분이 들었다. 길을 잃어도 나쁘지만은 않았다. 멋진 가이드가 나타나서 패키지에 없는 신비로운 호수에 데리고 오다니, 영 운이 나쁜 것만은 아닌 것 같았다.

사흘 동안 그녀는 외톨이였다. 아니 커플과 부부들 틈에 그녀가 개밥에 도토리마냥 끼어든 격이었다. 그녀에게 신경 쓰는 사람은 없었다. 그녀가 마지막으로 화장실에 들어갔고 모두들 차를 타러 갔다. 그런데 안에서 화장실 문이 열리지 않았다. 문이 잘 열려서 단단히 잠근다고 한 게 아예 열리지 않았다. 밖에 아무도 없어서 공포에 질렸다. 한참 문을 두들기고 소리지르자 누가 와서 열어 주겠다고 했다. 키로 문을 열었지만 열리지 않았다. 한 남자의 얼굴이 비죽 문으로 올라왔다. 문으로 올라온 남자가 내려왔고 마침내 문은 열렸다. 그런데 이미 차는 떠나고 없었다. 아마 그녀가 사라진 걸 모르는 것 같았다. 그녀는 자기에게 투명 인간 같은 마법의 힘이 있는 걸 기억해내고 쓴 웃음을 지었다.

그렇지만 그녀는 꽤 현실적인 감각이 있었고 셈도 잘 했다. 자기를 두고 가버린 여행사에 분명 책임이 있었다. 그녀는 돌아가서 비행기 표 값을 청구해 받을 작정이었다. 그러자 문제해결이 다 되었고 하루 이틀정도 모험하며 자유 여행을 즐기기로 했다. 옆의 남자는 쿨하고 거만하며 잘난 척하는 게 몸에 밴 남자였다. 그녀는 그의 그런 점이 특히 마음에 들었다. 그는 같이 다닌다고 집적거릴 남자도 아니었으며 돈을 좀 썼다고 해서 받으러 올 사람도 아니었다.

그렇듯 그녀는 무사태평했고 기분이 좋았다. 해발 3천 미터 위에 펼쳐진 호수는 하늘 호수인 듯 감탄이 절로 났다. 그녀는 우선 그 선명한 에메랄드 빛에 놀랐는데, 호수의 녹색 색감이 물감을 열고 진하게 푼 듯 여기저기 달랐다. 햇빛 때문만이 아니었다. 종류가 다른 녹조 생물이 살기에, 녹색의 농담이 다르다는 것이다.

"이런 호수가 고원에 있다는 게 신기하지 않아요? 이 호수에 황금빛 물고기가 있대요. 여기 사람들이 황금 물고기를 잡아먹는다는데, 어쩐지 아라비안나이트에 나오는 이야기 같지 않나요?"

"장족은 물고기를 먹지 않는다던데? 황금물고기는 잘 잡아먹나?"

"아, 그렇구나……."

수정은 뭘 잘못 알았나, 고개를 갸웃하며 기가 좀 죽은 듯 했다.

그는 꿈꾸는 듯 동화 속 이야기나 하는 그녀의 판을 좀 깨고 싶었다. 그녀는 정신을 좀 차려야 할 것 같았다. 자신이 지금 어떤 처지인지 말이다. 그는 큰 짐 덩어리를 맡은 것 같았다. 그렇지만 그녀의 복잡한 문제를 해결해 줄 생각은 전혀 없었다.

"이 정도 풍경은 춘천에도 있고 중국에 더 좋은 데도 많아요. 역시 샹그릴라는 마음속의 해와 달로 두는 편이 나았어. 중국의 상술에 속아 고생하며 가짜 샹그릴라를 배회하는 내가 한심하기도 하고."

그는 거만하게 말했고 수정의 표정이 일순 어두워졌다. 난 뭐가 되나요? 수정은 그렇게 그를 보았다. 그는 자신의 말이 좀 심했다 싶었다. 길을 찾아주지도 못하면서 나무랄 필요가 있나?

"사람은 자신의 마음이 창조한 세상에서 살고 있대요. 내가 상상한 샹그릴라와 비슷한 것 같기도 해요. 개의 이빨도 진심으로 숭상하면 빛이 난다고 하잖아요."

그는 그런 이야기를 들은 적 있었던 것 같았다. 어떤 아들이 개의 이빨을 자기 어머니에게 붓다의 뼈라고 주자, 그 어머니가 굳게 믿고 공경했다는. 그러자 개의 이빨이 붓다의 뼈처럼 빛이 났다고 했다.

"아가씨, 불교 신자인가?"

"아뇨. 저는 그저 종교에 좀 관심이 있는 정도입니다. 한번 사는 세상 우선 즐기고 살자는 욜로 족들과, 수행하며 구도를 향하는 사람과는 큰 차이가 있다고 생각해요. 전 이것도 저것도 아니지만…… 불교 신자 아니고요. 붓다보다는 더 인간적인 성 프란체스코에게 끌려요."

그는 속으로 한숨을 쉬었다. 길에서 '도'에 관심 있냐며 따라오던 그런 종류의 사람이 곁에 있었다. 그래도 그녀는 전혀 매력이 없는 편은 아니었고 혼자 다니는 것보다는 나았다.

수초와 원시림의 그림자, 구름이 펼쳐진 호수 속에 그들의 모습도 비쳤다. 두 사람이 잘 어울리고 아름다워 보였다. 순간 그는 호수 속의 남녀가 너무도 사랑스러웠는데, 호수 밖 인간들과는 또 다른 신비스런 존재가 물에 있는 것 같았다.

크리스탈은 그를 보며 웃었고 그의 마음을 안 것 같았다.

"호수 속 우리 영상, 거울을 보는 것과는 뭔가 다르죠? 신기루와 무지개는 존재하는 건가요?"

"보이지만 진짜 존재하는 건 아니지."

"티베트 불교의 한 스승이 모든 현상을 8가지 환상에 비유하셨어요. 물에 비친 달, 거울 속 영상, 신기루, 꿈, 메아리, 마술, 무지개로 보여 주었죠. 그렇듯, 사물이 실제로 존재한다고 집착하는 속박을 잘라버리라고요."

"그러니까 우리 인생이 사실은 존재하지 않을 지도 모른다, 이 순간이 꿈인지도 모른다…… 그런 류의 이야기 아니오?"

새로울 것 없는 이야기라고 생각했지만 그도 그런 생각은 가끔 하는 편이었다. 그녀는 강의를 하듯 또렷한 발음으로 화려하게 말했다. 그는 그녀와 몇 살 차이나지 않은 학교의 학생들을 떠올렸다. 그 여자애들은 그의 강의를 귓등으로 흘리며 거울 속 자기 얼굴에만 빠져 있었다. 배우들은 다 나르시스트였지만 어떻게 강의시간 내내 거울만 보나— 그는 이해가 안 되었다. 거기 비하면, 호수에 비친 모습을 보며 '공(空)'을 말하는 사차원의 크리스탈은, 적어도 밥값이 아까운 여자는 아니었다.

샹그릴라에는 티베트 불교 사원과 가톨릭 성당, 이슬람 사원 같은 여러 종교 건물이 사이좋게 어울려 있었고 티베트인들이 만들어 놓은 제단이 보였다. 그곳에도 오체투지를 하는 티베트 순례자들이 보였다. 제단이나 건물에 둘러쳐진 울긋불긋한 천들이 바람에 날리는 걸 보면 성황당과 무당 옷이 떠오르기도 했다.

"난 저 휘날리는 촌스런 색동 타르초를 보면 성황당이 생각나요. 그래서 티베트 불교는 더 샤먼 적이고 미신 같은 면이 있나 그런 생각도 드는데?"

"종교에는 다 미신적인 요소가 있어요. 분위기가 세련되고 예술적이라 해도 다를 것 없지 않나요?"

그녀는 모든 것을 다 아는 듯 말했다. 그는 그녀가 아는 척 하는 게 거슬렸지만, 선생으로는 필요한 덕목인지도 모른다고 생각했다. 그녀는 마음에 스미는 것은 받고, 그렇지 않은 것은 나름 존중한다고 했다. 그녀는 그 여러 종교들과 무속이 공존하는 티베트 마을이 자신의 마음과 비슷하다고 했다.

그가 전공이 뭐냐고 묻자 그녀는 '죽음학'이라고 했다. 그래서 그는 장례지도사인가, 학교에 '죽음학' 그런 게 있던가? 고개를 갸웃했다. 그녀는 웃으며 돈 안 되는 인문학을 공부했다고 말했다.

"난 아침에 눈을 뜨면 습관처럼 죽음을 생각해요……."

그녀는 개똥 철학자처럼 자신이 태어나기 전에 뭐였는지, 지금은 뭔지, 후에는 어떻게 될 건지 그런 생각을 많이 한다고 했다.

그는 노랑, 파랑, 초록, 빨강, 하양 오색 천 깃발 속의 난해한 글씨를 살펴보았다. 가까이서 보자 바람과 햇빛에 바랜 타르초는 낡았고 지저분했으며 너덜너덜했다. 타르초의 동남아 문자와 비슷한 티베트 글씨를 보자, 중국과 티베트는 완전히 다른 나라구나 하는 생각이 새삼 들었다.

"티베트 글씨는 어려워서 못 배울 것 같아요. 법구가 적힌 거예요."

그녀는 그 불교 경문을 이해 못한 것이 아쉬운 듯 말했다. 그녀는 '티베트 사자의 서'나 '잃어버린 지평선', '티베트에서의 7년'이라는 영화 때문에 티베트 여행을 하고 싶었다고 했다. 말하는 것을 들으니 그와 코드가 비슷했다. 나이 차를 못 느낄 만큼 대화도 잘 통했다. 그녀가 오히려 선생처럼 그를 가르치는 투로 말했다. 그녀는 티베트를 여행하는 것이 까다롭고 돈이 많이 들어서, 덜 부담스런 샹그릴라 여행을 하게 되었다고 했다. 그녀 말대로 샹그릴라는 티베트 사람들이 반인데다, 금색 티베트 사원도 있어 티베트 분위기는 충분히 느낄 수 있는 곳이었다.

어두워지자 여름인데도 추웠다. 그는 방한복을 입고 있었지만 그녀는 옷차림이 가벼웠고 입을 옷도 없었다. 그는 자기 옷을 벗어줄 생각은 없었다. 대신 그는 밥을 사겠다고 제의했고 샹그릴라 시내의 중국 음식점으로 갔다. 밥, 채소, 고기를 넣은 볶음밥과 계란 부침이 나왔다. 둘 다 잘 먹었고 버터 맛이 나는 티엔차를 마셨다. 그는 계산을 하면서 길 잃은 여자에게 좋은 일을 했다는 생각보다는, 일행을 찾아 주지 못해서 안됐다는 생각이 들었다.

밤이었고 그는 라싸로 가야 했으므로 택시를 잡았다.

"라싸로 가시나요?"

"같이 가겠습니까?"

그녀가 부러운 듯 묻자 그가 농담처럼 말했다.

그러자 수정은 주저 없이 택시에 올라탔다.

"저는 돈이 없어 라싸에 못 가요. 이번 여행은 크게 한번 지른 거예요."

그녀는 그가 라싸에 데려가주기를 바라는 것 같았다. 그는 황당했다.

"이것도 인연인데, 불교에서 말하는 몇 백겁의 인연으로 만난 건데, 아가씨 비행기 표는 사 주든지 할 수 있어요. 라싸로 가려면 여행 허가증이 있어야 되는데?"

그녀도 잘 알고 있었다. 밤에 딱히 갈 데가 없으므로 그를 따라 배웅 나온 것뿐이었다. 공항 커피숍에서 그들은 커피를 마셨고 그가 다시 커피 값을 지불했다. 출국 장소로 가면서 그는 돌아보지 않았다. 어떤 방식의 이별이든, 이별할 때에는 돌아보지 않아야 한다고 생각했다. 하지만 그는 뒤통수가 따가웠다. 그는 그 여자가 보고 있다는 것을 알았다. 아마 사라질 때까지 보고 있을 것이다. 밥도 사 주고, 커피도 사 주고, 국립공원 입장권까지 사 주었다. 얻어먹은 건 초콜릿 하나 밖에 없다. 그런데도 큰 잘못을 하는 것처럼 마음이 편하지 않았다. 길 잃은 소녀를 어두운 밤의 세상 끝에 버리고 도망이라도 치는 기분이었다.

그 후 몇 달 동안 시현은 크리스탈이란 여자에 대해 생각했다. 샹그릴라의 호수 속에 비친 크리스탈의 얼굴이 환영처럼 떠올랐다. 가이드를 찾아주고 오는 건데, 그런 후회가 시간이 갈수록 거듭되었다. 큰 잘못을 한 것이 분명했다. 생판 모르는 여자도 아니고 나를 잘 안다며 반가워하던 여자 아니었던가.

　화장실에 갈 때, 자기를 버리고 갈까 봐 유난히 두려워하던 여자였다. 아마 구세주처럼 보였을지도 모른다. 그런데 밥 한 번 사 준 걸 생색내고 뒤도 돌아보지 않았다. 거지한테 돈 준거나 개한테 뼈다귀 하나 던져준 거나 다를 거 없었지. 미안하기 그지없었다. 잘 돌아와서 학교에 출강이나 하고 있는 지 궁금해서 찾으러 다니기도 했다.

　이미 그녀의 특징 없는 얼굴도 잊어버렸다. 그녀의 말처럼 호수의 영상은 '공(空)'인지도 모른다. 그는 공(空)에 집착하는 것을 알았다. 길에서 만나도 모르고 스쳐갈 것이다. 그런데도 마땅히 해야만 할 일을 하지 못한, 찜찜한 마음이 시간이 갈수록 왜곡되어 미련으로 변했다. 또 그 미련이란 것은 사랑이 떠난 후의 찌꺼기 같은 감정과 일맥상통할 때가 있다-헷갈린 뇌는 마침내 오류를 일으켰고, 뇌는 그것을 일종의 사랑으로 착각하게 되었다-는 결론까지 내렸다. 그때는 몰랐지만 시간이 흐를수록 그녀가 궁금했고 그리워서 견딜 수가 없었던 것이다.

　그는 자신의 마음을 분석해보려 했다. 하지만 그가 그립고 욕망하는 것이 이상향 샹그릴라인지, 크리스탈인지, 샹그릴라에서 크리스탈과 함께 했던 순간인지, 다 애매모호했다.

이율배반적인 수정

"학교에 출강하는, 혹시 크리스탈이라는 강사가 있나?"

그는 아내인 지수에게 물어 보았다. 문득 생각난 듯 지나가듯 무덤덤하게.

"크리스탈이란 외국 여자 강사는 없어."

"외국 여자는 아니고. 그저 영어 이름인 것 같아."

그러자 지수는 뭔가 생각난 듯 했고 의아한 듯 그를 보았다. 그녀의 눈길에 그는 움칠했다. 그는 괜한 말을 했다고 후회했지만 이미 늦었다. 지수는 그에 대한 촉이 신경과민에 이를 만큼 발달했고 그는 레이더망에 걸리고 말았다. 어설픈 거짓말은 안 하느니만 못하다는 생각에, 그는 사실대로 말했다. 사실 아무 일 없었지 않은가. 여행지에 길 잃은 여자를 두고 와서, 궁금해서 물어본 거라고 말했다.

1년 후, 그는 도서관에서 지수의 논문을 대신 쓰고 있는 수정을 보았다. 완전 다른 여자를 본 것 같은데 뭔가 안면이 있었다. 그녀가 출강하고 있는 학교에 이정도 닮은 여자라면 확률상 크리스탈이 분명했다. 그는 그냥 스쳐 갈까 망설였다. 샹그릴라에서 본 아련한 감정이 전혀 생기지 않았다. 그렇지만 이 기회를 놓치고 그녀를 모른 척 한다면, 또 두고두고 찜찜한 미련 같은 감정이 올라올 것 같았다.

"실례지만 내가 아는 분이랑 닮으셨군요……."

그가 조심스럽게 말을 걸자 그녀의 눈이 먼저 알아보았다. 세상과 동 떨어진 분위기를 싹 걷어낸 그녀는 지독한 공부벌레처럼 보였고 바빴다. 일하고 공부하느라 누구보다 바빴다. 박사 과정을 밟는 중에도 강의를 했고 지수의 논문까지 대필하고 있었던 것이다. 나중에야 그는 수정이 지수의 내밀한 비서며 대가를 받고 있다는 놀라운 사실을 알게 되었다. 수정에게 그가 저녁이나 먹자는 제의를 했다.

수정은 예상과 달리 아주 싸가지 없었다. 여기는 외국도 아니었고 길을 잃은 것도 아니었으므로, 한국 남자와 돌아다니거나 밥을 먹을 필요가 없었다.

별 매력도 없는 여자가 잘난 척 거절하자 그는 오기가 생겼다. 할 만큼 해보고 미련의 싹을 잘라낼 작정이었다. 어쨌든 그녀는 샹그릴라의 크리스탈이었다.

"바빠도 밥은 먹고 살아야 하지 않습니까? 나한테 얻어먹은 건 잊지 않았을 테지?"

그는 빚을 갚으라고 은근히 압박했다. 그제야 그녀는 책상 정리를 하며 가방을 챙겼고 그를 따라 나섰다.

"좋은 건 못 사 드려요."

그녀는 분식집 앞에서 걸음을 멈췄다. 그녀가 김밥 집 문을 열기 전에 그가 그녀의 팔을 잡았다. 그는 일식 회집으로 그녀를 끌다시피 데리고 갔다. 그들은 식당 내 방으로 들어가 마주 앉았다. 참치 회를 시켰고 밥과 다른 반찬들이 따라 나왔다. 메뉴판의 가격을 본 수정의 표정이 편치 않았다. 그가 사겠다는 말을 하자 그녀 얼굴이 확 밝아졌다. 그는 맥주도 시켰다. 그녀는 밥을 잘 먹었지만 참치 회는 몇 점 먹지 않았다. 그래서 그는, 다음에는 이탈리안 레스토랑을 가야겠다는 생각을 했다. 참치를 반 이상 남겨 두고 그들은 일어났다. 수정은 얌체처럼 늦었다며 도망가려 했다. 그래서 그가 또 '빚' 작전으로 나갔다.

"밥값 좀 하시지. 같이 술이라도 한잔 해요, 한 시간 후에 보내 줄 테니까."

수정은 뼈다귀를 보며 고민하는 강아지 같았다. 그는 그녀를 유혹하는 중이었다. 달콤하고 뼈다귀처럼 고소한 유혹. 그는 수정의 얼굴이 귀여움이 지나버린 중강아지 타입이라고 생각했다. 그녀는 감추고 있었지만 분명 꼬리를 흔들고 있었다. 포장마차에서 소주를 마시는데 두 시간이 쏜살같이 지나갔다. 그는 시간을 모른 척 했고 그녀는 더 이상 바쁘다는 말은 하지 않았다. 그들은 각자 사생활이나 집안에 대해서는 일부러 이야기 하지 않았고, 세상 돌아가는 이야기나 영화 이야기를 했다.

일주일 후 그는 지인이 감독한 영화 시사회에 수정을 데려갔다. 여러 명이 있는 술자리에 함께 있다 수정이 바쁜 것 같아 먼저 나왔다. 그는 그녀와 택시를 탔고 집까지 바래다주었다. 수정이 사는 곳은 계단과 좁은 길을 한참 올라가야 했다. 그가 손을 잡았는데 그녀는 뿌리치지 않았다. 그는 그 길이 산꼭대기까지 이어져 있기를 바랐다. 그가 단도직입적으로 물었다. 애인이 있냐고. 그러자 수정이 스스럼없이 자기 이야기를 했다.

"3년 정도 동거했어요. 집세 때문에 남자 친구 집으로 들어갔죠. 그 전에는 잘 살았는데 집이 망했거든요. 물론 나도 월세와 생활비를 냈어요. 그

친구가 더 내긴 했지만. 살아보니 그런대로 괜찮았어요. 의지도 되고 절약이 아주 많이 되었거든요."

시현은 믿음직한 아저씨처럼 그녀의 이야기를 잘 들어주었다. 그래도 수정의 말에 적잖은 실망감을 느꼈다. 이지적인 소녀 같은 그녀가 집세 때문에 남자와 동거했다니. 그녀와 3년 동안 잠을 자고 그녀의 모든 것을 보고 알았던, 자신보다 훨씬 젊은 그 남자가 궁금했다. 그런 한편, 순진한 소녀보다는 남자에 대해 잘 아는 돌싱 같은 여자가 부담 없다는 생각도 들었다.

"그런데 다른 여자가 내 앞에 나타났어요. 나랑 살면서 딴 여자도 만나고 있었던 거예요. 그래서 헤어지고 집을 나와서 급한 대로 싼 방을 찾아 들어갔어요. 그런데 미련이 남았나 봐요. 그 남자의 거짓말을 믿어 주고 싶은 거예요."

"그 친구가 무슨 거짓말을 했는데?"

"변명을 계속 했어요. 애인이 아니라고. 오빠라 부르며 따르던 후배가 왜 자기랑 사귄다고 했는지 모르겠다, 라고요. 그런데 그 여자는 '3년 동안 만났고 깊은 관계다'라고 내게 말했어요. 그 남자한테 물었더니 그가 '너는 내 말을 믿어야 한다. 그 여자가 네게 거짓말 한 거다. 그저 아는 사이였는데 스토커 같은 행동을 한다'며 억울하다 했어요. 그렇지만 더 이상 같은 방에 살 수도 없었고 배신감에 치를 떨었어요. 우리가 친구며 애인으로 함께 지낸 3, 4년은 결코 짧은 시간이 아니었고, 내 20대의 상당 부분을 차지했거든요. 허무해서, 진실이라도 알고 싶어서 그 여자를 만났어요. '당신이 스토커라던데?' 하자 그 여자는 자신이 양다리에 속은 데다 스토커취급까지 당했다며 울음을 터뜨렸고, 그 후로는 그 남자 그 여자 둘 다 나를 피했어요.

둘 중 하나가 거짓말을 하는 것 같기도 하고…… 두 사람 말이 다 거짓말 같기도 하고 둘 다 정말인 것 같기도 해요. 뭐가 진짜였을까요?"

"한 남자와 한 여자가 계속 거짓말을 한다? 한 쪽이 아닌 두 사람이 거짓말을 할 경우 일이 더 복잡해지지. 어느 한 쪽은 정말이라는 얘긴데, 그건 그 사람들한테 자꾸 캐묻는다고 해서 밝혀질 일이 아니지."

"그 남자에겐 정이 다 떨어졌어요. 궁금한 건 누가 거짓말을 했는가, 그 진실을 알고 싶은 거죠."

뭔가 집요해 보이는 수정에게 그는 카운슬러 노릇을 착실히 해주었다.

"그런 경우 시간만이 해결해 주는 거야. 거짓말한 당사자에게 자꾸 대답을 강요하면, 그 거짓말한 사람이 잘못했다고 자신의 거짓말을 시인할 것 같나? 처음 했던 거짓말 때문에 피하게 되고, 거짓말 때문에 또 다른 거짓말을 만들어 낼 수가 있어. 진실은 언젠가 밝혀지지만 시간이 많이 걸려. 몇 십 년 후 우연히 알게 될 수도 있겠지. 털어내 버려! 평생을 거짓에 끌려 다닐 건가?"

그렇게 말하면서도 그는 수정의 동거인이 그녀를 배신하고 다른 여자와 연애한 것을 100% 확신했다. 대중가요 제목을 보라. 거짓말도 많고 라이(lie)도 많다. 왜냐면 다 그놈이 그놈이고 그년도 마찬가지기 때문이다. 아름답지 않은 진실 따위는 대충 묻는 게 낫겠지. 수정은 차인 게 확실한데도 정인지, 집착 때문인지 감정의 낭비를 지금껏 하고 있는 것이다.

그는 그녀에게 다음에 만나자는 약속을 하고 돌아섰다. 그리고 그 약속 날 뭔가 바쁜 일이 생겼다. 그래서 수정에게 전화를 해서 내일 만나자고 시간을 미뤘다. 수정은 그러겠다고 했다. 그런데 다음 날 다시 다른 일이 생겼다. 수정에게 미안하다며 사정을 말하고 다음에 만나자고 약속을 변경해야 할 것 같았다. 그런데 수정은 그의 전화를 받지 않았다. 계속 전화해도 받지 않았다.

그는 그녀에게 무슨 일이 생긴 게 아닌가 걱정이 되었고, 수정이 다시는 자기를 보지 않을까 겁이 났다. 일을 취소한 그는 수정을 만나러 정신없이 달려갔다. 수정은 휴대폰 배터리가 나갔다며 변명했고 그들은 좋은 시간을 보냈다. 그들은 첫 키스를 했다. 그녀의 입술은 순결한 느낌이 들면서도 착 감겨들었다. 수정에게서는 첫사랑의 소녀 같은 아련하고 연한 체취가 풍겼다. 그렇게 몇 번을 더 만났고 만날 때마다 키스를 했다.

그리고 얼마 후 저녁에 집을 방문한 수정을 보고 그는 깜짝 놀랐다. 그를 보는 수정의 얼굴에 힘이 없었고 그녀는 그의 시선을 피했다. 학교 일 때문에 지수가 부른 것이라고 했다. 세 사람은 테이블에 차 한 잔씩을 두고 일과 관련된 이야기를 했다. 지수는 이미 두 사람이 만난 사실을 아는 것 같았다. 그가 수정에게 전화하자, 수정은 기운 없는 목소리로 일이 많으니 시간을 좀 달라는 말을 했다. 그는 이해한다고 너그럽게 말하며 다시 만나게 될 것이라는 말을 덧붙였다.

그 후 시현은 독립영화 '남자 위의 여자'를 찍으며 만난 여주인공 방리라와 열애라고 할, 불같은 사랑에 빠졌다. 미모로 따지자면 리라에 비해 수정은 인물도 아니었다. 영화를 다 만든 후 그와 리라의 관계는 더 본격화되었다. 그는 하루에 열 번은 리라와 통화했고 한밤중에도 리라와 문자를 주고받다 뛰쳐나갔다. 한밤에 몰래 나간 외출을 지수가 모를 리 없었다. 음악을 크게 틀고 나지막하게 리라와 속삭이는 그의 소리도 지수의 귀에는 다 들렸다.

그가 리라를 몰래 만나고 들어온 새벽, 폭주한 지수는 그의 방에 귀신처럼 들어왔다. 그리고 자는 그의 몸에 올라탔고 목을 조르기 시작했다. 그는 가위에 눌린 줄 알았다. 그러다 잠결에 자기 방어를 핑계 삼아 지수의 팔목을 꺾고 그녀의 목을 눌렀다. 그녀가 컥컥거리자 그는 겁이 나서 얼른 손을 뗐다. 지수에게 주먹으로 가끔 맞았지만 서로 목을 조르며 죽일 듯 쌍방폭력을 행사한 것은 처음이었다. 지수는 잠깐 기절했는데 진짜인지, 기절한 척 한 건지는 알 수 없었다. 그는 엉엉 울며 그녀를 흔들어 깨웠고 용서부터 빌었다.

"나더러 밖에서 연애하라며? 내가 어떻게 하면 좋겠어?"

"당신에게 애인이 있든 말든 신경 안 써! 그런데 방리라와 요란한 연애는 안 돼! 평범한 애인이야 한 다스 둬도 상관 안 할게. 이쯤에서 끝내고 다른 여자를 만나."

그는 시간을 좀 달라고 했고 리라와 헤어지겠다고 했다. 순간의 위기를 모면하기 위한 임시방편이었다.

그래도 지수는 인내심 있게 기다리고 있었다. 놀다가 돌아올 것이라고. 그런데 그의 정열은 쉽게 식지 않았다. 저러다 살림이라도 차려 집을 나갈까 그녀는 겁이 났다. 그는 리라를 주연으로 독립영화 한 편을 더 만들 생각이었고, 세상 사람들 앞에서 리라를 찬미하며 자랑스러워했다.

지수는 그가 수정에게 미련이 있는 것을 알고 있었다. 그녀는 남편 입에서 '크리스탈'이라는 이름이 나올 때, 오수정이 그가 애타게 찾는 여자라는 것을 알았다. 오수정을 잘라 버릴까, 생각하던 지수는 그러기에는 수정의 능력이 아깝다는 생각을 했다. 차라리 수족처럼 부리며 이용하는 것이 더 낫겠다는 판단을 한 것이다. 그녀는 연구실로 수정을 불러 독대하고는 강의 시간을 늘려 주었고, 잘할 경우에는 전임교원이 될 거라는 암시를 주었다. 돈도 없고 박사과정도 끝내지 못한 수정에게는 대단한 유혹이며 특전이었다. 지수는 우선 수정을 실컷 부려먹었다. 조교들이 할 만한 잡다한 일을 수정에게 시켰고 자기 논문도 대신 쓰게 하며 테스트했다. 수정은 그녀가 시키는 일은 뭐든 군말 없이 훌륭하게 완수를 했다.

지수는 방리라 이름만 들어도 돌아버릴 것 같았다. 마침내 그녀는 그의 마음을 돌릴 다른 여자로 채워주기로 했다. 리라보다는 소박하며 자신의 통제 하에 있는 수정이 여러모로 낫다는 계산을 했다.

지수는 수정에게 자기 집으로 들어오지 않겠느냐는, 제의 같은 명령을 했다. 그래서 수정이 간단한 짐 가방을 들고 그 집에 들어왔고 그녀에게 방이 배당되었다. 쉐어하우스처럼 세 사람이 각자 거주 지역을 나누고 공동구역인 거실은 함께 쓰기로 했다.

"여자 둘과 남자 하나가 한 집에 거주하는 건 예전 우리 조상에게선 흔한 일이었어. 새삼스러울 것도 없지."

지수가 웃으며 말했고, 시현은 지수가 블랙 코미디를 기획한 줄 알았다.

"당신만 영화 만드나? 우리 셋이 직접 영화처럼 살아 보는 거야. '세 남녀가 동거하고 사는 법'이라는 제목을 붙이고 리얼리티로 가는 데까지 가보는 거야."

"당신 유머 수준이 그렇게 높은 줄 몰랐어."

그가 말하자 지수가 콧방귀를 뀌며 말했다.

"합의하에 여러 명이 연애하며 같이 사는 사람들도 있잖아. 별별 극단적인 동거형태도 다 있는데 이깟 게 뭐 대수야? 우리야 다 자유로운 사람들 아닌가? 세 명이서 같이 살아 보고 괜찮으면 계속 삽시다."

지수는 합의하에 여러 명이 살며 사랑도 할 수 있다는 폴리 아모르(poly amory)를 선언했다. 집이 크고 각자 다른 방에서 지내므로 당장은 이상한 동거방식이라 할 것도 없었다. 지수는 시크하고 대범한 척 말했지만 또 다른 종류의 고통을 느끼기 시작했고, 수정을 매일 볼 수 있게 된 시현은 이미 리라가 희미해져버렸다.

가장 어리둥절한 건 역시 수정이었다. 그녀는 절대 권력을 가진 여상사와 옛 애인 사이에서 처신을 잘해야만 했다. 또 수정은 시현의 애인역이라기보다는 지수의 꼭두각시에 충실해야 함을 잘 알고 있었다. 그런데 자신이 꼭두각시에만 충실하면 시현도 바보가 아닌 이상 리라를 찾을 것이고, 지수는 자신을 쓸모없다고 비웃을 것이다. 비웃는 정도가 아니고 버릴 것이다. 그런데 시현을 좋아하는 것 역시 지수의 심기를 건드리는 것을 알고 있었다. 수정은 딜레마에 빠졌다.

세 사람은 각자 무슨 배역을 맡은 것처럼, 가면이라도 쓴 것처럼 지냈다. 처음에 시현은 할렘의 술탄이라도 된 기분이었다. 지수와 수정은 먼저 들어와서 그를 친절하게 맞았고 세 사람은 저녁 식사를 하며 함께 시간을 보냈다. 어색한 대로 화기애애한 척, 대화도 하며 연기를 하듯 각자 역할에 충실했다. 지수가 늦게 들어오면 저녁이나 밤 시간을 수정과 단 둘이 보내기도 했다. 그는 해물 볶음밥을 만들어 스페인 식 '빠에야'라고 우기며 수정과 먹기도 했고, 아스파라거스에 베이컨을 만 안주로 와인을 마시기도 했다. 수정은 항상 그와 마주 앉았고 스킨십을 두려워했다. 아니 지수를 두려워했을 것이다. 그래도 좋았다. 수정과 마주한 채 대화를 하면 영혼이 충만해져서 그것만으로도 충분한 것 같았다. 그렇다고 해서 지수가 수정을 건드리지 못하게 하는 것도 아니었다. 지수는 수정에게 옷과 화장품을 사 주고 치장시켰으며 뮤지컬 티켓을 주며 함께 가라고 떠밀었다. 그는 지수가 꾸며 예뻐진 수정과 뮤지컬을 보았고 다시는 리라를 만나러 가지 않았다.

하지만 리라에게서 전화가 오면 그는 갈팡질팡하며 고뇌에 잠겼다. 지수는 수정이 그를 딱 붙들어 주기를 바랐고 수정도 노력해야 했다. 수정은 그가 멋을 내고 나가려 하면 붙들거나 자기와 데이트를 하자고 유혹해야만 했다. 그것이 자신의 임무였기 때문이다. 지 남편을 유혹해서 제 자리로 돌려놓으라니, 그건 시원하게 문제를 푸는 일도 아니고 딱 떨어지는 일도 아니었다. 공부를 잘했던 수정은 노력하면 답이 보이는 문제를 좋아했다. 그런데 수정은 연애 전문가도 아니었으며 시현은 '화성에서 온 남자'의 종합선물세트 같았다.

박지수는 거만하고 피곤한 여자였지만 통이 컸다. 지저분하게 집적거리는 남자 상사보다는 나을 거라며 인내하며 옆에 붙어 있었다. 논문 대필 뿐 아니라 온갖 잡일까지 다 부려 먹더니, 이제는 자기 남편과 연애까지 하라 한다.

'목적을 달성하기 위해선 잠시 몸을 낮추기도 하는 법이야.'

그런 생각으로 수정은 지수에게 복종했다. 그녀는 한 때 최시현을 좋아했지만, 그 감정은 이미 반 이상 식었다. 또 상사가 시키는 대로 하는 것은 다른 문제였다. 아직도 그는 무미건조한 남자는 아니었고 같이 시간을 보내기엔 나쁘지 않았다. 경험상 수정은, 만나서 정이 들고 헤어지면 구질구질한 추억이란 아무 일도 없던 편이 깔끔하다는 결론을 내렸다. 인생에서 만나는 사람들은 좋으나 나쁘나 어떤 교훈을 주고 헤어진다. 3년 간 동거한 남자 때문에 수정은 인간관계의 부질없음에 대해 알게 되었다. 그런데도 시현을 보고 다시 감상에 빠졌던 자신이 바보처럼 생각되었다. 그와 헤어지는 것이 가슴 아파서 그에게 시간을 좀 달라고 말했다. 그는 이해한다며 다시 만날 거라는 너그럽고 달콤한 말을 했고, 그녀 역시 다시 만날 거라는 기대를 하고 있었다. 그런데 몇 달 지나지 않아 그는 방리라와 세상이 떠들썩한 연애를 했고, 수정은 자신이 바보가 된 것 같았다.

'방리라가 싫증났을 즈음 다시 내가 나타난 거지. 역시 타이밍이야. 둘이 한참 불붙었을 때 내가 나타났으면 곤란했을 거야.'

타이밍에 비하면 사랑은 별 게 아니었다. 시간이 흐르니 우선 자신의 마음부터 먼저 변했던 것이다. 처음 시현을 만났을 때의 사랑 비슷한 감정은 다시 생기지 않았다. 박지수가 유학이나 전임교원 같은 큰 미끼를 주지 않았다면, 차라리 그 시간에 잠을 자든지 책을 볼 것이다. 그녀는 실연의 감정 따위를 자주 경험할 만큼 자신이 한가하지 않다는 생각을 했다.

그녀의 관심은 때로 어둡고 먼 미스터리한 곳에 있었다. 아침에 눈을 뜨면 늘 슬픈 기분부터 들었다. 잠에서 깨면 우선 무상과 죽음에 대해 생각했다.

'오직 죽음과 무상만을 사유해야 한다……'

그녀는 전생에서부터 그런 가르침을 받은 적이 있던 것 같았다.

그녀는 무거운 몸을 일으키며 중얼거렸다.

'너는 이 생에서 여행자와 같다, 잠시 쉬는 곳에 성을 쌓지 말라……'

조만간 죽을 지도 모르는데, 영원히 살 것처럼 집착하면서, 돈과 지위를 위해 노예처럼 사는 구나. 그녀는 공허한 위장을 채우기 위해 우유에 시리 얼을 탔다. 일하고 공부하고 박지수의 내밀한 비서를 하며, 이러다 갑자기 죽으면 이게 다 무슨 소용인가, 위장뿐 아니라 오장육부에 무상의 바람이 스쳐갔다. 수정은 자신이 오래 살지 못하고, 어딘가에서 느닷없이 죽을지 모른다는 강박감 같은 것이 있었다.

언젠가 꿈에서 소미를 만났는데, 소미는 뭔가를 알려주려 친구를 찾은 것 같았다.

"인생은 길지 않아, 넌 하고 싶은 것을 하고 살아. 갑자기 내가 찾아 가도 놀라지 말고."

소미는 다정하게 위로하듯 속삭였다. 꿈이지만 소미의 말이 또렷했기에 수정은 자주 그 말을 떠올리곤 했다. 그것이 예지몽이라면 오래 살지 못하고 예고 없이 죽을 수도 있다는 뜻이었다. 개꿈이야, 죽은 사람이 뭘 알겠어, 무시하다가도 령은 인간과 달리 4차원도 드나들 수 있기에, 인간이 죽는 날을 알 수 있다는 내용을 신비주의자의 글에서 본 것 같았다. 소미는 뭔가를 아는 것 같았고, 어리석은 자신처럼 살지 말라는 당부를 하는 것 같았다.

소미는 영재였지만 선천적 심장병이 있었다. 소미의 낯빛은 창백하고 입술은 푸른빛이 돌았으며 얼굴은 완벽한 브이라인이었다. 가슴은 납작했고 갈비뼈가 드러날 정도로 말랐지만 머리가 좋아서 항상 1등이었고 수정이 2등을 했다. 체육 시간에는 교실에 소미 혼자 남아 공부를 했다. 혼자 있고 혼자 밥을 먹는 소미 곁에 먼저 접근한 것은 수정이었다. 한번 밥을 같이 먹으니 계속 같이 먹게 되었다. 수정은 건강한 친구들과 사귀고 싶었지만 마음이 약해서 소미와 단짝이 되고 말았다. 항상 자신만을 바라보고 의지하는 소미의 기대도 저버릴 수가 없었다.

소미는 점점 더 약해지는 것 같았다. 쉬어야 하는데도 공부를 했다. 그녀는 1등에 욕심을 부리며 공부를 했다. 수정은 소미가 답답했고 어리석어 보였다. 오래 살지도 못 할 거면서 왜 죽어라 공부만 하는 걸까? 우리가 이렇게 힘들게 공부하는 건 다 긴 앞날을 위해서 하는 일 아닌가. 수정이 1등을 했다. 그러자 소미는 코피를 쏟으면서 공부를 했다. 불쌍하다기보다 소미가 독하고 욕심이 많은 것 같았다. 수정은 소미를 경멸하면서 코피를 닦아 주고 양호실로 데려갔다. 수정이 다른 친구들과 웃으며 말 하면 소미는 치와와 같은 눈으로 슬프게 바라보았다. 수정은 못 본 척 했고 소미에게서 해방되고 싶었다. 얼마 후 소미는 학교에 나오지 않았는데 아파서 그런 것 같았다. 수정은 후련하면서도 뭔가 허전했다.

어느 날이었던가, 학원을 마치고 밤 10시 쯤 돌아오니 대문 앞에 소미가 서 있었다. 그녀는 크림 빛 광채가 났고 평소보다 훨씬 예뻤다. 달빛의 후광을 받아 예쁜 걸까, 밤늦게 왜 여기 있냐고 묻고 싶었지만 반가운 척이라도 해야 할 것 같았다. 수정의 반기는 표정을 본 소미가 웃으며 천천히 걸어왔다.

"아픈 건 다 나았어? 얼굴 좋아 보인다."

그러자 소미는 갑자기 왼쪽 가슴을 부여잡고 찡그렸다. 수정의 말 때문에 아픈 게 기억난 것 같았다. 수정은 자기가 말을 잘 못한 것 같았다. 친구를 원망하듯 보던 소미는 빛이 꺼지듯 사라졌다. 수정은 애매한 죄책감을 느꼈다.

다음 날 학교로 간 수정은 소미가 죽었다는 소식을 들었다.

"그렇게 살고 싶어 했는데……."

선생님은 눈물을 흘리며 혀를 찼다. 공부가 소미의 짧은 수명을 더 단축시켰다는 걸 수정은 알고 있었다. 나 때문에 소미는 더 힘들었던 거 아닐까. 자기와 친했던 것이 소미의 수명을 단축시켰다 생각하면서, 수정은 먼저 다가가 같이 밥을 먹었던 것을 후회했다.

그 다음 날도, 다음 날도 소미는 수정의 집 대문 앞에 서 있었다. 수정이 무슨 말을 했는데, 서로 다른 세상에서 바라보듯 말까지 통하지는 않았다. 그저 서로를 멀거니 바라볼 뿐이었다. 소녀 유령의 강한 애착심은 단짝 친구였다.

수정은 유령에게 다정하게 말했다.

"즐겁게 밥 같이 먹는 친구 나는 이제 원하지 않아…… 너 외에 친구 더는 필요 없어. 이 세상의 친구들 난 이제 다 포기 했어……."

그제야 소미는 미소를 지었고 곧 사라졌다. 그 후 꿈에 두 번 나타났다. 그래도 긴 세월 동안 수정에게는 두세 명의 친한 친구가 더 생겼다. 그런데 한 친구와는 논쟁을 하다 만나지 않게 되었고 다른 친구는 이민을 가버렸다.

'친구와 친척은 나뭇가지 위의 작은 새와 같으니 그들에게 집착하지 말라.'

수정은 책에서 본 구절을 노트에 적었다.

그 후 수정에게, 다른 영적인 존재들도 느껴지기 시작했다. 딱히 그것들이 눈앞에 보이는 건 아니었는데 공기의 흐름이 달랐다. 책상 앞에서 컴퓨터를 보고 있으면, 앞에 둔 볼펜이 무슨 신호나 보내듯 좌로 두 번, 우로 세

번 움직이기도 했다. 접신인가? 그런 생각이 들면서 머리카락이 쭈뼛 섰다. 정전도 아닌데 불이 꺼졌고 주변의 물건들이 무슨 신호나 보내듯 움직였다. 어떤 신호를 보내고 싶은 유령이 사방에 있는 것 같았다. 그녀는 소위 신 내림 같은 걸 받지나 않을까 두려워 미칠 것 같았다. 그녀는 절대로 무당이나 영매 같은 건 되고 싶지 않았다.

그녀는 정신과를 찾았고 우울증 약을 처방받았다. 유령을 느끼는 감정도 역시 뇌의 혼란으로 생긴 병이었다. 유령의 장난도 멈추었다. 세상은 맑아졌고 기분이 좋아졌으며 일시적이었던 것처럼 회복되었다. 그렇지만 잠이 많아져 경쟁자들에게서 한참 뒤처진다는 것을 알았다. 그녀는 약보다는 다른 방법으로 스스로를 치유해보고 싶었다. 수정은 절을 다녀 보기도 하고 성당을 가 보기도 했으며, 여러 종교 서적들과 죽음에 관한 책들을 섭렵했다. 하지만 책은 그저 책일 뿐, 참 좋은 말들이 많구나, 하는 것을 느꼈고 덮으면 그저 그뿐이었다.

수정은 좋은 대학에 갔고 서울 유학길에 올랐다. 그런데 집에서 송금해주는 돈이 점점 줄어들기 시작했다. 아버지 회사 형편이 안 좋으니 아껴서 쓰라는 말을 들었다. 아버지는 중소기업을 경영했고 그 전엔 궁색함은 몰랐으니 잘 살았던 것 같았다. 경기가 안 좋은가 보다, 수정은 그렇게 생각하며 절약했고 아르바이트로 버텼다. 그런데 돈을 벌다 보니 공부할 시간이 없었다. 그녀의 경쟁자들은 부모의 후원을 받으며 공부만 했고 유학을 가기도 했다. 그래도 외롭지는 않았다. 늘 수정의 주변에 있던 한 남자 친구가 있었다. 그와 있으면 유령이 보이지 않았다. 아마 남자의 기가 강하고 밝아서 어둠의 존재가 접근하지 않는 것 같았다. 그는 수정에게 필요한 남자였고 경제적 도움이 되었다. 동거를 하니 생활비가 반으로 줄었고 공부할 시간도 늘었다. 그런데 다른 여자가 나타났다. 모른 척 하고 그 남자 곁에 딱 달라붙어 있어야만 했다. 남자와 결별하자, 기다렸다는 듯 유령들이 나타났고 따라다녔다.

손만 보이는 유령도 있었고, 대충 스케치 한 것 같은 형상으로 이목구비는 잘 보이지 않았다. 그런 이유로 달걀귀신이 나온 것 같았다. 무섭다기보다 절망감 때문에 그녀의 가슴은 무너졌다. 하지만 내색한다면 유령은 좋아라, 더 찰싹 달라붙으려 할 것이다. 감정 없는 표정으로 봐도 못 본 척 아무 상대를 안 했다. 그러자 실망한 유령들은 쓸쓸하게 하나, 둘씩 그녀를 떠나갔다.

이제 수정은 현실로 돌아와 자신의 자리를 갖기 위해 노력 중이었다. 또 한편으로는 그런 자아를 버리고 싶은, 이율배반적인 감정 때문에 아침마다 괴로웠다. 원하고 채우고만 싶은데, 마음 깊은 곳에서는 비우고 더 비우라고 했다.

그녀에겐 대출 빚이 제법 있었고 장래를 위한 예금도 없었다. 하루하루 버티며 아슬아슬하게 살았다. 그렇지만 여태 잘 버텨왔고 박지수 같은 여자가 느닷없이 스폰서로 나서 주는 등 일이 해결되기도 했다. 그래서 그녀는 운을 믿고, 카드로 여행을 간다든지 하는 쓸데없는 일에 돈을 펑펑 써버리기도 했다.

티베트의 은둔자나 성 프란체스코처럼 수행하며 살고 싶은데…… 아침에 잠을 깨는 순간 죽음부터 생각하며 하루를 시작하지만, 성 프란체스코처럼 사는 것은 늑대가 채식을 하고, 라일락이 향기를 뿜지 않고, 개미가 과자 부스러기를 탐하지 않는 것만큼 힘든 일이다. 인간으로 태어나서 그 욕망에 따라 사는 것이, 인간의 본능을 따라가며 인간답게 사는 것이, 그렇게 나쁜 것인가?

"왜 그렇게 사세요?"

그 질문은 수정이 그녀 자신에게 묻는 말이기도 했다.

시현은 수정의 수정처럼 맑은 눈을 그윽하게 보았다. 그는 그런 질문을 하는 수정이 그저 귀여워서 허허 웃었다. 그는 사랑에 빠져 있었다.

그녀가 다시 질문했다.

"저와 함께 뭘 하고 싶어요? 인생에서 쾌락을 찾고 있나요?"

수정의 표정은 해맑고 순수했다. 그녀는 누구 못지않게 타산적이고 속되면서도, 얼굴은 산사의 비구니처럼 세상과 동떨어졌고 속된 면이 없었다. 얼굴조차 이율배반적이군, 그런 그녀가 시현은 늘 미스터리하기만 했다.

"넌 인생의 쾌락에 대해 알고 있는 게 뭐 있나?"

"전 쾌락주의자에 대해 철학과 교과서로 배웠답니다."

수정은 그를 놀리듯이 방긋거리며 웃었다.

"육체적 쾌락 때문에 널 원하는 건 아냐. 영혼의 교류나 지성의 쾌락이라는 것도 있겠지. 그런데 네가 여자가 아니면 사랑하진 않을 거야. 섹스 때문만 아니라 여자의 분위기, 여자의 향기 그런 게 있잖아. 그냥 좋은 여자가 내 주변을 들락날락거리기만 해도 좋은 거…… 물론 나도 쾌락주의자처럼 한번 살아보고 싶었어. 너도 알다시피 그렇게 사는 게 보통 에너지가 필요한 게 아니거든. 쾌락주의자로 살려면 돈과 엄청난 정열이 필요하지."

그는 새삼 자신이 참 미지근하고 시시하게 살았구나, 하는 생각을 했다.

"박지수 교수님은 최시현이 몽상가며 퇴폐적이고 쾌락주의자라던데요? 바람둥이라 정착을 못하고 여기저기 날아다닌다고."

수정이 하는 말을 듣자 그는 억울했다. 지수가 수정에게 어지간히 자기 험담을 했나 싶었다. 그는 지수와 각방을 쓰면서도 여자가 그리워 바람피운 적은 없었다. 수정에게 거절당하고 리라를 만나 불붙은 것이 전부였다. 그가 생각하기에, 자신은 돈 후안처럼 사는 것보다는 가톨릭 신부처럼 사는 게 쉽다고 생각했다. 원나잇을 위해 누구를 유혹하거나 돈으로 산적도 없고, 반은 벌거벗고 있는 여학생에게 추잡한 눈길을 던진 적도 없었다. 적어도 너 말고는, 여자를 쫓아다닌 적은 없었노라고 수정에게 자신을 변호하고 싶었다.

"난 시시하고 번잡한 연애를 할 만큼 시간이 넘치는 사람은 아냐. 너와는 영혼의 주파수가 맞으니까."

"아하, 인생의 소울메이트를 찾고 있다고요?"

"너를 발견했고 놓쳤고 다시 너를 찾았어. 달을 보다 달에게 영혼을 뺏긴 느낌을 받을 때가 있지. 그런데 달을 닮은 네 얼굴을 보면서 마음을 빼앗겼다고 할까."

"제가 좀 달처럼 밋밋한 얼굴이지만…… 저를 사랑한다고요?"

"나는 나 자신도 사랑하기 힘든 사람인데, 널 사랑하는 것 같아."

"영화 대사처럼 좀 말하지 마세요. 연기하는 것 같으니까."

그녀는 냉소적이었다. 그래서 그도 좀 아카데믹해져야겠다고 생각했다.

"나는 왜 너와 연애를 하고 싶을까? 연애 이데올로기 세상에 살고 있기 때문이지. 사랑은 사회적 통념이 되었고 예술의 주된 소재기도 하지. 그래서 연애를 해야만 인생을 제대로 살고 있다는 기분이 들기도 해. 사랑은 당연히 호르몬에 지배를 받고 있어. 테스토스테론 때문에 네가 미치도록 그리울 때도 있어. 결론은, 호르몬과 자아성취를 위해 너를 사랑한다고 할까."

"호르몬에 지배받고 연애로 자아 성취를 하시다니 참 젊으시네요. 전 박지수 교수님 시키는 대로 하는 거예요. 비즈니스 같은 걸 하는 거라고요."

"그래, 차라리 비즈니스라는 말이 더 좋다. 세상에 비즈니스 아닌 게 어디 있냐? 이왕 비즈니스 하는 김에 즐겁게 하자. 사랑이 아니면 사랑하는 연기를 한다고 생각해. 가짜 사랑도 하다 보면 진짜 사랑이 되기도 하거든."

그는 웃으며 유쾌하게 말했다.

드라이브를 하며 강과 산이 보이자 수정도 기분이 좋아졌다.

"가짜 사랑을 해도 기분이 좋은데요? 웃는 흉내를 내도 웃는 것과 효과가 같은데, 뇌가 속아서 엔돌핀을 내기 때문이래요. 가짜 사랑이 뇌를 속이나? 아, 이 좋은 사랑을 왜 마다 했을까?"

"어차피 사람은 뇌 속에서 사는 것, 가짜 사랑으로 뇌를 속이자."

그는 차를 세우고 그녀에게 키스했다. 키스를 하자 수정은 진짜 사랑을 하는 것 같았고 세상의 색깔이 달라지는 것 같았다. 뇌의 호르몬이 장난을 치자 회색 세상이 오렌지색으로 반짝거렸다. 그녀는 이 남자와 다시 연애하는 것은 역시 뭔가 잘못되었다는 기분이 들었다.

그들은 춘천으로 갔고 가뭄으로 말라붙은 소양강댐을 구경했다. 댐이 말라서 실망했는데 비가 뿌리기 시작했다. 그들은 비가 댐을 채우면 다시 오기로 약속하고 식당으로 갔다. 닭갈비와 감자전, 맥주 한 병을 나눠 먹고 호수 주변을 드라이브했다. 비가 아지랑이처럼 호수에 떨어졌고, 수정은 넋을 잃은 채 보았다.

고개를 돌린 수정이 울적하게 호수만 보자 그도 기분이 나빠지기 시작했다. 내게는 전혀 신경을 쓰지 않고 자기만의 세계에 빠져 있다, 아니면 배신한 전 남자라도 생각하는 걸까? 그런 생각을 하다 그는 스스로 놀랐다. 속을 헤아릴 수 없는 젊은 여자에게 빠진, 나이 많은 의처증 남편이 된 기분이 들었기 때문이다.

돌아가는 길에 차가 밀려서 보니 사고가 나 있었다. 빗길에 미끄러진 듯 사고가 나 있었다. 대형 세단과 소형차가 부딪혔는데 세단은 멀쩡한 반면 소형차는 절반이 쭈그러져 있었다. 시현은 차를 돌렸다. 그대로 집에 돌아가기가 아쉬웠던 것이다. 그는 호수를 더 보고 수정과 호텔에 가야겠다는 생각을 했다.

수정은 죽음의 냄새를 맡았고 소형차의 사람이 죽었다는 것을 알았다. 그녀는 빨리 그 자리를 벗어나고 싶었다. 금세 차는 사고 지점과 멀어졌고 마음이 안정 되는가 했다. 그런데 문득, 우울증 약을 먹은 지 오래 됐네, 하는 생각이 들면서 시끄러운 소리가 들리기 시작했다. 기회다 싶은 지, 꽁꽁 숨어 있던 뭔가가 기를 폈고 떠들어댔다.

'옆의 남자와 이대로 호수로 돌진한다면 멋질 거야.' 그것이 귓속말을 했다.

수정과 호텔 갈 생각을 하던 그는 기분이 들떠서 콧노래를 부르기 시작했다.

그러자 수정은 진짜 그를 죽여 버리고 싶었다.

'차의 핸들을 꺾어! 저기 저 차와 부딪혀 버려!' 그것이 소리 질렀다.

'안 돼, 다른 차와 부딪히면, 애매한 사람만 죽게 될 지도 몰라. 죄는 짓지 말자, 악업을 쌓으면 안 돼……' 그녀는 환청과 싸웠고 그 싸움에서 이겼다. 그녀의 감정은 롤러코스터를 탄 듯 요동쳤지만 표정은 담담했다. 언제부턴가 속과는 달리 겉은 무표정한 포커페이스를 유지할 수 있었다. 그것도 방어 기제였다. 자기가 미친 것을 다른 사람에게 들키지 않으려는.

그녀는 눈을 깜박거리면서 호수에서 피어오르는 안개를 보았다. 옷자락을 흔드는 유령처럼 움직였지만 그저 안개일 뿐이었다. 휴대폰에 메시지가 왔다는 신호음이 들렸다. 그는 듣지 못했다. 박지수일 것이다. 현실로 돌아오자 수정은 더 초조해졌다. 슬쩍 폰을 확인했다. 박지수에게서 여러 번 메시지가 와 있었다.

"이제 돌아가야 되지 않을까요?"

"지수가 너랑 연애하랬어. 염려 마. 다 지수 허락 받았으니까."

그는 수정이 휴대폰을 보거나 말거나 유유자적했다. 그 말에 수정은 대답을 않았다. 그들은 호텔 레스토랑으로 들어갔다. 오렌지 주스를 주문한 후 수정은 화장실에 가서 지수에게 전화를 했다.

지수가 명령했다.

"너 혼자 돌아와, 물 먹여 버려. 그래야 고통도 알 테지. 원망과 아픔, 이런 게 사랑을 더 고조시키는 거야."

수정은 호텔 뒷문으로 빠져나갔다. 택시를 타고 터미널로 가서 막차를 타고 지수가 기다리는 집으로 돌아갔다.

시현은 커피를 마시며 수정을 기다렸다. 한참 후에야 그녀를 찾아보았고 이미 가버린 것을 알았다. 휴대폰도 받지 않는 그녀에게 원망의 메시지를 보냈다.

'꼭 그런 식으로 도망가야 했나? 말하면 데려다 줄 텐데, 넌 사람을 참 우습게 만드는 재주가 있다……' 그런 장문 메시지를 보냈다. 이어서 '다시 보지 말자'는 말도 썼지만, 수정이 당장 그러자고 할까 겁이 나서 삭제했다. 대신에 '네 입장을 이해한다'는 너그러운 말을 붙여 메시지를 또 보냈다. 운전에 속도를 냈고, 화가 나서 흥분하고, 휴대폰을 봐야 했으며, 길도 미끄러워서 그는 가로수와 접촉사고를 내고 말았다. 사이드 미러가 깨지고 범퍼도 떨어졌으며 이마도 깨졌다.

집에 들어가자 함께 모의를 하던 두 여자가 무슨 일이냐는 듯 놀라서 그를 보았다. 두 여자 다 아주 고소해하고 있었을 것이다. 그런데 웬만해서는 표정이 잘 안 변하는 수정이 놀란 토끼처럼 벌떡 일어났다.

"다치셨네요? 사고 났어요?"

그는 수정의 염려하는 표정과 말투만으로도 마음이 좀 풀렸다. 그래도 그녀에게 아무 대꾸조차 하지 않았다. 순간 그의 휴대폰이 울렸다. 리라에게서 전화가 온 것이다. 아주 통쾌했고 그는 두 여자에게서 비상등이 켜진 것을 느꼈다. 그는 전화벨 소리를 즐겼고 두 여자는 궁금해서 미칠 것이다. 천천히 자기 방으로 들어간 후 그는 전화를 받았다. 리라와 통화하며 무슨 말인가 하는데, 방금 전 놀란 수정의 얼굴만 어른거렸다. 그는 수정의 얼굴을 다시 본 것만으로도 마음이 놓였다. 그는 이제 그녀 없이 살 수 없을 것 같았다. 그녀는 날마다 더 예뻐졌다. 화장을 하면 다른 여자처럼 달라서 놀랐고, 민낯을 보면 순순하고 수수한 모습 또한 좋았다. 심지어 그녀 발가락의

144

티눈까지 귀엽고 사랑스러웠다. 그에게 그토록 잔인한 행동을 한 여자는 수정이 처음이어서 충격을 받았지만, 그런 여자에게 여전히 집착하는 자신에게도 놀랐다.

옷을 갈아입은 그는 다시 거실로 나왔다. 밖으로 잠시 나갈 생각이었다. 수정이 집에 있는 것을 확인했으니 됐고, 두 여자의 감시망에서 벗어나 방황이라도 하고 싶었다. 지수는 모르는 척 티브이를 보고 있었고, 수정이 그를 보고 있었다. 그녀는 화가 나 있었고 굴욕을 견디는 것 같았다. 그와 시선이 마주치자 쌀쌀맞게 고개를 휙 돌렸다. 다시는 안 볼 것처럼.

그는 가슴이 덜컹 내려앉았다. 오해든, 뭐든, 이건 사랑하는 여자 앞에서 할 행동은 아닌 것 같았다. 다시 자기 방으로 가던 그는, 화가 났다는 것을 보여 주기 위해 온 집이 흔들릴 정도로 문을 세게 닫았다.

그는 깜박 잠이 들었고 자기 옆에 누워 자신을 바라보는 여자가 유령인 줄 알았다. 그는 귀신을 보듯 수정을 보았고, 그의 반응을 본 수정 역시 자신의 행동이 유령 같다는 기분이 들었다. 지수가 시킨 것은 아니었다. 그런데 수정도 리라에게 그를 넘겨주는 것은 용납되지 않았다. 그것이 사랑 비슷한 소유욕인지, 아니면 또 '싸움에 진 개'가 되는 것이 싫은지, 그녀도 자기 마음을 알 수는 없었다. 그를 너무 기다리게 하고 화나게 한다면 그는 다른 여자에게 갈 것이다, 그것이 수정은 두렵기도 했다.

그의 방문은 약간 열려 있었다. 문 닫는 소리가 온 집을 흔들었는데 문이 열려 있다는 사실이 수정은 신기했다. 그녀가 오기를 기대하고 일부러 문을 열어둔 것 같았다. 그녀는 침대로 들어가 그 옆에 누웠다. 그를 바라보았는데, 자는 얼굴이 훨씬 잘 생겨서 놀랐다. 그녀는 잠든 얼굴을 남에게 보여 주기 싫었는데, 대부분 사람이 그렇듯 잠든 얼굴은 무방비상태고 더 못생겨 보이기 때문이다. 그런데 그는 자는 얼굴이 더 젊고 미남 같았다. 훤하고 선하고 평화로워서 아무리 봐도 싫증이 날 것 같지 않았다. 그녀가 계속 보자 그의 얼굴에서 평화가 깨졌다. 자면서도 시선을 느끼는지 모른다. 갑자기 그가 눈을 떴다. 옆에 누운 그녀를 보자 그는 귀신을 본 듯 기겁했다. 그는 수정인 걸 알자 더 놀랐다. 그는 으스러져라 그녀를 포옹했다. 뇌에서 도파민이 쏟아졌고 다른 세상이 파노라마처럼 펼쳐졌다. 남녀가 공포영화를 보든지, 공포체험을 하면 사랑에 더 쉽게 빠질 수 있다. 도파민이 흘러 심장이 뛰는 것을 사랑에 빠진 것으로 착각하기 때문이다. 그들은 한껏 도취되었고, 그 순간의 사랑만은 진실이었다. 그들은 침대 삐걱거리는 소리라도 날까 바닥으로 내려가 뒹굴었다. 리라와의 요란한 섹스보다 숨죽인 채 몰래 한 정사가 더 스릴 있었다. 그는 이런 연극을 꾸민 지수에게도 복수한 듯 묘한 쾌감을 느꼈다. 수정 역시 그런 기분으로 반항심에 몰래 왔을 것이다. 아니면 지수의 지시가 있었나? 그 후 기회 있을 때, 수정과 몇 번 더 뒹굴었다.

둘이 한참 좋을 때 지수가 분탕질을 했다.

지수는 '거래가 끝났다'며 수정에게 지시를 내렸고 수정은 곧 짐을 쌌다. 수정은 지수가 추천해 준 외국의 대학으로 공부하러 갔다. 수정이 지수가 달아준 날개를 마다할리 없었다. 그녀는 말한 마디 없이 사라졌다.

수정을 보낸 후 두 사람은 크게 싸웠다. 시현은 수정을 빼돌렸다고 지수에게 따졌고 지수도 열이 뻗쳤다.

"리라를 안 만나는 조건으로 딜을 한 거잖아. 그래서 난 당신이 시키는 대로 수정이와 연애 했고, 게임 판을 짠 건 당신이었어!"

"딜을 어긴 건 너희들이야! 나를 그만큼 모욕했음 됐지. 그리고 당신 뭔가 아주 깊이 오해하는데? 걔가 당신 사랑해서 연애하는 줄 아나? 걔에게 큰 대가를 지불한 건 당신이 아니고 바로 나야. 걔는 내 꼭두각시였어!"

"그만 해. 수정인 그래도 날 사랑했어. 이혼하자. 쇼윈도 부부도 지긋지긋하다."

"알았어, 이혼해 줄게."

화를 낼 것 같았던 지수는 담담하게 말했다.

지수의 이혼해 준다는 말에 그는 자유보다는, 묘하게도 낭패한 기분을 느꼈다. 그는 지수에게 수정을 돌려달라고 떼를 쓴 것이지 이혼 당할 생각은 없었다. 그는 양 손에 떡을 쥐고 싶었던 것이다.

그는 실연의 고통 속에서 수정에게 메시지를 보내고 또 보냈다.

"넌 이전부터 내 사랑이었고 지금도 내 사랑이며 이후로도 내 사랑이야. 너처럼 누군가를 미칠 듯 사랑해 본 적이 없었다……."

그가 당장 찾아가겠다고 하자 하는 수 없다는 듯 그녀에게 답장이 왔다.

"……당신은 부인의 그늘 아래서 풍요로운 한량같이 사시더군요. 저와 있으면서도 방리라를 만나러 가신 것, 부인은 몰라도 저는 알고 있어요. 당신과 헤어질 때 예의를 지킬 필요가 없었어요. 당신은 여자 복이 참 많은 분이세요. 다 당신께는 과분한 여자들이었어요. 박지수 교수와 방리라, 저 까지도. 전 당신과 놀 시간 없어요."

그는 딱 한 번 리라를 만나러 갔는데, 수정이 안다는 사실에 놀랐다.

리라가 체했는데 맹장염에 걸린 것 같다고 엄살을 떨었고, 그녀 곁에 아무도 없어서 병원에 따라간 것뿐이었다. 그는 수정이 그 사실을 알고 있다는데 얼마간 감동하기까지 했다. 그만큼 수정이 관심 있다는 뜻이기도 했기 때문이다.

그는 마인드컨트롤을 했다. 수정이 오지 않는다면 더 찾아 헤매선 안 된다고, 아니 그녀가 올 때까지 가만히 있어야 하는 것이다. 반드시 그녀가 내게 와야만 한다. 그녀를 쫓아다니는 짓은 아무 소용없다고.

6개월 후 두 사람은 이혼했다. 수정이 떠난 후 리라도 새 애인이 생겼다. 그는 독립 영화 한 편을 더 만든 후 빈털터리가 되었다. 부부 싸움은 카드 게임 같았다. 지수는 그가 깡그리 잃은 걸 확인한 후 거덜 난 그를 내쫓았다.

달의 어두운 저 편

　수정은 주변 풍경을 돌아보았다. 강이 보였고 산과 들도 있는, 멀리서 보면 아름답고 평온한 전원이었다. 들판은 하얀 꽃이 지천이었다. 그녀는 농작물이나 식물에 대해서는 보통 이하 수준이었다. 택시 안에서 수정은 하얀 꽃이 숨 막힐 듯 흔들리는 광경을 보며 감탄했다. 그녀는 『메밀꽃 필 무렵』이란 소설을 떠올렸다. 실제로 메밀꽃을 본 적은 없었다.

　들판과 산허리에 온통 가득한 흰 꽃들이 소금을 뿌려 놓은 것 같았다. 메밀꽃인가? 수정은 기분이 좋았다. 낭만적이고 아름답고 메밀국수를 먹게 해주는, 문학 속의 생산적인 밭일 거라고 생각했다.

　그녀가 택시에서 좀 빨리 내린 것은, 요금도 절약하고 걸어가며 메밀밭의 풍경을 음미하기 위해서였다. 타박타박 걸어가는 수정의 여름샌들 아래로 먼지가 폴폴 피어올랐다. 몇 걸음 걷자 그녀의 발가락은 이미 흙투성이였다. 수정은 그 흰 꽃들이 그저 황무지의 잡풀이라는 것을 알고 실망했다. 키만 껑충 자란 잡초들은 들판이 더 황폐해 보이는데 일조했다. 볼품없는 흰 꽃들이 소복 입고 한 서린 춤을 추듯 그녀를 맞았다.

　바람에 쓰고 있던 하얀 벙거지모자가 날렸다. 한참 날아간 모자는 데굴데굴 굴러서 늪지 어딘가에 처박혀 버렸다. 아쉽게 쳐다보던 수정은 포기하고 캐리어를 끌었다.

　길은 좌우로 덩치 큰 나무들이 늘어서 있었다. 수령이 꽤 된 나무들은 죽을 날이 머잖은 것 같았다. 고목 비슷하거나 비쩍 말랐으며 초록이 듬성듬성했다. 나무들은 영양실조 상태였고 시들시들했으며, 비듬 같은 먼지가 가득 앉아 있었다. 오랫동안 비가 오지 않고 먼지바람만 부는 탓 같았다. 먼지와 자외선, 시커먼 초록 때문에 그녀는 금세 지쳤다. 길도 모르겠고 캐리어를 끌기도 힘들어서, 시현에게 마중 나오라 하고 싶었지만 혼자서 찾아가기로 했다. 그와 완전히 끝난 줄 알았다. 그래서 그에게 단호하고 냉정하게 굴었다. 헤어질 때 정을 남기는 것은 나쁜 짓이라 생각했다. 다시 보는 것도 어색한데 마중 나오라는, 간지러운 말은 이제 와서 할 수 없었다.

싫어서 끝낸 게 아니었으므로, 그를 다시 만나는 게 한편 설레기도 했다. 산장에서의 전원생활이라니! 애인과 재회하고 휴가를 보내는 기대감 때문에 그녀는 들떠 있었다. 재회한 애인과 여름휴가를 보내러 온 것이므로 그녀는 한껏 꾸미고 왔다. 하얀 벙거지 모자를 쓰고 라일락 꽃무늬가 가득한 새 원피스를 사 입었다. 모자는 날아가 버렸고, 하늘거리는 꽃무늬 원피스가 낙하산처럼 부풀어 올랐다. 보는 사람이 아무도 없지만 팬티가 보일까, 한 손으로 치마를 움켜잡고 걸었다.

숲을 배경으로 언덕 중턱에 우뚝 자리 잡은, 회색에 붉은 지붕의 이층집이 보였다. 멀리서 볼 때는 예뻤지만, 다가가자 백년은 된 듯 늙은 집 분위기가 났다. 그 집이 가까워질수록 나무도 울창해지기 시작했다. 나무들은 크고 건장했으며 하늘을 가릴 만큼 잎이 풍성했다.

이곳의 나무들만 물이 충분한가 보다, 수정은 좀 이상한 생각이 들었다. 나뭇잎에서 녹색 안개가 흘러나오는 듯 공기가 습하고 눅눅했다. 이제 바람도 안 불었다. 마을 입구와는 완전히 달랐다. 썩 먼 거리도 아닌데, 인간 세상과 동떨어진 도원경에 들어선 기분이 들었다. 아마 밤에 왔다면, 저 집이 저승 가기 전 잠시 머무르는 대기실처럼 보였을 지도 모른다. 택시를 타고 오며 사람들이 묻힌 산을 보았다. 양지 바른 곳에 옹기종기 무덤들이 모여 있었다. 그런데 저 집은 그 무덤들보다 외진 곳에 있고 고립되어 보였다. 저런 집에서 혼자 살았을 시현이 측은하기도 했다.

'별 것 아닌데도 연민을 느끼는 걸 보면, 난 여전히 그 사람이 좋은 걸까?'

수정은 자기 마음을 알 수 없었다. 아직 그가 좋은 것 같기도 했지만, 그가 없어도 잘 살 수 있었고 그를 필요로 한 적도 없었다. 그리고 그는 마음만 먹으면 머릿속에서 지울 수도 있는 남자였다. 그렇지만 문득 그가 떠오를 때면, 가슴 한편이 아릿해지기도 했다.

좋아했던 남자와 좋은 시간을 보내자, 기대가 되면서도 한편으로 마음이 아프기도 했다. 언덕길이 울퉁불퉁해서 캐리어를 끌 수 없었다. 그녀는 캐리어를 양손으로 번쩍 들고 언덕길을 올라갔다. 그녀는 가쁜 숨을 몰아쉬며 그 집의 대문 앞에 섰다.

대문이 조용하게 절로 열렸다.

수정은 문 뒤에 시현이 있을 거라며 찾았지만 그는 아직 자고 있는 모양이었다. 바람도 안 부는데 문이 저절로, 조용하게 열리는 것을 보자 무서웠다.

'이 집이 나를 환영하나? 놀리는 것 같은데?'

수정은 유령이라도 있나, 주위를 둘러보았다. 하긴 유령이 대낮부터 쉽게 보이는 것은 아니었다. 고택이었지만 정원은 잘 정돈되었고 화려했다. 빨간 물결을 이룬 달리아와 진홍빛 연꽃이 우거진 연못은 유혹적이다 못해 고혹

적이었다. 수정은 야릇한 질투심을 느꼈다.

그는 이렇듯 유혹적인 꽃밭에서 살고 있었던 것이다! 그를 측은하게 생각했던 자신이 또 바보처럼 생각되었다.

자던 시현은 대문 닫는 소리를 듣고 수정이 들어온 걸 알았다. 그는 벌떡 일어났다. 그리웠던 수정의 모습을 보고 싶어 창문으로 보았다. 정원에서 달리아를 보고 있는 수정은 여름에 어울리는 싱그러운 모습이었다. 옷도 평소와 달리 꽤 신경을 쓴 듯 하늘거리는 예쁜 원피스를 입었다. 그는 당장 뛰어나가 그녀를 번쩍 안아들고 요란한 환영이라도 하고 싶었지만 재회는 역시 어색했다. 그래서 무심한 척, 자는 척 하기로 했다.

그의 눈에는 그녀가 여전히 아름답게 보였다. 참 평범한 여자였는데 어째서 이렇게 예쁘게 보일까, 아니 볼수록 예쁘거나 잘생긴 사람들이 있다. 수정도 그런 류의 사람이겠지. 수정은 밤의 조명 보다는 햇살 아래서 보는 편이 더 아름다웠다. 여름 오전 햇살을 받은 그녀에게서 크리스탈처럼 빛이 튕기는 것 같았다.

그녀를 다시 보자 전보다 사랑이 깊어진 마음이어서 그는 스스로 감동했다. 그는 다시 침대에 누웠고, 수정이 그 옆에 눕기를 바라다 또 잠이 들었다.

수정은 열려있는 거실로 자기 집처럼 들어왔다. 거실은 공터처럼 드넓었지만 햇살이 들어와서 시원하지는 않았다. 그녀는 냉장고 문부터 열었고 물을 마셨다. 배도 고팠는데 딱히 먹을 만한 것이 없었다. 그래서 남은 밥과 파, 토마토 같은 채소들을 섞어서 죽을 끓였다. 치즈를 두 장 넣자 제대로 풍미가 났다.

그는 자면서, 애인이 움직이는 발소리에 이어 주방에서 식사 준비하는 소리를 들었다. 오랜만에 사람 사는 소리를 듣고 구수한 냄새를 맡으며 포근한 행복감에 젖었다.

땀을 흘리던 수정은 식욕이 떨어졌다. 그녀는 세수를 하고 흙 묻은 발이라도 씻어야겠다며 욕실로 들어갔다. 욕실은 동네 목욕탕만큼 넓었고 생각보다 깨끗했다. 최시현이 청소를 열심히 했구나, 내친 김에 그녀는 옷을 다 벗고 샤워를 했다. 그동안 죽이 식어서 먹을 만 했다. 혼자 먹을까 했지만 그녀에겐 하녀 근성이 남아 있었다. 주인을 깨워서 먹여야 한다는. 수정은 침실 문을 두들겨 그를 깨웠다.

그는 잠시 기다리라고 대답했다. 그는 물티슈로 고양이 세수를 하고, 옷을 잘 차려입은 후 머리에 빗질까지 하고 거실로 나왔다.

"오수정, 오랜만이네."

"네."

그녀는 마지못해 대답했고 그의 시선을 피했다. 그는 뚫어져라 수정을 보았고 그녀가 보면 활짝 웃을 준비를 하고 있었다. 수정은 그와 눈을 마주칠 생각이 없었고 어색한 분위기를 풀려는 노력도 전혀 하지 않았다. 그래서 그는 바보처럼 혼자 실실 웃고 있어야 했다. 그는 입이 귀에 걸리도록 웃었고, 수정은 속으로 플레이보이처럼 웃는 그를 경멸하고 있었다. 그들은 식탁에 차려진 야채 죽을 먹었다. 그러다 그가 자기 근황에 대해 몇 마디 했고 다시 어색한 침묵이 흘렀다. 그러자 시현이 유머랍시고 별 우습지 않은 이야기를 했다.

"한 남자에게 아주 똑똑한 강아지 한 마리가 있었는데. 그 개는 어찌나 영리한지 포커를 참 잘 했어. 그런데 결정적인 순간에는 항상 주인에게 지는 거야. 강아지가 주인에게 진 이유는?"

수정은 재미있는 척 웃었지만 알 수 없었다.

"힌트 주지. 포커는 포커페이스가 필요한 법."

그가 다 가르쳐 주었다고 생각하자 수정이 손뼉을 쳤다.

"개는 포커 꼬리가 안돼요. 포커 테일이 안 되니 좋은 패가 나올 때마다 꼬리를 흔들어 지는 거죠?"

두 사람은 웃으면서 공통의 생각을 했다. 우리 둘이 포커를 치면 누가 주인이고 누가 강아지일까?

수정은 자신을 갈망하던 남자의 불안한 내면을 보았다. 내가 그 강아지라고 말하고 싶겠지만 당신이 바로 그 개야. 난 앞으로 무슨 게임을 하든 최후의 승자로 남겠어. 당신처럼 별 잘난 것도 없는 남자에게 뒤통수를 맞는 일은, 그런 일은 내 인생에 더는 없어. 연애란 더 좋아하는 쪽이 언제나 지는 것. 내가 당신을 더 좋아하는 일은 없을 거니까.

수정은 집 안을 둘러보았다. 그녀는 용기 내어 그의 침실로 들어가 보았다. 좀 전까지 그가 누워 있던 퀸 사이즈 침대는 흐트러져 있었다. 이 침대에서 방리라를 안고 잤구나, 실컷 뒹굴었겠다…… 그가 리라와 나누는 정사가 본 것처럼 눈앞에 생생하게 그려졌다. 그녀는 불쾌했고 가슴에 통증이 오는 것 같았다.

수정의 어두운 표정을 본 그가 황급히 변명처럼 말했다.

"이래 봬도 깨끗해, 네가 온다고 해서 세탁했던 거야."

두 사람은 수정이 거처할 이층을 청소하며 한나절을 보냈다. 저녁을 먹자 수정은 이층으로 가겠다고 했다. 그는 그녀와 자겠다는 기대는 애당초 하지 않았다. 그저 회포나 좀 풀며 맥주라도 한 잔 하고 싶었다. 그에게는 사랑하는 그녀를 보는 것, 고독하지 않다는 느낌이 더 중요했다.

"그물에 걸리지 않는 바람처럼 자유롭게 살고 계시네요."

수정이 빈정거렸다. 그녀는 그 남자와 자신에게 화가 나 있었다. 이 집에는 리라의 향수 냄새가 남아 있었고 다른 여자의 향기도 있었다. 여러 여자의 냄새를 맡으니 불쾌하고 짜증이 났다.

내가 아주 쉽고 우습게 보이겠지. 그녀는 화를 참았다. 사랑, 남자 다 웃기는 소리. 그 덧없음은 이미 뼈저리게 체험했어. 당신이 돈이라도 있으면 다시 생각해 볼게. 인간은 죽을 때까지 돈이 필요하니까. 인생은 계속되는 것이고 10분이라도 더 살아 있으면 뭔가 하느라 또 돈이 들어간다. 그런데 가난을 모르고 산 한량 최시현은 땡전 한 푼 없는 지금도, 여자들에 둘러싸여 뜬 구름 잡는 생각만 하고 있다.

"여기까지 오느라 힘들었어요, 맥주 마시기 싫어요."

그는 이해한다는 듯 활짝 웃었다. 그는 최선을 다해 그녀의 비위를 맞춰주고 싶었다. 냉장고로 간 그가 우유를 꺼냈다. 그는 우유를 전자레인지에 넣어 데웠고 커피 머신으로 에스프레소처럼 짙은 커피를 뽑았다. 데운 우유를 투명한 컵에 붓고 설탕을 넣어 휘저으며 거품을 냈다. 거품 낸 우유에 에스프레소를 얼룩처럼 살짝 끼얹었다.

"라떼야. 에스프레소를 첨가했으니 라떼 마끼아토지. 피로가 확 풀릴 거야. 내일 아침엔 카페 마끼아토를 만들어 줄게."

수정이 듣기에는 커피 한잔으로 그가 또 말장난을 하는 것 같았다. 하긴 철학 교수들도 반은 말장난이었어. 수정은 그런 생각을 하며 우유를 마셨는데 '카페 라떼'와 뭐가 다른 지 알 수 없었다.

수정의 마음을 안 그가 장황하게 설명했다.

"라떼 마끼아토는 얼룩진 우유라는 뜻이야. 네가 아는 카페 라떼도 엄밀
하게 말하면 라떼 마끼아토야. '마끼아토'가 '얼룩, 더럽혀진' 그 뜻이니까. 반
대로 카페 마끼아토는 우유로 더럽혀진 커피고. 우유 같은 처녀가 더럽혀졌
을 때도 마끼아토라는 표현을 하지. 너는 나의 라떼 마끼아토야."

그는 웃었고 수정은 달콤한 우유에 넘어가지 않았다. 말장난도 재미없고
그의 말에 장단을 맞추기는 더 싫었다. '얼룩진 우유'를 다 마신 그녀는 냉정
하게 돌아섰다. 시현은 이층으로 올라가는 수정을 아쉽게 바라보았다. 고양
이처럼 어찌나 사뿐사뿐 올라가는지, 놀랍게도 계단은 삐걱거리는 신음 소
리 하나 내지 않았다.

수정은 방에 불을 켜둔 채 몇 시간 잘 잤다. 다음 날도 밥은 함께 먹었지
만 그녀는 이층으로 올라갔고 각자 잤다. 자던 그녀는 얼핏 깼는데, 책상 옆
에 한 여자가 서 있는 걸 본 것 같았다. 안경을 끼자 아무도 안 보였다. 우
울증 약을 처방 받아 오는 건데……. 그녀는 유령을 인정하기 싫었다. 그래
서 약을 끊은 지 오래 되어 헛것이 보인다고 핑계를 댔다. 다음 날, 그녀는
두세 시간이라도 자고 싶었으므로 침대에 누웠다. 옆으로 돌아누웠을 때,
그녀는 누군가 자기 등 뒤에 있는 느낌이 들었다. 얕은 숨소리가 들렸는데
자기 고막에서 새어나오는 이명 같기도 했다. 이명인지, 환청인지 알 수 없
었다. 그녀가 의사에게 환청이 들린다고 했을 때, 의사는 조현병 증세일 수
도 있으니 더 검사를 해보자고 했다. 그러나 그녀도 정신과 의사만큼은 알
고 있었다. 유령을 느끼는 것, 보는 것, '빙의' 현상을 싸잡아 의사들은 조현

병에 포함시키거나, '다중 인격'으로 결론짓는 것이었다.

이 집에, 이 방에 분명 나를 따라다니는 뭔가가 있어. 견딜 수 없었던 수정은 마침내 이층에서 내려왔고, 소파에 누웠다. 그와 함께 있고 싶다는 생각이 들었다.

어차피 그와 지내고 자려고 온 것인데 더 뺄 필요가 있나? 마침내 그녀는 그의 침실로 들어갔다. 그렇게 스스로 전처럼 그의 침대 속으로 들어갔다. 유령으로부터 피난을 온 것이다. 그는 부드럽게 안아 주었고 한 팔을 베개로 내주었다. 그녀는 팔베개가 불편했지만 성의를 생각해서 잠시만 베고 있기로 했다. 함께 누워 있자 서로의 심장 소리가 요란스럽게 들렸고 몸에 전기가 흘렀다. 그의 숨결을 그녀는 받아들였고, 성심성의를 다하는 그의 애무가 이어졌다. 그들은 누군가의 시선을 의식한 듯, 시트로 온 몸을 감고 조용하고 비밀스럽게 사랑을 했다. 그의 팔을 당겨 행복한 팔베개를 하던 수정은 갑자기 눈을 크게 떴다. 수정은 문 앞에 서 있던 희끄무레한 여자와 눈이 마주쳤다. 여자도 깜짝 놀란 듯 꺼지듯 사라졌다.

의욕으로 충만해진 그는 아침 일찍 잠이 깨었다. 하루가 너무도 기대되어서 잠자는 시간조차 낭비처럼 생각되었다. 옆에 누운 수정을 보자 무한한 행복감을 느꼈다. 인생이란 역시 의미 있는 것이다! 살아있으니 이렇게 좋은 것 아닌가! 흑백 화면이 총천연색 칼라로 바뀐 것 같았다.

"네가 내 곁에 있다……."

그의 눈에는 수정이 아기처럼 사랑스러웠다. 왜 애인을 베이비라고 하는지 수정을 보면 알 것 같았다. 그는 자는 수정을 한참 보다가 귀엽고 흐뭇해서 웃었다. 그는 아침을 준비하며 콧노래를 불렀다. 그는 마냥 즐거웠다.

인생을 사랑할 것이다. 너와 같이 살고 너를 사랑하고 또 사랑하느라 할 일이 너무 많구나.

이층으로 올라간 수정은 가을 학기 강의 준비를 했다. 박지수는 이번 일이 끝나면 최시현과 얽힐 일이 없을 것이라는 말을 했고 전임 교원 자리도 약속했다. 그는 어차피 일시적인 남자였다. 가슴에 공허의 바람 한 줄기가 지나갔다. 그녀는 남자에게 빠져 시간을 낭비했다며 반성하고 일에 몰두하기 시작했다.

시현은 수정이 위층에 있다는 사실만으로도 안정감과 편안함을 느꼈다 그녀의 발소리만 들어도 좋았고 고독하지 않았다. 그는 그녀가 이 집에서 편안하도록 나름 노력하고 있었다. 수정이 일층이나 정원에 있으면, 그는 혀를 빼물고 침을 질질 흘리는 대형견처럼 따라다녔다. 물론 그녀 곁에 있고 싶어서였다. 그렇지만 수정이 2층에 있을 때는 혼자 있게 두었다. 그녀가 자유롭게 자기 할 일을 하도록 두는 것이다.

제 발로 들어온 감옥이란 게 이런 거구나, 수정은 팔다리에 쇠사슬을 찬 기분이 들었다. 침울한 집의 영향을 받아 몸도 마음도 늘 무거웠다. 고온다습한 그가 끈끈한 눈빛으로 다가오면 떠밀어버리고 싶었다. 다시 그를 좋아하게 되었지만, 연인이라 해도 어느 정도 거리는 필요한 법이다. 다행히 그는 천성이 다른 사람에게 뭘 강요하는 타입이 아니었다. 그 자신이 우선 속박당하는 것을 싫어하기 때문이었다. 보이지 않으면 굳이 찾는 사람이 아니라는 것을 알게 되자, 수정은 이층에서 혼자 있는 시간을 늘려갔다.

열대몬순 같은 사랑에 빠진 남자 대신, 이층에는 북극의 눈귀신이 그녀를 기다리고 있었다. 숨어서 일거수일투족을 감시하는, 심지어는 자기 행동을 따라하는 유령이 있다는 것을 수정은 알고 있었다. 그래도 히터 같은 남자와 붙어 잘 생각은 없었다. 일층에서 그와 함께 있다가 2층으로 올라가면 에어컨 바람을 맞는 것처럼 시원했다. 연구실로 쓰기도 좋았고, 이불을 둘둘 감고 혼자 뒹굴면 해방된 것 같았다. 에어컨을 틀어 놓고 포근한 이불을 덮는 듯한, 그 쾌적함을 도저히 포기할 수 없었다.

그녀는 편리함과 시원함 때문에 그 존재를 애써 부인하고 있었다. 그 존재에서 악의는 느껴지지 않았기에 모른 척 공존하자, 생각했다. 그와 함께 있다가 이층 방에 오면, 방금 전까지 누가 있었던 것 같은 느낌도 들었다. 그것이 점점 더 오래 곁에 붙어 있는 것 같았다. 노트북을 보면 등 뒤에 서 있는 것이 느껴졌다. 그녀는 모른 척 일에 집중했다. 그러다보면 그것은 사라지고 없었다. 누워서 귀를 쫑긋 세우면, 위의 다락방에서 뭔가 바삭거리는 소리가 들렸다. 다락방에 쥐나 박쥐가 있나 확인해보고 싶었다. 그런데 막상 다락방의 문을 열려니 도저히 감당이 안 되었다.

박지수의 말이 떠올랐다.

"최시현이 원래 특이한 사람이지만 참 이상한 생각을 잘하는 이상한 남자야. 이젠 그 자에게 영능력까지 생긴 것 같아. 그 작자는 사람들이 보지 못하는 것을 보고, 듣지 못하는 것을 듣는 것 같아. 요상한 집에 혼자 있다 보니까 그 꼴이 된 거지. 그 불쌍한 미친 인간을 네가 어떻게 좀 해 봐."

박지수가 말은 그렇게 했지만 방리라가 관련되어 있음을 수정은 알고 있었다. 그런데 방리라만 문제가 아닌 것 같았다. 그 남자와 다른 뭔가가 또 관련되어 있는 것 같았다. 그에게 물어 볼까?

그녀는 창밖을 보았다. 밤에 나무를 보면 나뭇가지가 흔들리는 것이, 마치 손을 흔들며 자기를 부른다는 느낌이 든다. 심지어 버드나무는 대낮에도 긴 머리를 미친 여자처럼 흔들고 있다. 나무들 하나하나가 유령처럼 음산하다. 그저 그렇게 보일 뿐인데 멋대로 혼자서 무서워한다. 어떻게 자신의 영감 따위를 믿을 수 있나. 의사는 조현병 증세라 했잖아. 그저 낯선 집 넓은 방에서 혼자 자는 것이 무서운 것이다. 쪽방에 살다 운동장만한 이층을 혼자 쓰니 호강에 겨워 유령을 느끼는 거야.

정원을 보던 수정은 그네가 흔들리는 것을 보았다. 희뿌연 것이 그네에 앉아 자기를 보는 것 같았다. 다시 보니 아무도 없었다. 바람이 불어 그네가 움직인 것도 같았다. 고양이처럼 소리 없이 계단을 내려온 그녀는 현관문을 열고 정원으로 나갔다. 그녀는 오로지 그네만 쳐다보며 먼 마당으로 사뿐사뿐 걸어갔다.

수정은 그네에 앉았고, 엉덩이에 힘을 주고 그네를 밀었다. 시원한 바람을 맞으며 그네가 높이 떠오르자 심호흡도 절로 되었다. 순간 파도치는 슬픔과 외로움이 폐부 깊숙이 밀려들었다. 그 감정에 더 휘말려들기 전에 그녀는 얼른 일어났다.

그녀는 다시는 그네 근처에 가지 않았다.

7월 중순이 되자 여름은 절정을 맞았다. 정원의 나무들은 초록이 더욱 짙고 윤이 났으며, 나무속에서 소나기 쏟아지는 소리가 들렸다. 빨래를 걸으러 뛰어 나가자 해가 프라이팬의 계란처럼 지글지글 끓고 있었다. 소나기가 내리는 줄 알았는데 매미 소리였던 것이다. 그들은 매미 소리에 다시는 속지 않았다. 하루가 다르게 날은 푹푹 찌기 시작했다. 그들은 거의 다 벗고 지냈다. 더워서 몸에 뭔가 걸치는 것도 힘들었다. 로빈슨 크루소를 존경했던 그는 트렁크 팬티만은 성실하게 챙겨 입었고, 수정은 팬티 위에 노 슬리브 티셔츠 하나는 더 걸쳤다. 에덴동산이 따로 없었다.

그에게는 여름이 가기 전에, 그녀를 더 사랑하고 더 즐겨야만 한다는 강박감이 생겼다. 그는 리라와 '미소'라고 이름지어준 유령도 까마득히 잊은 지 오래였다. 수정의 시원한 허벅지에 머리를 벤 그는 달리아 향, 라벤더 향, 분 냄새 나는 분꽃 향기를 들이켰다. 무엇보다 수정이라는 가장 큰 꽃 속에 묻혀, 그녀 향기를 탐닉하며 달콤한 인생을 만끽했다. 밤은 깊을수록 푸르고 더 감미로웠다. 밤마다 그들은 엉클어진 진 채 정사를 즐겼다. 이 모든 것은 영원하지 않다, 너와의 사랑은 더욱 짧을 것이다. 행복하다가도 그는 돌연 침울해졌다. 환히 웃던 그의 눈에 먹구름이 드리워졌고 허무의 안개 같은 것이 서렸다. 사랑의 덧없음이 그의 가슴 한 가운데 구멍을 뚫었다. 그 구멍으로 허무의 회색 바람이 지나갔다.

수정은 연꽃 몇 송이를 따서 말렸다. 말로만 듣던 연꽃차를 한번 마셔 보고 싶었다. 하루 동안 연꽃이 반은 말랐지만 그녀는 빨리 연향차를 맛보고 싶었다. 그래서 전자 레인지에 꽃 한 송이를 돌려서 급히 말렸다. 렌지에서 연꽃이 미라처럼 말라붙는 것을 보며 그녀는 잔인한 짓을 하는 것 같아 기분이 안 좋았다. 드라이플라워가 된 연꽃을 대접에 넣고 끓인 물을 붓자, 꽃이 꿈틀거렸고 원래 크기대로 살아나기 시작했다. 두 사람은 대접의 차를 잔에 나눠 마시며 연향을 천천히 음미했다.

"꿈에서였던가, 이런 향기의 차를 어떤 여자와 마셨던 것 같아."

그는 어쩐지 기시감이 느껴졌다.

자연 조명이 좋거나 안개가 아름다운 날이면, 그는 수정에게 원피스를 입게 하고 정원에 세워 두거나 걷게 하며 몇 컷씩 촬영을 하곤 했다. 정원을 배경으로 불분명한 유령처럼 찍기 위해 주로 풀 샷으로 촬영했으며, 머리카락으로 얼굴을 거의 가린 옆모습을 주로 찍었다. 그는 초상권 보호를 위해 그렇게 찍는다고 농담처럼 말했지만, 수정은 유령의 대역이었다. 영화를 만들면 편집해서 한 두 컷 정도 쓸 수 있을 거라 생각했다.

수정은 먼 마당과 텃밭, 숲 언저리까지 혼자 돌아보았다. 그렇게 혼자 다니면 누군가 살짝 그녀의 어깨를 건드리기도 했다. 그녀는 나뭇가지려니 했다. 그런데 뭔가가 주변에서 미풍처럼 움직이고 있었다. 돌아보면, 장미보다 화려한 달리아 떼거리가 미풍에 산들거렸다. 어쩌면 꽃들이 이렇게 많고 잘 자랄까. 한가운데 자리를 차지한 거만한 달리아 무리에 기가 죽은 듯 보였지만, 귀퉁이마다 분꽃, 나팔꽃, 접시꽃, 맨드라미 같은 시골 꽃들이 소박하게 자리를 지키고 있었다. 그녀는 달리아 밭을 나와 접시꽃을 보러 갔다.

순간 그녀는 자신의 왼쪽이 서늘한 것을 느꼈다. 그녀는 왼편에 그것이 서있는 것을 느꼈고, 그 손길이 자신의 팔을 슬쩍 건드린 것도 알았다. 옆에 있는 그것은 아는 척 하며 신호를 보냈지만, 그녀는 끝까지 모른 척 하기로 마음먹었다.

벚나무에는 엄지손톱만한 버찌들이 노랗고 빨갛게, 한창 익어가는 중이었다. 맛을 보자 새콤달콤했다. 꼭대기에는 먼저 온 검은 새 한 마리가 요기를 하고 있었다. 그녀가 버찌를 따먹으며 나무를 흔들어도 새는 날아가지 않았다. 버찌를 한 바구니 채울 때까지 새도 나무 위에 있었다. 지나가는 길에 노랑 고양이 한 마리가 그늘에 있는 것이 보였다. 그녀가 과자를 주자 고양이는 쳐다 볼 뿐 먹지 않았다. 비린 것을 달라고 조르는 눈빛이었다. 집에 들어온 그녀는 꽁치 통조림에서 두 도막을 꺼내 고양이와 나눴다. 그 고양이는 묘했다. 이번에는 몹시 먹고 싶어 하는 표정이었다. 그런데 쳐다만 볼 뿐 참고 있었다. 집으로 들어온 수정은 창문으로 고양이를 관찰했다. 나름 식사 시간을 지키는 것 같았다. 고양이는 무려 한 시간을 꼼짝 않고 그 자리에서 새나 벌레로부터 꽁치를 지켰다. 그런 다음 깨작깨작 맛을 음미하며 식사를 하고 사라졌다.

'새도 많고 고양이도 있고 유령도 있고 심심치는 않은 집이네.'

밤에 샤워를 한 후 책상 앞에 앉았다. 고장 난 의자가 기우뚱거려 균형을 잡고 다시 앉았다. 마음이 뒤숭숭했고 집중이 되지 않았다. 기분 전환 겸 시현이 추천해 준 영화를 보았다. 그런데 짙은 꽃향기가 풍겼고 장미 밭 한가운데 있는 꿈을 꾼 것 같았다. 깜박 졸았나? 장미 향수를 짙게 뿌린 누군가 옆에서 같이 영화를 보고 있었다. 향수를 뿌린 그것이 가주기를 바라며 그녀는 노트북을 덮었다. 눈이 아파서 눈을 감았는데 그대로 잠들었다.

이번에는 강렬한 햇살 때문에 눈을 떴다. 아침부터 후텁지근하고 몸도 끈적끈적했다. 책상 위에서 잠이 들어 목이며 어깨, 허리까지 쑤시지 않은 데가 없었다. 수정은 몸이 천근만근 같았다. 창문을 열자 바깥의 신선한 공기가 확 밀려들었다. 그녀는 자신의 머리카락에서, 자신의 체취가 아닌 다른 향기를 맡았다. 장미와 연꽃, 라벤더 같은 여러 향이 섞인 다른 이의 향기가 그날 아침 따라 몹시 불쾌했다. 그녀가 쓴 샴푸나 어쩌다 뿌리는 샤워코롱은 향이 옅었다. 또 사람은 자기 냄새는 의식 안한다. 어젯밤 옆에서 같이 영화를 보던 그것의 냄새가 분명했다.

"이 집에선 꽃향기 때문에 질식하겠어."

그녀는 애써 그 냄새를 꽃향기라 단정 짓고 아침 준비를 하러 아래층으로 내려왔다. 그녀는 즉석 밥 1인용을 렌지에 넣어 덥혔다. 데운 밥에 찬 우유, 견과류, 소금 약간을 믹서에 넣고 갈아 여름용 죽 2인분을 만들었다. 믹서 돌아가는 소리에 잠을 깬 시현이 식탁 앞에 와 앉았다. 그는 수정이 달라 보이는 것을 금방 알았고 자리에서 벌떡 일어섰다. 수정의 뒤로 온 그가 백 허그를 하며 코를 킁킁거렸다.

"냄새가 좋은데?"

속으로 그는, 이 여자가 아침부터 향수병을 깨트렸나, 생각했지만 한편 의아했다. 낯설지 않고 뭔가 익숙한 향기였다.

"이 집 꽃향기가 몸에 배었어요."

수정이 변명처럼 말했다. 그래서 그는 늘 이 집 안에서 나는 향기려니 했다. 그는 그녀의 얼굴, 머리카락, 가슴에 코를 킁킁거리며 그 향기를 탐욕스럽게 들이마셨다.

"아이, 간지럽게 왜 그러세요?"

애교를 떠는 수정의 얼굴에서 기쁨이 물결쳤다. 평소의 그녀라면 이 정도 스킨십은 당연한 듯, 혹은 귀찮다는 듯 받아 들였을 것이다. 그는 그녀를 관찰하듯 보았다. 전의 수정과는 확실히 달랐다. 그녀는 흥분했고 들뜬 모습을 감추지 못했다. 수정은 포커페이스의 명수 아니었던가. 양 볼이 발그스름하고 눈빛은 촉촉하면서 붉은 입술로 웃는 모습이 요염하기까지 했다. 그는, 그녀 모습이 암컷의 발정기 때 모습과 비슷하다는 결론을 내렸다. 배

란기여서 호르몬의 영향이라도 받았나? 그녀의 얼굴이 남자를 간절히 원하고 있었다. 그는 수정이 아이라도 갖는다면 다시는 도망가지 못할 거라는 생각도 했다. 정열이 끓어오른 그가 그녀를 번쩍 들었고 침대에 내던졌다. 그가 삼손 같은 힘자랑을 하자 수정이 리라처럼 까르르 웃었다.

수정은 과하게 색정적인 자신의 상태가 부담스러웠다. 그런데 그가 너무도 멋지고 사랑스러워서 감정을 주체하기가 힘들었다. 그녀는 자포자기 상태가 되었고, 이제껏 경험하지 못한 강렬하고 자극적인 섹스를 하고 싶었다. 그녀는 그의 몸에 올라탔고 뜯어 먹을 듯 달려들었다. 뱀파이어처럼 그의 몸 곳곳에 송곳니를 찔렀고 그는 비명을 질렀다. 그녀가 격투기 선수처럼 백드롭을 걸었다. 힘이 엄청나서 빠져나올 수 없었고 그는 숨이 끊어질 것 같았다. 격정을 넘어선 살인 같은 섹스를 했고 함께 죽음 같은 나락으로 떨어졌다. 정신이 든 그는 옆에 기절해있는 수정을 보았다.

미친 게 아닐까? 뭔가 빙의 된 것도 같았다. 그는 자신의 팔을 베개로 내주며 걱정스럽게 살폈다. 그는 리라의 소리를 들었고, 꽃향기 속의 악마를 보았으며, 이제 소녀 같이 연약한 수정을 팔에 안고 있었다.

'여자란 정말 알 수 없는 존재구나…….'

여름 아침에 모든 것을 소진한 그는 기진맥진해 있었다.

수정은 홑이불을 끌어 올려 몸을 덮었다. 걱정스럽게 보는 옆의 남자 보기가 민망했고 도망이라도 가고 싶었다. 그녀는 자신이, 자신이 아닌 것을 알았고 누군가의 욕망이 투사된 것이라는 것도 알았다.

"침대에 셋이 누워 있는 것 같아요. 쓰리 섬을 하는 것 같다고 할까?"

수정의 말에 그가 사랑스럽다는 듯 그녀의 머리를 쓰다듬었다.

"셋도 아니고 넷이야. 네 속에 네가 너무 많은 거 같아."

이율배반에 이제 다중 인격이란 소리까지 듣다니, 수정은 얼른 화제를 돌렸다.

"최치원 이야기를 해드릴까요?"

수정은 천일야화의 세헤라자드처럼 이야기를 하기 시작했다.

"최치원이 당나라에 유학 갔을 때 숙소 앞에 무덤이 두 개 있었대요. 그 무덤 두 개는, 자매가 아버지 때문에 강제로 시집갔다가 자살해서 생긴 걸로 '쌍분녀(雙墳女)'란 이름이 붙었는데요. 최치원이 시를 지어 처녀 귀신들을 위로한 거예요. 당나라에 유학 중이던 최치원은 귀신하고라도 연애를 하고 싶을 만큼 젊고 너무 외로웠나 봐요. 그 시 내용이,

'고운 그대들을 꿈에서라도 만날 수 있다면! 깊고 긴 밤 그대들이 나그네를 위로한다면 무슨 허물이 되겠소? 외로움이 사무치는 이 숙소에서 운우지정을 나눌 수만 있다면! 귀신이 되어서도 사랑을 나눴다는 옛 사람의 노래를 나도 부르고 싶구나.'

귀신이라 해서 정신적인 사랑만은 아니었어요, '운우지정' 뜻은 아시죠?"

"운우지정(雲雨之情)은 구름과 비가 만나는, 남녀 간의 뜨거운 육체적 사랑을 의미하지. 어떻게 됐나?"

수정이 그녀답지 않게 요란하게 깔깔댔다.

"자매 귀신이 최치원의 시를 듣고 꿈에 찾아왔대요. 그래서 세 사람이 시를 짓고 잘 놀았는데, 시만 지은 게 아니고 자매와 '운우지정'도 나누었겠죠?"

"최치원과 자매 귀신이 쓰리 섬을 한 거군. 역시 위인들은 대단해!"

달이 쳐다보는 것을 느끼며 수정은 잠에서 깼다. 얼굴 가득 달빛이 쏟아져서 흡사 달이 자기를 깨운 기분이 들었다. 놀라서 깨자 불안하고 불쾌했다. 보름달이 아닌, 한 입 베어 먹은 배 같은 하현달로 가는 중인데도 매우 밝았다. 달빛에 방 벽에 걸어놓은 옷이 노랗게 채색된 듯 보였다. 자기 옷을 누가 걸치고 있는 듯, 안에 형체가 들어 있는 것 같아 그녀는 깜짝 놀랐다. 옷을 만져 보자 옷 안에 허깨비는 없었다.

청초하기 그지없는 풀벌레 소리가 들려올 뿐, 고요한 밤이었다. 수정은 벌레도 분명 미적 감각이 있고 예술적 소양이 있을 거라는 생각을 했다. 그렇지 않으면 어떻게 저렇게 예쁜 소리로 심금을 울릴 수가 있을까. 그녀는 거대한 뽕나무 사이로 자신을 들여다보던 달을 마주 했다. 지구의 인간이 결코 볼 수 없는 달의 어두운 저 편이 있다. 인간은 늘 달의 밝은 면만 보고 있다. 달은 지구에게 어두운 저 편은 절대로 보여 주지 않는다.

수정은 숨을 꿀꺽 삼켰다. 근처에서 영적인 에너지의 진동을 느꼈다. 가만히 응시하는 영적인 에너지를 마주 하자 소름이 끼쳤다. 그녀는 시현과 있기 위해 계단을 살금살금 내려갔다. 계단을 내려오던 그녀는 또 시선을 느꼈는데, 그건 바로 거울속의 자기 얼굴이었다. 거울 속 그녀는 그날따라 더 왜소했고 안색도 창백하여 볼품없었다. 그녀는 가까이 가서 거울 속 모습을 보았다. 자신의 모습이었지만, 자신을 보는 그 눈빛이 다른 여자를 보는 듯 달랐다. 그 눈빛은 그녀를 평가하고 있었는데, 수정이 평소 자기 모습을 보는 것 보다 훨씬 냉정했다. 사람들은 남이 평가하는 것보다는 자기 외모를 잘 봐 주는데, 자기 얼굴에 정이 든 탓도 있고 적어도 매력은 있다고 생각한다. 수정 역시 자기의 매력을 믿었다. 그런데 그 눈빛은 그녀 매력을 무시했고, 가차 없이 단점 위주로만 냉정한 평가를 했다.

'나를 보는 내 눈이 내가 아닌 것 같아…… 누군가 내 눈을 통해 나를 보고 있어.'

그녀는 자신이 어떤 령의 간섭을 받고 있다는 것을 확신했다.

"나한테 들어오지 마…… 간섭하지 마!"

그녀는 나직하고 단호하게 말했다.

그녀는 문이 활짝 열린 침실을 보았다. 태평스럽게 대(大)자로 몸을 뻗고 잠에 곯아 떨어진 팬티 차림의 시현이 보였다.

그녀는 현관문을 열고 나갔다. 달빛아래 정원의 꽃들은 아주 살판이 난 것 같았다. 혼이 깃든 정령들처럼 살랑거렸고 부산스러웠다. 달리아에게 말을 걸면 크게 웃고, 꽃을 가위로 자르면 요란한 비명이라도 지를 것 같았다. 낮에는 숨어 있던 달맞이꽃도 봉오리를 활짝 벌려 황금이 흩뿌려진 듯 눈부셨다. 심호흡을 하던 그녀는 들이마신 꽃향기가 역겨워서 토하듯 다시 뱉어냈다.

수정은 고개를 들었다. 하늘의 달과 그 옆의 별 세 개, 오리온자리가 보였다. 이곳은 정말 우주처럼 고독하구나, 달이 환하다 못해 투명해서 어두운 저 뒤편까지 비쳐 보이는 것 같았다. 그녀는 자신이 우주의 자비를 구하는 풀벌레처럼 가련하게 느껴졌다. 서늘한 바람 한 줄기가 누군가의 넋처럼 그녀의 머리카락을 쓸었다.

수정의 눈이 절로 먼 마당을 넘어 숲을 향했다. 숲에서 피어오른 안개 한 줄이 뱀처럼 꾸물꾸물 정원으로 흘러들었다. 안개가 연꽃을 휘감으며 연못

위에 잠시 머물렀다. 짙어진 안개가 뭉치며 분명한 인간의 모습을 만들었다. 수정은 안개를 베일처럼 쓴, 홀로그램처럼 빛나는 여자의 모습을 보았다. 여자도 수정을 보았지만, 이목구비가 흐릿해서 눈은 보이지 않았다.

수정은 열이 펄펄 끓었고 다음 날 자리에서 일어나지 못했다.

시현이 죽을 만들어 이층으로 가져왔다. 그가 몇 숟가락 먹여 주었지만, 그녀가 토했으므로 더 먹일 수는 없었다. 그가 병원을 가야 하지 않겠냐고 묻자, 그녀는 하루 쉬면 괜찮을 것 같다고 대답했다. 그는 얼음 싼 수건을 그녀의 이마와 목에 올려두었다. 그는 얼음이 녹으면 수건을 갈아주면서 열심히 간호했다. 하루 쉬면 괜찮을 것 같다던 수정은 며칠 동안 아팠다. 그녀는 잠을 많이 잤다. 잠을 자면서 그녀가 말했다.

"당신은 죽은 여자와 살고 있었어요……."

"아, 그래?"

그는 별로 놀랍지도 않았다. 그는 몽중진담을 유도하기 위해 그녀에게 물었다.

"너, 원래 유령이 보였나? 기프트(gift)라고 하지."

자면서도 그가 말을 걸면 그녀는 대답을 곧잘 했다.

"전 기프트는 없어요. 가끔 유령이 보인 적은 있어요."

"그래, 그런 것 같았어. 유령이 보이는 것도 재능이지, 나쁜 것만은 아냐."

"나빠요. 난 이 집을 나가야 나을 것 같아. 죽을 것 같아요……."

"괜찮아, 곧 나을 거야."

그는 이 집에서 그녀를 내보낼 생각은 결코 없었다.

그렇게 또렷하게 말을 했던 수정은 정작 잠에서 깨면 아무 것도 기억하지 못했다.

그가 음식을 만들러 나가자, 그녀는 깨어 있는 상태에서도 가위에 눌렸다. 일어나고 싶어도 자리에서 꼼짝할 수가 없었다. 그것이 다시 찾아온 것이다. 방 어딘가에 있는데, 보이지 않기에 더 무서운 것이다. 숨어 있는 감시자에 대한 소름끼치는 공포. 그 귀신이 칼을 물고 쳐다본다 해도, 차라리 보인다면 덜 무서울 거라고 생각했다.

'그래, 보자, 눈 크게 뜨고 보는 거야.'

그녀는 눈을 부릅뜨고 정신을 집중했다. 이제 보일까 봐 또 무서워하면서 방 안을 둘러보았다. 서늘하고 하얀 형태가 보이는 것도 같았다. 유령의 숨소리나 옷이 바스락거리는 소리도 들은 것 같았다. 하지만 방 안은 고요했다.

마침내 수정은 벌떡 일어났다. 그새 또 자다가 가위에 눌린 건가?

이 집에서 그녀는 잘 때도 불을 끈 적이 없었다. 늘 형광등을 켜두고 잠을 잤다. 그런데 불을 환히 켜둬도 소용없는 것 같았다. 형광등 아래 긴 머리의 여자가 그녀를 보고 있었다. 달걀귀신처럼 흰 얼굴의 이목구비는 흐릿했으며, 몸이 호리호리했고 그녀와 똑같은 옷을 입고 있었다. 어쩐지 자기를 닮은 것 같았다. 유령이 침대를 손짓했다. 그녀가 그 손짓을 따라 고개를 돌리자 침대에 누군가 누워 있었다. 시체처럼 조용히 누워 있는 것이 다름 아닌 자신이라는 것을 알았다.

'내가 죽었나?'

수정은 놀라서 다시 벌떡 일어났다. 이번에는 진짜로 일어나서 다행이었다. 그녀는 죽는 것도 이와 비슷할 거라는 생각이 들었다. 사람은 아플 때 환상을 본다. 그러니 죽기 전엔 얼마나 이상한 환상을 볼까?

수정은 열이 내렸고 돌아다닐 정도로 몸이 가벼워졌다. 전보다는 낮지만 이번엔 한기가 돌아 이를 딱딱 부딪을 정도로 떨기 시작했다.

감자를 삶고 있는 냄비 안처럼 집 안도 푹푹 쪘다. 시현은 팬티만 입고서도 땀을 뚝뚝 흘리고 다니며, 에어컨이 없어 감자와 함께 삶기고 있노라 불평을 했다. 그는 추위에 떨고 있는 수정을 위해 감자를 삶는 중이었다. 가디건을 입고 돌아다니면서도 덜덜 떨던 그녀는, 더 두꺼운 옷이 없자 다시 이불 속에 들어가 꼼짝 않는 중이었다.

"이 집이 북극처럼 추워요."

그는 대충 부순 감자 위에 모짜렐라 치즈를 뿌렸다. 그리고 뜨겁고 달콤한 '라떼 마끼아토'를 곁들여 수정에게 들고 갔다. 이 정도면 영양식 같았다. 오한에 떨던 수정은 뜨거운 음식을 반겼고 잘 먹었다.

시현은 수정이 이 집에 있기 때문에, 집의 영향을 받아 아픈 것을 알고 있었다. 그녀를 집에서 내보내기만 하면 괜찮겠지만, 그녀와 함께 있고 싶은 욕심은 그걸 허용하지 않았다. 수정이 강한 인간이므로 이겨낼 거라 생각했지만, 그의 속마음은 그녀가 죽더라도 자기 곁을 떠나보내기는 싫었다.

정원으로 나온 그는 이리저리 둘러보다 호소했다.

"미소, 미소 어디 있나? 수정이를 제발 편하게 해 줘."

그렇지만 막상 유령은, 미소는 어디에도 보이지 않았다. 애초에 이 집에 없었던 것처럼. 모든 것이 환상 같았다. 그저 꿈에서 본 미소를 현실에서 만났다고, 꿈과 현실을 구별 못하는 바보가 된 것 같았다. 그는 정원을 돌아다니며 여기저기 샅샅이 살폈다. 새와 꽃뱀을 묻었던 흔적은 보였지만 사람이 묻혔을만한 무덤은 없었다.

그는 애써 외면했던, 등불 같은 연꽃들과 커다란 녹색 연잎, 녹조로 덮여있는 연못물속을 들여다보았다. 미소가 그 썩은 물 아래서 쳐다보며 웃고있는 것 같았다.

상태가 좀 회복된 수정은 2층으로 올라갔다. 그녀는 여전히 몸이 떨렸지만 미뤄 놓은 일이 너무 많았다. 하루 종일 시현의 염려스런 표정을 보는 것도 피로를 가중시켰다. 몸이 어느 정도 낫자 마음도 대범해졌다.

'내가 그 유령을 무서워할 이유가 없잖아. 뭔가 할 이야기가 있다면 들어주자.'

그녀는 새벽까지 일에 열중했다. 아무도 그녀를 간섭하지 않았다. 아니, 그녀가 중요한 일을 하고 있으므로 방해하지 않으려는 것 같기도 했다.

그녀는 노트북을 닫고 침대로 올라갔다. 자기 전 스트레칭을 하자 누군가 창문을 두들겼다. 새가 부리로 창문을 쪼는 줄 알았다. 나무에서 놀던 새가 가끔 부리로 창문을 쪼기도 했던 것이다. 누군가 두들기는 것을 알았지만 아는 척 하려니 역시 찜찜했다. 유령과 엮이는 게 싫었다. 이윽고 두드리는 소리가 멈췄다. 유령이 그녀 앞에 서 있었다. 수정은 유령이 손을 잡는 걸 느꼈다. 시원하고 보드라운 젊은 여자의 손.

수정은 앞에 서 있는 여자의 모습을 보았다. 긴 머리의 여자는 희미한 얼굴에 여전히 이목구비가 분명치 않았다. 유령은 수정이 이 집에 처음 오던 날 입고 왔던 꽃무늬 원피스를 입고 있었다. 그래서 수정은 또 자기 모습을 보는 건가, 멍하니 마주 보았다. 자기 자신은 분명 아닌, 다른 존재여서 우선 안심했다.

수정이 서 있는 여자더러 옆의 의자에 앉으라고 손짓을 했다. 둘은 나란히 앉아서 서로를 바라보았다. 여자의 앳된 얼굴 윤곽이 더 뚜렷해졌다.

"미안해."

여자는 어려 보였는데도 반말을 했다. 그래서 수정도 말을 놓기로 마음먹었다.

"왜 미안하지? 내가 죽을 때라도 됐나?"

"난 죽음의 안내령 그런 건 아냐, 미안하다는 말을 하고 싶었어."

"난 너 때문에 아주 아팠어."

"미안해…… 너도 잘 알지? 네겐 진주 빛 오라가 있어. 그 빛을 보고 처음부터 너를 알아 봤어. 너와 내가 진동수가 너무 잘 맞아. 내가 더 조심할게."

"그런데 넌 왜 내 옷을 입고 있니?"

"네 옷 아냐. 네 옷이 예뻐서 나도 비슷한 걸 따라 입었어."

그러고 보니 꽃무늬의 색과 길이가 약간 달랐다. 유령이 입은 꽃무늬가 더 옅었고 치마도 길었다.

"내게 하고 싶은 말은?"

"아주 오랫동안 친구가 없었어. 나랑 비슷한 여자 친구가 있었음 해서……."

"그럼, 이 집에 있는 동안 친구로 지내자."

"이 집 주인은 너를 많이 사랑해. 이 집 주인과 결혼해서 아이도 낳고 살아. 애들이 잘 크도록 나도 보살펴줄게."

"그건 곤란할 것 같아. 생각해볼게."

그러자 유령은 미소를 지었다. 유령이 머릿속을 휘젓는 것 같아 수정은 마음이 불편했다. 빛이 꺼지듯 유령이 사라졌다. 수정은 한숨을 쉬었다. 유령이 당장은 안 나타날 것을 알았다. 오랜만에 수정은 잠을 푹 잘 잤다.

기운을 회복한 수정은 궁금했던 다락방 탐험을 시작했다. 어떤 방인지, 어떤 책이 있는 지 늘 그 방문을 쳐다보면서도 열지는 않았다. 흡사 푸른 수염의 아내가 되어 결코 열어서는 안 될 비밀의 방을 보는 기분이었다.

'이 방을 열면 피가 흐르고 시체들이 걸려 있는 게 아닐까……'

그녀는 거미줄을 걷어냈고 다락 계단을 올라갔다. 핏자국이나 시체는 없었다. 내부는 생각보다 단조로웠으며 넓은 창도 있었다. 책꽂이에 꽂혀 있는 책을 제외하면 무질서하게 쌓여있었는데, 세월에 산화되어 싯누렇다 못해 갈색으로 변색되어 있었다. 싸하고 퀴퀴한 오래된 책 특유의 냄새를 맡자 재채기가 연신 터져 나왔다.

그녀는 넓은 통유리창이 마음에 들었다. 창은 끽끽거리는 비명을 지르고 그녀와 팔씨름을 힘겹게 한 후에 열렸지만 보람이 있었다. 서해바다 같은 강이 내려다보이는, 죽여주는 전망이었다. 다락방에 수십 년 동안 괴어 있던 묵은 공기가 밖에서 들어온 신선한 바람과 섞였다. 그녀는 환기가 되도록 문을 열어 두고 하늘과 강을 바라보았다. 해가 지면 해가 지는 대로, 비가 오면 비가 내리는 대로 운치가 있을 강 풍경이었다. 그녀는 열흘 동안 좋은 전망을 놓치고 살았다는 것이 아쉬웠다. 스위치를 켜자 화사한 오렌지빛 전등에 불이 들어왔다.

그녀는 시현에게 이 방을 보여 주고 싶다는 생각을 하며 하루 종일 청소를 했다.

청소를 하면서 그녀는 강한 저항감을 느껴 뛰쳐나오고 싶었다. 그런데도 손발이 절로 부지런하게 움직였다.

'내가 미쳤나? 청소 하다 탈수증으로 죽을 것 같아.'

그녀는 결코 청소를 하면서 많은 시간을 보낼 타입이 아니었다. 그녀는 청소나 요리하는 시간을 시간낭비라고 생각했다. 그런 자신이 남의 집 다락 청소를 하루 종일 하다니 납득이 안 되었지만, 그녀의 손발은 바쁘게 움직였다. 신들린 것처럼 땀과 먼지 범벅이 된 채 먼지를 털고 쓸고 닦고 유리창까지 닦았다.

기진맥진한 그녀는 팔 다리를 대자로 뻗고 드러누웠다. 말간 유리창으로 빨간 태양이 기우는 것이 보였다. 그녀는 누운 채 일몰이 장엄한, 서해 바다 같은 강을 내려다보았다. 그 광경을 보자 보람이 있는 것 같았지만, 자기 행동이 여전히 납득되지 않았다.

'그와 이 풍경을 같이 보고 싶어 청소를 한 것인가, 아니면 내게 들러붙은 유령의 조정을 또 받은 것인가?'

그녀는 힘들게 청소한 다락방을 활용하기로 했다. 낮에는 더웠지만 해질 무렵부터 시원해졌으며 일몰의 강은 다른 세상에 초대를 받은 것 같았다. 그들은 과자와 차를 차려 놓고 티타임을 갖거나, 라면 같은 간단한 저녁을 먹으며 전망 좋은 방의 정취를 즐겼다. 밤의 강은 무서웠다. 시커먼 강을 보면, 죽은 후 혼자 건너갈 스틱스나 황천을 미리 체험하는 듯 절대고독을 느꼈다. 그런 때 두 사람은 손을 꼭 잡고 강을 보았다. 혼자라면 도저히 건널

수 없는 강이지만, 둘이서 간다면 용기를 낼 수도 있을 것 같았다.

수정은 오래 전에 본 『티베트 사자의 서』를 찾았고 다시 읽기 시작했다. 티베트에서 죽은 사람 옆에서 읽어주었다는 책이었다. 인간의 신체 중 청각이 가장 오래 남는다는 소리를 의사에게 들은 적이 있었다. 의학적으로 사망을 진단받아도 청각은 아직 열려 있어, 주변 사람들이 하는 말이나 우는 소리를 듣는 경우도 있다 한다. 그러니 사자(死者)앞에서 우는 것보다는 좋은 말을 해주라고 했다. 티베트 사람들은 그걸 알고 죽은 사람 옆에서 긴 책을 읽어 준다. 즉 임종자에게 위안을 주고 혼령이 육신을 떠나 영계로 잘 갈 수 있도록 안내 역할을 하는 책이었다.

"LSD를 해도 임사체험 할 때처럼, 빛이 보이는 체험을 한다는데요?"

"난 몰라, 안 해 봤어. 6, 70년대의 록 스타나 히피들이 한 거지."

"죽을 때 자기 방어 기제로 뇌에서 엄청난 모르핀이 쏟아진대요, 그러니까 빛 속에서 천사가 보이고 천국으로 가는 환상을 느낄 수도 있겠죠. LSD도 마약이니 빛 같은 환각을 보는 거라 생각해요. 약물을 한 사람 뇌나 티베트 승려들의 뇌 파동이 비슷하다고 하던데? 교수님도 미국에서 여러 가지 경험을 하셨죠?"

"박지수가 과장한 거야. 가벼운 거, 그 나라에선 합법적으로 하는 것 정도였지. 대학가에서도 축제 때 해피벌룬인가 불지 않나? 풍선을 마시면 뇌에 산소부족 현상이 생기잖아. 뇌에 산소가 부족하면 환각을 볼 수도 있고, 풍선을 잘못 불다 진짜 죽을 수도 있지."

"고대 마야, 잉카에서도 환각제 같은 걸 사용하지 않았나요? 종교적 무아경지에 빠지기 위한 매개체로 말이에요."

"인신공양도 했으니까, 제물의 고통과 공포를 줄이기 위해 약물이 필요했지. 결론은, 인간은 다 자기 뇌 속에서 산다는 거야. 뇌의 어떤 부분에 자극을 주면 종교 체험 같은 무아의 경지에 빠지고, 임사 체험도 하는 것처럼."

"임사 체험한 사람들은 죽었다고 판정받았다던데요?"

"완전히 죽진 않았겠지. 인간 뇌가 사망 후 몇 분 더 활동한다는 그런 연구들이 있잖아. 의학이 발견할 수 없는 뇌의 깊숙한 부분은 여전히 살아서 꿈을 꾸고, 환상도 만들 거야."

수정과 대화하며 읽을 만한 책을 찾던 그는, 쌓여있던 책 가장 아래 칸에서 다섯 살 때 본 책을 발견했다. 『빨간 머리 앤』『늑대 왕 로보』『아라비안 나이트』 그는 자기가 이런 책을 직접 읽은 것처럼 착각했지만, 다섯 살 때 글씨가 제법 빽빽했던 책을 직접 읽었을 리가 없었다. 그는 천재가 아니었고 조기 교육을 받은 적도 없었다. 또 『빨간 머리 앤』 같은 책이 다섯 살 남자 아이용이라는 것은 좀 이상했다. 뇌 깊숙한 곳에 오래 동면하던 작은 벌레가 깨어 꿈틀거리는 듯 했다.

진짜 실제로 일어난 일이었던가. 어린 날의 추억이, 생뚱맞은 과거가 현재 애인과의 달콤한 시간을 압도하며 다가섰다. 그리우면서도 두렵고 불안해서, 그는 수정이 곁에 없다면 눈물을 흘렸을 것 같았다. 그러고 보니 이 다락방에서 수정의 무릎을 베고, 책을 보며 과자를 먹을 때도 문득문득 기시감을 느꼈었다. 아주 오래 전 누군가와 여기서 책을 보았다. 돌아보면 까마득하다.

지금처럼, 어쩌면 수정과 닮은 여자와 함께 있었을 것이다. 놀랍게도 그 얼굴이 조금씩 떠오르는 것 같았다. 평범하고 달처럼 은은한 얼굴…… 그를 보면 웃어서 참 예쁘게 보였다. 아무도 예쁘다고 말하지 않아도 아이가 보기에는 예뻤을 것이다. 닮은 사람이 많은 흔한 얼굴이었지만, 그런대로 말갛고 수수한 여자였을 것이다. 추억과 그리움으로 그의 가슴이 미어졌다. 그 여자가 읽어주는 책을 재미있게 들었다. '천일야화'를 아라비아 왕처럼 그 여자의 무릎을 베고 들었다. 그때 강물은 더 깊고 푸르고 맑았을 것이다. 그 여자와 함께 강을 보았다. 여자를 죽이지 않고 천일 밤 동안 이야기를 재촉했던 아라비아 왕처럼, 아이는 날마다 그 여자를 졸라서 이 다락방에 올라와 이야기를 듣곤 했다.

그 여자가 정원에 꽃씨를 뿌리거나 물 주던 걸 본 기억도 났다. 아이에게 밥을 차려 주고 달콤한 도넛을 기름에 튀겨 주기도 했다. 그는 그 여자가 카스텔라를 만들 때 계란 노른자를 휘저으며 거들었던 기억이 났다. 아마 그 여자는 다른 일도 했겠지만, 아이와 함께 다락방에서 책을 보면, 누구도 일을 하라고 그녀를 부르지는 않았다. 그러니 그녀의 본업은 아이를 돌보는 일이었을 것이다.

그녀는 때로 자기가 읽고 싶은 책도 읽었다. 아마도 『빨간 머리 앤』 같은. 어린 그와 눈높이가 맞지 않을 때도 있었지만 그래도 좋았다. 책을 읽는 목소리도 곱고 엄마 같던 향기가 좋아서 그녀의 머리카락에, 가슴에 킁킁대며 냄새를 맡곤 했다. 그는 콧등이 시큰했지만, 너무 오래 전 일이라 그 기억에 확신은 가질 수 없었다. 하지만 이 다락방에는 그녀와 보냈던 시간이, 책들이 그 자리에 증거품처럼 그대로 머물러 있었다. 어쩌면 알고 싶지 않은 진실도 나타날지 모른다.

"영혼은 자신이 죽은 것을 모른대요."

수정은 여전히 『티베트 사자의 서』를 탐독하는 중이었다.

"영화에서 그런 내용 흔히 보지 않았나? 당신은 죽었어! 라고 말해 주지 않으면 유령이 모른다는."

그는 식스센스의 브루스 윌리스를 떠올리며 말했다.

"영혼은 자기가 육체를 갖고 있다고 착각해요. 우리가 잠을 잘 때 꿈속 일이 진짜 줄 아는 것처럼. 또 죽은 자는 자기가 살았던 장소나 주변 환경 같은 환상도 만들어 낸데요. 우리 둘 중 하나가 죽을 때 옆에 있다면, 『티베트 사자의 서』를 읽어 주기로 할까요? 임종하는 사람이 들으면 참 편해지긴 할 것 같아요. 영혼이 제 갈 길로 가도록 염원하니까 효과가 있을 지도 모르죠. 몇 줄 읽어 볼까요? 오! 고귀하게 태어나 선하게 살다간 이여, 당신은 이 생에서의 긴 여행을 마쳤습니다…… 그대 앞에 일어난 모든 세계가 환영인 것을 깨닫게 됩니다. 그것들은 모두 사라지고, 눈부시고 찬란한 빛이 드러날 것입니다…… 참 그 여자 이름이 뭐죠?"

갑자기 그 여자 이름이 뭐냐고 묻는, 수정의 무표정한 얼굴에 그는 소름이 끼쳤다. 수정의 눈 속에 또 다른 여자의 눈동자가 있는 것 같았다.

밤보다 깊은 네 눈동자…… 그 눈동자가 그를 바라보고, 그 미지의 여자가 잃어버린 자기 이름을 묻는 것만 같았다.

"미소……."

그는 자기도 모르게 중얼거렸다.

시현이 텃밭의 작물을 거두러 나서자 수정도 바구니를 들었다. 고운 자갈이 깔린 오솔길을 꽃과 나무들을 헤치며 소풍이나 가듯 걸어갔다.

밭은 석 달 전에 비하면 풍요롭기 그지없었다. 그가 시장에서 구입한 씨앗을 심기만 하면 알아서 쑥쑥 잘 자랐다. 그래도 그는 주변의 풀은 뽑아주고 조리개로 물 정도는 주었다. 텃밭은 마트의 채소 코너처럼 아기자기하며 다양했다. 풋고추, 얼갈이, 가지, 쪽파, 방울토마토에 심지도 않은 감자까지 있었다. 잡초인 줄 알고 뽑았더니 뿌리에 올망졸망한 감자가 열개나 달려 있었던 것이다.

"땅이 아주 좋은 것 같아, 알아서 자라니까. 내가 감자를 좋아하는 지 땅이 알고 있었던 것 같아. 심지도 않은 게 땅 속에서 옹골차게 굵은 걸 보면."

"노후를 아주 잘 즐기시는군요."

수정에겐 내가 벌써 노후를 즐기는 것처럼 보이는 걸까? 심기가 상한 그는 못 들은 척 했다.

"지금처럼 휴일이나 방학 때 와서 지내다 가지 않을래? 그냥 내 옆에서 쉬고 잠이나 실컷 자다 가라. 유기농 식품들로 밥 잘 해서 바칠 테니까."

그가 애정을 갈구하자 수정은 진력이 나서 대답을 안 했다. 그녀는 떠날 때, 그가 질질 짜는 남자가 아닌 멋진 남자로 남아 주기를 바랐다.

그녀는 과수원으로 가서 버찌를 땄고 탁구공만한 풋사과도 세 개 땄다. 다시 텃밭으로 오니 시현이 감자를 캐서 흙을 터는 중이었다. 수정은 그가 거두어 놓은 얼갈이와 가지도 바구니에 담았다. 흙 묻히는 일은 시현이 했지만 그녀도 나름 거들었다.

"보통 사람은 숲이나 정원을 보면 그저 시원하거나 아름답다, 그런 걸 생

180

각하는데 난 어렸을 때부터 남달랐던 것 같아. 식물끼리 자리싸움하는 아귀다툼 그런 게 잘 보였거든. 식물인간, 그런 말은 맞지 않다고 생각해. 식물도 육식 동물과 다름없어. 이 텃밭 하나만 해도 상호보완적인 힘이 작용하지. 살아남으려는 힘과 죽이려는 힘 말이야. 살기 위해 점령하고 다른 종을 죽여야 하니 육식 동물이나 뭐가 달라? 상대를 죽이면서 번성하고 살아남는 거잖아."

"그래서 농부들이 제초제를 쓰는 거잖아요."

수정은 남이 한참 생각해서 정리한 말을 한 순간에 우습게 뭉개는 재주가 있다고 그는 생각했다.

"난 이 조용하고 약한 척 하는 식물들이, 뿌리나 덩굴손으로 무자비하게 다른 식물을 말려 죽이는, 내가 아는 여자들을 닮았다고 생각해."

수확물을 걷어온 그들은 저녁 준비를 했다. 수정은 얼갈이를 손으로 뚝뚝 잘라 고춧가루와 식초, 간장, 깨로 버무렸다. 잘라서 소금에 절여 뒀던 가지는 물기를 짠 후 마늘과 기름에 볶았다.

시현도 자기 몫의 요리를 했다. 냄비에 적당량의 물을 붓고 소금과 설탕을 녹이고 감자를 넣었다. 불 조절을 하면서 삶으면 감자는 포슬포슬하게 분이 나며 껍질이 절로 벗겨졌다. 그냥 먹어도 맛있지만 찢어서 모짜렐라 치즈를 뿌리면 레스토랑의 감자 요리가 부럽지 않다.

밤에 유령이 하얀 새처럼 나무 위에 앉아 있었다. 수정은 창을 열고 나무 위의 유령을 보았다.

"거기서 뭐 해?"

"응, 친구가 뭐하나 궁금해서."

"앞으로는 궁금해도 거기서 그렇게 들여다보진 말았음 해."

"미안해, 잠깐만 보려고 했어."

"넌 왜 가지 않았니?"

"누군가 나를 데리러 온 것 같아. 난 숨었어. 여기가 너무 좋았거든. 그러자 그 존재는 가버렸어."

"참, 네 이름이 뭐니?"

"내 이름은…… 미소야."

유령이 자랑스럽게 말했다.

어떤 우정

나는 수정의 몸에서 발산하는 진줏빛 오라를 보았습니다. 그 순간 나는 그녀와 친구가 될 수 있다는 것을 알았어요.

수정은 내가 잃어버린 모든 것을 갖고 있었습니다. 내가 되고 싶었던 이상 적인 여자였으며 내가 바라던 모든 것을 가진 여자였지요.

수정은 그의 진실한 사랑도 받고 있었습니다. '진실한 사랑'이란 말이 추상적이긴 하지만, 그가 다른 여자를 대할 때와는 마음과 몸이 달랐습니다.

그저 그 여자가 부러울 뿐, 질투의 대상조차 아니었습니다. 그 여자가 오고 나서 내 관심은 그가 아닌 그 여자로 변했습니다. 여자는 남자보다 다른 여자를 더 의식하는 법이지요. 남자는 여자에게 늘 눈길을 주지만, 여자는 여자를 먼저 쳐다봅니다. 그런 이유로 나는 그가 리라와 있을 때도 주로 리라를 보고 있었지요.

수정이 내게 제일 중요해졌습니다. 나는 그녀를 보고 그녀를 따라다니며 항상 곁에 있었습니다. 수정은 나 때문에 아프고 힘들어 했습니다. 그녀를 따라다니자 그녀는 내게 자신의 기력을 뺏겼습니다. 나는 그녀의 에너지를 너무 빨아들이지 않도록 거리를 조절하며 조심해야 했어요.

그의 넘치는 사랑을 받기에는 수정이 좀 못생긴 게 아닌가 생각했지요. 별 예쁘지도 않은 여자가 그를 쥐락펴락 하는 게 심기 불편했어요. 하지만 곧, 그녀의 지성이나 고운 마음씨는 그 남자에게 넘친다는 생각으로 바뀌었어요. 그래요, 그녀는 죽은 여자에게는 없는 맑은, 수정 같은 눈과 고운 피부가 있었습니다. 이 집에 오던 날 그녀는 내가 입고 싶었던, 바로 그런 옷을 입고 있었습니다. 저 라일락 꽃무늬 원피스를 나도 당장 입어야겠다고 생각했어요.

그녀가 집 문 앞에 서 있었을 때, 나는 수십 년 간 못 본 자매나 초등학교 친구를 다시 만난 것 같았습니다. 누군가를 닮은 친숙한 인상이 참 좋았어요.

아직 그를 사랑하지 않는 것은 아니지만, 그 남자에게 나는 상처를 받았고 실망했고, 또 그 상처와 실망이 되풀이되었습니다. 내게 상처만 반복해서 돌려주는 그 남자에게 진력이 났다고 할까요. 그런 동안 그의 매력은 사라졌고 시시한 남자라는 것도 알았습니다.

그런데 라일락 나무 같고 톡 쏘는 오렌지며, 아스파라거스 같은 지성을 갖춘 그 여자가 나타난 것입니다. 그렇다고 수정에게 사랑을 쏟는 그를 보면 마음이 아프지 않은 것도 아니에요. 그가 열정적으로 수정을 사랑할 때나 등 돌리는 수정을 한사코 껴안을 때, 여전히 내 가슴에서는 피가 흘렀어요.

나는 날마다 피를 조금씩 흘리며 정원을 돌아다녔습니다.

8월에 핀 장미를 신기해하며, 좀처럼 정원의 꽃에 손을 안 대던 수정이 가위로 잘라 꽃병에 꽂았습니다. 그 꽃병을 그 남자의 책상에 두더군요. 책상은 그가 가장 많은 시간을 보내고 그의 시선이 잘 가는 장소였습니다.

아무튼 수정은 이토록 사랑스런 행동을 하는 여자에요. 질투도 자신과 비슷한 상대에게나 할 수 있는 것이지요. 나는 내가 유령이라는 것을 자각한 순간, 분수를 알아야겠다고 다짐했습니다.

우리는 서로를 보면 웃고 손도 흔들었습니다. 나는 그녀의 미소와 우정에 감동했고 외롭지 않았어요. 그녀가 호의를 베푼다고 해서 아무 때나 경거망동해서 나타나고 수다를 떨고 싶지는 않았어요. 나는 조용히 품위를 지키고 싶었습니다.

그와 그녀가 사랑을 나누는 장면도 더러 보게 되었습니다. 그들 역시 그런 행위를 너무도 좋아하더군요. 밤이고 아침이고 가리지 않았으니까요. 정원으로 피해주며 두 사람이 좋은 시간 보내기를 바랐어요. 심지어는 그가 그녀를 더 배려있고 매너 있게 존중해주기를 바랐어요. 그가 자신의 품에 있는 그녀를 사랑하고, 더 사랑해주기를 바랐습니다. 그 남자 품에서 그녀가 욕망을 충족 받고 행복감을 느끼길 바랐으니까요.

나는 속으로 간절히 기원했습니다. 그녀가 이 집 주인을 사랑해서 함께 산다면 얼마나 좋을까요. 아이라도 한두 명 태어난다면 이곳은 진짜 천국으로 바뀔 테지요. 나는 그 아이들을 보살피고 지켜주는 수호령이 될 것입니다.

수정은 그가 사랑하는 만큼 그를 사랑하지 않습니다.

해지기 전 수정은 해먹에 비스듬히 누워 책을 보고 있었습니다. 그러다 그네에 앉아 있는 나를 보았지요. 그녀는 손짓으로 나를 불렀습니다. 그녀는 일어나 앉더니, 나를 살아있는 사람처럼 자신과 나란히 앉을 수 있게 해주었어요.

수정은 내 머리카락과 팔을 조심스럽게 만졌습니다.

"미소…… 너를 만질 수가 없네."

그러자 내 표정이 안 좋았는지 그녀는 급히 사과했습니다.

"미안해, 네가 유령인 걸 확인하려던 건 아니었어…… 네 찰랑거리는 머리카락을 해지기 전에 한번 보고 싶었거든. 너를 어두운 데나 조명 아래, 안개 속에 있을 때 밖에 본 적이 없으니까. 넌 마치 소녀처럼 어려 보여. 볼살도 아직 통통하고 장미색 뺨에 입술도 장미색이야. 그 꽃무늬 원피스도 잘 어울려서 참 예쁘구나."

그녀는 만져지지도 않는 내 머리카락과 무릎을 다정하게 쓰다듬었습니다.

이제 우리는 서로의 존재와 손길을 느낍니다.

나는 그녀와 나의 이 아름다운 우정이 언제까지나 이어지기를 바랐습니다.

여름날의 다크로맨스

7월 하순에 늦은 장마가 왔다. 비가 오자 시현은 5월에 이 집에 와서 비 구경을 별로 한 적 없다는 사실을 기억했다. 어쩌다 호스로 물을 주었는데, 그럼에도 불구하고 이 집의 모든 식물들이 무성하게 잘 자라는 것을 보면 신기하다는 생각이 들었고, 결국 땅이 참 좋은가 보다 그렇게 결론을 내리는 것이었다. 정원의 식물들은 비보다 태양과 안개, 달을 사랑하는 것 같았다.

스콜을 연상시키는 굵직한 비가 옆으로 눕듯이 몰아쳤다. 수정은 비 구경을 하느라 창 앞에 서 있었다. 달리아들이 먼저 쓰러지고 무너지며 뿌리를 보였다. 정원은 폭격 맞은 전쟁터나 마찬가지였다. 아니나 다를까, 연못의 물이 넘쳐흐르자 수정은 물가에 엄마를 묻은 청개구리처럼 안절부절 하기 시작했다.

천둥 번개가 쳤다. 전원의 벼락은 수준이 달랐다. 도시의 벼락은 아무리 시끄러워도 집 안에 떨어지지는 않는다. 그런데 전원은 바로 앞에서 라이브 레이저 쇼를 하듯 천둥 번개가 날뛰었고 이 집에는 벼락을 맞을 나무도 많았다.

이층 천장에서 떨어지던 빗물이 계단을 타고 아래로 흘렀다. 수정은 걸레를 밀대에 끼워 바닥을 닦았고, 한 손에 대야를 든 그는 다른 한 손에 든 타월로 계단을 닦으면서 이층으로 올라갔다. 천정 여기저기서 비가 요란하게 떨어지고 있었다. 고택이 폭우를 못 이겨 지붕이라도 무너질까 그는 겁이 났다. 수정이 어디서 찾았는지 아기용 목욕 대야와 플라스틱 바가지 두개를 들고 올라왔다. 대야는 빗물이 쏟아지는 곳에, 바가지는 약한 곳에 받쳐 두었다. 또 세탁 예정이던 시트를 펼쳐 두자 급한 대로 수습이 되었다.

광선이 번쩍이면서 고막이 터질 듯 굉음이 바로 옆에서 났다. 순간 집이 무너지는 줄 알았다. 두 사람은 동시에 창문으로 내달렸고, 먼 마당의 나무 한 그루가 불타는 광경을 보았다. 놀라 입이 쩍 벌어지면서도 나무가 활활 타오르는 광경이 참 장관이구나, 하는 생각이 들었다. 먼 마당 나무여서 수정은 다소 마음이 놓였다. 거리가 멀어 집까지 불이 붙지 않고 비가 불을 꺼 줄 것이다. 반면 시현은 공포로 거의 넋이 나가 있었다. 그는 화염에 휩싸인 나무의 단말마 같은 춤을 비통하게 지켜보았고, 불이 꺼지자 그 자리에 주저앉았다. 절반 쯤 탄 시커먼 나무는 반 토막이 난 채 쓰러졌다. 나무의 죽음은 처참했고, 인간이 비명에 가는 걸 본 것처럼 기분이 나빴다. 나무 한 그루가 비명횡사하자, 정원 역시 묘지인 듯 황폐한 장면을 연출했다. 대낮인데도 사방이 컴컴했고 전등까지 깜박거렸다. 전등이 깜박거리는 것은 정전이 오고, 유령이 나타나는 걸 의미하는 것이었다. 그는 랜턴과 초를 테이블에 모았다.

나무들 사이로 비바람이 휘몰아쳤고 다른 나무가 쓰러질 준비를 하고 있었다. 그는 이제 나무 몇 그루는 더 쓰러져도 상관없을 것 같았다. 속으로 집이 폭삭 무너지면 어쩌나, 걱정을 하고 있었다. 그는 무덤덤한 수정을 보며, 자기 집이 아니니까 상관없을 테지, 그렇게 속으로 그녀를 나무랐다. 그래도 호들갑을 떨지 않아 고마웠다.

수정도 많이 놀랐지만, 딱히 무서운 것은 없었다. 그런데 시현은 패닉 상태에 완전 얼어붙었다. 그는 대체 뭘 두려워하는 걸까? 천둥? 번개? 비? 혹시 유령? 이미 유령은 익숙해지지 않았나? 그런데 또 다른 귀신을 무서워해야 하나? 시현의 모습이 겁에 질린 아이 같아 우습다가도 달래 주고 싶은 모성애까지 느꼈다. 그녀는 반지하와 옥탑에 살며 비가 오면 항상 고생했는데, 여기까지 와서도 물 폭탄을 맞다니 팔자인가. 오직 그 이유 때문에 긴 한숨이 나왔다.

깜박거리며 스릴을 고조시키던 전등이 예상대로 완전히 나갔다. 암흑 속에서 허둥거리던 시현이 랜턴을 켰다. 수정도 촛불을 켜며 거들었다.

"촛불이 더 낫네요. 분위기도 로맨틱하고."

수정은 기분이 저조한 그에게 일부러 명랑하게 말했다. 촛불 두 자루를 밝혀 두고 그들은 컵라면을 먹었다.

"천둥 번개에 비바람 몰아치는데, 그래도 집 안은 이만하면 아주 아늑하잖아요."

거실 테이블에 촛불을 켜두고 두 사람이 마주 앉자 흡사 강령회를 하는 것 같았다. 그들은 유령을 기다리는 것만 같았고, 그 유령이 초대라도 받은 줄 알고 좋아서 당장 나타날 것만 같았다.

갑자기 그는 약을 뿌려 죽였던 말벌 한마리가 생각났다. 그 말벌은 하루 정도 물통 위에 떠 있다 바닥에 가라앉았다. 말벌은 다시 떠올랐지만 며칠 후 영영 가라앉았다. 그건 열 살에 직접 실험한 것이므로 생생한 현실이었다.

떠오르는 대로 스케치나 하고 생각나는 대로 한번 써 보자. 그는 스케치북을 테이블로 가져왔다. 그는 콘티를 그릴 생각으로 스케치북 칸을 나누어서 그림을 그리기 시작했다.

겨울, 언 연못에서 아이 혼자 썰매를 탄다. 그는 메모를 하고 콘티를 그렸다.

내레이션: 나는 그날 오후 내내 연못에서 얼음을 지치며 썰매를 탔다. 얼음이 두껍게 얼어 내가 썰매를 타도 뭐라는 사람은 없었다. 그 날은 내가 썰매를 너무 오래 타며 한 자리에서만 계속 맴돌았던 것 같다. 햇살이 좋아 등이 따뜻했으니까.

'얼음이 갈라지고 아이가 연못 구멍으로 빠진다.' 메모와 스케치.

'한 여자가 소리를 지르며 달려온다.' 메모와 스케치.

'여자가 얼음 위에서 아이를 건져낸다.' 메모와 스케치.

'아이를 얼음 위에 올린 여자는 정작 자신이 빠져버린다.' 메모와 스케치.

'여자가 얼음 위로 오르는데 얼음이 푹 꺼진다. 여자가 연못 아래로 사라진다.' 메모와 스케치.

'아이는 울며 집으로 들어가지만 아무도 없다.' 메모와 스케치.

'이불속에 들어간 아이는 그대로 잠이 든다.' 메모와 스케치.

'어른이 아이를 깨우고 아이는 일어난다.' 메모와 스케치.

'밖으로 나가 연못을 보는 아이, 아무 일 없다는 듯 얼음이 꽝꽝 얼어 다시 썰매를 타는 아이와 연못의 광경, 아이는 얼음 아래를 보고, 얼음 아래 얼굴 같은 것이 비친다.' 메모와 스케치.

그렇게 어린 날은 내레이션으로 마무리 한다.

내레이션: 나는 그 여자가 얼음 아래 있다는 것이 무서워서 아무 말도 할 수 없었다. 다음 날인가, 나는 사람들이 그 여자가 돈을 훔쳐서 도망갔다고

하는 소리를 들었다. 다행이다, 생각하고 잊어버렸다. 어린 날의 악몽 같은 거다. 그 여자가 아직도 얼음 아래 있는지 돈을 갖고 튀었는지는 미스터리다.

그의 콘티 그리는 속도가 빨라서 스케치북 한 권을 금세 다 채웠다.

우선 '기억의 모호함'이라는 가제를 붙이기로 했다. 그는 어린애의 악몽 속으로 긴 터널을 파고 있는 느낌이 들었다. 20년 후 주인공이 돌아와서 '모호한 기억'을 확인하기 위해 연못물을 뺀다는 이야기가 계속될 것이다.

수정이 옆에 와서 그가 그린 콘티와 메모를 보았다.

"이 이야기가 사실인가요?"

"사실도 있고 아닌 것도 있겠지."

"아이를 구하고 빠져 죽은 여자, 진짠가요?"

"넌 다섯 살 아이 기억을 진짜라고 믿을 수 있나?"

"특별한 것 몇 가지 정도는 기억하지 않나요?"

"기억은 해도 똑바로 기억하는가? 그건 의문이지. 우리가 초등학교를 다시 찾아가면 그때는 대단히 컸던 학교가 조그만 하잖아. 먼 길은 훨씬 더 멀게 기억되고 아이 눈엔 개가 곰보다 커 보여."

"하긴 확대된 기억도 있을 거예요. 어떤 건 꿈인가도 싶겠지요."

"뭔가 찜찜했고 항상 궁금했나 봐. 열 살 때 곤충으로 두어 번 잔인한 실험을 했지. 곤충을 죽여서 물통에 담갔어. 떠 있다가 하루 정도 있으니 가라앉더군. 가라앉았던 곤충이 2, 3일 있으니 다시 떠올랐어. 또 2, 3일 지나니까 영영 가라앉았지. 동물은 실험할 수 없었지만, 아마 내가 곤충 실험까지 했던 걸 보면 뭔가 끔찍한 일이 일어났던 것 같아. 어린 마음에 완전범죄라도 바랐는지 모르고……."

"왜 사람들은 그 여자가 돈을 훔쳐 도망갔다고 했을까요?"

"그게 사실이니까. 중학교 때 버스 안에서 한 여자를 만났는데, 그 여자는 10분 정도 내 얼굴을 빤히 보고 있었어. 그러더니 내 손을 덥석 잡고 반가워하는 거야. 난 그 여자 얼굴이 전혀 기억 안 났어. 그런데 자기가 내 보모였고, 물에 빠져 죽을 뻔 한 걸 건져준 적 있었다며 생색을 내더라고. 연못에서 기어 나온 모양이야, 성인이 빠져 죽기에는 얕아 보이지 않아?"

"만만하게 볼 연못은 아닌데요? 35년 전에는 더 깊었을 지도 모르고."

"그런데 그 보모는 아냐. 버스 안에서 분명 만났고…… 그때 그 여자와 빵집이라도 갈걸. 그랬으면 더 확실했을 텐데, 난 버스에서 뛰어내렸고 아주 훈련했으며 날듯이 집으로 뛰어갔어. 그리고 다시는 생각 안 했지."

"돈을 훔칠 여자는 아닌 것 같은데."

"지금 와서 그 여자가 어떤 여자였는지는 알 수 없지. 집에 애밖에 없으니 훔쳐서 도망간 건지도 모르고, 그 여자 때문에 애한테 트라우마가 생겼어. 트라우마란 기억을 왜곡시키는 거고!"

"어차피 당신 기억에는 진실과 왜곡이 섞여 있어요. 뭐가 진실이고 가짜 기억은 뭘까요?"

"뭐가 진실인지 알아. 그때 상처를 크게 입었거든, 어린애가 엄마나 마찬가지인 보모가 얼음 연못에 빠진 걸 봤어. 또 믿고 있던 보모가 자기를 버리고 돈을 훔쳐 도망갔다면 얼마나 실망이 컸겠어. 차라리 자기를 구하고 죽었다며 미화하는 게 나았을 거야. 가짜 기억이 있을지 몰라도, 난 다섯 살 때 기억보다는 중학교 때 기억을 믿을 거야. 그게 합리적이잖아."

"그렇게 결론이 난 거군요. 그럼 연못에 있는 그것은 뭘까요?"

"이 집은 한 때 펜션이었어. 가령, 여행 왔던 여자가 실수로 빠져 죽은 건지도 모르고, 동반자살 여행을 왔는데 여자만 죽고 다른 사람은 도망갔다, 아니면 누가 죽여서 맷돌이라도 달아 여자를 쳐 넣었다 등등 여러 경우의 수가 있잖아."

"추리에 상상이 보태지는 군요. 하긴 신원미상의 여자 일 수도."

"이 나라에는 그저 사라져버리는 여자들이 생각보다 많대. 행방불명되고 다시는 돌아오지 않는 미제 사건의 여자들 말이야, 유령과 같은 인생인지도 모르지. 또 생각나는 게 있어. 중학교 여름 방학 때, 이 집에 와서 분명 하루 자고 갔어. 보모가 산 걸 봤으니까 마음 놓고 왔던 거겠지. 네가 나를 이상한 인간으로 볼까 말하고 싶지 않은데⋯⋯ 다락방에서 책을 보고 잠도 잤지. 지금은 없는 작은 옷장이 있었는데, 옷장 속에 여자 블라우스가 있었어. 입던 옷이었고 젊은 여자의 향긋한 체취가 남아 있었지. 보모와는 다른 여자의 향기였어. 여자가 남긴 페로몬 향을 사춘기 소년이 맡은 거라고 해두자. 내 첫사랑은 주인을 알 수 없는 여자 블라우스라고 해도 과언이 아니었어. 나는 옷의 향기를 맡으며 껴안고 잤지. 수정아, 날 그렇게 쳐다보지 마, 그건 성욕이 아니었고 그리움과 슬픔 같은 거였어. 누군지 모르지만 그 소녀는 옷을 두고 떠났고, 다시는 돌아오지 않는다는 걸 알았으니까."

"하나도 안 꾸며낸 이야긴가요?"

"이번엔 사실 그대로야."

"어쩐지 MSG를 많이 친 것 같지만⋯⋯ 여자 블라우스가 옷장에 있고, 소년이 체취가 남은 그 옷 냄새를 맡은 거죠? 어떤 냄새가 과거의 기억을 느닷없이 떠올리게 하는 경우도 있다− 프루스트 효과, 그런 걸 말씀하고 싶은 거죠?"

"마르셀 프루스트의 『잃어버린 기억을 찾아서』에서 '마들렌'이란 과자 냄새를 통해 어머니와 과거를 회상하지. 냄새를 통해 과거를 기억해내는데, 그런데 프루스트 역시 인간의 기억이란 엉터리라고 했어."

프루스트 현상까지 말하고 보니, 오히려 그는 정확한 기억조차 신뢰가 가지 않기 시작했다. 인간의 기억이란 엉터리고 사람은 누구나 픽션을 창조한다. 인간의 뇌는 오류투성이다.

"추억도 거짓말이 있는 것 같고, 죄책감 이런 게 투영된 것 같아. 거위는 나 때문에 죽었고, 보모가 연못에 빠진 것도 나 때문이었으니까."

그는 바람이 빠진 듯 픽 웃었다.

"연못 바닥을 한 번 확인해 보는 건 어때요?"

"그렇게 영화를 찍을 생각이야. 연못물을 빼서 시체가 있나 확인해 보는 걸로."

"시체가 바닥에 있으면 잘 수습해서 좋은 데로 옮겨 줘야 해요."

"아무 것도 없을 거야, 그렇다면 후련한 거고, 만약 시체가 나와도 내 보모는 아냐. 그 여잔 분명 중학교 때 버스 안에서 만났으니까."

그는 미소가, 자기 상상력의 산물이고 오랜 죄책감에서 구현화한 존재가 아닐까, 하는 생각도 했다. 하지만 그는 자신이 과대망상이나 미친 자만큼 상상력이 풍부하다고 생각하지는 않았다. 농촌이니까 양수기를 구비한 집이 있을 거라는 생각이 들었다. 돈을 주면 빌려줄 것이다.

그는 촬영 계획표를 만들었다. 2, 3차면 촬영을 완료할 것이다. 장소 헌

팅을 할 필요도 없고 스태프도 없어 계획표는 아주 간단했다. 제작비는 양수기 대여비와 단 한 명인 배우 차비 정도면 된다.

그는 콘티를 보며 본격적으로 일러스트 작업에 열중했다. 그림들을 촬영해서 내레이션 더빙을 입히는 것으로 구상했다. 주인공의 어린 시절은 그림책을 천천히 펼치듯 진행될 것이다. 독립 영화에는 '느림'이 적용되어도, 관객들은 독립 영화임을 알고 있으므로 지루함을 다소 참아 준다. 어차피 큰 극장에서 상영될 상업영화도 아니고 관객 수를 걱정해야 하는 것도 아니니 그 점 하나는 좋았다. 그래서 그림 한 장을 세워 두고 풀 샷으로 찍다, 인물의 심리묘사를 위해 서서히 얼굴로 클로즈업을 하기도 했다. 관객들은 돈이 없어 수작업을 한 거군, 이해하면서 하품을 할 것이다.

그리고 20년 후 성인이 된 주인공이 다시 이 집을 찾아온다. 20대 주인공은 그림이 아닌 실제 인물이다. 인물이 등장하면서 제대로 영화다운 분위기가 날 것이다. 20대 주인공은 연기나 대사를 잘 할 필요는 없다. 단 하나, 정원과 어울려 멋진 화보가 될 만큼 비주얼은 좋아야 한다. 관객들은 기다린 보람이 있어, 눈 호강을 하며 화면에 빨려들 것이고 영화를 봤다며 만족할 것이다.

그는 휴학 중인 한 학생을 떠올렸다. 연락이 되기나 할까, 걱정하다가 배우를 구하는 사이트에 들어가자 양민호의 얼굴이 마침 있었다.

시현이 그림에 몰두한 동안 수정은 혼자서 마을과 정원을 돌아다녔다. 수정은 짧은 시간에 많은 그림을 그리는 그의 실력을 보고 감탄했다. 그는 대체 못 하는 게 없었다. 팔방미인이 배고프다는 것은 그를 두고 한 말 같았다. 많은 재주가 있고 많은 우물을 파는 그가 왠지 측은했다.

비가 잔잔해지자 수정은 울적해졌다. 우울증 약을 상비약으로 들고 올 걸 그랬다. 그는 작업에 몰두해서 그녀를 쳐다보지도 않았고, 그녀를 바라보는 것은 그녀보다 더 외로운 유령밖에 없었다. 슬픔이 공터의 개망초처럼 무성하게 올라와서 흰 꽃을 피우는 것 같았다.

"슬픔이 잡초처럼 자라고 또 자라는구나. 우울감이 다른 감정들을 다 잠식한 것 같아…… 저 강물 속으로 우아하게 걸어가고 싶다……."

수정은 그렇게 중얼거리며 왜 이렇게 슬픈 것일까, 눈물이라도 몇 방울 떨어트리면 감정이 좀 풀릴까 그런 생각을 했다. 그런데 눈물은 그녀에게 어울리지 않았고 어느덧 우는 법도 잊어버렸다.

정원은 황폐했다. 꽃들은 무너지고 쓰러졌으며, 드러난 맨 뿌리는 비에 씻겨 허연 뼈처럼 보였다. 끊임없이 부슬부슬 내리는 비가 영혼까지 축축하게 적셨다. 수정은 자신의 '매우 슬프고 대단히 우울한 감정'이 온전한 자신의 것인지, 누군가의 감정이 이입된 것인지 혼동이 왔다. 그 착한 유령이 자신에게 일부 빙의했다기보다는, 감정이 전염되었을 것이라고 가정해보았다. 옆의 친구가 울면 따라서 눈물을 흘리는 공감능력 같은 것 말이다.

뿌연 빗속에서 희미한 뭔가가 움직이는 것이 보였다. 수정이 자세히 보려고 집중하자 모습이 더 뚜렷해졌다. 그 유령이었다. 유령은 꽃들을 일으켜 세우고 드러난 뿌리를 흙으로 덮어 다독이고 있었다. 유령은 부지런히 일하고 있었고 그 손이 지나간 자리마다 식물들은 반듯하게 일어서 있었다.

유령이 얼굴을 들어 집의 문 앞에 서있는 수정을 보았다. 유령은 쑥스럽다는 듯 미소를 지었다.

수정도 웃어주었다.

"수고해!"

수정은 나직하게 말하며 손을 흔들기까지 했다. 이 집에 있는 동안 친구가 되기로 했으니까.

유령도 기쁨이 넘치는 듯 손을 한참 흔들었다.

그림을 그리다 수정을 보던 시현의 표정이 굳어졌다. 그는 창밖으로 고개를 빼고 정원을 내다보았다. 수정이 손을 흔들며 보는 곳을 따라 보았지만, 아무 것도 보이지 않았다. 보이는 것은 잔잔해져 미스트처럼 흩날리는 안개비뿐이었다.

비가 그치자 그들은 외출했다. 시내 한식집에서 외식을 하고 마트에서 장을 본 후, 돌아오는 길에 강이 보이자 차에서 내렸다. 새파래진 하늘의 구름은 알라딘의 램프에서 지니가 나오는 듯 재미있는 모양을 만들며 뭉글뭉글 떠다녔다. 강변을 따라 그들은 손을 잡고 걸었다. 그 집을 나오니 우선 수정은 날아갈 것 같았다. 머리가 가볍고 다리도 가벼웠으며, 우울한 감정이 사라졌고 머리도 상쾌했다. 저 강물 속으로 걸어가고 싶던 절망감은 아무래도 남의 감정이었던 것 같았다.

비 온 후 강 주변의 야생화, 잡초들은 더 무성하게 자랐다. 풀냄새가 싱그럽다기보다 독할 정도로 짙었다. 오랜만에 긴 머리를 감은 버드나무들도 윤기가 자르르하니 빛이 났다. 페트 병, 캔, 비닐봉지 같은 쓰레기도 굴러다녔지만 수정은 못 본 척 했다. 모처럼 기분이 좋아졌는데 좋은 것만 볼 거라고 생각했다.

시현은 수정이만 좋으면 됐지, 주변 경관이 좋거나 나쁘거나 별 상관없었다. 아름다운 장소도 나타났다. 사람들이 심었는지 보라색 라벤더들이 산들거리고 그 위로 호랑나비까지 몇 마리 너울거려, 제법 수채화 같은 장면을 그리고 있었다. 낙원 같은 풍경은 아니지만, 강이 있고 보랏빛 라벤더 속에 있는 것으로 충분하지 않을까, 그들은 '행복한 연인'을 연기하고 싶었다. 어깨를 기대고 이마도 맞대 보고 장난 같은 뽀뽀를 하며 웃었다.

물가로 내려가자 비린내가 훅 밀려오며 참혹한 죽음의 강이 나타났다. 강가에는 허연 배를 뒤집은 물고기들이 떠밀려와 있었다. 강은 물 반, 죽은 고기 반이었다. 그 물고기를 먹고 죽었는지 오리들 사체까지 둥둥 떠 있었다. 이번에는 그저 지나갈 수 없어서 수정이 몇 마디 말이라도 했다.

"강이 아니라 무덤이네. 비올 때 누가 폐수를 흘려보낸 걸까요?"

"그럴 수도 있고, 강바닥에 중금속과 화학물질이 퇴적된다더군, 비가 오면 그 퇴적물이 떠올라서 죽음의 강이 되는 거지."

"다락방에서 이 강을 볼 때는 참 전망이 좋았는데……."

"멀리서 보면 별도 아름답지, 우리는 진실을 회피하고 감상에 젖는 것만 좋아해."

그들은 다시 진실을 회피하기 위해 물가를 벗어났다.

차로 오는데 길 한 가운데 납작하게 찌그러진 고양이 사체가 보였다. 그는 무시하고 그대로 지나갔지만 신경이 쓰였다. 노랑 줄무늬가 뭔가 낯익었다.

돌아오니 노랑 고양이가 새끼 두 마리를 그늘 아래 데려다 놓았다. 노란 털의 새끼 둘 다 아파 보였다. 어미는 새끼를 두고 사라졌는데 살려달라는 그런 의미 같았지만, 한 마리는 당장 죽을 것 같았다.

두 사람 다 길에 찌부러져 있던 고양이 사체가 새끼들 어미일까, 우울한 생각을 하고 있었다.

"불쌍한데 안에 데리고 갈까?"

그가 묻자 수정은 고개를 흔들었다. 새끼 한 마리가 입을 벌리고 숨을 크게 몰아쉬었다. 그녀는 그 숨결에서 희미한 끈이 빠져나가는 걸 보았다.

"마지막 숨을 쉰 거예요."

그녀는 남은 새끼를 집 안에 데려갔고, 그는 적당한 장소를 찾아 땅을 팠다. 조그만 봉분 앞에 그는 나뭇가지로 작은 십자가를 만들어 꽂았다. 남은 고양이는 꽁치 한 조각과 물을 먹고 잤다. 다음 날 아침이 되자 그 고양이도 죽어 있었다. 그는 병원에 데려가지 않은 자신을 탓하며, 어제 만든 작은 무덤 옆에 또 다시 무덤을 만들었다. 수정이 어제 그가 만든 것과 비슷한 십자가를 만들어 꽂아 주었다. 둘이서 영화 '금지된 장난'의 흉내를 내며 노는 기분이 들었다.

그들은 이제 실행에 옮길 때라는 의논을 했다. 마을 이장을 만나 양수기를 임대할 수 있나 알아보고, 그 다음은 연못에서 시체가 나올 것인가, 없을 것인가 하는 문제였다. 시체가 없으면 우선 개운한 해방감을 느끼리라. 시체가 나오면 관부터 준비해야 할 것이다. 그 문제는 시체가 있을 경우 논의하기로 했다. 그는 마을로 나가 두 군데 발품을 한 후 양수기를 빌렸다. 돈을 지불하자 다음 날 아침, 주인이 양수기를 경운기에 싣고 그의 집 정원 안으로 들어왔다. 연못 앞에 양수기를 내려 둔 남자는 당신네들이 알아서 하라며 꽁무니를 뺐다.

시현은 양수기와 연못을 번갈아 바라보았다. 연못에 빽빽한 연꽃들은 비

온 후 그의 키만큼이나 자라있었다. 그 연꽃들을 베어내고 처리하는 것도 상당한 노동력이 필요할 것이다. 양수기 작동 법조차 몰랐고 일꾼도 없이 어떻게 처리해야 하는지 그저 쳐다만 볼 뿐이었다. 양수기를 어떻게 돌리나 궁리하던 시현은 대신 삼각대와 캠코더를 들고 나왔다. 그는 캠코더를 삼각 대에 고정시키고 다리 길이를 조절하며 카메라 세팅을 했다.

그는 그대로 영화 찍을 준비를 했다. 배우에게 다 시킬 거란 설명을 하면, 수정은 그가 게을러 배우를 부려 먹는다며 비난할 것이다. 그래서 그는 입을 닫기로 마음먹었다. 조명은 자연 조명을 이용할 것이고, 동시 녹음도 캠코더 내장용으로 볼륨을 크게 설정해 놓았다. 최소비용으로 최대의 효과를 내는 것이 독립단편영화였다.

'또 현실도피를 하네, 설마 나더러 양수기를 돌리라는 건 아니겠지.'

캠코더만 들여다보는 그가 수정은 답답했다. 그들은 늦은 아침을 먹고 각자 일을 했다. 시현은 영화에 쓸 그림을 손보고 있었고 수정은 설거지와 청소를 했다. 그런데 대문 두들기는 소리가 들렸다. 수정이 시현을 쳐다보았지만 그는 그림에 몰두해서 소리를 못 들은 것 같았다. 아니, 그는 그녀보다 귀가 확실히 어두웠다. 대문이 너무 멀어서 그에게는 그 소리가 들리지 않았다. 귀 밝은 수정이 마지못해 느릿느릿 움직였다. 자신을 찾아올 사람은 없었고 그를 만나러 온 여자밖에 없을 것 같았다. 내키지 않았지만 대문을 열 수밖에 없었다.

문 앞에 한 젊은 남자가 서 있었다. 그는 방학 중에 무전여행을 다니는 대학생처럼 커다란 배낭을 진데다 옷차림이 후줄근했다. 청년에게서 짙은 땀 냄새와 열기가 훅 끼쳐왔다. 하지만 거적때기를 걸쳐도 빛이 날 것 같은 남자였다. 그야말로 후광이 있는 상큼한 남자가 이 집 대문을 기웃거리는 이유가 미스터리 같았다. 수정은 그런 남자를, 숨 막힐 듯 폐쇄적인 이 집 앞에서 보는 것이 우선 반가웠다. 아, 영화라도 찍나 보다 그 생각을 하며 수정은 자신도 모르게 웃었다.

그러자 청년도 웃으며 수정을 보았다. 순간 수정은 그 청년의 미소에서 어둠을 본 것 같았다. 나이에 어울리지 않게 빛보다 어둠이 짙었다. 빛과 어둠이 조화된 청년의 얼굴에 묘한 매력이 있다는 생각이 들었다.

"여기가 최시현 교수님 댁 맞습니까?"

청년이 수정에게 물었다. 그는 수정이 대답하기도 전에 대문 안으로 들어섰다. 시현이 나와 있었다. 청년은 고개를 숙여 인사하고 시현 앞으로 성큼성큼 다가섰다.

"양민호! 너 왜 이렇게 늦었냐?"

시현이 민호를 보고 활짝 웃었다. 그는 민호를 기다렸지만 그래도 제 때 도착했기에 기분 좋게 반겼다. 양민호는 영화의 후반부에 실제 인물로 등장하는 남자 주인공이었다.

학점 때문에 양민호가 그의 연구실로 찾아온 적이 있었다. 민호의 학점은 형편없었다. 시현은 바보들 중에서도 양민호가 톱이라고 생각했다. 민호는 모든 학점을 간당간당 땄지만, 시현은 도저히 민호를 통과시킬 수 없었다. 시현은 학생들의 능력과 지능을 고려해서 헛소리만 잘 적어도 학점을 준다고 말하며, 대체 왜 백지 답지를 냈냐며 물어보았다. 그때 민호는 돈을 벌어야 하므로 공부할 시간이 없었고, 모르는 걸 지어낼 능력도 없다고 대답했다. 시현은 그의 매력적인 얼굴을 보고 조건부로 거래를 해야겠다는 생각을 했다. 민호가 영화에 출연한다면 실습점수를 후하게 주는 것으로.

민호에게는 배우에게 필요한 광채 같은 것이 있었다. 그러나 세상에서 성공하는데 기본으로 필요한 트레이닝이 크게 결여되어 있었다. 시현이 경력에 대해 묻자, 민호는 자랑스럽게 단역이나 조역으로 출연한 적이 있다고 대답했다. 시현은 간단한 오디션을 보고 싶었다. 그래서 책의 대사 부분을 민호에게 읽어 보라고 했다. 민호는 우물우물 대사를 씹으며 책도 제대로 읽지 못했다.

"연기는 안 해도 되니 큰 소리로 분명하게, 또렷하게만 읽어 보게."

그러자 민호가 뭐라고 작은 소리로 읽었다.

"뭐라고? 잘 안 들려."

민호가 다시 읽었는데 아까보다는 큰 소리였지만 분명하지 않았다.

"뭐라고? 자네 뭐라 말했나?"

그러자 민호는 고개를 푹 숙였고 아예 입을 닫아버렸다.

그때 시현은 민호의 손을 보았다. 민호의 손은 얼굴과 너무나 달랐다. 거무튀튀한 손의 손마디는 투박했고 흉터도 있었으며 손톱에는 새까만 때가 끼어 있었다.

민호는 휴학을 상의하고 싶었다며 복학 때 F학점이 문제가 되겠냐며 물었고, 시현은 그 손을 보자 마음이 약해졌다. 시현은 복학을 하면 실습이나 리포트로 학점을 이수할 수 있을 거라는 약속도 했다.

"자네 지금 살아가는 목적이 뭔가?"

"돈을 많이 버는 것입니다."

"지금 학비가 없나?"

"돈이 부족합니다."

"배우가 되고 싶어 들어온 학교 아닌가? 마스크는 괜찮은데……."

"저 정도는 발에 채일 정도로 흔하죠, 당장 사는 것도 힘듭니다."

"단역, 조역만 하다가 30, 40대에 빛을 보는 대기만성형도 있지. 그런 대기만성형도 괜찮아. 재목은 되는데 꽃 피우고 열매도 열리려면 노력 말고도 뭔가 있어야지. 우선 자네 머리가 텅 비었어. 쉴 때는 뭘 하나?"

"게임 하면서 스트레스 날립니다."

"게임 말고 책을 읽어서 그 백지 상태의 뇌를 좀 채워. 20대는 돈만 벌게 아니라 자신을 만들어가는 시기야. 그러니까 10대 20대에 공부를 하지 않겠나? 30전까지는 자신이라는 인간을 만들어가는 시기라 생각하고 책이라도 읽어. 공부한 인간과 돈 생각만 한 인간은 10년이 지나면 얼굴이 확 달라진다네. 아무리 잘 생겨도 비천한 티가 나는 거지……."

시현은 나중에 자신이 한 말을 생각하면 속이 근질근질했다. 그는 자신이 선생으로서는 어울리지 않으며 위선적인 개소리를 했다고 생각했다.

민호는 속으로 참 훌륭한 교수님이다, 과연 공부를 많이 한 사람 얼굴은 지적이며 귀티가 나고 다르구나, 하는 생각을 했다.

시현은 양민호가 다시 복학할 수 있을까, 비관적인 생각이 들었다.

단편영화를 찍기로 마음먹고 그는 진작부터 양민호를 떠올리고 있었다. 민호는 이 영화에서 대사가 한 마디도 없었고 연기를 할 필요도 없었다. 정원에서 분위기를 잡으며 돌아다니는 장면이나 몇 컷 찍으면 되고, 그건 좋은 그림이 나올 것이다.

그가 민호에게 전화하자, 민호는 순순히 응했고 집을 찾아오겠다는 약속을 했다. 그래서 그가 날을 잡아 양수기를 임대해둔 것이었다.

민호는 자신이 어떤 역을 해야 하는지, 대본의 내용이 뭔지도 몰랐다. 교수가 시키니까 하는 것이고, 단편영화라서 사나흘 정도면 일이 끝난다고 했으며, 외울 대사는 한 마디도 없다는 말만 듣고 신경 안 쓰고 왔다. 그런데 와서 보니, 제법 크고 깊어 보이는 연못 옆에 양수기가 있고, 자신의 역할은 양수기로 연못물을 다 푼 다음 바닥의 시체를 건져야 한다는 것이었다. 무슨 이상한 배역인가, 교수가 일 부려먹으려고 부른 거 아닌가, 하지만 그가 감독인 이상 고문을 한대도 받아들일 수밖에 없었다.

정원에는 이미 촬영세팅이 되어 있었다. 카메라 리허설을 한 후 시현이 콘티와 그림들을 보여 주었고 내용도 설명했다.

"자네는 20년 만에 유령이 나오는 이 집으로 돌아온 거야. 20년 후, 유령이 나오는 옛 집에 돌아오자 문득 생각이 나는 거지. 유령은 누구일까? 자신의 기억이 왜곡된 것인지, 진실인지 확인하기 위해 양수기로 물을 빼고 바닥을 확인하는 거야."

"그럼 바닥에서 시체가 나옵니까?"

민호가 묻자 시현은 그저 웃기만 했다. 연못 바닥에서 뭔가 나오면 민호가 놀랄 것이고 누구보다 그 자신이 가장 놀랄 것이다. 시체가 나온다면 더미를 만들어서 묻어 뒀다고 민호에게 둘러댈 것이고, 아무 것도 나오지 않는다면 영화의 결론 또한 그렇게 날 것이다.

20년 후 돌아온 주인공은 유년의 기억을 확인하기 위해 연못물을 빼지만, 바닥에는 아무 것도 없다- 그것이 그가 바라는 결론이었다.

"먼저 자네가 저 연꽃들을 좀 처분해야 편할 것 같네."

"연꽃을 처분한다고요?"

연꽃을 보는 민호의 눈은 황홀했다. 그는 태어나서 이렇듯 늘씬하며 눈부시게 아름답고 신비로운 꽃들은 본 적이 없었다.

"없애야지. 그래야 바닥을 살피기 좋을 거야. 가장자리에 있는 것만 좀 처리해. 그리고 양수기로 연못물을 뽑아. 그럼 카메라 돌아간다. 숏 들어가자!"

먼저 그는 카메라 앵글을 풀 샷으로 잡았다. 정원 전체와 멀리 숲까지 광활한 화면으로 담았다. 그러다 정원에 민호가 등장하면서 연못과 민호를 중심으로 돌아갔다. 그는 삼각대에서 캠코더를 떼어냈다. 직접 들고 민호의 움직임을 따라가며 핸드핼드로 찍었다. 민호를 클로즈업하다, 익스트림 클로즈업으로 민호의 눈동자나 귀만 찍어 보기도 했다. 양수기로 연못물을 다 풀 때까지 찍을 것이니 롱 테이크가 될 것이고, 아예 컷 없이 한 컷으로 진행될 수도 있다. 연못물을 다 풀 때까지 열 시간이나 스무 시간 정도 찍은 것 중에서, 7분 분량으로 편집할 것이므로 NG도 낼 필요 없다.

민호는 연못 가장자리의 키 큰 연꽃들을 처리하기 시작했다. 중간에 있는 것들은 물이 깊어 어차피 힘들었다. 연꽃을 일부만 처리한다 해도 보통 일이 아니었다. 그는 힘쓰는 일에 여력이 나 있었지만 얽히고설킨 연근을 뽑아 올리기가 여간 힘들지 않았다. 시커먼 진흙과 함께 커다란 연근들이 쑥쑥 올라왔다. 그는 연꽃 대를 한 아름 껴안고 레슬링을 하듯 싸우고 있었다. 연꽃 대를 뽑아 올리던 민호가 흙탕물 속에 엉덩방아를 찧었다.

촬영을 중단한 시현이 창고에서 낫을 찾아왔다.

다시 카메라가 돌아갔다. 낫을 손에 쥔 민호는, 미인들을 껴안고 처형하며 내동댕이치는 망나니가 된 기분이었다. 정원을 들어서자마자 보였던 연못의 연꽃은 궁중의 품위 있는 미인들이 늘어선 광경 같았다. 꽃들이 말없는 비명을 지르며 원망하고 피를 흘리는 것 같았다. 그렇지만 그는 못 들은 척 낫으로 사정없이 연꽃 대를 베었다. 맨손일 때보다 처리하기 수월했다.

잠시 휴식 시간을 가졌고 민호는 수정이 갖다 준 생수를 단숨에 비웠다.

"고생이 많아요."

수정의 말에 민호는 모욕당한 기분이었다. 저 아줌마는 내가 영화 주인공이라기보다는, 이 집 연못을 청소하러 왔다고 생각해. 또 그게 사실인지 모르지. 그는 연꽃을 벨 때부터 기분이 안 좋아서 내내 찌푸리고 있었다.

수정은 속으로, 저 정도 생긴 젊은 애들은 자기가 아주 특별한 존재인 줄 알지, 지가 제임스 딘인 줄 알고 오만 인상 쓰고 있네. 하긴 오자마자 영화 찍는다며 밑도 끝도 없는 일만 시키니 기분이 나쁠 만도 하겠구나, 하는 생각을 했다.

가장자리 연꽃들이 대충 정리가 되자 또 잠깐 휴식했다. 시현이 디렉션을 해주며 자연스러움이 좋다는 칭찬도 했다. 민호는 시현의 의도를 판단한 것 같았고 자기 의견도 조심스럽게 제의했다.

"자연스러운 연기가 중요하다면, 자연스럽게 필요한 애드립도 괜찮지 않을까요?"

"자연스럽게 필요한 애드리브가 뭔가?"

시현이 묻자 이번에는 민호가 창고로 갔다. 만물 창고에서 그는 작은 그물과 뜰채와 고무 대야를 찾아 들고 왔다. 바닥에서 뭔가를 찾으려면 연못의 생물들을 처리하는 것이 편했다. 필요한 애드리브라 생각해서 시현은 허용했고 카메라가 돌아갔다. 그물에 수십여 종의 별별 생물들이 다 올라왔다. 물뱀 한 마리는 알아서 스르르 풀밭으로 기어갔고, 개구리들은 팔짝팔짝 튀어서 사라졌으며, 그물에는 뱀인지 장어인지 오묘한 긴 물고기와 물방개, 소금쟁이, 올챙이, 미꾸라지, 피라미 등 온갖 종류의 생물이 바글바글했다. 민호가 그물을 고무 대야에 털자 새카만 것들이 파닥파닥 튀었다. 시현은 연못의 생물들을 클로즈업하며 그로테스크한 장면이 나오기를 기대했다. 그 장면을 써먹을지 자를지는 편집할 때 결정할 것이다.

이미 한나절이 다 갔고 저녁이 되어서야 양수기가 가동되었다. 민호가 연못에 호스를 집어넣어 양수기를 돌렸고, 시현은 촬영했으며, 실내에 있던 수정은 요란한 소리가 나자 놀라 밖으로 뛰어 나왔다.

오래된 구형 양수기라 그런지 돌아가는 소리가 온 집을 뒤흔들었다. 지진이라도 난 것 같았다. 잠시 구경하던 수정은 저녁 준비를 하러 다시 안으로 들어갔다. 상추를 씻었고 손님이 왔으니 고기와 대파를 구울 생각이었다.

그 날 촬영은 끝났다. 어두워지니 조명이 좋지 않았고 야간신은 찍지 않기로 했다. 하나밖에 없는 배우나 감독 모두 탈진했다.

수정은 야외 테이블에 저녁을 차렸다. 밥과 김치, 상추와 인스턴트 김으로 기본 세팅을 한 다음 그릴에 고기와 대파를 구웠다.

"고기는 그게 답니까?"

민호가 묻자 수정은 미안해서 고개만 끄덕거렸다. 일은 엄청나게 부려 먹더니 고기는 달랑 몇 점 내놓고, 청년의 그런 불만을 이해하고도 남았다. 민호는 테이블에 놓인 대파 두 뿌리를 들고 고무 대야 쪽으로 갔다. 수돗가로 간 그는 장어를 손질해서 돌아왔다. 그가 다른 손에 들고 있는 대파 속에서도 뭔가 꿈틀거렸다.

수정이 구운 고기를 접시에 담자 민호가 그 자리에 장어와 대파를 구웠다.

생활력이 아주 강해. 무인도에서 뱀만 잡아먹고도 살겠다, 시현과 수정은 서로 얼굴을 쳐다보며 그런 생각을 했다. 장어 닮은 뱀일 거라고 두 사람은 확신했다.

대파가 그릴 위에서 뛰며 몸부림을 쳤다.

"미꾸라지에요. 파 속에 넣으면 비린내도 안 나고 맛있어요."

민호가 권했다. '다금바리'라고 해도 두 사람은 먹지 않을 것이다.

젊은 남자의 식욕은 엄청났다. 민호는 밥 두공기와 테이블에 있는 모든 것을 싹쓸이했다.

식사 후 다시 양수기를 가동했다. 그 일도 시현은 민호를 시켰다. 촬영은 끝났지만 연못물이 여전히 많아서 더 줄여 놔야 내일 촬영 시간이 짧아지기 때문이었다. 민호는 묵묵히 시키는 대로 했고 시현은 그것을 당연하게 생각했다. 자신은 감독이고 교수이기 때문이다. 그는 돈이 없어도 독재자며 권력을 가진 인간이었고, 무명배우인 민호는 그런 학대에 익숙해져 있었다. 양수기로 두세 시간 퍼 올렸지만 연못물이 그다지 준 것 같지 않았다. 어두워지자 양수기 소리는 한층 더 시끄러워져 동네를 뒤흔드는 것 같았다. 마을 노인네들 염려가 되어 중단했다.

시현은 1층 자기 침대에서, 민호는 거실 소파에서, 수정은 2층 방에서 각자 잠을 잤다. 다음 날 일어나자 시현은 어깨에 엄청난 통증을 느꼈다. 그래도 시리얼로 간단한 아침을 하고 바쁘게 촬영이 시작되었다. 민호가 양수기를 가동하자 양수기는 어제보다 요란하게 돌아가며 물을 품었다. 털털거리던 양수기가 기이한 쇳소리를 내자 수정은 머리끝이 쭈뼛거렸다. 연못물을 품어내는데 다시 온 종일이 걸렸다. 다행히 해지기 전에 연못은 바닥을 드러냈다. 그물에 잡히지 않았던 작은 붕어, 피라미 같은 것들이 진흙 속에서 팔딱거렸다. 카메라를 내려 둔 시현은 장화를 신었다.

시현이 먼저 연못 속으로 들어가 보았다. 늪 같은 연못 속에 발을 딛자마자 그는 미끄러졌다. 무릎 위까지 흙이 차올랐으므로 어차피 장화는 소용이 없었다. 연못 가운데로 허우적거리며 몇 걸음 걷자 허벅지까지 흙이 차올랐다. 민호가 고무 대야를 들고 맨발로 따라 들어왔다. 민호는 말없이 시현 주변의 진흙을 대야로 푹푹 떠냈다. 그는 힘이 좋았고 일하는 솜씨가 아주 능숙했다. 미꾸라지들이 흙 속 여기저기서 보글보글 거품을 피우며 튀어나왔다.

두 남자가 한 시간 가량 흙을 퍼내자 진흙은 정강이까지 줄어들었다. 하지만 못 가운데 흙은 늪처럼 가슴까지 빠졌고 퍼내도 끝이 없을 것 같았다. 시현은 두 손바닥을 펼쳐 진흙 속을 헤엄치며 휘저었다. 보이는 것도, 손바닥과 발바닥에 느껴지는 어떤 감각도 없었다. 역시 연못바닥에는 아무 것도 없었다. 바닥에서 끌어당기는 것 같은 늪과 체력 싸움을 하느라 엄청난 피로감이 엄습했다. 시현은 그만 마무리를 짓고 싶었다. 주인공이 아무 것도 발견하지 못한 걸로 결론짓고 연못 씬을 끝낼 셈이었다.

다시 시현이 카메라를 들었고 민호가 연못 바닥으로 들어갔다. 민호는 시현보다 더 깊은 곳까지 갔다. 그리고 손으로 진흙을 파헤치며 뭔가를 열심히 찾는 모습을 연기했다.

"어! 정말 시체가 있다!"

민호는 놀라는 명연기를 펼쳐 보였다. 애드리브로 한 마디 대사를 멋지게 할 수 있다는 자아도취에 빠져 그는 우쭐했다.

시현과 수정은 새파랗게 질렸지만 애써 침착함을 유지했다. 오케이 컷을 외친 시현은 민호를 격려하며 다정하게 물었다.

"아주 잘했어, 잘했어. 내가 묻어 놓은 더미, 시체를 찾았나?"

"예! 찾았습니다. 이 밑에 있어요."

민호는 보물이라도 발견한 듯 아주 신이 나 있었다. 시현은 민호를 살살 달래며 연기 디렉션을 하듯 말했다.

"그래, 연기를 아주 잘 하는데? 그런데 디테일한 연기가 필요해. 유골을 수습할 때는 훼손시키지 않기 위해 아주 조심해야 해. 그 소품 아주 비싼 거란 말야. 손가락으로 살살 더듬어서 부드럽게 조선 백자라도 발굴하듯, 오, 잘 한다!"

그렇지만 민호는 전혀 디테일한 연기를 하지 않았다. 그는 매우 힘차고 터프하게 기다란 뼈 하나를 건져 올렸다.

"아래에 더 있어요!"

민호가 뼈를 휙 던지자 시현은 자기도 모르게 한 손으로 받았다. 시현은 무릎 관절이 붙은 비쩍 마른 뼈를 공처럼 받으며, 왠지 이게 아닌데? 생각했다. 민호가 거대한 갈비뼈 비슷한 것을 번쩍 들어 올리자, 시현은 카메라를 삼각대에 올려두었다. 사람의 갈비뼈보다 훨씬 컸고 모양이 영 달랐다. 자기 딴에 조심하느라 민호는 갈비뼈를 높이 쳐들고 허우적거리며 나왔다.

민호는 뼈를 두고 다시 연못 속으로 들어갔다. 민호가 기다란 다리뼈를 또 들어 올렸는데 그 뼈에는 발굽이 달려 있었다. 심지어 발굽 안에는 썩지 않은 물컹한 속살도 있었다.

"고라니가 한 마리 들어간 것 같아, 술이라도 취했나?"

시현이 별 일 아니라는 듯 말했다.

"다른 뼈를 보면 오래된 것 같은데 발굽은 그대로 보존이 됐네요."

수정도 신기하다는 듯 말했다.

"진흙이고 찬물 속이어서 안 썩은 부분도 있는 것 같아. 발굽만 시랍화 되었군."

시현이 국과수 부검의처럼 말했다. 연못이 한여름 가뭄에도 말라붙지 않고 여름 내내 연꽃을 풍성히 피운 이유는, 바닥에 지하수가 흐르기 때문인 것을 알았다.

"더 찾아야 합니까?"

가장 어리둥절한 민호가 물었다. 시현이 고개를 끄덕이자 민호가 다시 연못 진흙 속으로 들어갔다. 마침내 민호가 기다란 짐승 해골을 들고 비틀거리며 나왔다. 털도 붙었고 제대로 부패되지도 않아 지저분한 고라니 해골이었다.

허탈해진 시현과 수정은 서로 얼굴만 뻔히 쳐다보았다. 두 사람 다 바닥 깊은 곳에 뼈가 더 있을 거라는 생각을 했다. 그 깊은 곳에 썩다 만, 혹은 시현의 말처럼 찬물 속이라 썩지 않고 시랍화된 미라가 있을 지도 모른다.

수정의 표정에 압력을 받은 시현은 바지를 벗고 연못 안으로 들어갔다. 그도 부서진 갈비뼈 조각을 하나 건졌다. 민호가 대단하다는 생각이 새삼 들었다. 그걸 건지면서 그는 체력적으로 매우 힘들었다. 연못 밖으로 나오려던 그는 미끄러져 넘어졌다. 순간 그는 누군가 발목을 잡아당기는 것 같아 비명을 질렀다. 늪과 같은 바닥이 하반신을 빨아들였고 몸부림을 칠수록 더 빨려드는 것 같았다. 뛰어 들어온 민호가 시현의 팔을 잡았다. 시현은 민호를 꽉 붙잡고 그 팔을 놓지 않으려 했다. 그는 늪 속에서 익사할 것 같은 공포감에 필사적으로 매달렸다. 진흙 판에서 레슬링을 하듯 두 남자가 한바탕 뒹굴었다.

"몸에 힘 빼세요, 제가 부축해드릴게요."

민호가 침착하게 그를 달랬다. 그 어른스러운 행동을 보자 시현은 부끄러웠다. 죽더라도 품위를 지켜야 하는데. 그는 축 늘어진 몸을 민호에게 의지했다. 기어 나온 두 남자는 기진맥진해서 뻗었다. 누워서 하늘을 보니 이미 해가 없고 어두웠다.

"바닥이 늪이나 마찬가지야. 나온 건 술 취한 고라니 뼈밖에 없어! 자네 생각은 어떤가? 뭐가 더 나올 것 같나?"

"연못 바닥이 엄청 깊어요, 교수님 돌아가실 뻔 했잖아요. 우리 힘으로 뭘 더 찾으려면 한 달은 걸릴 걸요."

민호는 영화를 빙자한, 이상한 시체 발굴 작업이 짜증났다. 그도 바보는 아니었다. 왜 나를 여기까지 불러 이딴 일을 시키나 억울하기도 했다. 내일 또 시키면, 바쁘다며 갈 작정이었다.

"그렇지? 더 나와 봤자 개뼈다귀겠지. 이 일은 이제 접자!"

시현은 수정이 들으라는 듯 크게 말했다.

수정도 진흙을 뒤집어 쓴 채 초죽음이 되어 있는 두 남자에게 달리 할 말이 없었다. 시키지도 않았는데 민호는 창고에서 자루를 하나 찾아 나왔고, 자루 속에 짐승 뼈를 집어넣기 시작했다.

시현은 민호가 하는 일을 보고만 있었다. 민호가 알아서 할 것이다. 그는 말 한마디 거드는 것도 힘들었다. 그는 뼈를 자루에 담아 넣는 민호의 손을 지켜보고 있었다. 순간 사람 손가락 같은 작은 뼛조각 하나가 눈에 띄었다. 민호는 그 뼛조각도 가차 없이 자루에 쓸어 넣었다. 시현은 자루 속에 들어간, 사람 손가락 같은 가느다란 뼛조각이 자꾸 눈에 어른거렸다. 설마, 고라니 갈비뼈 조각이겠지. 그는 그 생각을 애써 떨치려 머리를 흔들었다. 그는 기다시피 해서 분수대 수돗가로 갔다. 물을 콸콸 틀어 놓고 머리부터 발끝까지 씻었다. 그런 다음 집 안 욕실에서 샴푸와 비누로 한 번 더 씻었다. 시현이 욕실에서 나오자, 수돗가에서 애벌로 씻은 민호가 차례를 기다리고 있었다. 시현은 자루 속의 뼈를 어떻게 처리했냐고 민호에게 묻지도 않았다.

세 사람 모두 기진맥진했고 힘든 하루를 보냈다. 그들은 라면으로 저녁을 때우고 각자 자리를 잡았다. 수정은 거실에, 시현은 자기 침실로, 게스트인 민호는 2층 수정이 쓰던 방으로 올려 보냈다.

위층에서 오가는 민호의 묵직한 발소리가 울렸다.

그 발소리를 들으니 모처럼 사람 사는 집인 것도 같았다. 민호가 힘차게 계단을 내려왔고 복도 계단이 부서지는 소리를 냈다. 계단은 오늘이 바로 자기들 마지막 날이라며 요란한 단말마를 울부짖었다.

"양민호, 집 무너지니까 좀 걸어서 내려오너라."

"라면 하나 더 먹어도 되죠?"

민호는 시현에게 말하면서 눈으로는 수정을 보고 있었다. 은근히 매력 있고 분위기 있는 여자라는 느낌이 들었다. 평범한 얼굴에 손질 안 한 헤어스타일, 후줄근하게 늘어진 티셔츠와 무릎 나온 바지를 입은 아줌마가 볼수록 예쁘다니, 그는 자신 눈이 의심스러웠다. 저 까칠한 귀족 같은 교수가 저 여자에게 홀딱 빠져 있는 걸 보면 역시 뭔가 매력이 있었던 거야. 그는 저 여자 때문에 이 집에 더 빌붙어 있을지도 모르겠다는 생각을 했다.

"재수 옴 붙은 날이었어. 근데 진짜 영화 찍은 거 맞아? 감독은 죄다 변태고 미친놈들이야."

민호는 툴툴대면서 라면을 먹었고, 라면을 먹은 후 이를 닦고 샤워를 한 번 더 했다. 샤워 후 의자에 앉은 그는 의자가 기우뚱거려 벌러덩 뒤로 넘어졌다. 머리통이 깨질 뻔 했고, 아래층에서 천정이 무너지나 궁금해 할 것 같았다. 그는 이 아슬아슬한 의자에 앉았을 수정을 생각하며 배낭에서 공구를 꺼냈고, 의자를 고치기 시작했다.

다음 날 오전, 촬영이 다시 시작되었다.

메이크업을 한 민호는 깔끔한 셔츠와 바지로 갈아입고 마지막 촬영에 임했다. 주인공이 20년 만에 이 집에 나타나 정원을 거니는 장면을 촬영하는 것이었다. 민호의 모습을 돋보이기 위해서는 약간의 조명이 필요했다. 시현은 창고에서 스티로폼을 찾아냈고 반사판 대신 이용하기로 했다. 민호의 옆에는 조수가 된 수정이 스티로폼을 들고 따라다녔다. 반사판과 메이크업 덕으로 민호의 얼굴은 한층 화사한 빛이 나서, 톱 배우를 모셔 와서 쓴 것 같았다. 배우 덕에 영화의 퀄리티가 높아진 것은 확실했다.

촬영된 영상소스를 컴퓨터로 옮긴 후 시현은 영화의 편집 작업에 전념했다. 스물 몇 시간 찍은 것을 15분으로 편집하는 과정은 녹록치 않았다. 1차 편집은 생각이 가는대로 자유롭게, 냉정하고 거침없이 자르는데 몰두했지만 많은 시간이 걸렸다. 또 그는 지인인 피아니스트에게 드뷔시의 '달빛' 같은 음악을 뉴 에이지 스타일로 편곡해서 한 곡 보내달라는 부탁도 했다. 저작권 문제 때문에 그는 오래된 클래식 음악을 편곡한 것을 선호했다. 무보수였지만 흔쾌히 며칠 내로 보내주겠다는 답을 받았다. 2차 편집을 하기 전, 객관적인 마인드로 보기 위해 쉬면서 다른 사람들이 만든 영화를 몇 편 보았다. 음악을 받자 그는 다시 작업에 몰두했다. 직접 내레이션을 녹음하고 사운드 믹싱을 하고 음악을 깔아보았다. 그러자 제법 영화다워졌지만, 잘라내고 연결하고 오려 붙이는 일이 밑도 끝도 없었다.

수정은 삼시세끼 세 사람이 같이 먹을 음식을 준비하느라 바빴으며, 민호는 고용된 일꾼처럼 열심히 일했다. 모기에게 물린 후 민호는 창문의 망이 떨어진 곳은 망을 덧대 붙이거나 새로 다는 것으로 모조리 손을 봤다. 그는 지난 폭우 때 벼락에 타다 만 나무도 치웠다. 시현이 들기 힘들어 그냥 두었던 나무였다. 그 나무 때문에 정원이 폐허처럼 변했는데, 민호는 보자마자 그 사실을 알았다.

'저 처참한 나무는 꼭 치워주고 가야지.'

그는 정원에 들어서던 순간부터 그 생각을 했던 것이다.

시현은 졸면서 비몽사몽간에도, 영상들을 보며 어떻게 연결하고 자를까 골몰했다. 그러다 고개를 들고 정원을 보던 그는 민호가 나무를 끌고 가는 모습을 보았다.

'천하장사다, 젊음이 좋긴 좋구나.'

그는 민호가 며칠이라도 더 있다 가길 바랐다. 민호는 너무 쓸모가 많았고 폐가를 그나마 사람 사는 집으로 만들어주고 있었다. 민호가 있어서 수정도 덜 심심하고 버틸 만할 것이다.

나무를 숲까지 끌고 간 민호는 눈에 안 띄는 자리에 치웠다. 그러자 또, 이층 창문에 드리워진 나무가 너무 짙은 것이 눈에 들어왔다. 나무가 창을 가려 어두웠고 그 나뭇가지 속에 매미가 숨어 있어 귀가 따가웠다. 그는 창고에서 사다리와 전정가위를 들고 나왔다. 나무 사다리는 그가 한발 옮길 때마다 부러질 것처럼 엄살을 떨고 위협도 했다.

'부서지면 너만 손해야! 나야 여기서 떨어져 봤자지.'

그가 코웃음을 치며 성큼성큼 사다리를 올라갔다. 그러자 체념한 사다리는 얌전해졌고 안정감 있었다. 그는 가위로 창문을 가린 나뭇가지를 아낌없이 뭉텅뭉텅 잘랐다. 그러자 긴 나뭇가지 두어 개가 사람의 팔처럼 저항하며 그의 목을 껴안았다. 순간 그는 나뭇가지에 교살되어 죽는 게 아닌 가, 공포감을 느꼈다.

'한번 해 보자 이거지?'

손으로 가지를 휘어잡은 그가 인정사정없이 부러트렸다. 겁먹은 나무는 움츠러들며 부들부들 떨었고 몸을 사렸다. 그는 나뭇가지를 휘둘러 숨어 있던 매미도 내쫓았다. 음산한 나무를 산뜻하게 이발했으니 수정도 기뻐할 것이다.

민호는 온종일 일했다. 그는 노는 법이나 빈둥거리는 법을 몰랐고 몸을 아끼지 않았다. 그는 사다리를 들고 향나무에서 향나무로 옮겨 다니며 전정

가위를 휘둘렀다. 그가 작업을 끝낸 향나무는 동글동글하니 온순한 양 같은 모습으로 변해있었다. 그는 여자가 옆에서 보고 있었기에 더욱 최선을 다해 나무를 순하게 다듬었다. 그는 수정이 감탄하고 칭찬해주기를 바랐다.

"몇 살이에요?"

이제야 관심을 좀 주네, 그는 흐뭇해하며 대답했다.

"스물다섯이요."

"스물일곱이나 여덟쯤 된 줄 알았네."

"고생을 많이 해서 늙었어요."

"왜 휴학했어?"

"돈 버느라고요."

"장학금 받고 대출도 좀 받으면 되지."

나무를 다듬던 민호는 묵묵히 수정을 내려다봤다. 사람은 역시 다 자기 입장에서만 생각하네, 실망스런 생각이 들었지만 성실하게 대답하기로 했다. 그는 여자에 대해서는 본능적으로 싹싹했고 예의가 깍듯했다.

"성적이 형편없어요."

"왜 공부를 안 해?"

"공부할 시간이 없어요. 돈 벌어야 되니까."

"빨리 복학해. 중간에 멈추면 시간을 끌수록, 이런저런 이유로 다시 돌아가기가 힘들어. 군대는 갔다 왔니?"

"보육원 출신이에요."

수정은 그만 무안해졌다.

"꼬치꼬치 캐물으려던 건 아닌데……."

수정은 미안해서 고개를 돌렸고, 그는 자신이 하던 일을 계속했다.

수정은 가슴이 메어왔다. 그제야 그의 어둠의 근원을 안 것 같았다. 나이에 비해 어른스럽고 그늘이 짙은 눈, 고통에 만성이 된 묵묵한 표정. 그는 흙수저도 아닌, 아예 수저 자체가 없었던 것이다. 거기 비하면 수정은 부모의 기대를 한 몸에 받으며 지원을 받았다. 문득 어릴 적 그의 모습이 어른거렸다. 누나나 엄마 같은 여자들에게 사랑받으며 뭔가 항상 받고 살았을 것 같은 아이의 모습이 떠올랐다. 옆에 앉은 여학생이 간식을 매일 준다든지, 그런 생각에서 그는 여학생들의 첫사랑이었을 거라는 상상까지 발전했다. 어쩐지 그는 많은 여자들의 사랑을 먹고 살았을 것 같았다. 아마 저 남자라면 사막에 떨어져도 목마르지 않을지 몰라. 베두윈 족 여자가 남편 몰래 낙타 젖을 갖다 줄 테니까.

민호가 사다리에서 내려왔다.

"양군, 내일 비 온다던데."

구름이 가득한 하늘을 수정이 근심어린 눈빛으로 쳐다보았다.

"이 집 비새는 데 많죠?"

"비가 엄청나게 새. 지난 장마 때는 폭포가 흐르는 줄 알았어."

창고로 간 민호는 방수포와 비닐, 벽돌들을 들고 나왔다. 수정이 돕겠다며 같이 들자고 했지만 그는 뿌리쳤다. 그는 방수포를 들고 이층으로 올라간 후 비상계단을 통해 옥상으로 올라갔다. 그는 재료들을 가지러 다시 내려오느라 두어 번 더 오르락내리락했다.

"실리콘이 없어서 방수가 완전히는 안 될 거예요. 전에 비 새던 양의 반정도 떨어진다고 생각하심 돼요."

"그 정도도 감지덕지야."

지붕을 한 바퀴 돌아본 그는 비가 샐 만한 곳을 감으로 보고 알았다. 방수포를 펴서 그 위에 벽돌로 고정하는, 비를 막는 임시방편에 가까웠지만 꼼꼼하게 손을 봤다.

수정은 아래서 민호가 일하는 모습을 지켜보고 있었다. 그가 지붕에서 떨어지거나 다치는 일에 대비해서였다. 지붕의 파편 같은 것이 떨어지는가 하면 그가 미끄러지기도 했다. 아슬아슬했지만 그는 무사히 지붕에서 내려왔다.

밤에 비가 내렸지만 비가 새지 않았다.

8월에도 정원은 여전히 화려했다. 백일홍 나무들과 진분홍 무궁화나무는 그 이름에 걸맞게 한 번 피면 좀처럼 꽃이 시들지 않았다. 백일홍 나무는 백일 동안, 무궁화나무는 무궁하게 붉게 타올라 매일이 축제나 하는 것 같았다. 대부분의 장미는 모습을 감췄지만, 한두 그루씩은 끈질기게 번갈아가며 빨간 꽃송이를 매달았다.

습기 때문에 후덥지근한 날씨였다. 민호는 텃밭으로 가던 수정을 따라갔다. 수정은 야생 줄기콩을 꺾어 소쿠리에 담았고, 민호는 얼갈이를 뽑았다. 태양은 구름 속에 있었지만 땀이 흘러 잠시 서 있기도 힘들었다. 흙과 풀과 꽃향기가 물씬한 습한 공기 속에서 질식할 것 같았다. 풀과 채소, 꽃들도 짜증이 나 이산화탄소만 내뿜는 것이 분명했다. 숲을 보던 민호가 저기 시원한데서 잠시 쉬자고 했다. 대낮에도 컴컴한 숲이 수정은 내키지 않았지만 민호가 있으니 괜찮을 것 같았다. 수정은 소쿠리와 얼갈이를 그늘에 던지고 민호를 따라갔다.

숲에 들어서자, 빽빽한 나무의 울창한 잎들이 하늘을 가려 컴컴했다. 잣나무며 전나무들이 타이가 숲을 연상시키듯 하늘을 향해 뻗었고 낙엽송도 제법 섞여 있었다. 낙엽송을 보니 가을에 오면 더 아름다울 것 같았다. 그렇지만 가을에 여기 올 일은 없을 것이다. 가을에는 최시현도, 양민호도, 이 집도, 숲도 다시는 볼일이 없다. 그러자 수정은 이미 여름이 다 지났고 가을은 건너뛰었으며, 겨울의 도시 가로수 아래를 혼자 걷고 있는 기분이 들었다. 모든 것이 지나갔고 컬러풀한 색상도 사라졌고 오직 회색만이 가득한. 그녀는 이미, 음산한 숲과 화려한 정원, 두 남자와 유령을 그리워하기 시작했다.

넌 사랑스럽고 애처롭구나, 부디 잘 살길 바라. 어정쩡한 감정이 생기고 외로울 때 생각이 난다면 싫을 것 같았다. 수정은 연민의 눈으로 민호를 보며 진심으로 그가 잘 살기를 바랐고, 그와 더 거리를 둬야겠다고 생각했다. 숲은 땀 젖은 몸에 한기가 돌 만큼 시원했다. 모험을 하듯 더 깊이 들어가 보았다. 수정은 길을 잃을까 겁이 났지만 민호를 믿었다. 그는 길을 잘 찾는 동물처럼 야생성이 있어 보였다. 갑자기 숲이 부산스러웠다. 청설모 두 마리가 나무에서 나무로 달렸고 위기상황이 감지되었다. 위를 보니 황조롱이 한 마리가 소리 없이 날고 있었다. 청설모들은 잘 숨었고 숲은 고요해졌으며 아무 일도 일어나지 않았다. 나무 밑동에는 희고 가냘픈 버섯들이 음지의 꽃처럼 피어 있었다. 송이처럼 생긴 버섯도 보였고 운이 좋으면 산삼도 발견할 것 같았다. 보물찾기 놀이를 하는 것만 같았다.

"산삼이다!"

마침 민호가 더덕 한 뿌리를 뽑으며 환호했다.

수정이 쓰러진 나무의 그루터기에 걸터앉자, 그는 맞은 편 나무에 기댄 채 그녀를 바라보았다. 숲 안은 밤처럼 어두워져 있었다.

"양군은 죽음을 대면한 적 있나?"

"수정 씨는요?"

그는 수정에게 선생님이라든지, 교수라는 호칭은 붙이지 않고 꼬박꼬박 이름을 불렀다. 물론 시현이 없을 때 만이었다.

그녀는 이 집의 유령 이야기를 하고 싶었지만 그냥 넘어가기로 했다. 벽을 보고 이야기하는 기분이 들어서였다.

"전 부모가 죽었는지 살았는지도 몰라요. 저 자신이 죽음 근처까지 갔다 온 적도 있어요. 몇 번이나 죽음 근처까지 간 경험이 있습니다. 내가 왜 태어나서 버림받았는지…… 왜 아직 자살하지 않은 건지."

"자살 그런 말은 심하지 않나? 젊고 건강하고 미남에 다 가진 사람이."

"저…… 별로 건강하지 않아요."

그는 숲의 그림자만큼이나 어두워졌다.

수정은 그의 어둠과 비관조의 말이 싫었다. 질질 짜거나 징징거리는 남자는 시현으로 충분했다. 백혈병에 걸린 잘 생긴 남자가 나랑 마지막 멜로 영화라도 찍자는 건 아니겠지? 어린 것이 비밀과 거짓말에 둘러싸여 있어……. 수정은 남자의 거짓말과 비밀에 진력이 났다. 또 잘 생긴 어린 남자에게 빠지거나 그 보호자 노릇을 할 만큼 자신이 어리석지도, 능력이 있는 것도 아니라는 생각을 했다.

그들은 숲의 다른 편도 탐험해보기로 했다. 민호는 난생 처음 놀고 빈둥

대며 여자와 한가롭게 데이트하는 기분이 들었다. 그는 수정과 함께 여름을 보내며 긴 휴가를 보내야겠다는 결심을 했다. 이 숲만 돌아다녀도 데이트할 장소는 충분한 것 같았다.

물이 졸졸 흐르는 작은 계곡이 나타났다. 돌 틈으로 떨어지는 물이 반가워 편한 장소를 골라 앉았다. 찬물에 손을 담그고 씻었다. 계곡을 내려가자 늪처럼 젖은 땅과 웅덩이가 보였다. 웅덩이 옆은 멧돼지가 방금 싸고 간 듯 김나는 똥 무더기가 있고 수만 마리의 하루살이가 먼지처럼 맴돌고 있었다. 그들은 다시 타이가 숲으로 들어와 집으로 돌아가는 길을 찾았다. 어두운 데다 나무들이 다 비슷해서 옆길로 샜다. 두 사람 다 길을 잃거나 말거나 상관없다는 기분이 들었다.

수풀 사이로 회색 토끼 한 마리가 보였다. 야생 토끼인지, 집 나온 토끼인지는 알 수 없지만 그가 토끼를 쫓았다. 사냥개처럼 본능적으로 토끼를 쫓는 그를 보며 수정은 역시 어리구나, 하는 생각을 했다. 토끼는 풀 속으로 숨었다. 웅크리고 숨었지만 쫑긋 세운 두 귀가 보여 수정은 웃음이 터졌다. 가볍게 덮친 민호는 토끼를 안고 좋아라, 껑충 뛰다가 미끄러져서 흙투성이가 되었다. 그래도 토끼는 놓지 않았다. 토끼는 어리둥절한 듯 붉은 눈을 이리저리 굴렸다.

"오늘 저녁은 토끼 고기로 할까요?"

그가 휘파람을 불며 말했고, 수정은 민호가 진짜로 토끼를 잡을까봐 걱정이 되었다. 돌아오자마자 그는 널빤지를 모았고, 못질을 하며 토끼장을 만들었다. 그리고 수정은 텃밭에서 캔 얼갈이를 토끼에게 제일 먼저 주었다. 곧 놔줘야 할 테지만 며칠이라도 애완동물이 생겼다는 게 기뻤다.

민호는 햄과 양파를 썰어 냄비에 볶았다. 간장과 두반장을 넣자 중화요리 맛이 났다. 수정은 줄기콩을 소금물에 데쳤고, 얼갈이도 대충 양념에 무쳤다. 햄 볶음과, 얼갈이 무침, 데친 줄기콩으로 차린, 소박하면서도 풍성한 저녁 식탁이 차려졌다. 그들은 가족처럼 식탁에 둘러앉았고, 시현은 중국 요리 맛이 나는 햄 양파 볶음에 만족했다. 그가 맛이 좋다며 칭찬하는데, 수정이 그의 말을 딱 자르며 선언했다.

"난 이제 이층 내 방에서 지내고 싶어. 양민호 군은 갈 때가 되지 않았나?"

민호는 수정의 뜻밖의 말에 놀랐다. 그는 마치 배신이나 기습을 당한 기분이었지만, 수정이 자신과 거리를 두기로 결심했다는 것을 알았다. 그가 보기엔 나이도 많은 여자가 소녀처럼 자기를 방어하는 것이 한편 우습기도 했다. 내가 신경이 쓰이긴 하나 보다, 그는 가라고 하니 더 가기 싫어졌다.

"당장 급한 일이 있는 것도 아닙니다. 좀 더 있어도 되겠습니까?"

민호는 수정을 보지 않고 시현을 보면서 말했다.

"얼마든지 있어, 여기서 책을 읽고 공부도 좀 하지 그래? 일만 하지 말고. 내가 자네를 머슴으로 부리려고 있으라는 건 아냐."

시현은 민호가 더 있어 주기를 바랐다. 사실 그가 아주 좋은 머슴이기 때문이었다. 민호가 오자 생활의 수준이 높아졌다. 우선 어젯밤 요란하지 않은 비 정도로는 아예 비가 새지도 않았다. 청소도 잘하고 욕실도 번쩍거렸다. 무엇보다 민호가 팔을 걷어 부치면 식탁이 훌륭해졌다. 어제는 고등어 구이가 나왔는데 오늘은 중국 요리다. 수정이 차리면 인스턴트 김과 계란프라이밖에 없었다.

"그럼 난 계속 거실에서 지내나요? 나도 독립된 공간이 필요해요."

"넌 나랑 일층에서 지내면 되지. 운동장만한 공간에서 왜 그래? 나를 보는 게 그렇게 불편한가?"

"제가 3층으로 올라가겠습니다. 거기도 큰 방이 있던데요. 책이 많은 방요. 교수님 말씀대로 전 책을 읽어야 하니까."

수정과 시현, 두 사람 다 고개를 끄덕이는 것 같았고 더 이상 말이 없었다. 두 사람은 깨작거리며 밥을 먹었고, 민호는 밥그릇까지 삼킬 듯 들고 먹으면서 두 사람을 보았다. 그는 입으로 바쁘게 먹으면서, 눈으로는 찬찬히 두 사람을 관찰하고 있었다.

수정의 비밀스럽고 조용한 얼굴과 최시현의 우울하고 좌절한 얼굴. 그들은 사랑하고 있지만 남자가 더 집착하고 있는 것 같았다. 여자는 언제라도 더 나은 남자를 만나면 떠날 것이다. 그들이 서로를 바라보는 표정은 행복이나 희망이 없었다.

밥을 먹고 설거지까지 끝낸 후 민호는 배낭과 짐을 챙겨 다락방으로 올라갔다. 책 냄새가 매캐했지만 그 방도 넓고 좋았다. 방은 말끔해서 청소를 할 필요도 없었다. 넓은 창으로 어두운 강의 전망이 보였다. 강 위로 안개가 음울하게 피어오르고 있었다. 낮에 본다면 좋을 것 같지만, 컴컴한 강 옆에 누워 있는 것 같아 자기에는 무서웠다. 강은 겨울 감성을 지닌 듯 찬바람을 불어 보냈고 선풍기는 필요 없었다. 오히려 문을 반쯤 닫아야 했다. 역시 그는 잠이 오지 않았다. 오늘 밤은 자기 수준에 맞는 어린이용 그림책이라도 한 권 떼야겠다는 생각을 하며 책을 뒤적거렸다. 책들 사이로 다족류 벌레 한 마리가 스르르 지나갔다. 책 안에도 벌레가 있었다. 좀벌레인지,

책벌레인지, 먼지보다 작은 벌레가 페이지마다 한 마리씩 있었다. 그는 책장으로 책벌레를 눌러 죽여 가며 책을 대충 넘겼다.

그는 뭔가 창의 망을 긁는 소리에 깜짝 놀랐다. 유령인가? 깜짝 놀라 고개를 돌리자 매미가 방충망에 붙어 아랫배를 비벼대고 있었다. 벽 틈으로도 소리 없이 지네와 벌레들이 지나다녔다.

'이 방도 내 방 못잖게 벌레가 많아. 난 시체처럼 수많은 벌레들과 자곤 했어. 그래도 관짝만한 내 방에 비하면 대궐 같다.'

중얼거리던 그는 자기 말에 등골이 오싹해졌다. 어쩐지 자신이 한 말 같지 않고, 자기 머릿속을 들여다 본 누군가의 생각을 말한 것 같았다. 등 뒤에 소름끼치는 존재가 있는 것 같았다. 고개를 휙 돌려봤지만 아무도 없었다. 그래도 자기 혼자 있는 편한 기분이 아니었다. 그는 그 존재를 무시하듯 가볍게 방귀를 뀌었다. 자신의 방귀 소리가 우습고 현실적이어서 그는 안심이 되었다. 그래서 또 엉덩이에 힘을 주고 로켓을 발사하는 듯 방귀를 뀌었다. 폭탄이 터지듯 엄청난 소리가 나자 그는 만족했고 안정이 되었다. 그 후로도 그는 작은 기관총 몇 방을 더 발사했다. 그리고는 잠을 푹 잘 잤다.

1층 거실에서 시현이 만들어준 '라떼 마끼아토'를 마시던 수정이 웃음을 삼켰다.

"집이 다 흔들려요. 다락방 유령이 놀라서 도망가겠다!"

시현도 킬킬거리며 오랜만에 실컷 웃었다.

민호는 사흘 동안 그림책을 포함하여 아동용 도서 30권을 뗐다. 시현이 유아기 때 보던 책들이었다. 민호는 교수님의 유치원시절을 이제 거쳤구나,

생각하며 다음 단계를 기다렸다.

민호의 요청에 수정은 어린이용과 청소년용 도서를 몇 권 골랐다.

"양군, 한 1년 동안은 굶지 않을 정도만 일하고 책 읽어보는 게 어떻겠니? 『플란다스의 개』와 『안데르센 동화집』부터 읽어 보자."

수정은 그가 책에 흥미를 붙이기 위해 재미있는 내용들부터 골라주었다. 그녀의 뜻대로 그는 재미있다고 생각했고 스스로 책을 찾아서 읽기도 했다. 『어린 왕자』도 그림이 있어 동화책인 줄 알고 보는데, 동화책이라고 하기에는 뭔가 수준이 높았고 알쏭달쏭했다.

"『어린 왕자』도 유명하니 잘 알겠지?"

책을 보고 있는 민호에게 수정이 말을 걸었다.

"잘 알아요. SF 소설이잖아요."

민호는 뻐기면서 아는 척을 했다. 그는 자신이 장족의 발전을 했다고 생각했다.

"『어린 왕자』가 SF라고? 그래도 SF는 알고 있네."

수정이 놀라서 되물었다. 어린 왕자가 별들을 여행하니 '스타트랙' 같은 영화와 비슷하다고 생각하는 모양이었다.

"SF는 말 그대로 사이언스 픽션이지. 사이언스가 소재로 들어가야 SF 소설이라고 할 수 있는 거야. 잘 읽어 보고 사이언스를 소재로 했는지 생각해 봐."

민호는 『어린 왕자』를 다시 꼼꼼하게 읽었다. SF 소설은 아닌 것 같았고, 뭔가 훌륭한 책을 잘 읽은 것 같아 내심 흡족했다.

"양군, 장미가 참 불쌍하지 않아?"

수정이 묻자, 그 책을 두 번 읽은 민호는 내가 여전히 이해하지 못하는구나, 스스로에게 실망했다. 그는 용기를 내어 물었다.

"장미가 왜 불쌍합니까?"

"하긴 남자나 여자가 읽을 때, 중1 아이와 성인 여자가 읽을 때 다 감정이 다르지. 난 중 1때 처음 읽었는데, 별나라 어린 왕자에 여우가 나오고 그림까지 있어서 재밌었어. 그런데 난 장미가 참 짜증났어. 이런저런 요구가 많고 예쁜 척 하는 장미가 피곤해서, 왕자가 B612별을 잘 떠났다 생각했어. 그런데 이제 보니, 왕자가 떠나고 홀로 남겨져 기다리다 시든 장미가 너무 불쌍한 거야. 장미는 꼼짝할 수도 없고."

"저도 장미는 요구가 많은 건방지고 까다로운 여자 같다는 생각은 했어요. 한편으론 사랑받고 관심받기를 원하는, 연약하고 자존심이 강한 여자 같다는 생각도 들고."

"어쩐지 양군은 여자를 잘 이해하는 것 같다. 성숙한 남자 같아."

수정은 웃다가 다시 말을 이었다.

"최교수님은 나이는 많지만 어린 왕자 같은 사람이야. 그 사람은 어른 같은 남자가 아니고 갈대처럼 흔들리며 방황해. 나는 그를 봤을 때 사랑했어. 그가 흑기사처럼 나타났거든, 어쨌거나 나를 버리고 가버렸지만…… 다음에 만났을 땐 어쩐 일인지 그가 나를 사랑하고 있었어. 연애할 형편은 못 됐지만, 그런데 잠시 못 보고 소식을 들었더니 방리라와 연애하느라 정신이 없었어. 나와 다시 만났는데 마음 한 편이 방리라에게 있었고, 또 다른 마음은 부인인 박지수에게 있었어. 또 늘 바빴지. 나와 약속을 하고 다시 전화가 오면 못 만난다는 말을 하려고 한다는 걸 알았어. 그래서 그 사람과 일단 만날 약속을 하면, 그 사람한테 전화가 와도 안 받았어. 그러면 그 사람은 내게 무슨 일이 생겼나 걱정하며 정신없이 달려왔지."

"그럼 교수님 전화를 안 받으면 항상 나타나셨나요?"

"딱 두 번 먹혔지. 사랑에는 봄여름 가을 겨울이 있는데, 우리는 잠깐 봄여름을 보내고 가을이 꽤 긴 것 같아."

민호는 수정을 보았다. 지금껏 자기가 만났던 여자들과는 아주 다르다. 무엇보다 그녀가 자신을 말이 통하는 인격체로 생각하고, 속내를 이야기하는 것에 감동받았다. 또 자신의 외모와 젊음이 그녀에게 매력을 끼친다는 것을 알았기에, 그녀가 더 좋아졌다.

민호의 지금까지 인생의 대부분은 거지같고 개 같았다. 그는 보육원 생활을 하던 10대 중반부터 돈 버는 데 열심이었다. 고등학교를 졸업하면 보육원을 나와야 했으므로 방값 정도는 벌어 놔야 했다. 그는 천성이 부지런하고 성실했다. 인테리어와 현장 잡부 등을 거치며 일찌감치 노가다 판에 뛰어 들었는데, 미성년자라 적당한 아르바이트가 없었고 잡부가 수입이 좋았기 때문이다. 방값에 낭비할 수 없었던 그는 자기 키보다 좀 큰 지하 쪽방으로 들어갔다.

자주 꿈에 보이는 풍경이 있었다. 노을이 깔린 저녁 무렵, 그는 거리에서 아이들과 놀고 있었다. 아이들은 저녁 먹으러 오라는 엄마 소리를 듣고 하나둘씩 사라졌다. 그리고 그는 혼자 텅 빈 대로변에 서 있었다. 아무도 불러 주지 않았기에 스스로 골목길 하나를 선택해서 들어갔다. 골목에서 골목으로 이어지는 미로에는 사람들이 있었는데 그가 아는 사람은 없었다. 눈동자가 허연 늑대 같은 개가 어슬렁어슬렁 거렸다. 개가 흰 눈깔로 그를 노려보았다. 그는 작은 애였으므로 큰 개가 당연히 무서웠다. 놀랍게 다음 날도 비슷한 꿈을 꾸었다. 그래서 이번에는 다른 골목으로 들어갔다. 그 골목에서 더 좁은 골목으로 구불구불 걸어가며 길을 찾았고, 다시 흰 눈깔의 큰 개를 만났다. 개는 허연 눈깔로 그를 노려보며 저걸 어떻게 할까, 벼르는 것 같았다.

'내가 찾는 것은 무엇일까? 잃어버렸던 내 집일까?'

기억이 나지 않았지만 미아가 된 것 같았다. 찾지 않은 걸 보면 누가 버렸나? 꿈에서 좁은 골목의 내 집을 찾는다면, 현실에서도 찾을 수 있을 것 같았다. 그리고 흰 눈깔의 큰 개가 고마웠다. 그 개는 실제로, 분명히 본 적 있었는데 물지 않았다.

그는 빈곤에서 빈곤으로의 길을 걸었다. 가능한 아껴 쓰고 욕망을 줄였다. 아무리 줄여도 욕망이 일어날 때면 또 다시 욕망을 줄였다. 필수적인 것은 식사뿐이었는데, 남의 것을 얻어먹지 않는 한 두 끼 이상 먹지 않았다. 다른 나머지는 전부 사치였다. 모은 돈은 부자가 되는 종자돈이 되거나 자신을 배우로 만드는데 투자할 것이었다.

외모만큼은 자신 있어서 오디션을 수없이 보러 다녔다. 세상은 만만찮았다. 오디션에 통과해서 단역을 몇 번 얻었지만 편집에서 잘려 얼굴 한 번 나오기 어려웠다. 그 정도 인물은 그 세계에서는 발에 채일 정도로 많았는데, 그는 자신의 기본기 없음이 문제임을 금방 알았다. 하드 트레이닝을 해도 될까 말까한 세계에서 아무 준비가 안 되었다는 걸 스스로 인정했다. 그는 자신이 들어갈 수 있는 학교를 선택했고, 아마 운이 좋아 꼴찌로 붙었을 거라고 생각했다. 학교와 연기 학원을 다니던 중 오디션을 보러 갔다 주역으로 합격했다. 드디어 그는 자신이 스타가 될 것 같고, 대단한 운명의 주인공이 된 것 같았다. 더구나 여자 주인공은 유명했다. 그 여자 스타를 상대로 베드신을 찍을 두 명의 남자가 캐스팅되었는데, 그중 한 명이 민호였다.

꿈에 부풀었던 민호는 감독이 시키는 대로 벗었다. 그가 옷을 입고 등장하는 장면은 거의 없었다. 스타 여배우와 침대에서 베드신을 찍는 것만이 그가 할 일이었다.

성기 주변만 살색 테이프로 살짝 가린, 공사라는 것을 하고 여러 대의 카메라 앞에 섰다. 계속 NG가 나서 다시 찍어야 했고, 간신히 OK컷을 받으면 다른 각도에서 또 찍어야 했다. 오른쪽 각도, 왼쪽 각도, 또 다른 엉덩이 버전으로도 찍었다. 환한 조명, 감독과 스태프들 앞에서 엉켜 붙은 몸뚱이들이 리드미컬하게, 돼지처럼 헐떡거렸다. 요가를 하는 듯 난이도 높은 체위도 있었다. 그와 여배우 둘 다 독하고 참을성이 있었고 감독의 '컷' 소리만 기다렸다. 그런데 감독은 결코 '컷'을 말하지 않았다. 얼마나 잘 참고 어디까지 할 수 있는지 테스트하는 것이다.

감독이 '좋지만 한 번 더 하자'고 외쳤다. 다시 원 위치로 돌아간 그는 강간하듯 여배우에게 덤벼들었다. 비명을 지르는 여배우도 불쌍했다. 그들은 죽기 살기로, 거의 진짜 섹스 같은 연기를 했는데도 감독은 또 NG를 외쳤다. 배우를 고문하는 것이 감독이 할 일이니까. 그의 엉덩이가 주로 연기했다. 리드미컬하게 얼마나 엉덩이를 잘 흔드느냐가 관건이었다. 감독은 그의 엉덩이가 통나무 같다고 했다. 영화에서도 힘은 주로 남자가 썼으므로 체력이 완전 바닥났다. 다시 NG! 감독이 독재자고 사이코며, 변태성욕자라는 생각을 하며, 그가 뭐라 중얼댔다. 아이 씨라고 그랬던가? 뭐, 아이 씨(I see)도 있지 않은가? 그런데 감독이 그의 머리통을 주먹으로 치며 소리쳤다.

"네가 연기가 되냐? 대사를 할 줄 아냐? 몸뚱이밖에 없잖아!"

스트레스가 폭발하여 몸이 감당을 못한 것 같았다. 그의 머릿속 깊은 곳에 오랫동안 숨어 있던 그것이 그 일을 계기로 마그마처럼 솟아올랐다. 자신의 팔이 떨리는 것을 보던 그는 극도의 공포감을 느꼈다. 이어 온 몸에 경련이 나면서 세상이 캄캄해졌다. 그는 거품을 뿜으며 뒤로 나자빠졌고 눈알도 돌아갔다. 주변의 배우며 스태프들이 난리가 났지만 더 기억나지 않았다. 감독은 찍은 게 아까운지 완주하기를 바랐지만 그는 영화에서 자진 하차했다. 그 영화에 그와 함께 출연했던 남자 배우가 깔끔한 이미지로 청춘 드라마에 출연한 것도 보았다. 몸만 건강했다면 그도 그렇게 될 수 있었을 것이다. 민호도 무명배우 시절 좋은 배역을 맡기 어렵다는 것, 혹독한 과정과 무시가 따른다는 정도는 알고 있었다. 발작만 하지 않았다면, 그는 끝까지 변태 감독의 고문을 견뎠을 것이고, 베드신을 위해 온갖 묘기를 부렸을 것이다.

그 한 번의 발작으로 그는 모든 자신감을 잃었다. 뜬 구름을 잡던 꿈이 물거품처럼 사라졌다. 의사가 약만 잘 먹으면 괜찮을 거라 희망을 주었지만, 배우는 액션 같은 위험한 연기를 감당해야만 한다. 감독들은 단역을 할 때도 그에게 스턴트맨 못지않은 액션을 요구하곤 했다. 또 발작을 한다면? 그 많은 사람들 앞에 나자빠진 채 거품을 문 모습을 다시는 보일 수 없었다.

영화과를 계속 다닐 목적이 없어졌다. 그는 학교를 휴학하고 다시 돈벌이에 나섰다. 친구가 호스트바에 가면 돈을 많이 벌 것이라 부추겼다. 그가 내키지 않아 하자, 건전하게 웨이터 아르바이트를 하자고 말을 돌렸다. 웨이터도 쉽지 않았다. 처음 하는 일은 뭐든 쉽지 않았고 배워야 했다. 3개월 동안은 주로 홀과 룸을 청소하고 주방에서 설거지를 했다. 과일을 깎거나 안주 만드는 주방 보조 일도 겸했다. 정식 웨이터가 되자 돈벌이가 쏠쏠했다. 예쁜 룸 도우미들이 그에게 관심을 보였고, 손님 지갑에서 돈을 털어 팁을 주던 유리도 그때 만났다. 유리는 그와 있을 때도 신경이 늘 휴대폰에 가 있었고 폰에서는 남자들의 연락이 계속 왔다. 유리는 돈 잘 쓰는 남자들과 문어 다리를 걸치고 있었기에 그와 오래 가지 못했다. 그녀는 우유부단했고 오락가락했으며, 그는 성적 질투심 때문에 괴로웠다. 유리는 울며 그만을 사랑한다고 매달렸지만, 상처 입은 그는 '만인의 연인'과는 다시 상대 않겠다고 다짐했다.

그는 호스트바로 이적했다. 한 때 배우였던 친구가 계속 꼬드겼다. 그 홋빠에는 부자나 연예인도 많이 오니까, 스폰서를 하나 물면 다시 배역을 받을 기회가 온다고 했다. 돈 있는 여자들을 상대하므로 마담에게 빚을 내어 명품 옷과 구두를 구매해야 했고, 일류 미용실에서 머리 손질을 했다. 부잣집 아들처럼 변신한 자기 모습이 낯설었지만 훌륭했다. 술 취한 진상 여자들 비위 맞추는 것도 쉽지 않은 일이었다. 하지만 세상에서 가장 힘든 일은 역시 감독 욕 먹어가며 식스나인, 풍차 돌리기 정도는 약과인, 서커스 수준의 묘기 베드신을 찍는 일이었다. 그 베드신을 생각하면 세상에 못할 일이 없었다.

스폰서가 생기거나 연예인이 그를 사랑하게 되는 꿈같은 일은 생기지 않았다. 그보다 못한 놈들은 돈 많고 예쁜 여자를 금방 물었는데 말이다. 지지리 복도 없지, 그에게는 항상 이상한 여자들만 달라붙었다. 그를 찾아오는 연예인 닮은 묘령의 여자와도 잠시 만났다. 그런데 그 여자는 그가 다른 여자와 있는 것을 참지 못했다. 그가 룸에서 여자와 술을 마시고 노는 것은 그의 중요한 영업이었다. 그런데 그 여자는 럭셔리한 외모와 어울리지 않게 그가 비즈니스 중인 룸으로 쳐들어와서, 그와 있던 고객에게 "내 남자 내놓으라"며 다짜고짜 머리를 뜯었다. 그 여자 때문에 고객 관리 제대로 못한다고 마담에게 호된 주의를 들어야 했다.

그런데 다시 이상한 여자가 등장해서 민호에게 푹 빠졌다. 그 여자는 한여름에도 긴 머리로 얼굴을 가렸으며 목을 덮은 긴 팔의 셔츠를 입고 있었다. 나이는 20대 후반에서 30대 중반으로 보였는데 항상 그를 지명했다. 그가 다른 룸에서 영업 중일 때도 그 미스터리한 여자는 한 시간이고 다섯 시간이고 끈덕지게 그만을 기다렸다. 머리카락에 가려진 그 여자 얼굴 반은 화상흉터였고, 가린 목과 팔, 가슴도 마찬가지였을 것이다. 그녀는 입은 옷만큼이나 여러 겹의 무서운 비밀을 숨기고 있는 것 같았다.

그 여자는 집에 불이 나서 화상을 입었다고 했다. 소문으로는, 그 여자가 보험금을 타기 위해 집에 불을 지르고 가족을 죽였다고 했다. 불을 지르던 중 자신까지 큰 화상을 입어 보험금을 수령할 수 있었다, 사이코패스라는 등등, 미스터리한 말들이 난무했다.

민호는 그 여자의 속 깊은 이야기를 들었는데, 어디까지가 진짜고 거짓말인지는 알 수 없었다. 절절한 외로움을 말하는, 감정 풍부한 목소리를 들으면 사이코패스 같지는 않았다. 또 그녀는 그와 자고 싶다고 했다. 그녀는 날마다 돈 액수를 올리며 그에게 잠자리 제의를 했다. 자기를 사랑할 수 없는 것은 알지만, 남자는 사랑 없이도 섹스 하는 동물이 아니냐며. 그는 남자라고 아무 여자와 섹스 하는 동물은 아니며, 당신 같은 여자와는 죽어도 하기 싫다, 라는 말은 하지 못했다. 그 여자는 흰 붕대를 칭칭 감은 미라가 되어 그의 꿈까지 쫓아왔다. 그 여자를 다시 봤다간 스트레스가 폭발해 다시 발작이라도 할 것 같았다. 그는 휴직을 하고 모은 돈으로 학교를 마쳐야겠다는 결심을 했다. 그래서 최시현에게서 연락이 오자 일을 접고 당장 이 집까지 달려 온 것이다.

그리고 그는 자신의 세계에서는 결코 만날 수 없는 이상형의 여자를 만났다. 생각해보면, 그는 어렸을 때도 학급에서 예쁜 여자애보다는 공부 잘하는 모범생이 좋았다. 남자는 잘 생겨야 여자가 붙기 좋지만 여자는 머리가 좋은 편이 훨씬 낫다고 생각했다. 그녀와 대화하면서 그는 더 성장한 것 같은 기분이 들었고, 다시 배우로의 희망도 가질 수 있을 것 같았다. 그녀의 중간적인 외모조차 부담 없어 좋았다. 그녀의 장점만 점점 눈에 더 들어왔다. 또래 친구들이 보면 평범하고 재미없는 아줌마나 선생으로 볼 테지만, 그에게는 수정의 모든 점이 매력적이어서 그녀를 두고 이 집을 혼자 떠날 생각은 결코 없었다.

수정 역시 민호가 필요했지만 일시적이라 생각했다. 아마 이상한 집과 유령 탓에, 그저 인간끼리 친해진 거라고 생각했다. 민호와 있으면 우울감이 사라졌고 여름을 보내는 것이 아쉽고 달콤한 맛이 느껴질 때가 있었다.

동네 구멍가게가 보이면 민호는 뛰어가서 하드 네 개를 사왔다. 그는 그녀에게 그 정도라도 줄 수 있어 기뻤고, 그녀는 시원하고 달콤한 것을 먹는 동안 기분이 더 좋아졌다. 그들은 강변을 산책했다. 수정은 과일 맛, 팥빙수 맛 하드를 먹으며, 그와 있는 순간이 달콤했던 것은 그가 사준 하드를 실컷 먹어서 그런 건 아닐까, 생각을 했다. 하지만 여름이 끝나면 하드를 먹지 않을 것처럼 그와도 만날 일이 없을 것이다.

푸르다 못해 검푸른 여름, 드넓은 수평선. 사방이 확 트였고 날아갈 듯 몸이 가벼웠다. 그 집에서 나온 것만으로 해방된 것이다. 강은 더럽혀졌지만 그 본래의 순수함과 어머니 같은 넉넉함은 여전히 남아 있었다. 어쩌면 저 강으로 인해 서로의 존재가 아름다워 보인다는 걸 그녀는 알고 있었다.

시현은 진실을 회피하고 감상에 젖는다고 했지만, 수정은 그나마 이곳에 썩어가는 강이라도 있어 좋았다.

"칼 구스타프 융은, '우리가 영적으로 피곤해졌을 때는 물로 가야 한다, 영혼으로 가려면 물 쪽으로 가야 한다'고 말한 적이 있어. 내 오염된 영혼을 저 물은 씻어낼 수 있을 거야."

민호가 알아듣지 못할 거라 생각하면서도, 수정은 가끔 자기 수준에서 말했다. 민호는 '융'은 몰랐지만 다른 말은 알아들었다. 분위기 파악은 충분히 했다. 강이 아닌, 서로의 존재가 모든 배경을 아름답게 만드는 걸 알고 있었다.

'나를 더 좋아하게 될 걸. 이 여자는 나를 사랑하는 거나 다름없어.'

그는 확신했고 슬슬 작업을 걸어도 될 때라고 생각했다.

그들은 강둑의 깨끗한 자리를 골라 앉았다. 한가롭게 어깨를 마주 하고 일몰의 수평선을 바라보았다. 여름이 그새 떠날 준비를 하는지 저녁 공기는 선선했다. 수정이 잠시 몸에 균형을 잃어 그의 어깨에 몸을 기댔다. 그의 남자답고 건장하며 더운 감촉이 느껴졌다. 그러자 민호가 그녀의 어깨에 팔을 둘렀고 그녀는 놀라지 않았다. 그래도 잠시 어색한 공기가 흘렀다. 벌떡 일어선 민호가 꽃들이 피어있는 쪽으로 갔다. 그가 꽃에 손대려하자 사마귀 한 마리가 톱니 앞다리를 휘두르며 달려들었다. 그는 보라색 루피너스와 민들레(8월에 노란 민들레가 피었다니 놀랍다는 생각을 하며), 철 이른 코스모스까지 잘라 그 줄기를 엮어 화환을 만들었다.

"어머, 민들레와 코스모스가 함께 있네!"

그는 화환을 수정의 머리에 씌워주었다. 그는 꽃의 여신이 있어 민들레와 코스모스가 같은 들판에 있다며 환상적인 화법을 구사했다. 그 행동이 퍽 간지러워도 수정은 기분이 좋았다. 어릴 때부터 민호는 여자들에게 잘 보여 생존에 관련된 자잘한 이익을 얻었다. 그는 어떻게 해야 여자의 감동을 얻는지 잘 알고 있었다.

그는 더 용기를 내서 그녀의 팔을 잡았다. 역시 그녀는 그 팔을 뿌리치지 않았다. 수정의 큰 격려를 받은 그는 남자답고 당당하게 말했다.

"세상 끝에서 표류하다 북극성을 찾은 것 같아요. 수정 씨가 제 인생의 북극성이에요. 전 이제 북극성을 보며 인생이라는 항해를 할 겁니다."

"책을 좀 읽더니 그새 언변이 아주 화려해졌어. 연극 무대에 선 것 같잖아. 양군은 하나를 가르쳐주면 열을 깨우치네."

웃던 수정이 그의 팔을 탁 털어냈다.

그는 잠시 낙심했다. 너무 오랫동안 준비했던 말이기에, 거창한 극본의 대사처럼 되고 말았다. 자신은 진지했지만 듣는 사람에 따라 우스울 수도 있을 것 같았다. 하지만 오수정이라는 북극성이 없으면 인생의 바다는 다시 암흑이 될 것 같았다. 그는 상자에서 목걸이를 꺼내 수정의 목에 걸어 주었다. 깨알만한 다이아몬드가 박힌 목걸이는 사랑한다며 유리가 준 것이었다. 그게 마음에 걸렸지만 어쨌든 다이아는 진짜였다. 나이에 비해 너무 많은 여자들을 상대했던 그는, 이 방법이야말로 여자의 마음을 사는데 최선이라고 생각했다.

"작지만 수정 씨 목에 매일 걸려 있었으면 좋겠어요. 다이아몬드는 영원을 상징하잖아요. 당신을 평생 보고 싶어요."

그는 '다이아몬드'라는 말에 힘을 주었고 수정은 못 믿겠다는 듯 그를 뻔히 보았다. 이게 어디서 났어? 묻고 싶었지만 그런 목걸이를 걸어주는 그가 어쩐지 애처롭게 보였다. 그녀는 3년 동안 같이 산 남자친구나 사랑한다는 말을 입에 달고 사는 최시현에게서도 귀금속 쪼가리를 받아본 적이 없었다. 그런데 어릴 때 굶고 산 애에게서 깨알이라도 다이아를 받다니, 가슴이 뭉클하기조차 했다.

"전 재산을 쓴 건 아니지?"

"십대부터 돈 버느라 잠을 네 시간 이상 잔 적이 없어요. 그래서 조금 저축했어요."

그가 그녀 손을 잡으며 말했다.

"제 손이 너무 거칠어서 수정 씨 손을 잡기가 미안해요. 인테리어 일을 오래 했어요."

그는 거친 손으로 그녀 손을 잡기가 미안했다. 그런 한편 그 손은 정당한 노동을 해서 돈 번 것을 의미하므로, 인테리어나 현장 잡부를 했다고 자주 여자들에게 말하곤 했다. 명품으로 치장하고 선수로 뛴 것은 절대로 수정에게 고백할 생각이 없었다.

"우리 재미있고 행복하게 지내요."

수정은 그 말의 의미를 생각했다.

"그래, 재미있게 지내자."

"아니 재미있게만 지내는 게 아니라 행복해야 해요."

그가 단호하게 말했다.

이 애는 정말 눈치가 빠르구나, 생각하며 수정은 대답하지 않았다. 그녀는 도저히 행복이라는 그림이 그려지지 않았다. 행복은 이제 자신과 아무 인연이 없는, 메아리처럼 공허한 울림만 주는 단어였다.

'바람이 부나?'

민호는 창밖을 보았다. 바람은 불지 않았다. 백일홍 나무의 진홍 꽃들 사이에 희미한 누군가 숨어 있는 것 같았다. 나뭇가지의 꽃들이 그 무게감 때문인지 떨어져 날렸다. 바람이 없는데도 꽃잎이 자꾸 날렸다.

불은 끄지 않았다. 오늘따라 무서운 꿈을 꿀 것 같아 그는 자고 싶지 않았다. 하지만 고작 5분을 버텼을 뿐 깊은 잠에 빠졌다. 그는 어디든 누우면 금방 잠들었다. 심지어 서서 잘 때도 있었다. 잠결에 그는 부드럽게 흔들리는 뭔가가 옆에 있다는 느낌이 들었다. 차갑고 부드러운 여자의 머리카락 같은 것이 그의 가슴에서 흘러내렸다. 그는 반가웠다. 수정이 내 곁에 온 건가. 얼떨결에 그 머리카락을 손으로 쓸다가 심장이 멎을 것 같았다. 수정의 머리카락은 아니었다. 그는 눈을 뜨기 싫어 꼭 감았다. 눈을 뜨면 엄청난 것을 볼 것 같았다.

간지러운 숨결과 목덜미를 어루만지는 손가락의 차갑고 생생한 촉감. 몸서리치던 그는 벌떡 일어났다. 그런데 일어난 것이 아니었다. 가위에 눌린 것이다. 몸부림쳐도 누운 그대로 꼼짝할 수 없었다. 긴 머리로 얼굴을 가린 하얀 여자가 옆에 누워 있었다. 그녀는 그를 안고 쓰다듬으며, 그의 폭주하는 심장소리를 듣고 있었다.

꿈을 꾸고 있는 거라고, 또 그 미라 여자가 꿈에 나타났나 했지만 공포의 급이 확실히 달랐다. 살아있는 인간으로서 귀신을 마주 한, 소름끼치는 원초적인 공포가 엄습했다. 머리카락으로 얼굴을 가리고 있지만, 투명한 눈동자가 보는 것을 느낄 수 있었다. 이빨이 부딪혔고 심장이 죄었으며 사지가 얼어붙었다.

"누구야, 저리 가지 못해?"

민호는 화를 내며 비명을 질렀다. 하지만 소리도 입안에서 웅얼거릴 뿐 밖으로 새어나오지 못했다. 젖 먹은 힘을 짜내 마침내, 그는 진짜 일어났다. 하지만 현실에서는 더 비참한 일이 일어났다. 팔다리가 뻣뻣해지며 경련하자 그는 차라리 죽기를 바랐다. 실신상태에 빠져 돌아가는 그의 동공 속에 한 여자가 비쳤다. 수정을 닮은 듯한, 그렇지만 수정은 아닌 다른 여자가 웃고 있었다. 그리고 그는 아무 것도 기억나지 않았다. 그가 책장으로 나자빠지자 요란한 소리를 내며 책장이 무너졌고, 도미노 작용으로 그 뒤의 책장들까지 넘어지면서 천 권의 책이 쏟아졌다.

다락에 폭탄이 떨어진 줄 알았다. 수정이 계단을 뛰어올라 다락방 문을 열었다. 방 안은 난장판이었고 참혹했다. 무너진 책장과 책 위에 자빠진 채

경련을 일으키는 뻣뻣한 두 다리부터 보였다.

수정은 시현을 부르려다 망설였다. 시현은 어차피 이런 일에 도움이 안 되는 사람이고, 민호의 자존심도 지켜줘야 할 것 같아서였다. 민호의 눈은 흰자만 남았고 입에서는 거품이 흘렀다. 잘생긴 청년이 괴물로 변해 발작하자, 보는 사람도 견디기 힘들었다. 잠자코 그녀는 어떤 상황인지 머릿속으로 정리했다.

'놀라 자빠졌네. 유령을 본 걸까? 이 다락은 유령도 좋아했던 장소 같아. 그래도 요즘 통 안 보였는데.'

그녀는 멍하니 민호가 제정신으로 돌아오기를 기다렸다. 심장마비는 아니다, 그저 경기를 일으킨 건가? 20대 남자를 좀비로 변화시킨 이 심상찮은 발작은 무엇일까. 문득, '전 건강하지 않아요.' 하고 말하던 민호의 어두운 표정이 떠올랐다.

정신을 차린 민호는 자신이 기절했다는 것을 알았다. 난장판이 된 주변과 걱정하는 수정의 얼굴을 보았다. 그녀는 침착했다. 놀랐지만 대단한 일은 아니라는 듯 그녀는 상냥하게 웃었다. 하지만 그녀가 놀랐다면 대단한 일이 일어난 것이다. 자신의 모든 치부를 그녀에게 들켰다고 생각한 그는 견딜 수가 없었다. 수치심에 분노한 그는 짐을 보이는 대로 배낭에 쑤셔 넣었다.

"양군, 지금 뭐하는 거야?"

수정이 명령조로 물었지만 그는 대답 없이 배낭을 메고 계단을 뛰어 내려갔다. 그는 모욕당한 얼굴로 돌아보았다.

"이 귀신 붙은, 재수 옴 붙은 집을 나가서 당장 죽을 겁니다!"

수정의 얼굴을 다시 보느니 차라리 죽는 게 나았다. 태양도, 달도, 수정의 얼굴도 영원히 안 보고 땅 속으로 들어가 묻히고 싶었다.

그녀가 그의 앞을 가로막았다. 그가 그녀를 밀치자 그녀가 그를 껴안았다. 그는 안긴 채 울기 시작했다. 영영 그녀를 잃어버릴 지도 모른다. 누군가의 품에서, 그것도 좋아하는 여자 품에서 실컷 울어보기는 처음이었다.

애당초 수정은 남자에게 어떤 기대 같은 걸 할 생각이 없었다. 스쳐가는 사랑은 스쳐가는 대로 딱 그 정도의 인연만 있었던 거다.

'친구도, 연인도 나뭇가지 위의 작은 새와 같다고 했다. 그런데 이 애는 날개를 상처 입었으니 내 곁에 오래 머물겠지.'

수정은 돌아가면 개를 한 마리 키울 생각이었다. 그런데 개를 키우지 않아도 될 것 같았다.

'넌 개보다는 여러모로 훨씬 쓸모가 있어. 그 정도면 된 거지.'

그녀는 말없이 민호의 등을 토닥여 주었다.

민호는 자신의 병에 대해 말했다. 정신을 잃으면 아무 기억이 안 났지만 안 좋은 현상이 몸에 나타났다는 건 알았다고 했다. 병원을 갔고 의사가 시키는 대로 약을 먹었다. 약을 먹다 말다 했지만 아무 일이 없어 다 나은 줄 알았는데, 영화를 찍다가 사고가 난 이야기도 했다.

"약만 잘 먹으면 나을 거야. 요즘 얼마나 좋은 세상인데."

그녀의 말이 위안이 되긴 했지만, 그는 여전히 억울했다. 그렇다고 귀신 보고 놀란 말을 할 수도 없었다.

"일만 하느라 머리가 돌덩이가 됐어요. 젊을 때 뭔가 해야 되는 거잖아요. 배우가 될 꿈도 접었고 시간만 가요. 욕망도, 꿈도 인생에서 다 멀어졌어요."

수정은 그가 연기를 한다면 격려해주고, 세상의 공격을 받으면 그의 편이 되어주고 싶었다. 배우라는 직업 자체가 빛과 그늘의 세계일 것이다.

"자신을 더 믿어 봐. 나중에 후회하긴 싫을 거 아냐? 한 번 더 해보고 안 되면 평범하게 살아. 인생이 아직 끝난 것은 아니니까."

"내가 뭣 때문에 사는 지, 뭣 때문에 괴로워하는 지도 이제 모르겠어요. 이제 누구를 사랑할 용기도 없어요."

"양군은 여자들이 줄줄 따를 테니 염려 마."

그는 물끄러미 그녀를 볼 뿐 여전히 울먹거렸다. 그는 이 여자와는 절대로 헤어지지 않겠다고, 이보다 더 사랑할 수 있는 여자는 세상에 없을 거라는 생각을 했다.

요란한 소리에 이층으로 올라온 시현은 민호가 수정의 품에 안겨서 우는 것을 보았다. 울고 있는 민호는 서러워보였고 수정은 성모 마리아처럼 그를 위로하고 있었다. 더 지켜보거나, 무슨 일이냐며 나설까 하던 그는 자리를 그만 피해주었다. 몰래 더 지켜본다면, 어딘가에 숨어 있을 이 집의 유령과 다를 것 없다는 생각이 들었다. 대신 그는 민호를 불러 조용히, 이만 돌아갈 때가 되지 않았느냐고 말했다.

민호도 마침 집을 떠날 생각이었던 것 같았다. 시현이 보기에 무슨 이유인지는 몰라도 민호는 더 이상 이 집에 미련이 없는 것 같았다. 민호는 쫓기듯이 짐을 챙겼고, 두 사람에게 인사를 하고 후련한 뒷모습으로 대문을 나섰다.

그 뒷모습을 보며 수정은 누군가를 떠나보내는 자의 슬픔 같은 것을 느꼈다. 떠나는 자보다, 남아서 떠나는 자를 보는 사람이 항상 더 슬플 것이다.

남은 사람은 숙명적으로 떠난 사람이 돌아오기를 바라게 되니까. 그녀는 아쉬웠고 얼마동안은 민호의 연락을 기다리게 될 것이란 생각을 했다. 그리고 며칠이 지났지만 민호에게서는 메시지 한 통 없었다. 수정은 지친 기분이 들었다. 길에서라도 우연히 그를 만난다면, 본 적 없던 사람처럼 그냥 지나쳐야겠다는 생각을 했다.

오랜만에 두 사람은 한 침대에 누웠다. 그는 껴안고 핥고 물고 빨면서 그녀를 애무했고 사랑한다고 여러 번 말했다. 그는 불만족스러운 섹스 때문에 수정이 자신을 떠날까 겁이 나기도 했다. 그는 최선을 다해 온 몸으로, 달콤한 말로 사랑을 호소했다.

수정은 그의 '사랑한다'는 말이 어느 때보다 더 의미 없게 들렸다. 그의 몸도 미지근했고 감흥이 없었다. 그녀는 마지못해 억지로 응해 주었다. 그와의 사랑은 시간이 갈수록 '공허함' 자체였다. 그녀의 손은 차갑고 입술도 차갑고 발도 차갑고 가슴도 차가웠다. 화성의 얼음에 누워 나눈 마지막 섹스였다.

시현은 사람과 사람 사이에는 연인이라 해도 강 하나가 놓여있다는 생각을 했다. 지수와 함께 살 때는 태평양을 마주 하고 있었던 것 같았다. 수정과의 사이는 한강 정도라고 생각했다. 그런데 지금 그들은 벌거벗은 채 껴안고 있어도 별과 별 사이의 거리처럼 떨어져 있는 것 같았다.

'우리 거리는 몇 광년이구나…….'

그는 조만간 그녀가 떠날 거라고 생각했다. 그녀는 다시 그의 가슴에 검은 구멍을 남길 것이고, 그 구멍에서는 푸른 독버섯이 자랄 것이다.

"너한테 내가 뭐지? 지나가는 남자, 시간 낭비한 에피소드, 그런 거야?"

"당신 사랑하지 않아요."

"상관없어…… 꼭 사랑하지 않아도 돼. 그저 가끔 보자."

"전 그런 관계 혐오해요. 전 당신 외로움이나 달래줄 상대가 아니에요."

그는 늙은 남자처럼 질척대는 것 같았고, 수정은 인정머리 없이 잘라 말했다. 그가 찌그러드는 만큼 그녀는 활짝 더 피어나는 것 같았다.

수정은 덥다는 핑계를 대고 이층 방으로 도망갔다.

시현은 민호에 대해 신경 쓰지 않은 점을 후회했다. 민호가 자기와 연애 라이벌이 된다는 것은 상상할 수 없었던 일이었다. 민호는 수정에 비해 너무 어렸고 노브레인이었으며, 아마 가진 것이라곤 그야말로 불알 두 쪽밖에 없을 것이다. 그런데 어쩌면 그 불알 두 쪽이면 충분하지 않나 하는 생각이 들었다. 그는 수정이 초현실적인 여자지만, 남자의 명예나 돈, 사회적 지위를 매우 중요시하는 속물이라고 생각했다. 그녀가 냉정하게 떠난다면, 그 이유는 자신이 돈이 없기 때문이라고 생각했다. 지금 자신과 있는 이유도 지수와 거래를 했기 때문이라는 것을 알고 있었다. 사랑도 냉정한 거래나 하는 여자가 저런 무일푼 애에게 마음이 갈리는 없고, 워낙 고적한 곳이니 같이 돌아다닌다고 생각했다.

그런데 둘이 너무 자주 있는 것을 보자 그는 심기가 상했고 초조했다. 수정은 달리 말벗도 없으니 상대했겠지만, 민호는 남자의 눈으로 수정을 보고 있었다. 우스꽝스럽게도 한 여자를 두고 두 남자의 경쟁심리가 조성되는 것처럼 보였다. 폐쇄된 공간에 한 여자와 두 남자가 있다 보면 자연스런 현상이지, 그런 심리적인 기류는 이 공간만 벗어나도 즉각 효력을 잃는 법이야,

오지 여행지에서 만난 남녀가 의지하며 아드레날린과 엔돌핀으로 혼란했다가, 각자 자기 자리로 돌아가면 아드레날린이 사라지지, 그런 후는 다시 상대방이 시시해 보이기 마련이다. 수정이나 민호나 다 이 집에 머문 게스트일 뿐이니까 원래대로 돌아갈 테지, 그런 결론을 내렸던 것이다.

다음 날 시현은 기분전환을 할 겸 수정과 도시로 나갔다. 그들은 영화를 보고 외식을 한 후 밤에 들어왔다.

집 안은 도둑이라도 든 듯 난장판이 되어 있었다. 시현의 책상부터 엉망이었다. 수정이 장미를 꽂아둔 꽃병은 박살이 나 있고 노트북이며 책들이 바닥에 쏟아져 있었다. 사색이 된 시현은 노트북부터 이상이 없는 지 확인을 해보았다. 다행히 때려 부수지는 않았다. 노트북에 이상이 없자 그는 여유를 찾았다. 수정이 이층 계단을 뛰어 올라가고 있었다. 그도 따라갔다. 옷들이 다 바닥에 팽개쳐져 있고 브래지어와 팬티 몇 장은 찢어져 있었다.

수정이 다시 아래층으로 뛰어 내려갔고 그도 따라갔다. 전신거울은 박살나있고 그 아래에 맥주 캔이 거품을 흘리며 뒹굴고 있었다. 맥주 캔을 거울에 던진 모양이었다. 테이블 아래에도 빈 맥주 캔 두 개가 찌그러져 있었다.

그제야 그는 리라가 왔다 간 걸 알았다. 그동안 리라를 까맣게 잊었다.

마침, 문을 발로 "쾅" 차면서 리라가 대단한 존재감을 드러냈다. 그녀는 영화제라도 참가한 듯 반짝이가 들어간 빨간 드레스를 입었고, 자주색 머리카락을 파도처럼 흩날렸다. 요란한 옷에 짙은 화장, 킬 힐을 신고 있는 그녀는 슈퍼모델 같았다. 저 힐을 신고 어떻게 언덕을 올라왔을까, 그는 우선 감탄했다. 그는 언제나 수정을 사랑한다고 생각했지만, 간만에 리라를 보니 눈이 번쩍 떠졌고 마음이 뒤숭숭했다.

'저렇게 대단하고 엄청난 미인이 나를 사랑한 건가? 나를 사랑하고 황송하게 질투까지 해서, 별 거 아닌 내 집 물건 몇 개를 때려 부순 건가?'

그는 자신도 모르게 수정과 리라를 비교했다. 수정이 참새라면 리라는 팔색조 아닌가. 또 수정은 아주 피곤한 성격이지, 모든 걸 다 차곡차곡 챙겨서 말 한 마디라도 신중하게 해야 하는데, 리라는 뒤끝 없고 화끈한 매력이 있지 않나. 무엇보다, 수정은 언제나 떠나려고만 하는데 리라는 그래도 나를 찾아온다.

그의 흔들리는 눈빛을 수정이 차갑게 보고 있었다. 그 눈빛에 상처를 받았는지 위가 쓰렸다. 곧 그녀는 마음을 내려놓았다. 이로써 이 남자를 후련하게 떠날 이유가 생긴 것이다.

"당신 기다리다 맥주 좀 마셨어. 지루해서 가다가 아무리 생각해도 열 받아서 다시 왔네. 그 좆같은 상판이나 한 번 더 보려고."

리라는 시현에게 말하면서 시선은 수정에게 두고 있었다.

"장대 같은 여자가 서 있으니 어지럽다, 잠깐 앉지."

그렇지만 두 여자 다 앉지 않았고 시현만 중간에 앉았다.

리라는 들고 있던 빨간 클러치 백을 그 앞으로 탁 던졌다. 선전포고라도 하는 것 같았다.

"둘이 같이 사는 거야?"

"같이 사는 건 아니고, 그저 잠시 지내려 온 거야."

그는 사실을 말했지만, 말이 안 되는 궁색한 변명을 한 것 같았다.

"저 여자가 그 잘난 오수정이야? 자, 나를 선택하면 용서할게. 나야? 저 여자야?"

그는 시원하게 대답할 수가 없었다. 수정을 선택할 때 불같이 난리 칠 리라가 무서웠다. 또 수정은 어차피 떠날 여자라는 얄팍한 계산도 숨어 있었다. 무엇보다 리라 앞에서는 당당하게 말할 수 없었다. 리라와 뜨거웠던 시절은 좋았고 지금도 얼마든지 불타오를 수 있을 것 같았다. 아무 말도 안 하는 것이 그로서는 상책이었다.

"당신은 불리하면 항상 입을 다물었어! 침묵은 비겁한 자들이 하는 짓이야. 선택해! 나야? 저 여자야?"

리라는 가슴을 현란하게 흔들었고, 고개를 숙인 그는 시선을 돌린 채 입을 꾹 다물었다. 그는 절대로 입을 열지 않을 심산이었다.

수정이 그를 비웃었다.

"선택하고 용서받지 그러세요?"

리라가 수정에게 성큼성큼 다가섰다. 가뜩이나 늘씬한 글래머인 그녀는 킬 힐을 신어 신장이 180센티는 될 것 같았다. 리라가 아담한 수정 앞에서 독기를 품자 매우 위협적으로 보였다. 위험하다, 싶었는데 이미 늦었다.

"너, 아주 건방진 년이구나! 쥐방울만한 게!"

리라가 암사자처럼 수정을 덮쳤고, 그 아래서 버둥거리는 수정은 새끼 임팔라처럼 애처로웠다. 리라는 수정의 머리카락을 손아귀에 쥐고 흔들었고, 수정은 벗어나려 몸부림치며 리라의 가슴을 밀어냈다. 수정의 손에 드레스의 레이스가 잡혔다. 힘껏 당기자 찢어지는 소리가 났다. 더 열 받은 리라는 압사시키기로 작정한 듯 레슬러처럼 찍어 눌렀다. 그 장면을 본 시현이 더 놀랐다. 그가 리라를 떼어놓으려 고군분투했지만 그녀는 웬만한 남자보다 힘이 셌다.

현관문이 슬쩍 열리면서 지수가 들어섰다. 검은 색 정장 투피스를 입은 그녀는 여느 때처럼 거만하고 악마 같은 CEO 포스를 풍기며 입장했다. 그녀는 최시현 따위는 쳐다보지도 않았다. 리라가 수정을 올라타서 머리 뜯는 장면을 황홀하게 바라보고 있었다. 황홀한 나머지 그녀는 감정을 숨기지 못해 빙그레 웃고 말았다. 그녀는 벽의 구석진 어두운 곳에 가서 섰다. 검은 옷을 입어 그다지 눈에 띠지 않을 거라는 생각을 했다. 이 재미있는 구경꺼리를 잘 관람하고 싶었다.

간신히 그가 두 여자를 떼놓자, 리라가 시현을 노려보았다. 리라도 무사하진 못했다. 그녀의 빨간 드레스는 찢어졌고, 풍만한 가슴골이 훤히 드러나 보였다. 수정도 독하게 저항했던 것이다. 네가 내 머리카락을 뽑는 대신 난 네 드레스라도 찢어야겠어!

머리를 산발한 수정은 넋이 나갔고, 리라는 손바닥에 한웅큼 뽑은 머리카락을 털었으며, 그 광경을 보던 지수는 히죽히죽 웃었다.

리라가 히스테리하게 울부짖었다.

"당신 나랑 결혼한다고 했잖아. 나랑 결혼할 거야? 다 죽을 거야?"

"리라, 용서해. 결혼은 네 일방적인 생각이었어. 난 결혼한다 한 적도 없고 여기서 같이 살 수도 없어. 수정인 아무 잘못 없어."

"저 시건방지고 재수 없는 년! 난 저 년 머리를 한번은 꼭 뜯어주고 싶었어."

리라가 노려보자 수정은 그 시선을 얼른 피했다. 리라가 천하장사여서 피하는 것이 상책인 걸 알았고 비싼 옷을 찢었으니 나름 복수했다는 생각도 들었다. 그래도 모멸감과 수치심은 어쩔 수 없었다. 당했다. 싸움에 진 개가 되어 꼬리와 귀가 축 늘어졌다. 어딘가 숨어서 피 흘린 상처를 핥고 싶었다.

수정은 구석 벽에 서서 웃고 있는 지수를 발견했다. 지수가 자신을 보고 웃는 것이 아닌, 이 광경이 재미있어 웃는다는 것도 알았다.

그는 리라가 못 움직이도록 꽉 껴안은 채 말했다.

"너도 어차피 내게 잠깐 들른 것 아니었나? 그게 아니었다면 용서해라……."

그에게서는 여전히 우유부단한 말만 튀어나왔다. 리라에게 용서를 구하고 자기 곁에 와 달라는 건지, 그만 가라는 건지 누가 들어도 헷갈릴 정도였다.

"알았어, 용서하지. 이렇게 한바탕 싸웠으니 다 풀자. 오수정 씨, 그만 풉시다."

리라가 너그럽고 기분 좋게 말했다. 어쨌든 시현이 자기를 꼭 안아준 것이 기분 좋았다. 또 승자의 관용이랄까, 뭐든 이긴다는 것은 기분이 좋은 것이다. 기분이 좋다 보니 시현의 말도 용서하고 돌아오라는 뜻으로 들렸다.

수정은 어이가 없었다. 폭행한 사람은 감정이 심플하겠지만, 당한 사람은 그 충격이 평생을 갈 수 있다. 수정은 풀 생각이 없었고, 최시현이나 방리라를 다시 볼 이유도 없었다.

수정은 황홀경에 취해 웃는 어둠 속의 박지수를 향해 말했다.

"이제 저는 그만 가도 되겠지요?"

수정이 돌아서자 시현은 정신이 번쩍 들었다.

"이대로 너를 보낼 순 없어. 내가 사랑하는 건 너다!"

그는 수정의 손을 잡고 매달렸다. 충혈 된 그의 눈에서 눈물이라도 날 것 같았다.

리라가 클러치 백으로 그의 머리통을 휘갈겼다.

"이 병신아! 신파 작작 하라 그랬지? 짠해서 눈물 난다! 설마 내가 병신 같은 당신한테만 목맸다고 착각하는 건 아니지? 나 좋다는 놈들 널렸어, 앞으로 삼년은 재수 없겠네."

문이 열리면서 민호가 들어왔다. 그는 방금 나갔다가 뭔가 빠트려 다시 돌아온 것 같은 모습으로 등장했다. 민호는 어리둥절한 표정으로 세 사람을 보았고, 구석 벽에 붙어있는 검은 옷의 마녀 같은 중년 여자도 보았다. 검은 여자는 있거나말거나 그의 관심 밖이었고 그는 수정에게 달려갔다. 민호는 수정의 산발한 머리를 쓰다듬으며 리라를 노려보았다. 그의 고운 입술 사이로 온갖 육두문자가 튀어나왔다.

"저 육시랄 년이, 쌍년이, 우리 선생님을…… 너 오늘 내 손에 디졌다!"

민호가 한 대 칠 기세로 리라에게 갔다. 하지만 그는 시현을 쳐다보았고 올렸던 손을 차마 내리치지는 못했다. 어떻게 교수님의 애인을 때릴 수 있겠는가.

순간 하이힐을 벗은 리라가 구두 굽으로 민호의 허벅지를 찔렀다. 민호는 숨넘어가는 소리를 내며 자빠졌고 구멍 뚫린 허벅지에서 피가 퐁퐁 솟았다. 민호는 숨이 당장 끊어질 늑대처럼 울부짖었다.

리라가 시현을 노려보았다.

"운 좋은 줄 알아. 나처럼 멋있는 여자 만나 이쯤에서 정리되는 거야. 똥 밟았다 생각할게."

리라는 매혹적으로 웃으며 민호에게 윙크를 날렸다.

"꽤 귀엽네. 연애도 못하게 고자 만들려다 참았어."

리라는 유유자적하게, 여배우답게 우아한 걸음걸이로 퇴장했다.

울부짖는 민호 때문에 정신없는 두 사람을 두고 지수는 조용히 문으로 갔다. 그녀는 젊은 남자가 수정을 좋아하는 걸 알았다. 그 둘은 이미 애인이거나 아마 애인이 될 것이다. 자신이 기획한 시나리오에 민호라는 우연의 요소가 개입되어, 빵 터지는 막장 드라마가 되었다.

'연극이 끝났으니 무대를 퇴장해야지.'

밖으로 나온 지수는 참았던 웃음을 터뜨렸다. 배를 잡고 크게 웃은 지수는 만족스럽기 그지없었다. 최시현은 이 게임에서 완벽한 패배자가 되었다.

시현은 지수를 분명 본 것 같았지만 헛것을 봤나, 생각했다. 사실은 지수를 봤는데 그 상황에서 모른 척 하는 것이 편했던 것이다. 실제로 지수가 왔든지, 말든지 이제 상관하고 싶지도 않았다. 아마 지수는 자신의 퍼펙트 게임을 자축하고 있을 것이다. 그는 쓰라린 가슴을 달래려 맥주 한 캔을 비운 후 운동화를 신었다. 그는 빗자루로 꼼꼼하게 꽃병의 파편들과 거울 조각을 쓸었다. 끝이란, 늘, 거의 안 좋기 마련이다.

몇 시간 후 새벽에 수정과 민호는 그 집을 떠났다.

수정은 떠나기 전, 입고 왔던 꽃무늬 원피스를 다락방 구석에 걸어 두었다. 이 다락방에서 발견한 여자의 블라우스에 사랑을 느꼈다는, 시현의 말이 갑자기 떠올랐다. 묘한 기시감이 느껴졌다.

그 여자는 왜 블라우스를 이 방에 두고 갔을까?

시현은 자는 척 했지만 계단 내려오는 발소리를 듣고 수정이 가는 걸 알았다. 그는 자신이, 리라와 수정 사이에서 어떻게 망설일 수 있었는지 수치심을 느끼고 있었다. 그래서 수정이 더 빨리 떠날 빌미를 만들어주고 말았다. 그녀만 있다면 무릎이라도 꿇고 빌고 싶었지만, 한때 제자였던 젊은 놈 앞에서 추태를 떨고 싶지 않았다.

안개와 가랑비가 섞여 있었다. 안개가 커튼처럼 가려줄 것 같아 그는 창문으로 내다보았다. 수정의 왼손은 민호의 손을 잡고 오른손은 캐리어를 끌고 있었다. 민호는 절뚝거리며 걸었다. 수정이 왜 민호의 손을 잡고 있는 걸까? 민호가 다리를 다쳐서인가? 그러다 그는 아차, 내가 좀 둔하지, 눈치 없지, 라는 생각을 했다. 짐작했던 일이 현실로 드러나 눈앞에 있었다. 저 둘이 좋아하는 사이였고 민호는 수정을 데려가려고 다시 온 것이다.

민호가 수정을 좋아한 건 알았지만 수정까지 민호 따위를 좋아하다니. 귓속에서 금속성의 날카로운 이명이 울렸다. 문득 '트리스탄과 이졸데'가 떠올랐다. 왕이 자신의 약혼녀를 데려올 심부름꾼으로 젊은 미남 조카를 보내면서 비극이 시작되는 것이다. 그는 편집에 몰두한 동안, 젊은 미남에게 수정을 맡겨둔 것 자체가 큰 실수임을 알았다. 사랑하지 말아야 할 남자들만 골라서 사랑에 빠지는 여자도 있다. 나쁜 남자 신드롬이 깊어지는 이유도 그 때문이다.

그는 자신 역시 '나쁜 남자'과에 속한다는 것을 알고 있었고, 사랑하는 여자가 다시 '나쁜 남자' 손을 잡고 떠나는 것을 비통하게 바라보고 있어야 했다. 마음속에 무서운 고독감이 차올랐다. 불쌍하고 늙은 남자, 버림받은 남자, 이제 고독이나 멜랑콜리 같은 말도 호사스럽고 로맨틱해서 자신과는 어울리지 않았다.

수정이 민호의 손을 놓고 뒤를 돌아보았다.

그녀가 자신을 본다면, 그는 체면불구하고 뛰어나가서 붙잡고 싶었다.

그러나 수정은 그를 보고 있는 것이 아니었다.

정원의 다른 무언가를 보고 있었다.

수정은 작별 인사를 하듯 손을 크게 흔들며 미소를 지었다.

나, 여기 있어요

수정은 내가 좋은 곳으로, 천국 같은 곳으로 떠나기를 바랐지요.

수정의 바람이 간절했기에, 나는 그녀 앞에 나타나지 않았습니다. 수정은 정말 내게 너무 잘해 주었거든요. 나타나지 않는 것만이 내 보답이었어요.

나는 영계로 떠나는 방법도 몰랐고 이 집을 나갈 생각은 더욱 없었어요. 이 집이 곧 나의 천국이었으며, 이 집에서 지내는 게 갈수록 재미있었기 때문이에요.

사랑하는 이 집 주인과 친구 수정을 멀리서 보는 것만으로도 행복했습니다.

문제는 집 주인보다 젊고 잘생긴 새 남자가 등장했기 때문이에요. 그 청년은 자신의 고통과 상처로 진주를 품고 있었습니다. 빛이 강하면 그림자는 더 강한 법이지요. 그 남자의 빛과 어둠에 수정이 자석에 붙듯 끌릴 것이란 위험을 감지했어요. 여자 마음은 여자가 잘 아는 법이니까요.

우리의 이 행복은 오래가지 못하겠구나, 너무나 빠르게 이 여름날이 시들어갈 것을 알았습니다.

그 남자는 서재의 책만 보는 것이 아니었고 그 공간을 자기 것처럼 점령했어요. 개가 오줌을 싸대며 영역 표시를 하는 것처럼, 마구 방귀를 뀌어대며 자기 영역인양 하더군요. 내 인내심도 그만 바닥이 났습니다. 나는 내 공간을 침입자에게 뺏기는 것이 싫었어요.

그 청년은 이 집 주인과 내게서 수정을 뺏어가는 도둑놈이었고 치명적인 단점도 있었어요. 나는 그가 숨기고 있는 비밀을 수정도 알아야 한다고 생각했습니다. 왕자가 괴물로 변하는 무시무시한 진실의 순간을 수정이 꼭 봐야만 했어요.

인간은 귀신이나 유령에게 원초적인 공포를 느낍니다. 유령이 인간을 해칠 힘이 없어도, 공포 때문에 가끔 심장이 멈춘 인간이 있거든요.

그를 해칠 생각은 없었어요. 그의 비밀이 벗겨질 만큼만 놀라게 하고 싶었어요. 나는 그 옆에 가만히 누워서 바라보고 있었습니다. 그는 상처로 진주를 품고 시궁창에서 환한 꽃을 피우는 연꽃 같은 아름다운 남자였어요. 이런 아름다운 남자 옆에 누워 보고 싶다, 만져 보고 싶다 욕망을 느꼈어요. 이 집 주인과 이 아름다운 청년, 두 남자의 사랑을 흠뻑 받고 있는 수정이 한없이 부러웠지요.

나는 청년의 머리카락과 목덜미를 어루만졌습니다. 그렇게 그 품에 안겨 있는 동안 불쌍한 청년에게 연민을 느꼈어요.

그리고 괜한 짓을 했구나, 후회했습니다.

수정은 고통 받고 상처 입은 것을 그냥 지나치지 못해요. 냉정한 얼굴과 달리 동정과 슬픔이 많은 인간인 걸 잊고 있었네요.

그녀는 내가 한 못된 장난도 알게 되었습니다. 너그러운 그녀는 그 이유도 묻지 않았고 모른 체 해주었습니다.

수정은 떠나기 전, 정원에 서 있던 나를 돌아보고 손을 흔들었어요.

나는 더 희미해진 채 그저, 뻔히 그녀를 쳐다보기만 했습니다.

그녀와는 이것이 마지막이고 다시는 볼 수 없다는 것을 알고 있습니다.

나는 세상에 있는 단 하나의 친구를 잃었습니다.

그는 자고 있습니다. 그는 현실도피를 하느라 잠만 잡니다. 자다가도 고독에 몸부림치듯 흐느끼는 소리를 냅니다. 수정이 떠나자 더 사랑하게 된 것 같아요. 사랑은 상실했을 때 그 진가가 드러나기 마련이니까요. 그는 침대 옆에 있던 내 손을 얼떨결에 잡았어요. 내 손을 잡자 그는 마음이 안정되어 편하게 잤습니다. 아마 수정이 돌아와서 옆에 있다고 생각한 것 같아요.

그가 눈을 떴어요. 침대 밖으로 기어 나오는데, 대체 뭘 하고 싶은 게 하나도 없는 것 같아요. 그가 다시 눈을 감는 군요.

나는 땀이 흐르는 그 이마를 닦아주고 손을 잡아 주었습니다. 자는 동안만이라도 수정이 옆에 있다는 행복한 기분을 느끼게 해주고 싶었어요.

"방금 내가 죽은 것 같은 느낌이 들었어!"

갑자기 그가 자리에서 벌떡 일어났습니다. 그가 부릅뜬 눈으로 나를 쳐다보았어요.

"내가 죽은 것 같아! 나 말고는 다른 사람들이 그 사실을 다 알고 있는 것 같아."

그는 내 손을 잡고 미친 듯 내게 입을 맞추었습니다. 그는 나를 끌어안고 뒹굴며 소리쳤어요.

"수정아, 오 수정, 수정아……."

그는 애절하게 수정을 부르며 나를 껴안았어요. 가슴이 아팠고 더 이대로 있어서는 안 된다는 생각이 들었어요. 그의 손은 뜨겁고 축축했습니다. 그 끈적끈적한 손은 내 손을 잡고 놓지 않았어요.

나는 그 손을 뿌리치고 정원으로 나갔습니다.

어느 날인가 낯선 씨앗 하나가 날아 왔어요. 나는 아무도 모르는 정원 귀퉁이에 씨앗을 묻어 키웠어요. 그 씨앗도 인연이 있어 내 뜰에 자리 잡은 것이니까요. 식물은 그늘에 숨어 조금씩 자랐고, 루비 같은 작은 열매 몇 알이 열렸습니다. 이 열매를 한 알 먹으면 사랑의 상처를 잊고 좋은 꿈을 꿀수 있답니다.

나는 그의 입을 벌리고 열매즙을 짜주었습니다. 그는 고통을 잊고 표정이 편안해졌습니다.

꿈에서 깨면 그는 다시 실연과 고독 속에서 미쳐갔습니다. 나는 그를 어루만지며 달랬고 그 곁에 함께 누워 있었습니다. 그가 소리 지르고 울면 열매 한 알씩을 먹여 재웠어요.

갑자기 그가 벌떡 일어났고 정원으로 뛰어나갔습니다. 그는 청년이 잡아온, 토끼장 안에 있는 아사 직전의 토끼를 풀어 주었어요. 토끼가 깡충거리며 텃밭으로 가는 것을 보고 그는 다행스러워했습니다. 텃밭에서 배를 채운 토끼는 깡충깡충 숲으로 사라졌어요. 그는 토끼가 뛰어갔던, 으스름한 숲 속으로 휘청휘청 다녔습니다. 사람들이 본다면, 그 남자야 말로 숲의 유령이라고 생각했을 걸요. 꿈 열매에 취해 눈빛이 몽롱한 그는 진정 나보다 더 유령 같았답니다.

"미소, 미소…… 미소 당신 어딨어?"

그는 바로 옆에 내가 있는 데도 못 알아보고 숲의 깊은 곳을 바라보았습니다.

오랜만에 그가 내 이름을 불러 주는 군요. 나는 감격했어요.

"나, 여기 있어요…… 미소, 여기 있어요……."

내가 아무리 말해도 그는 못 알아듣고 나를 보지 못했습니다. 내가 이제 보이지 않게 되었거나, 그의 영적 감각이 무뎌진 탓이겠지요.

"미소…… 미소, 당신마저 여기를 떠난 거야?"

다음 날 아침, 그는 긴 꿈에서 깨어난 듯 멀쩡하게 일어났습니다. 그는 놀라울 정도의 제 정신과 냉정함을 회복했습니다. 그는 노트북과 카메라, 옷들을 가방에 넣었고 집을 나갔습니다.

나는 조만간 그가 돌아올 것을 믿고 있었습니다.

나를 만나러 돌아올 것이라고요.

나는 기다렸어요. 여전히 이 세상에 머물러 있었지요.

정원에 낙엽이 쌓이더니 첫 눈이 내렸어요. 눈이 정원의 낙엽과 집을 덮어 주네요. 쓸쓸하고 흉한 풍경을 하얗고 예쁘게 덮어 줍니다. 겨울잠을 자던 나는 가끔 깨어 꽃 한 송이 없는 정원을 돌아다닙니다. 죽은 듯해도, 꽃이 없다 해도 꽃이나 나무들은 봄을 위한 준비를 하고 있답니다. 아기꽃씨들이 숨어서 깊은 잠을 자고 있어요. 언제나 생명을 가득 품은 내 정원. 나의 아름다운 정원!

'미소, 미소……' 나를 부르던 그의 절박한 목소리가 눈보라치는 나뭇가지 사이로 들립니다.

내가 대답합니다.

"나, 여기 있어요…… 미소, 여기 있어요……."

여우를 만나다

정원이 부산하고 소란스러웠다. 시현은 창문 밖을 보았다.

만발한 장미 꽃밭에서 털이 붉은 그 개는 다람쥐와 숨바꼭질을 하며 놀고 있었다. 개와 다람쥐가 정원을 뛰어다닐 때마다 꽃잎이 흩어지며 떨어졌다. 가만 보니 그저 노는 것이 아니었고, 야생성이 있는 들개가 다람쥐를 사냥하는 중이었다. 생사가 달린 다람쥐는 꽃들 사이로 요리조리 피했고 개는 정원을 짓밟으며 질주했다.

그는 사냥해서 죽이고 먹는 정글의 법칙 같은 것에 인간이 개입해서는 안 된다고 생각했다. 그렇지만 개가 정원을 망치고 있었고 '개'라는 동물은 인간에 붙어 사는 종이므로 나서야겠다고 생각했다. 밖으로 나간 그가 야단치자, 동작을 중지한 개는 치켜 올라간 못된 눈망울을 교활하게 살살 굴리며 웃었다. 개라기 보단 여우를 더 닮은 뾰족한 턱이었고 야생동물처럼 날렵한 몸매였다. 지나치게 날씬해서 갈비뼈가 보였고 잘록한 허리는 접힐 듯 폭삭 꺼져 있었다. 개의 꺼진 배에서 꼬르륵 소리가 나는 것 같았다.

다람쥐를 놓친 개는 인간에게 꼬리치기 시작했다. 약자에게 강하고 강자에게는 굴복하는 것이 개의 당연한 생존전략이었다. 개는 집 주인에게 잘 보이기 위해 아양을 떨었다. 웃느라 작은 눈이 거의 감겼고 아가리의 선이 귀까지 올라갔다. 개는 목걸이도 없었다. 헉헉거리는 개의 내밀어진 분홍빛 긴 혀는 무슨 말인가 하고 있었다.

그는 개가 웃으며 끙끙대는, 떠드는 수다를 충분히 알아들었다.

"캥, 배고파. 당신 땜에 쥐를 놓쳤잖아! 먹을 것 좀 내놔요. 난 구걸하는 건 아냐. 난 당당하게 먹을 권리가 있어요! 난 바람처럼 자유로웠어. 자유의 대가로 좀 굶었지. 난 어리고 귀엽고 사랑받을 만 해요. 나를 예뻐해 줘요. 이제 자유는 필요 없어, 당신을 만났으니까. 이 양반아! 당신 땜에 다람쥐가 산으로 갔어. 밥 달라고! 캥캥! 윤기 자르르한 내 빨간 털 좀 볼래? 장미밭에 아주 잘 어울리지 않나? 애인과 헤어져서 방랑하다 장미정원에 놀러 왔어요. 나랑 같이 좀 놀자."

개는 그에게 같이 놀자며 앞다리를 구부렸다.

"난 집도, 절도, 애인도 없어 자유롭다네. 당신도 그런 것 같아요. 난 이제 당신에게 빌붙을 거야."

개는 자기 매력을 뽐내며 그 앞에서 배를 내밀고 뒹굴기 시작했다. 목과 배는 구름 같은 흰털로 덮였는데 사랑스러웠다. 개는 드러누운 채 하품을 했다. 개의 긴 속눈썹에 장미에서 떨어진 것 같은 이슬이 달려 있었다. 개가 하품하며 눈을 감자 반짝이던 이슬이 또르르 떨어졌다.

개는 예쁜 척 그를 유혹하며 끙끙댔고 여전히 수다를 떨었다.

"당신 홀아비지? 나라도 데리고 살면, 버림받은 인간과 개가 함께 살면, 이 비참한 운명이 좀 나아지지 않을까요?"

개는 자꾸 졸라댔다. 그는 개의 앞발을 잡고 껑충껑충 춤이라도 함께 추고 싶었다. 개와 그는 둘 다 닮은꼴이었다.

그가 소리 내서 말했다. 알아듣든 말든 그는 열심히 개를 설득했다.

"난 널 책임질 수 없어. 개한테도 함부로 책임질 짓을 하면 안 되지. 이제 짐승은 됐다. 결국 죽으니까. 여기 와서 그만 좀 죽어! 너, 정들만 하면 죽을 거잖아? 뭐, 나도 죽을 테지만 동물은 너무 빨리 죽어. 설령 네가 오래 산다 해도 귀여웠던 시절은 잠시고 넌 금방 늙을 거야. 개도 암에 걸리고 치매, 관절염, 백내장, 온갖 병에 다 걸리거든. 네 귀여움을 잠시 맛본 대가로 난 치매나 관절염 걸린 네 긴 노후를 책임져야 하는 거지. 난 사실 네게 밥과 고기도 주고 싶어. 근데 넌 내게 밥 한 번 얻어먹으면 그걸 핑계로 영영 주저앉을 거잖아."

개의 유혹은 여자의 유혹보다 힘들었다.

"가! 이 놈아, 어서 나가!"

그가 소리 지르자, 개는 귀를 납작하게 내렸고 탐스럽고 두툼한 꼬리도 축 늘어졌다. 개는 숲으로 뛰어가 버렸다. 개는 전에도 몇 번인가 정원에 들어왔다. 정원을 파헤치며 뛰고 망가뜨리는 개를 본 적이 있었다. 그는 개가 남긴 흔적을 한참 보았다. 흐트러진 꽃밭보다 억지로 떠난 작은 발자국이 애처로웠다. 다시 오면 밥 한 번 줘야지, 그는 개의 갈비뼈와 잘록한 허리를 떠올렸다.

그는 자신이 쿨하고 까다로운 남자라 생각했다. 그런데 여자들과 개, 고양이까지 항상 먼저 다가왔다. 심지어 수정도 자신의 침대로 들어오지 않았던가. 복에 겨웠던 거야. 사랑받는 것만 알고 진정 주는 건 몰랐던 거지. 개가 가자 새삼 외로움이 밀려들며 쓰디쓴 맛이 혀에 감돌았다.

그는 보따리장수를 하듯 여러 학교에서 강의를 했고, 프로덕션에서 연락이 오면 카메라를 들고 달려갔다. 실속은 없었지만 그럭저럭 분주하게 살았다. 그런데 일이 슬슬 끊어지기 시작했고 또 한가한 신세가 되어버렸다. 강의가 끊어진 것은 지수의 입김이 작용한 것 같았다. 놀면서 집 월세가 부담스러웠던 그는 다시 이 집으로 '재충전' 하기 위해 돌아왔다.

정원의 장미는 그를 반기듯 만발해 있었고, 아무 일도 없었다는 듯 연못도 원래대로 돌아와 있었다. 일찍 핀 수련 세 송이는 졸면서 꿈을 꾸는 듯했고 커다란 연잎들이 녹조 낀 물을 덮었다. 연못 주인 행세하던 녹색 유혈목이 대신 연잎 위에는 청개구리가 앉아 날벌레를 삼켰다. 털이 불그스름한 뾰족한 주둥이의 개가 까불며 정원을 들락날락거리는 게 달라졌다 할까.

수정은 잊기로 했다. 나를 사랑하지 않는 사람은 잊는 수밖에 없다. 떠난 사랑에 집착하는 것은 시체성애자나 다를 바 없다. 리라는 사업가와 결혼했고 속도위반으로 아들을 낳았는데, 그 애가 누구 애인지는 미스터리다. 지수는 또 무슨 음모를 꾸미는 지 알 수 없고, 그 자신만 용도 폐기된 쓸모없는 남자가 되었다.

그는 조깅을 하던 중 붉은 들개를 동네 길에서 다시 만났다.

개는 반가움에 초승달 눈이 되었고 아가리가 귀에 걸렸다.

"또 만났군요. 외톨이들끼리 좀 친해지면 안 될까요?"

살랑살랑 탐스런 꼬리를 흔들며 다가온 개가 분홍색 혀로 그의 발목을 핥았다. 준 것도 없는데 순수하게 반기며 굴종하는 개의 행동에 그는 마음이 뭉클했다.

6월 초였다. 달리던 그는 땀을 흘렸고 털옷을 입은 개도 더워하며 혀를 빼물고 있었다. 그는 우유 맛 하드 두 개를 사서 하나는 자기가 먹고 개에게도 먹여 주었다. 개는 흰자를 번뜩거리며 환장해서 하드를 먹었다. 그를 따라오던 개는 자기가 안내나 하듯 똥짜바리를 흔들며 앞장 서기 시작했다. 하드 얻어먹은 것을 빌미로 개는 그에게 찰싹 달라붙었다.

"여우야, 넌 여우처럼 세상을 영리하게 살아야 한다. 네가 알아서 살아. 가끔 밥이나 줄게."

그는 개를 여우라 불렀다. 그런데 개가 거실까지 들어오자 그는 목욕을 시켜야 했다. 개는 이 집에 들어오려면 그 정도는 참아야한다고 생각했다. 씻겨 놓자 개털은 불이 붙은 듯 빨갛게 빛이 났고 예뻤다.

"넌 멋진 개다! 예쁜 여우다."

그는 여러 번 칭찬해주었다. 동물들에게 무슨 칭찬이든지 해주는 것은 그의 덕목 중 하나였다. 그는 개가 앉을 방석을 하나 내주었다. 또 개 밥그릇과 물그릇도 챙겼다. 햄과 밥을 비벼 주면서 그는 개 사료를 사야겠다는 생각을 했다.

그는 개의 앞발을 잡고, 개가 알아듣든 말든 서로 자유롭게 살자는 약속을 했다. 개는 그 말을 알아들은 듯 자기만의 자유로운 시간을 보냈다. 그런데 그 '자유'라는 게 개 입장에서 편한 자유라는 걸 알았다. 개는 혼자 돌아다니다 밥 먹을 시간이 되면 와서 문을 긁었고 끙끙거렸다. 개는 그가 심심해 할 때는 놀러 나가고 없었고, 책상 앞에서 중요한 일을 할 때면 꼭 의자 뒤에 앉아 놀아줄 것을 끈질기게 기다렸다. 아마 그 성가신 마음 때문에 개가 바로 옆에서 알짱거리는 걸 알면서도 조심하지 않았을 것이다.

개는 그의 '부주의함'에 대해 맹렬하게 항의했다. 의자 바퀴에 꼬리가 깔린 개는 온 동네가 다 알 만큼 깽깽! 비명을 지르며 죽는다고 난리를 쳤다. 마을 사람들은 아마 언덕 위 귀신 집에서 개를 잡는다고 생각했을 것이다.

여우가 얼마나 아프면 이런 소리를 낼까, 죄책감을 느낀 그는 변명하느라 소리쳤다.

"여우 꼬리가 잘못했어! 의자 옆에 붙지 말랬지?"

여우는 침대 밑에 숨어 나오지 않았다. 단단히 삐져서 한참 달래야 했다.

그는 미안함의 대가로 여우와 공놀이를 하며 놀아주었다. 여우는 공과 노는 것이 여간 재미있지 않았다. 쪽 째진 눈에서 레이저가 나왔고 뾰족한 주둥이로 공을 드리블하며 난리법석이었다. 하지만 자기가 공을 물고 우사인 볼트처럼 질주해버리면 그가 왜 좋아하지 않는 지는 이해하지 못 했다. 며칠 동안 놀자, 여우는 그가 던진 공을 물고 돌아오는데도 성공했다. 그런데 어느덧 조정당하는 것은 그가 돼버렸다. 개는 그만 보면 공을 던지라고 졸랐고, 그는 개에게 공을 던져주는 도구가 된 기분이었다. 그래서 공 대신 소리가 나는 인형이나 물고 놀 장난감도 사 주었다.

그는 녀석이 곧 말을 할 것 같은 느낌이 들었다. 개는 그가 영어나 불어, 이탈리아 말을 해도 알이 들었다. 그는 시간이 나면 언젠가, 말을 가르쳐야지, 하고 벼렀다. 개와 인간의 관계에서도 뇌의 호르몬이 작용한다. 개털을 쓰다듬으며 눈과 눈을 마주 치면, 그의 뇌에서 옥시토신이라는 호르몬이 나오고 개의 뇌에서도 옥시토신이 나왔다. 여우와 정원에 나란히 앉아 노을이 앉은 장미꽃밭을 보면, 그는 자신이 작은 별에 혼자 있는 어린 왕자 같고, 여우가 바로 그 책속의 여우같은 생각이 들었다.

그가 아프고 울적했던 날이 있었다. 그러자 개는 놀자고 보채지도 않았고 마실을 나가지도 않았다. 구석진 곳에 앉아서 걱정 어린 빛으로 그저 지켜보고 있었다. 그는 개가 자신을 진심으로 걱정하는 빛을 보며 위안을 받았다. 더 놀라운 일이 일어났다. 여우가 자신의 장난감을 하나하나씩 물어 그 앞에 갖다 놓는 것이었다.

'내 소중한 보물을 다 드릴 테니 놀면서 기운을 차리세요.'

그는 개의 장난감을 갖고 놀며 웃었고, 근심에 잠겼던 개의 꼬리가 흔들렸다.

그가 커피를 마시면 개도 꼬리를 흔들었다. 개의 꼬리란 도저히 포커페이스가 될 수 없는 것이다. 그가 모른 척 하면 흥분해서 캥! 짖었다. 그래서 그는 따뜻한 라떼에 에스프레소 한 방울을 떨어트려 개에게 주었다. 개는 라떼 한 잔을 맛있게 먹었다. 별 감흥 없는 표정으로 라떼를 마시던 수정의 얼굴과, 행복으로 충만한 개가 문득 비교되었다. 그래서 그는 하루에 한잔씩 개에게도 라떼 마끼아토를 만들어 주었다. 수정과 리라, 지수에게 만들어 주었던 라떼를 이제는 여우가 먹고 있었고, 수정이 잘 먹던 과일까지도 여우가 대신 먹고 있었다.

밀란 쿤데라가 말했던가. 어떤 인간과 인간의 사랑도 인간과 개의 사랑처럼 지고지순하지는 않다고. 아마 죽을 때 '사랑'에 대해 생각한다면, 그는 여우와 가장 순수한 사랑을 했다고 주저 없이 말할 것 같았다.

그는 이미 인생을 다 산 것 같은 기분이 들었고, 상대해주는 여자 하나 없는 늙다리라고 생각했다. 이제 그를 사랑하며 함께 라떼를 마시는 상대도 개밖에 없다. 지는 해를 보며 개를 쓰다듬으니 행복도 불행도 아닌, 그저 초연해질 따름이었다. 절박한 것도 없고 중요한 것도 없다. 일과 사랑, 돈과 명예를 추구하기 위해 아직 노력해야 할 때가 아닌가. 돈만 좀 있으면 여자는 절로 온다. 아니면 도를 닦아야 하나. 이제 와서 도를 닦기도 너무 늦었다. 젊은 시절 수도하여 늙어 죽을 때까지 닦아도 뭘 깨달을까 말까인데, 이제 와서 도를 닦는다고?

그는 개에게 어울리는 빨간 목걸이를 사서 채워 주었다. 그는 개 외에 아무도 상대해주지 않는 한가로운 늙다리가 되었지만 개는 아주 달랐다. 개에게는 자신의 짧은 생에서 이토록 인정받고 사랑으로 의미 있던 순간이 없었다. 또 개는 '개'라는 종의 특성 상 현재가 마냥 즐거웠고, 내일이나 노후에 대한 걱정 따윈 하지 않았다.

그렇다 해서 여우가 오로지 오매불망 그만 따라다닌 것은 아니었다. 여우는 나름 이중생활을 즐기고 있었다. 그가 지어준 '여우'라는 이름처럼 야생성과 앙큼함이 남달랐다. 원래 자유롭게 살았던 개는 들개 새끼가 아니었을까, 그는 추측해보기도 했다. 여우는 혼자 쏘다니기를 좋아했지만 야생동물이나 동네 개들과도 교분이 있었다. 여우가 털에 숲의 나뭇잎이나 다른 야생 동물 털을 묻혀오는 걸 보면서, 그는 개가 어디를 다녔는지 어떤 짐승과 놀았는지를 짐작했다. 어떤 때는 다리 하나를 절룩거리며 세발로 달려와서는 죽는다며 숨넘어가는 소리를 냈다. 오소리와 싸웠는지 주둥이와 다리에 제법 큰 상처가 있었다. 또 어떤 때는 주둥이에 피가 묻었지만 아무 상처도 없어 다른 짐승의 피라는 것을 알았다. 그는 여우가 설치류 정도의 작은 동물을 사냥했거나 먹었을 거라는 짐작을 했다.

여우는 고양이 못지않게 쥐를 잘 잡았다. 쥐를 묻어야 하는 것이 귀찮긴 했지만, 쥐가 정원에 얼씬거리지 않으니 좋았다. 또 그는 텃밭에 들어온 고라니 앞에서 사납게 이를 드러내고 으르렁거리는 여우의 모습도 보았다. 자기 몸의 몇 배는 되는 고라니였다. 고라니가 작은 개를 무시하며 꿈쩍도 않자 여우가 달려들었다. 고라니는 귀찮아서 피했고, 여우는 주인을 쳐다보며 짖고 난리였다. 그는 텃밭 작물을 고라니와 나눠 먹어도 상관없었지만, 영역을 지킬 줄 아는 여우가 귀여웠다. 시간이 좀 지나서야 그는 집 안에 흔하던 벌레가 없다는 것도 알았다. 그리고 바퀴벌레인지, 딱정벌레를 잡아놀다가 먹는 여우를 보았다. 그제야 여우가 공짜 밥을 먹는 것은 아니라는, 신기한 생각도 들었다.

주인과 함께 마실을 나선 여우는 의기양양했고 무서운 것이 없었다. 이제 믿는 주인이 생겨서 당당했다. 지보다 한 배 반 큰 수컷에게는 달려들었으므로 말렸다. 암컷에게는 온갖 아양을 다 떨었다. 초승달 눈으로 웃으며 꼬리를 살랑거렸고 간도 쓸개도 빼줄 모양새였다. 암캐와 뛰어놀 때는 그가 불러도 못 들은 척 했다. 그는 여우가 자신을 선택하는 지, 암컷을 선택하는 지 궁금해서 다섯 번을 계속 불러보았다.

마지못해 돌아본 여우가 꾸물꾸물 거리며 와서 불만에 찬 표정으로 뻔히 보았다.

"이보슈, 바쁜 개 불렀으면 간식을 주든지, 공놀이를 해주든지 해야 할 것 아냐?"

개와 대화하기 위해 그는 한껏 톤을 높여 카스트라토나 남자 소프라노 목소리로 말했다.

"여우야, 여우야 숲에서 뭐하고 놀았니?"

그는 그렇게 물은 다음 아기 목소리를 흉내 내어 자기가 대답했다.

"아찌, 이것저것 냄새 맡고 영역 순찰을 했어요."

"내가 숲에 가서 너를 세 번 불렀는데 못 들었니?"

"못 들었어요. 너구리와 싸우느라 바빴거든요."

"저런! 너구리에게 물렸니? 코를 긁혔구나."

"아찌, 전 괜찮아요. 너구리는 귀가 없어졌어요."

"앞으로 아저씨가 부르면 금방 올 거니?"

"네, 약속해요. 금방 올게요."

"숲에서 뭐 좀 잡아먹었니?"

"새 한 마리랑 너구리 귀밖에 못 먹었어요."

"오, 많이 먹었구나."

"아니, 깃털과 가죽을 빼면 먹을 것도 없었어요. 밥 주세요."

오랜만에 그는 정원에 물을 주었다.

미소는 진딧물을 손으로 잡으며 장미 사이로 돌아다니고 있었다.

그가 미소를 보고 싱긋 웃었다.

잊고 있었지만 그녀는 여전히 정원에 있었던 것이다.

미소가 그에게 다가왔다. 미소는 미소 짓지 않았다. 그를 보고 찌푸렸고 불만에 가득 찬 표정이었다.

"여우가 장미 뿌리를 파헤치고 정원을 짓밟아요. 또 당신이 준 돼지 뼈와 죽은 쥐 같은 지저분한 걸 묻어 뒀어요."

그는 못 들은 척 했다. 그는 이제 개의 입장에서 생각하게 되었다. 개의 입장에서는 장미가 귀할 이유가 없는 것이다. 또 그는 개가 장미 향기를 맡는 것을 본 적이 없었다. 개는 악취를 사랑한다. 개는 다른 짐승들이 싸놓은 똥오줌 냄새나 암캐 엉덩이, 그의 양말이나 팬티를 좋아했다. 개가 가장 좋아하는 것은 조깅 후 땀에 젖어 벗어 던진 양말이었다. 개가 문 양말을 그가 뺏자, 개는 흥분해서 그와 밀고 당기는 놀이로 만들었다.

"말 안 들으면 쫓아낸다 하세요."

그가 손짓하자 여우가 와서 살랑거렸다.

"여우한테 직접 말해 보지 그래?"

미소는 서늘한 기운을 뿜으며 여우를 째려보았다. 여우는 발발 떨며 못 본 척 다른 데를 보았다. 그렇지만 뒷다리 사이로 오줌이 줄줄 새고 있었다. 여우가 그의 다리 사이로 들어와서 끙끙거렸다. 그는 기분이 퍽 언짢았다. 그는 여우를 들어서 안고 쓰다듬으며 정원을 나왔다.

"개는 어린애나 마찬가지야, 어린애를 꼭 그딴 식으로 겁줘야 하겠나?"

"당신은 여우 편만 드는 군요. 저 개는 진짜 여우에요. 나랑 둘만 있으면 나를 무서워하지 않아요. 지금 거짓말하는 거라고요."

"사람이나 귀신이 거짓말하지, 짐승이 무슨 거짓말을 하나?"

미소는 눈물을 글썽이며 그에게 따라붙었다.

"여우는 거짓말 잘 해요. 당신도 잘 알죠? 꾀병도 잘 부리고 딴전도 잘 피잖아요."

여우는 확실히 엄살은 잘 떨었다. 다리를 다치지 않았을 때도 한 쪽 발을 들고 아픈 척 눈에 눈물까지 고였던 것을 그는 기억했다. 짐승도 거짓말을 할 것이다. 집의 새를 잡아먹고 아닌 척 입 싹 닦은 고양이 이야기도 들은 적 있었다. 아마 인간에 빌붙어 사는 개, 고양이라면 거짓말도 할 줄 알고 나름 페르소나도 있을 것이다. 그렇지만 지겨운 마누라처럼 쫓아다니며 불평하는 미소에게 그는 더 대꾸하고 싶지 않았다.

"저도 여우처럼 집 안에서 당신과 함께 있고 싶어요."

그는 안 된다고 잘라 말했고 미소는 따라다니며 애원했다.

"여우는 책상 옆에도 있고 당신 침대에도 올라가는데 난 왜 안 되는 거죠?"

그는 그 이유에 대해 당연한 설명을 하려다, 미소에게 상처를 주는 것 같아 말 않기로 했다.

그녀는 물귀신처럼 그를 따라다니다 집 안으로 같이 들어왔다.

"이만 나가 줄래? 너랑 있으면 일이 안 돼."

"여우와 있을 때는 일도 잘 하시잖아요."

"여우는 신경이 안 쓰여."

"내가 저 여우보다 훨씬 못 하군요."

그녀는 리라나 수정이 같은 여자라면 몰라도, 여우에게까지 밀릴 수는 없다고 생각했다.

여우 정도라면 마음 놓고 질투해도 괜찮지 않나요? 미소의 호소하는 소리가 그의 머릿속에서 들렸다. 그는 이제 상처를 받는 것도 싫었고, 누군가에게 상처를 주는 건 더 싫었다. 그 대상이 설령 유령이라 할지라도.

부드러운 목소리로 그는 진심을 담아 말했다.

"난 네가 소중해. 네가 이 정원에 있어 다행이야. 난 사랑하는 여자들에게 다 상처를 줬어. 네게도 상처를 줘서 미안해."

그가 사랑하는 여자들 중 하나로 상처를 입었다는 말 같아, 미소는 무척 기뻤다. 그에게 사랑만 받을 수 있다면 얼마든지 상처를 받아도 괜찮다.

'내게 매일매일 상처를 주세요……'

미소는 미소를 지었고 방해하지 않겠다며 밖으로 나갔다.

미소는 전처럼 몰래 집 안을 들락거렸고 대놓고 그 옆에 있지는 않았다.

그가 책상 앞에 있으면, 여우는 그 의자 옆에 앉아 놀아주기를 기다렸고, 뚝 떨어진 벽 앞에서는 유령이 그를 지켜보고 있었다. 그는 의자 바퀴로 여우의 꼬리를 밟을 까 신경 쓰느라 미소가 있다는 건 잊어버렸다. 여우 역시 이제나 저제나 언제 공놀이를 하며 놀까, 그의 표정을 살피느라 유령은 안중에도 없었다.

그래도, 미소는 이제 구석이나마 거실 한 공간을 차지하고 당당히 서 있었다.

미소는 미소 지으며 그의 뒷모습을 언제까지고 지켜보았다.

프로덕션에서 촬영에 합류할 수 있냐는 연락이 왔고, 그는 하루 정도 생각이 필요하다고 했다. 해외 다큐멘터리여서 서너 달 이상 시간이 들어가는 일이었다. 다음날 그는 제작팀에 연락했고 합류하겠다고 했다. 그는 짐을 꾸려서 캐리어와 승합차에 차곡차곡 넣고 빠진 것이 없나 다시 확인했다.

그는 새로 산 사료 포대에 작은 구멍을 뚫어 놓았다. 여우가 날마다 조금씩 빼먹기를 바랐다. 그는 여우가 자기 말을 알아들을 거라 확신하며 이마를 쓰다듬었다.

"우리 여우는 독립적인 멋진 개지? 겨울이 되기 전에 널 보러 올게."

그는 정원에서 일하는 미소의 뒷모습을 향해 개를 부탁한다고 했다.

미소는 얼굴을 돌리지도 않았고 말도 못 들은 척 했다.

미소가 잔뜩 삐쳤네, 그래도 그는 뭐라 달래 줄 말이 생각나지 않았다.

그는 캐리어들을 끌고 집을 나왔다.

개가 따라 나왔다. 개는 '무슨 일이에요? 어디 가세요?' 하며 묻고 있었다. 분명 보통 때의 외출과는 다른 것을 개는 감지하고 있었다. 따라온 개는 그가 차문을 열기 바쁘게 냅다 조수석으로 뛰어올랐다. 그가 개를 안아서 내려놓고 문을 닫으려 하자 다시 폴짝 올라왔다. 개는 점프하여 뒷자리로 도망갔다. 다시 차에서 내린 그는 뒷문을 열고 여우를 잡아 안았다. 여우를 살짝 던진 그는 재빨리 운전석으로 들어가 문을 닫았다. 개는 울부짖으며 차 바퀴사이를 뱅뱅 돌았고 이별에 몸부림을 쳤다.

차가 출발하자 맹렬한 속도로 개가 따라왔다. 백미러에 절망적으로 질주하는 개의 모습이 비쳤다. 멀어지자 마침내 그가 뒤를 돌아보았다. 생쥐처럼 작아진 개가 돌멩이마냥 굴러다니는 광경이 마음을 스산하게 어지럽혔다.

11월의 정원

해외에서의 긴 일정을 마치고 돌아오자 밀린 일이 많았다. 일이 대충 정리되자 그는 문득 개가 생각났고, 그 집을 한번 다녀와야겠다고 결심했다.

여우와 약속한 것처럼 그는 겨울이 오기 전 11월에 돌아왔다.

정원은 그를 기다린 듯 단풍이 제법 남아 있었다. 그가 오자 바람이 불기 시작했으며 잎들이 떨어지기 시작했다. 그는 가을의 마지막 운치를 만끽하며 푹신하게 쌓인 낙엽 위를 걷기로 했다.

그는 발소리를 일부러 크게 내고 걸으며 개의 이름 '여우'를 불렀다. 정원 어딘가에 숨어 있던 개가 듣고 나타나거나, 먼 숲에서 그의 목소리를 듣고 달려오는 중이라고 생각했다. 낙엽위로 달려오고 있겠지. 좋아서 오줌 쌀 거야. 뱅뱅 돌다가 맹렬하게 뛰어 오를 거야. 개가 나타나서 발라당 누워 구름 같은 흰털을 흔들면, 그는 배를 간질이며 이제 다시는 너를 떠나지 않겠다고 말할 생각이었다.

작은 회오리바람이 지나자 순식간에 나무들은 벌거숭이가 되었다. 하루만 늦게 왔어도 단풍 구경을 못 할 뻔 했다. 바람이 지나가자 정원은 쥐 죽은 듯 고요해졌다.

집 안으로 들어간 그는 사료 부대부터 확인했다. 사료가 반도 더 남아 있었다. 여우가 이 집에 계속 있었더라면 사료는 당연히 부족했을 것이다. 사료도 덜 먹고 집을 떠났다는 것이 그는 마음 아팠다. 개도 없는 집 안은 더 서늘하며 어둠이 깊었다.

'개가 떠났다. 기다려도 집 주인이 오지 않자 가 버렸네.'

홀가분하게 생각하려 했지만 그는 개에 대한 생각을 떨칠 수가 없었다. 개가 온다면 함께 공놀이를 하고 숲에서 다람쥐를 쫓으며 달릴 것이다. 그 광경이 너무도 행복해보여서 그는 가슴이 뭉클했다. 개와의 시시했던 시간 때우기 놀이가 이제는 사라진 꿈이 되어 버렸다니. 있을 때 잘하라는 말은 개한테도 역시 해당된다는 것을 알았다.

노랑, 주홍, 갈색…… 정원의 마지막 잎들마저 뚝뚝 떨어졌다. 캠핑용 의자에 멍하니 앉아있던 그는 낙엽 위를 좀 걸을까, 그냥 걷느니 낙엽을 쓸어 모을까, 생각하다 무거운 엉덩이를 일으켰다.

그는 빗자루를 들고 먼 마당으로 나갔다. 은행나무 주변만 대충 쓸어서 낙엽을 모아두기로 했다. 열매를 잘못 밟았다간 악취를 몰고 다닐 것이다. 그런데 나무 아래 봉긋 솟은, 뭔가 낯선 모양이 보였다. 나뭇잎 아래 작은 동물 같은 것이 웅크리고 있었다. 황금색 은행잎들이 포근한 이불처럼 덮어 준 그것이 개의 시체라는 것을 직감했다. 달려가 무너지듯 주저앉은 그는 손으로 나뭇잎을 걷어내기 시작했다. 그러자 동그스름하게 웅크린 붉은 털의 짐승이 드러났다. 개의 생기 넘쳤던 밤색 눈 대신 움푹하게 뚫린 시커먼 구멍이 그를 노려보았고, 날카로운 송곳니가 원망하며 물어뜯을 기세였다. 털가죽과 뼈, 목의 빨간 목걸이는 남아 있었지만 살과 내장은 이미 다른 짐승과 벌레가 말끔히 처리한 다음이었다.

언제 죽었을까, 왜 죽었을까, 고통 없이 잠자듯 죽었을까, 오랫동안 아파하다 죽었을까. 그는 자신도 모르게 울고 있었다.

언제부턴가 유령이 그의 곁에 서 있었다.

그가 그녀에게 물었다.

"여우가 왜 죽었지?"

"차에 치었어요. 다쳐서 들어왔어요."

"다 내 탓이야."

그는 미소에게 위로를 바랐지만 그녀는 그럴 생각이 없는 듯 했다.

"네, 당신 탓이죠. 여우처럼 영악해서 차에 치일 개가 아니에요. 그런데 당신 차 비슷한 차가 보이면 달려들었어요."

"많이 아팠나?"

"밤낮으로 깽깽거려 동네가 시끄러웠죠. 창자가 배 밖으로 나왔는데도 죽지 않았어요. 여우는 본능적으로 약초를 씹었어요. 하지만 외과 수술이 필요했죠."

그는 눈을 질끈 감고 고개를 흔들었다. 제발 그만 해, 하고 소리를 지르고 싶었다. 꼬리를 밟히거나 다른 짐승에게 긁혀 와서 애처롭게 울던 개를 떠올렸다. 그런 여우가 교통사고로 배가 터졌다면…… 그는 자신의 창자가 꼬이는 통증을 느꼈다.

"그래서 내가 열매를 먹였어요. 여우는 공놀이하는 꿈을 꾸며 행복하게 잠들었어요."

그는 박스 안에 타월로 싼 여우를 넣었다. 박스 속에 공과 개 껌, 자신이 방금 벗은, 냄새나는 양말 한 쌍을 넣었다. 개목걸이는 풀어서 개에 대한 추억으로 간직하기로 했다. 그는 숲 양지쪽에 땅을 깊이 파서 박스를 묻었다. 그는 삽으로 흙을 뿌렸고 흙을 밟아 무덤을 다졌다. 그리고 야생동물이 파헤치지 못하도록 무거운 돌을 쌓았다. 슬프고 외롭고 허허로웠다.

집 안에 들어오자 개가 앉던 방석과 텅 빈 밥그릇이 보였다. 그것들을 치울 기운도 없이 소파에 쓰러졌다.

개는 아직도 이 주변을 돌아다니는 지 꿈에 몇 번 나타났다.

개는 탐스런 붉은 꼬리를 치켜든 채 흔들었고 토실토실한 엉덩이 한가운데 까만 똥구멍이 보였다. 까만 똥구멍에 푸른 비닐이 끼어 있어 빼주면서 나무랐다.

"아무 거나 주워 먹지 말랬지?"

깨고 보니 꿈이었는데, 개의 엉덩이와 똥구멍만 본 것이 퍽 서운했다.

다시 누워 잠을 청하자, 원하는 대로 개와 공놀이하는 꿈을 꾸었다. 공을 따라갔던 개가 돌아오지 않아 "여우야, 여우야" 부르며 찾아다녔다. 숲의 나무 사이로 개의 붉은 꼬리 아래 까만 똥구멍이 보였다. 그는 개의 엉덩이를 따라갔지만 휙 돌아보던 개는 안개 낀 계곡으로 사라졌다. 또 개를 잃어버렸다. 목 놓아 "여우야" 부르고 휘파람도 불었다. 그러자 개가 마지못한 듯 나타나 찡그리며 송곳니를 보였다. 왜 불러? 당신은 나를 버렸잖아, 하는 듯.

그는 개의 영혼이 찾아오는 것을 느끼기 시작했다. 자고 있을 때 개는 그의 발바닥을 핥거나 앞발을 가슴에 턱 얹을 때도 있었다. 추워서 문을 닫아놓으면 놀러갔다 돌아온 듯 현관문을 긁는 소리가 들렸다. 개가 낙엽을 밟으며 정원을 돌아다니는 소리는 흔히 들렸다. 그 소리를 듣자 그는 오히려 마음이 놓였다. 여우가 언제나 내 곁에 있구나.

책상 위에 두고 늘 보던 개의 빨간 목걸이가 보이지 않았다. 그는 날마다 그 목걸이를 쓰다듬으며 여우를 애도했던 것이다. 허전했고 화가 치밀었다.

그는 소리를 지르며 미소를 불렀다.

"네가 여우 목걸이 치웠지? 어디 있어? 당장 안 내 놔?"

그가 소리를 질러도 미소는 들은 체 하지 않았다.

"당신이 요란하게 슬퍼하니까 여우가 길을 잃었어요. 오래 비탄에 잠기는 건 죽은 것에게 좋지 않아요."

이만 애도기간을 끝내고 그는 마음을 훌훌 털기로 했다. 그리고 그는 다시 짐을 쌌다. 그 황량한 공간을 더 견딜 자신이 없었다. 개가 없는 이 집에 돌아올 필요가 없었다.

가을을 보내고 겨울을 맞는 비바람이 을씨년스럽게 몰아쳤다. 창문이 떨어져나갈 듯 바람이 요란했다. 캐리어 두 개를 끈 그가 대문으로 가는데 얼음장 같은 손이 팔을 붙잡았다. 그가 돌아보자 수정이 서 있었다. 아니 수정의 여름 원피스를 입은 유령이었다. 유령이 수정 행세를 하는 게 아주 넌더리났다. 그는 유령의 찬 손을 뿌리쳤다. 비바람 속에 수정의 꽃무늬 원피스가 펄럭거리며 혼을 빼는 것 같았다.

대문을 열면서 그는 등 뒤에서 숨죽인 채 흐느껴 우는 소리를 들었다. 그녀 손가락이 문틈으로 삐져나왔다. 그는 유령을 향해 보란 듯, 미식축구선수처럼 돌진해 대문을 밀었다. 대문이 거칠게 닫히며 짧은 신음소리가 흘렀다. 사람이라면 손가락 한둘쯤은 날아갔을 것이다.

그는 차가 주차된 언덕 아래로 미끄러지듯 내달렸다. 캐리어 바퀴 부서지는 소리가 요란하게 들렸다.

흘러간 미소

그가 개를 보러 돌아올 줄 알았습니다. 개는 이미 죽었고 그는 어떤 애인을 잃은 것보다 슬퍼하더군요.

하지만 나는 그 슬픔에 공감할 수 없었어요. 그렇게 슬퍼할 거면서 왜 그는 떠났고 개를 잊었던 걸까요? 그는 원래 그런 인간이었어요. 진정한 사랑을 줄지도 몰랐기에, 진정한 사랑을 받기에도 부족한 인간이었던 거지요. 수정이 그를 떠난 것은 이유가 있었습니다.

나는 슬픔에 잠식된 그의 눈치를 보면서 그의 다음 행동을 궁금해 하고 있었습니다. 새벽까지 일하고 해가 중천에 떠야 일어나는 것, 정원을 보기 위해 창문부터 연 후 화장실 가고 밥 먹고 운동하러 나가는 것, 시간을 보고 노트북을 켠 후 일하는 것, 그의 모든 사소한 행위가 내게는 여전히 중요하고 의미 있는 행동이었습니다.

그 남자의 매 순간 행동 하나하나가 내게는 일용할 고통의 양식이었어요.

개는 끔찍하게 다쳐서 돌아왔고 자기가 편하게 누울 장소를 찾았습니다. 은행나무 아래 엎드려 울며 내게 도움을 청했어요. 개는 살려달라며 도움을 청한 것이지, 행복한 죽음을 원한 것이 아니었어요. 내가 해 줄 수 있는 건 없었지요. 개는 끝까지 살고 싶어 했습니다. 며칠 밤낮을 깽깽거리더니 나를 보고 울부짖었어요. 개는 마침내 삶을 포기하고 내게 도움을 청했습니다.

내 정원을 짓밟은 얄미운 개였지만 나는 자비를 베풀었어요.

개는 그와 공놀이 하는 꿈을 꾸다가 꿀 같은 깊은 잠을 잤어요.

그는 다시 짐을 쌌고 떠날 준비를 했습니다. 뭐가 그리 급한 지 한밤중에 비를 맞으며 도망치듯이 떠났어요. 비라도 그치면 가라고 잡았는데 사납게 뿌리쳤어요.

그가 떠나는 모습을 사라질 때까지 지켜보던 나는 공포에 떨었습니다.

다시 오지 않을 거야, 오지 않을 거야…… 언젠가 돌아올 거야…….

나는 헐벗은 나무들을 후려치는 비바람 속에, 어둠 속에 혼자 서 있었습니다. 비는 진눈깨비로 변했습니다.

진눈깨비가 11월의 황폐한 연못 속으로 떨어졌고 나는 그 연못의 진흙바닥, 늪 속으로 침잠하는 것 같았지요.

차라리 그가 리라와 이 정원 꽃밭에서 뒹굴던 시절이 좋았어요. 리라를 너무 싫어하지 말 걸 그랬어요. 얄미운 여우가 장미를 망가뜨리고 뿌리를 파헤쳐도 그냥 둘 걸 그랬어요. 다 지금보다는 훨씬 좋은 시절이었군요.

잿빛 장막 같은 진눈깨비와 얼어붙은 고독 속에서 나는 그동안 내가 지었던 죄와 슬픔을 되새겼습니다.

구름이 하늘을 가렸고 바람과 비와 눈보라가 잇따라 찾아오는군요.

나는 잠들었다가 가끔씩 세상으로 나옵니다.

오랫동안 그를 기다렸습니다. 그를 기다리는 것 외엔 달리 할 일도 없었어요.

그 남자가 단 한 번은 더 나를 생각해 줄 것 같기도 해요.

인생의 가장 어두운 시간, 그의 눈이 세상을 마지막으로 보는 어느 날 문득 내가 생각날지도.

누군가 대문을 두들겼습니다.

그가 아닌 줄 알았지만 방문객이 반가웠던 터라 문을 활짝 열었어요.

파랗게 질린 남자 집배원이 비명을 질렀습니다. 집배원은 엽서 한 장을 내 얼굴에다 던지고 냅다 도망쳤어요. 집배원은 이 집에 아무도 없다고 생각하며 그저 장난삼아, 혹은 혹시나 하는 마음으로 문을 두들겼나 봅니다.

엽서는 이 집 주인 남자가 보낸 것이었어요.

'기다리지 마. 이만 네 갈 길을 가.'라는 글씨가 쓰여 있었습니다.

'기다리지 마. 이만 네 갈 길을 가.'라니.

그는 이 집에 돌아올 생각이 없는 것 같습니다. 아니면 외국에서 공부하거나 산다는 걸 의미할까요?

폐허에 대리석 기둥들만 몇 개 늘어선 외국의 유적지 사진입니다. 그가 나를 생각하는 표시로 보내 준 엽서여서 그래도 기뻤습니다.

이별 편지를 보내 준 그가 얼마라도 나를 존중해 준 것에 대해 감사하게 생각합니다. 그리고 그가 바라는 대로 이만 내 갈 길을 가기로 마음먹었습니다.

만나면 반드시 헤어진다—회자정리(會者定離)를 받아들인다면 덜 괴로울까요?

뭔가 비워지고 다시 비워지고 한없이 비워지는 것을 느꼈습니다.

나는 내가 떠날 때가 된 것을 알았습니다.

길을 몰랐던 나는 그 누군가에게 간절한 도움을 요청했습니다.

오랫동안 나를 기다려주었던 친절한 존재가 와서 내 손을 잡았습니다. 나는 그 다정한 손을 잡고 빛의 구름 속으로 날아올랐어요.

처음으로 돌아가 다시 그 남자를 만난다면…… 생각해 봅니다.

백 년 동안 벌 한 마리 없이 장미만 만발한 이 정원에, 문득 나타난 잘생긴 그 남자가 유혹적인 웃음을 날리며 다가온다면…….

나는 단호하게 돌아서서 내 갈 길을 갈 것입니다.

아, 내가 가야 할 저 길이 보이는군요.

버킷리스트

시현은 서울에서 3, 4년째 지내는 중이었다. 반 백수처럼 지내며 간당간당 일을 하고 가끔 사람들과도 어울렸다. 이런저런 이유로 자주 술을 마셨고 주량이 늘어났다. 그날도 그는 오랜만에 만난 친구와 술을 마셨다. 친구와 헤어졌을 때가 자정이었지만, 그는 콧구멍만한 원룸으로 서둘러 돌아가고 싶지 않았다.

그는 뼈다귀 밭을 지나는 개처럼 혼자서 포장마차와 카페를 전전했다. 여전히 술집과 유흥업소마다 불이 켜져 있었으므로 유혹을 떨치기가 힘들었다. 그는 새벽 네 시가 되어서야 힘든 결정을 내렸다. 술을 퍼마실 때는 몰랐는데 막상 일어서니 몸을 가눌 수가 없었다. 누군가에게 실로 조정 받고 있는 마리오네트가 된 것 같았다. 사지는 휘청거렸고 관절에서 덜컹덜컹 소리가 났다.

'위기상황'이란 빨간 등을 켠 뇌는 알코올에 점령당한 상태에서 풀가동을 했다. 집에 갈 때까지 '귀소본능 발동! 뇌가 명령했다. 덕분에 그는 살기 위한 판단을 했고, 블랙아웃 상태에서 동물적 본능으로 집 앞까지 왔다.

그런데 누군가 몽둥이로 그의 뒤통수를 후려갈겼다. 쓰러진 그는 검은 모자에 검은 마스크를 쓴 남자가 도망가는 모습을 보았다. 그는 머리통을 움켜잡고 끙끙거렸다. 피 인지, 뇌수가 흘러나오는지 끈적끈적했다. 머리통이 터진 수박 꼴이 된 건 아닐까. 이미 혼이 빠져 나가는 시체가 된 것 같았고,

정원에서 마지막 숨을 몰아쉬던 새끼고양이나 다름없다는 생각이 들었다. 창에서 떨어져 죽은 박새나, 리라에게 밟혀 죽은 유혈목이보다 나을 게 없었다.

죽기 전 잠시 정신이 밝아진다 했던가, 그의 뇌는 이제 '위기상황' 정도가 아니라 '소멸 전 초비상상태'라며, 생전 안 쓰던 부분까지 가동되었다. 몰랐지만 그는 이제 초능력을 쓰고 있었으며 1, 2분 동안 하얀 빛 속에 있었다. 가디언엔젤이 날개를 펼친 환상을 본 것도 같은데, 뇌가 놀라 쏟은 호르몬 탓이었다. 그는 휴대폰으로 119에 도움을 요청했다.

구급대원이 앰뷸런스에 싣자 그는 안도했고 의식을 잃었다. 깨진 해골 사이로 영혼이 빠져나간 것 같았지만, 꿈과 구별이 가지 않았다. 뇌 CT 촬영과 뇌전도 검사를 받은 후 그는 정신이 들었는데, 의사가 비정상적인 뇌파가 보이니 MRI도 해야 한다고 말했다. 그는 머리통이 터졌으니 복잡한 검사가 필요한가 보다 생각했다. 입원실 침대에 누운 그는 추리하느라 머리가 복잡했다. 누가 나를 죽이려고 했을까. 술 취한 사람을 노리는 뻑치기, 아리랑치기 같으면 왜 원룸 건물 앞에서 나를 기다리고 있었을까. 아니면 나를 따라온 것일까? 강도였으면 왜 호주머니를 뒤지지 않았을까? 뒤졌는데 현금이 없어 화가 나서 때린 걸까. 술이 취해 명료하진 않았지만, 괴한이 야구 방망이 같은 것을 들고 있었던 것은 분명히 봤다.

누가 청부업자를 고용했나? 나를 살해할 동기를 가진 사람이 없다고는 단정할 수 없지. 그럼 왜 완전히 죽이지 않나? 살인까지 시키는 건 힘들었겠지. 뻑치기로 위장해 패주라는 게 더 쉬웠겠지. 검은 모자에 검은 마스크를 쓴 남자는 분명 나를 따라다녔어, 아니 그 골목에서 기다리고 있었던가? 머리를 맞았더니 영 헷갈리는 군. 뇌수술을 해야 하는 건 아닌 지 걱정이 되었다.

며칠 후 그는 자신이 회복되었다는 기분을 느끼며 의사와 면담했다. 의사는 뇌진탕 후유증은 거의 나았다며 좋은 소식부터 전한 후 나쁜 소식을 말했다. 그의 뇌에서 과도한 도파민이 분비되는데, 그 이유가 전전두엽의 특정 부위에 종양이 자리 잡고 있기 때문이라는 것이었다. 또 환각을 보거나 환청을 들은 적이 없냐고 물었다.

"이 정도 종양 크기면 상당히 버라이어티한 환각을 보셨을 텐데요?"

정상적인 생활이 가능했는지 의사는 신기해하면서 물었다. 환각과 망상이 활발하게 나타날 수도 있다 했다. 의사는 그가 본 환각이 진심으로 궁금한 것 같았다.

"혹시 꿈을 현실로 여긴 적은 없습니까?"

그는 잠시 생각했다. 어디서부터인지 알 수 없는 꿈을 꾼 것도 같았고, 의사에게 선고받은 지금이 가장 꿈같았다.

"살 수 있습니까?"

시현은 가장 궁금한 것부터 물었다.

"수술을 원하면 최대한 빨리 2개월 후로 잡아줄 수 있어요."

"2개월은 더 살 수 있습니까? 더 빨리 수술은 안 됩니까?"

"2개월 전에 죽을 수도 있지만, 수술 안 해도 몇 년 살 것 같아요. 죽는다는 사람이 산적도 있고 살 것 같은 사람이 갑자기 죽는 수도 있어요. 환상 속에서 오래 사는 것도 나쁘진 않을 것 같군요."

의사는 분명히 횡설수설했다. 불분명하고 알쏭달쏭한 말만 했다. 수술을 하면 멀쩡한 정신으로 살 가능성이 있다고 했다. 그런데 모든 신경이 지나는 까다로운 위치에 종양이 자리 잡아, 잘못 건드리면 식물인간으로 누워 지낼 가능성 역시 있다고 했다. 그보다 운이 좋으면 휠체어를 타며 살면 되고, 말이 어눌해지거나, 눈이 안 보이는 부작용이 있을 수도 있으니 굳이 수술을 권하지 않겠다고 했다. 들을수록 가관이었다. 뭘 가정하든 최악이었고, 환상 속에서 사는 편이 휠체어 신세보다 나은 것 같았다. 운수를 걸어 봤자 딸 게 별로 없었다.

어떤 놈이 몽둥이로 머리통을 쳤는가에 대해서는 그는 이미 까맣게 잊었다. 시한부 선고를 받은 것이다. 아직 제정신일 때 주변정리를 해야 한다는 마음이 급했다. 남은 돈은 버킷리스트를 위해 쓰고 싶었지만 별로 없었다. 그래서 지수에게 전화했다.

"사고로 머리가 깨졌다. 수술 받는데 돈 좀 줄 수 있어?"

대답이 없던 지수가 한참 후 물었다.

"진짜야? 지어낸 말 아냐?"

"진짜야. 수술하다 죽을 지도 몰라. 앞으로 나 때문에 신경 쓸 일은 없을 거야."

"정말? 진짜라고? 더 도와줄 일은 없어?"

자꾸 진짜냐고 묻는 것이 더 수상했다.

"없어. 이 생에서는 나랑 더 얽힐 일이 없을 거야."

지수는 충분한 돈을 입금해 주었다. 그래도 믿고 부탁할 여자는 엑스 와이프뿐이구나, 그런 한편 돈을 순순히 주는 게 수상해서 지수가 청부업자를 고용한 건 아닐까 하는 생각도 들었다. 그것도, 블랙홀처럼 다가오는 죽음 앞에서는 사소한 문제였다.

돈도 생겼으니 쓰고 보자, 삶에서 놓쳐버렸던 것이나 좀 누리자, 삶과 죽음이 손바닥 뒤집듯 바뀌었다. 죽음을 기억하라(memento mori), 시간이 많은 줄 알았는데 갑자기 바빠졌다. 지나온 삶도 보였다. 후회하고 또 후회했다. 이렇게 후회할 게 많은 줄 알았으면 그렇게 살지 말 걸 그랬다. 그는 너무도 후회가 많은 꿈을 꾸었다고 노래하고 싶었다. 애인과 헤어질 때 좋은 친구로 남겠다는 말 따위는 가당찮다. 하물며 이 세상과 헤어지는데 담담하다는 것은 더욱 가당찮다.

소멸되고 싶지 않았다. 그는 죽음 후의 다른 세상에 대해 생각했다. 이 세상만이 우리가 살아야 할 유일한 세상은 아닐 것이다, 강을 건너든, 우주를 날아가든, 혼들이 사는 저세상에서라도 살고 싶었다. 그는 머리를 흔들었다. 그런 건, 죽음 후 다른 세상이 있다고 믿는 것은, 영원히 살고 싶은 인간의 욕망이 만든 허상이다.

그는 자신이 지닌 많은 잡동사니들을 처분했다. 그 중에는 오래 산다면 애착을 가질 물품들이 많았다. 그리고 지수에게 받은 돈을 처리하기 위해 여행을 하기로 했다.

그는 버킷리스트에 속했던 여행지 두 세 곳을 골라보았다. 안데스와 마추픽추가 보고 싶었지만 삼십 시간이라는 비행시간을 견딜 자신이 없었다. 차선으로 택한 곳이 이집트였다. 피라미드가 바벨탑처럼 하늘로 뾰족이 솟아있고 누런 모래바람이 휘몰아치는 곳, 네크로폴리스와 왕들의 공동묘지, 미라들이 있지 않은가. 신비로운 고대의 나라에서 바람 사이로 휘파람 같은, 사후에 다른 세계가 있다는 속삭임이라도 듣고 싶었다.

항공권을 예약하려던 그는 갑자기 급 피로감을 느꼈다. 영어도 통하지 않는 나라에서 자유여행을 한답시고 짐을 끌며 방황하고 싶지 않았다. 차를 렌트한다 해도 이집트의 교통 체계는 아비규환이라고 들었다. 촬영 팀이 로케이션을 갈 때도 당연히 현지 가이드와 현지 코디의 도움을 받았다. 물론, 혼자 일정을 짜고 호텔을 찾을 필요 없이 매우 편한 방법이 있었다. 그는 패키지를 예약하고 비용을 완납했다. 좀 긴 여행이 될 것이다. 이집트에서 터키를 거친 다음 유럽으로 들어갈 작정이었다.

일주일 후, 그는 오랜만에 좀 들뜬 마음으로 공항에 갔다. 인솔자와 미팅 후 줄 서서 비행기 티켓을 받고 짐을 부치고 탑승게이트로 갔다. 좌석은 숨도 못 쉴 만큼 불편했다. 그는 뚱뚱한 두 여자 사이에 끼어 옴짝달싹 할 수 없었고 여자들 화장품 냄새에 속이 울렁거렸다. 앞좌석의 남자가 의자를 뒤로 젖혀서 그도 의자를 젖혔는데, 곧 뒷사람의 항의가 들어왔다. 그는 의자를 원 위치로 돌리고 정중하게 앞 사람에게 항의했다. 앞 사람은 자는 척 들은 척도 않았다. 그는 맥주 한 캔을 마셨고 기내식이 나오자 작은 와인도 한 병 마셨다. 잠은 오지 않았고 영화도 재미없었으며, 숨도 간신히 쉬었다. 그는 항공 지도와 남은 비행시간의 초와 분을 노려보았다. 열 시간을 일 초씩 세며 빼자, 시간이 무한대로 늘어졌다. 그렇게 일 초씩 세다가 깜박 한 시간 잔 듯 했다.

비행기는 이스탄불에 내렸고 투어 일행은 '앞으로 나란히'를 하는 유치원생들처럼 인솔자를 따라 환승 게이트로 갔다. 그 투어 객들 중에 눈에 띄는 한 여자가 있었다. 사람들은 그녀를 보았고 그 역시 절로 눈길이 갔다.

그 여자는 게이트 앞에 혼자 줄 서 있었다. 그녀는 젊고 예뻤고 혼자 온 것 때문에 더 눈에 띠었다. 20대 후반 정도인 그녀는 보통 남자 키에 체격이 좋았으며 머리카락도 길었다. 새카만 머리카락은 윤이 흘렀고 감당하기 무거울 만큼 숱이 많았다. 검은 뭉게구름 같은 머릿속에 뚜렷한 이목구비의 작은 얼굴이 숨어 있었다. 함박웃음을 뿌리는 그녀의 얼굴은 햇살 같았다. 웃음, 큰 키, 예쁨, 풍부한 근육, 무거운 머리숱까지 모든 것이 넘치는 여자였다. 아마조네스 같은 장사 포스였지만, 여성스러웠으며 예의가 발랐다. 그녀가 한번 웃을 때마다, 주변의 5, 60대 중늙은이들은 그녀의 젊음과 미모에 감명 받았다.

그녀를 본 순간 그는 비행의 피로에서 벗어났고, 여행이 즐거울 것 같은 예감이 들었다. 이성을 보는 기분은 아니었다. 우선 그녀가 자신을 남자로 볼 리 만무했다. 급 노화, 급 갱년기를 맞은 그는 여자에 대한 관심을 거의 상실했다. 그래도 잘 보이고 싶고, 약간 설렐 수 있는 여행 친구가 있다는 것은 좋은 일이었다. 하루 정도는 떨어져서 지켜보기만 하기로 했다. 중년 남자가 반갑게 달려들면 젊은 여자는 싫어할 것이다.

카이로에 내리기 바쁘게 빡센 일정이 이어졌다. 투어 버스가 관광객들을 이집트 박물관 앞에 내려놓았다. 처음에 그는 모범생처럼 가이드와 눈을 맞추며 가이드 주변에 있었다. 그는 가이드 설명을 들으며, 파라오들의 석상, 예쁘장한 목상, 그림 속 이집트인들을 보았다. 그림으로 본 이집트인들은 짙은 눈 화장을 했고 밀크초콜릿 색이었으며, 몸이 가늘고 호리호리했다. 벽화에는 그림들과 상황을 설명하는 문자가 빽빽했다. 젊고 잘생긴 왕과 예쁜 왕비, 화려한 의상과 날씬한 몸들, 상형문자. 일러스트와 글씨가

288

어우러진 고대 만화를 보는 것 같았다.

그는 유리 진열장 안 관에 누운 시커먼 미라의 얼굴을 보았다. 3천 년 전, 혼이 몸을 떠났다. 그래서 구경하는데 전혀 미안함을 느끼지는 않았다. 그는 미라들에 정신이 팔렸다. 어떤 미라는 고통과 공포가 초 고조된 순간에 죽음을 맞은 것 같았다. 그때 그는 '죽음의 본질'을 살짝 엿본 것 같았다. 그가 미라의 그로테스크한 매력에 빠진 그 순간은 채 3분이 되지 않았다. 그런데 주변에는 이미 아무도 없었다. 외국인들만 돌아다닐 뿐 가이드와 일행은 다 사라져버렸다. 급히 그 방을 나온 그는, 다른 방들도 둘러보았으나 눈에 익숙한 사람은 없었다. 박물관 안은 드넓었고 여러 나라의 관광객들이 북적거리고 있었다. 그는 관람을 중단해야겠다는 결정을 했다. 더 돌아다니다가는 미아가 될 것이니, 들어왔던 박물관 정문 입구에서 기다리기로 했다.

관람을 끝내면 일행들이 당연히 나올 것이라 생각하며 30분 정도 서성거렸다. 2월의 구름 낀 카이로는 추웠다. 썰렁한 바람을 맞으며 기다리자 심난해졌다. 과연 이 앞으로 가이드와 일행이 다시 나오긴 할까? 다른 문을 통해 나가는 길이 있는 건 아닐까? 가이드에게 통화를 시도했지만 되지 않았다. 그의 캐리어는 버스 트렁크에 있고, 카메라가 든 배낭 역시 버스 안 그의 옆 자리에 있었다. 다행히 그의 주머니에는 여권과 달러, 카드가 있었다. 자유 여행이라면 내 발이 가는 곳이 여정이고 길을 잃는 것조차 낭만일 수 있다. 그런데 패키지에서는 이보다 낭패가 없었다.

찬바람을 맞자 감기가 들 것 같아, 마냥 서 있을 수만은 없다는 생각이 들었다. 밖으로 나가서 투어 버스에 미리 타고 있자─ 좋은 생각 같아 그는 박물관 밖으로 나갔다. 그런데 투어 버스는 내렸던 그 자리에 없었다. 다른 곳으로 옮겨 주차했거나 이미 떠났을 수도 있었다. 기사 얼굴도 생각나지 않았다. 얼굴이 다 시커멓고 비슷했다. 비슷한 버스와 비슷하게 생긴 기사가 있어 차에 오르려 하자, 기사가 "No!"를 외치며 손 사레를 쳤다. 마침 경찰이 지나갔다. 경찰에게 몇 마디 물어 보려 했지만, 이집트 말만 하던 경찰은 자기 알 바 아니라는 듯 도망가 버렸다.

그는 다시 박물관 안으로 들어왔다. 일행이 박물관을 나가는 건 못 봤으니 문 앞에서 더 기다리는 게 최선인 것 같았다. 그렇게 서성거리는데 정문 화단 앞에 왠지 낯익은 여자가 보였다. 일본 여자는 아니겠지, 그가 영어로 말을 걸자 여자는 참 웃긴다는 표정이었다. 저 앞에서 땅딸막한 50대 현지 여자 가이드가 멀뚱히 그를 보고 있었다. 이어서 하얗게 질린 가냘픈 인솔자가 나타났다. 그녀는 유심 칩을 바꿔 통화가 안 된다며 새 번호를 알려 주었다.

그는 아무 일도 없었던 것처럼 행동했고 빡빡한 일정이 이어졌다. 쉬고 싶었지만 투어 버스는 기자로 가고 있었다. 비 올 확률 1퍼센트라던 카이로 하늘은 구름이 잔뜩 덮였고 습한 바람이 세차게 불었다.

기자는 세 개의 피라미드와 스핑크스로 유명한 곳이었다. 버스에서 내리자 낙타 냄새가 코를 찔렀다. 낙타들은 화려한 안장과 고삐로 치장했지만 냄새가 지독했다. 피라미드는 그가 상상했던 것보다 작았고 스핑크스도 순둥이 큰 개처럼 보였다. 그의 상상 속 피라미드는 더 웅장했고 하늘을 찌를 듯한 삼각형이었다. 그것도 나이를 먹은 자신의 탓만 같았다. 모든 것이 시시해 보이는 것은 감수성이 말라붙고 늙은 탓이야. 젊을 때 와서 저 피라미드를 한번 기어올랐어야, 내 발로 정복을 했어야 아찔한 스릴이 있었을 테지. 피라미드는 올라가는 것이 금지되었다. 그래도 올라가는 젊은이들이 많았고, 또 오래 전에는 피라미드를 산처럼 등반하는 것이 허용되었다. 그런데 늙은 그는, 하지 말라는 일은 하고 싶지도 않았고 올라갈 기운도 없었다.

그의 시선은 살아있는 매력적인 대상, 절로 그 20대 여자에게로 향했다. 그녀 좌우에는 40대 여자와 30대 이집트남자가 딱 달라붙어 있었다. 낄 자리가 없었다. 능글맞게 웃는 이집트 남자의 입에서 침이 튀어나왔다. 그녀와 대화 중인데 영어를 좀 하는 것 같았다. 그녀가 웃자 더 크게 웃는 남자의 입 꼬리로 침이 질질 흘렀다. 남자는 침을 흘리며 사진을 찍어 주고 있었다.

예쁜 여자를 보면 진짜 침을 흘리는 남자가 있구나, 그도 남자였지만 새로운 사실을 알았다. 그녀는 그 남자를 경계하지도, 싫어하지도 않았다. 하긴 그녀라면 남자들과 레슬링을 해도 질 것 같지는 않았다. 그녀는 우월한 체격 조건을 가졌으므로 밤길을 걸어도 남자 따위 두려워할 필요가 없었을 것이다. 그런 한편 남자들의 숭배를 받았으므로 여유롭게 베풀 줄도 알았으리라. 그녀는 팔짝팔짝 뛰어 오르고 웃으며 포즈를 취했다. 그러다 이집트인이 시키는 대로 포즈를 취했다. 스핑크스와 키스하는 포즈를 취하기도 했고 손으로 스핑크스 머리를 쓰다듬는 동작을 취하기도 했다. 이집트 남자는 징글맞게, 뭔가 짓궂은 말을 계속 하고 있었다. 그녀는 난색과 화사한 웃음을 남발했는데, 그 이집트인과 떨어지고 싶지는 않은 것 같았다. 그녀도 그 남자를 이용하고 있었다. 이집트인이 사진을 잘 찍어 주었기 때문이다.

잠은 한 시간 자고 밥을 6번이나 먹었던 긴 일정이 끝났다. 호텔로 가는 길에 비가 본격적으로 주룩주룩 내렸다. 가이드가 말했다. 카이로는 좀처럼 비가 오지 않는데, 이렇게 비 오는 날은 아주 드물다고, 참 운이 좋은 날이라 했다. 원래는 트래픽이 아주 심한데 사람들이 얼어 죽을까봐 다 집에 숨어 있어서 길이 펑 뚫렸다고.

그는 비를 흠뻑 맞았다. 사람들은 준비한 우산을 쓰고 있었지만, 그에게 굳이 우산을 씌워 주려는 사람은 없었다. 빗물이 고인 곳을 딛자 통기성 좋은 여름 운동화에 물이 흠씬 스며들었다. 양말까지 푹 젖었다. 호텔은 넓었지만 난방이 되지 않았다. 오히려 찬바람이 나와서 보일러를 껐다. 그는 다른 침대에 있는 이불을 걷어 두 채를 덮었다. 호텔에서 6, 7시간 정도 푹 잤다. 잘 자고 나자 컨디션이 좋고 어깨도 가벼웠다. 마르지 않은 축축한 운동화를 신어도 기분이 산뜻했다.

버스는 알렉산드리아로 가고 있었다. 카이로는 여전히 비가 살살 뿌렸는데, 황색 건물 사이로 기다란 무지개가 어렸다. 한국에서 못 본 무지개를 카이로에서 보니 신기했다. 카이로의 건물들은 대부분 사막 색을 닮은 황색인데, 오래되어 누렇게 찌든 건지 사막과 비슷한 색조를 쓰는지는 알 수 없었다. 파리 시내를 다니면 어디서나 에펠탑이 보이듯, 카이로 시내에서는 건물들 사이로 삼각형 피라미드가 뾰족하게 튀어 나왔다.

어느새 구름은 사라졌고 해가 나왔다. 버스 좌우로 사막 같은 누런 황무지가 끝없이 펼쳐져 있었다. 세 시간 정도 달렸다. 사막의 단조로운 풍경에 지쳐서 늘어질 때, 새파란 지중해가 나타났다. 이어서 하얗고 화사한 유럽풍의 해안도시가 나타났다. 하얀 고층 건물들 사이로 야자수가 서 있는 도시를 보자, 여기까지 온 보람이 있었다. 카이로가 모래에 켜켜이 찌든 황색 도시라면, 알렉산드리아는 하얗고 새파랬으며 찬란했다. 사파이어 빛 바다에 유유자적 떠있는 파란 레저용 보트들과 요트, 그 저편에는 유럽형 대리석 궁전이 있었다. 알렉산드리아가 '지중해의 빛나는 진주'라는 말과 함께, 진주를 안토니우스 앞에서 녹여 먹었다는 클레오파트라가 생각났다. 책이나 영화를 보면, 클레오파트라는 이 지중해 선상 위에서 화려한 향연을 펼치며 로마 영웅들을 조종했다. 아름답고 똑똑했겠지만 부유한 나라의 여왕이었기에 가능한 일이었다.

"클레오파트라는 정말 절세미인이었을까요? 하셉수트 여왕, 람세스, 투탕카멘과 그 왕비까지 조각상이나 그림이 있는데 클레오파트라만 없잖아요."

20대 아가씨는 사진을 찍어달라는 말부터 하고 싶었다. 그렇지만 예의상 그에게 먼저 대화를 시도한 것이다.

"미인일 가능성은 있겠지만 글쎄 절세미인까지는?"

그는 사진 두 장을 찍어준 후 말을 이어갔다.

"알렉산드리아를 세운 알렉산더가 죽자, 알렉산더 측근인 프톨레마이우스가 이집트왕 노릇을 했지. 클레오파트라 선조 할배고 그때부터 그리스 문화가 이집트에 섞인 겁니다. 즉 클레오파트라의 외모를 추론하자면, 이집트가 아닌 그리스 여자고, 또 이집트 벽화 인물들은 가늘고 호리호리한 몸이니까, 현대적인 관점으로도 미인에 가깝다는 추측은 할 수 있어요. 평범하다 해도 여왕과 부라는 후광을 받으면 절세미인으로 승격되는 것쯤이야 당연하지 않을까."

"그렇게 박식하시니까 가이드 설명도 안 들으시는구나."

그녀는 존경하는 눈빛으로 그를 보았다. 그는 아는 척 한데다 그녀에게 이해를 받는 것 같아 기뻤다.

다시 카이로로 이동하여 역 야외 카페에서 대기했다. 그녀의 이름은 현정이었다. 열차 대기 시간 동안 현정에게 카푸치노 한 잔 살 기회를 얻었다. 주로 그녀의 이야기를 들었다. 그녀는 자유여행을 몇 번 다녔고 패키지는 처음이라고 했다. 이집트는 자유 여행이 무서웠다 했다. 그런데 패키지는 원래 나이든 분들만 다니냐고 그녀가 물었다. 그는 자신도 그 나이든 분에 속했으므로 우선 웃었다. 눈치를 본 그녀는 다 좋은 분이라며 웃었는데, 다시 패키지를 갈 것 같지는 않았다.

그는 '오리엔탈 특급열차' 같은 영화를 떠올리며 야간열차에 올랐다. 역시 영화와 달랐다. 객실은 캐리어 하나 펼치기 힘들만큼 좁았다. 그는 1층 침대에 가방을 펼쳐 두고 2층에서 잠을 잘 작정이었다. 그런데 일직선의 사다리가 오르내리기 불편했으므로 굳이 오를 필요성을 못 느꼈다. 웨이터는 다시 2층 침실을 접어주고 식탁을 펼쳤다.

소형 싱크대에서 양치와 세면을 한 그는 소변도 싱크대에 보았다. 밖의 화장실은 냄새가 났고 여자들이 줄 서 있었다.

침대에 눕자 살랑거리는 물에 누운 듯 열차는 리드미컬하게 달렸다. 암흑 속에 불빛이 점점이 흐르는 야경은 그럭저럭 낭만적이었다. 잔잔한 흔들림이었지만 몸이 자극을 받아선지 좀처럼 잠이 오지 않았다. 짧았던 낭만이 사라졌고 다시 피로가 엄습했다. 샌드위치 한 조각과 커피로 아침을 때운 후 열차에서 내렸다. 물이 나오지 않아 양치도 세수도 못했다. 턱수염도 지저분하게 자랐고 머리에는 흰 머리가 듬성듬성했다. 그는 짙은 선글라스와 모자로 얼굴을 가리고 현정 쪽은 쳐다보지 않기로 마음먹었다. 빗이 없어 머리도 못 빗었다. 새둥지를 지은 것 같은 머리를 모자로 감췄지만, 어쩐지 그녀라면 다 알아보고도 남을 것 같았다.

드디어 나일강에 정박한 크루즈 선에 입성했다. 객실은 안락했으며 커튼을 열자 강이 보였다. 이제야 여유로운 여행을 즐기는 구나, 그는 배가 고팠는데도 무척 기분이 좋았다. 도시락이 맛없어 굶다시피 했기에 크루즈의 뷔페가 더욱 기대되었다. 배가 터지도록 실컷 먹고 싶었다. 레스토랑으로 내려가자 널찍한 원탁 테이블에 현정과 40대 여인, 혼자 온 60대 남자가 앉아 있었다. 40대 여인은 김 선생으로 불리고 있었다. 그는 현정의 옆 자리에 가서 앉았다. 현정의 왼편에는 김 선생이, 오른 편은 그의 자리가 되었다. 이제 3박 4일 동안 이 테이블에서 조석으로 함께 식사를 하게 되었다.

뷔페도 훌륭한 편이었다. 쌀밥과 쇠고기, 닭고기, 생선요리, 기본인 병아리 콩과 채소요리, 과일, 치즈, 디저트가 쌓여 있었다. 모두 접시에 음식을 잔뜩 덜었고 먹는데 열중했다. 같은 테이블에서 식사하면서 자연스레 현정과는 더 친해졌다. 그녀는 자신이 듣던 음악을 그에게도 들려줬다. 이어폰을 하나씩 나눠 끼고 노래를 함께 들었는데, 별 감흥이 없었지만 좋은 척했다.

현정에게는 이집트 남자 팬이 두 명 더 생겼다. 무슨 이유에선지는 모르겠지만, 나이가 든 이집트 웨이터는 그녀가 테이블에 앉으면 바나나를 갖다 바쳤고, 20대 예쁘장한 웨이터도 그녀에게 인사를 하러 왔다. 현정은 영어와 현지어 몇 마디를 섞어 그들과 이야기를 하고 웃기도 했다. 여러 경험을 하고 싶은 그녀는, 이집트에 왔으니 이집트인들과도 어울려 봐야 한다고 생각하는 것 같았다.

배가 정박한 도로 맞은편에 시장이 있는 것을 보았다. 그는 머리빗을 살

목적으로 크루즈 선을 나섰다. 현정과 김 선생도 시장 구경을 한다며 나와 있었다. 김 선생은 현정 외의 인간들에게는 관심이 없었다. 그도 그럴 것이다 부부 팀이었고 혼자 온 남자는 그와 60대 후반의 남자였다. 그래서 그들은 현정을 가운데 두고 좌우로 걸어갔는데, 굳이 경쟁심까지는 느끼지 않았다.

차들이 엄청난 속도로 달리는 도로는, 좌우 어디를 봐도 희한하게 신호등 하나 없었다. 그래서 그가 먼저 무단횡단을 감행했다. 앞장 선 그의 점퍼 자락을 현정이 아이처럼 잡으며 따라왔다.

"남의 나라에서 무단횡단하다 비명횡사하면 어떡해요?"

"로마에선 로마의 법을 따라야지."

시장으로 들어갔다. 볼만한 게 없었다. 여자들은 쇼핑을 하고 싶었지만 마음에 드는 것이 없는 모양이었다. 여자들은 '룩소르'에 가서 쇼핑을 하기로 했고 그는 잡화점에서 심플한 빗을 찾았다. 점원이 10달러나 불러 놀랐는데 이집트는 물가가 쌌기 때문이다. 더 안쪽으로 들어가자 '다이소'같은 상점이 보였다. 5달러를 주고 못생긴 빗을 샀다. 어린 여점원이 현정을 보며 환성을 질렀고 같이 사진을 찍자고 했다. 한류스타를 닮은 현정이 웃으며 포즈를 취했다.

현정은 크루즈에서의 첫날밤을 그저 보내고 싶지 않았다. 하나라도 더 구경하고 싶었으며 경험하고 싶었고 또 술맛도 보고 싶었다. 현명한 김 선생은 피곤하고 술도 못 한다며 자기 방으로 가버렸다. 현정을 독차지한 그는 수준미달의 발리 댄스를 보았고 물인지 술인지 심심한 모히또를 마셨다. 막 12시가 되었을 것이다. 엘리베이터로 가는데 사방에서 셔터가 스르르 떨어졌다. 공포감이 조성되었고 폐쇄공간에 꼼짝없이 갇힌 것 같았다. 싱거운 술을 좀 마셨고, 별로 늦지도 않은 12시인데 이런 벌을 받다니 너무 하지 않나? 현정은 어이없는 듯 그를 봤고 그가 직원을 불렀다. 그런데 이런 일이 드문 지 직원은 셔터를 올릴 줄도 몰랐다. 시간을 질질 끌다가 남자들이 하나 둘씩 더 나타났다. 건장한 남자 네 명이 모였지만 모두 우왕좌왕했고 내려온 셔터를 다시 올리는 데 결국 한 시간이 더 걸렸다. 느릿느릿한 이집트 인들을 보며 답답해서 짜증이 났고, 자포자기한 심정도 들었다. 현정도 한숨을 쉬었다.

"배가 침몰하는데 셔터가 떨어지면 수영 선수도 헤엄 한 번 못 쳐보고 죽겠네요."

하긴 타이타닉을 보면 선실에 갇혀 그대로 죽는 사람들도 등장한다. 그건 살려고 이리저리 뛰어다니는 것보다 훨씬 공포의 강도가 높아 보였다.

"저 폐쇄 공포증 있나 봐요."

"원더우먼 같은데 무슨……."

그는 씩 웃었다. 그녀와 롤러코스터를 한 판 타고 이어서 바이킹까지 탄 것 같았다. 역시 무척 피곤한 날이었다.

배는 움직이지 않고 정박해 있었다. 샤워 후 그는 벌거벗은 그대로 창가에 서 있었다. 창밖에는 막막한 검은 강과 강 건너편의 불빛 몇 개가 보일 뿐이었다. 벌거벗은 채 창문을 활짝 열고, 이렇게 자유로움을 느끼긴 처음이었다. 곧 추워서 문을 닫았다. 시커먼 풍경이 단조로워 더 볼 것도 없었다.

다음 날 조식 시간에 현정은 늦게 나와 음식을 조금만 먹었다. 어제 후유증 탓인지 그녀는 찡그렸고 아프다고 했다. 그가 아스피린이라도 줄까 물었고 그녀는 약을 가져 왔다고 했다. 점심시간이 되자 그녀의 왕성한 식욕은 다시 돌아왔고, 그녀는 씻은 듯이 나았다며 활짝 웃었다.

선상에는 수영장과 인공 비치가 조성되어 있고 티타임을 할 수 있는 테이블들이 세팅되어 있었다. 강바람이 차서 수영을 하는 사람은 아무도 없었다. 동양인들은 파라솔 아래서 여행담을 늘어놓았고, 유럽인들은 인공 비치에 수영복 차림으로 누워 있었다. 유럽인들 역시 대부분 5, 60대로 은퇴자들이 분명했다. 그들은 동양인들보다 훨씬 뚱뚱했다. 복부 비만이거나 축 늘어진 주름살 살덩어리들을 보노라니, 찬란한 나일 풍경이 비만 노인네들 누드촌으로 변한 것 같아 좀 쓸쓸했다.

크루즈를 하는 동안은 여유롭고 호사를 누리며 지냈다. 세계 각국을 다닌 여행담은 사람들마다 끝없이 흘러나왔다. 여행 좀 했던 은퇴자들은, 자신이 상류층이며 여행을 많이 한 모험가라는 착각에 빠져 있었다. 현정이 나일강 크루즈를 할 수 있어 행복하다고 하자, 한 남자는 지중해 크루즈나 캐러비언 크루즈를 한 번 해 봐라, 그런 말이 나오나 하며 잘난 척 했다.

"아, 나일 크루즈부터 해서 참 다행이네요."

그녀는 웃었고 강 크루즈도 충분히 좋다며 진심으로 행복해했다.

나일강은 세계에서 가장 긴 강이며, 남에서 북으로 거꾸로 흐르는 강이다. 배는 남쪽 룩소르로 유유자적 올라갔고 그는 질릴 때까지 나일강을 보았다. 강은 푸르고 깊고 서늘한 바람을 품고 있었으며 깨끗했다. 크루즈는 이집트 여행에 적합했다. 유적지들이 나일강 근처에 흩어져 있고, 배에서 내려 버스를 타거나 마차를 타고 갈 거리 정도였다.

해가 질 무렵 룩소르 신전으로 갔다. 지는 해와 솟아 오른 보름달, 노란 조명등이 룩소르 신전을 금빛으로 비추고 있었다. 그는 해와 달을 함께 넣어 룩소르 신전을 찍었다. 그는 사진이 생각보다 잘 나와서 놀랐다. 달빛과 조명을 받은 그리스 식 대리석 신전 기둥이 렌즈 안에서 찬란하게 빛나고 있었다. 그는 많은 사진을 찍었지만 스스로 황금빛으로 발광하는 사진은 처음이었다.

현정은 보이지 않았다. 아마 사진 찍으며 돌아다니고 있을 것이다. 그는 의도적으로 그녀와 떨어져서 움직일 때가 있었다. 그녀도 자유를 추구하듯 그와 먼 곳에서 혼자거나 다른 사람들과 어울리곤 했다. 그는 무엇보다 그녀의 자유를 침해하는 것이 싫었다. 순간 와당탕 넘어지는 소리가 들렸고 하이 톤의 여자 비명 소리가 났다.

사진 찍다 누가 넘어졌구나, 그는 슬며시 웃었는데 넘어진 여자는 바로 현정이었다. 덩치가 크다 보니 넘어지는 것도 파장이 엄청났다. 사람들이 놀라서 우르르 달려갔고, 그녀는 디지털 카메라가 멀쩡한 지 살피고 있었다. 사람들 주목을 받자 그녀는 아픈 건 둘째 치고 쥐구멍을 찾고 싶었다. 다행히 카메라도, 그녀도 깨진 것 없이 멀쩡했다. 사람들은 한 마디씩 하며 놀려 먹었고, 그녀는 농을 되받아치며 웃고 별 일 아닌 척 애썼다.

다른 여자 한 명이 사진을 찍다 또 넘어졌다는 소문이 퍼졌다. 그 오십대 여자는 얼굴을 그대로 땅에 처박아 코피까지 쏟은 심각한 상태라 했다. 피를 본 여자가 등장한 바람에 현정은 불편한 관심에서 벗어날 수 있었다.

"해외여행 나가서 1년에 서너 명은 죽는다잖아요. 그중 반은 사진 찍다가 당한 사고 같던데요."

이집트인에게 해지는 나일 서쪽은 네크로폴리스(죽은 자들의 도시)였다. 그는 자기 방이 나일강 서쪽인 걸 알았다. 늘 서쪽 강과 일몰에 익숙했던 그는 이미, 죽은 자들의 집에 살다가 온 것 같은 기분이 들었다. 나일로 떨어지던 붉은 해는 지나가는 돛배를 활활 태우기도 했고 대형 여객선 위에 걸리기도 했다. 일몰의 후광을 받은 여객선이 핏빛 강에 장엄하게 떠있는 장면은 장관이었다.

현정의 방은 맞은 편 동쪽이었다. 그녀는 일찍 일어나 해돋이를 봤다고 자랑했다. 그는 일출을 본 기억이 없었으므로, 자기 방 석양을 자랑했다. 그러자 현정이 '선셋'도 보고 싶다고 해서 그는 자기 방에 들어오라 했다.

"아, 내 방과는 분위기가 다르네요."

그녀가 말했고 함께 해지는 나일강 풍경을 봤다. 혼자 보는 것 보다 훨씬 좋았다. 그녀가 자기 방도 보여 줬다. 그녀 말처럼 같은 방인데도 완전히 분위기가 달랐다. 그녀 방이 여자 방답고 서늘했으며, 그의 방이 훨씬 더웠다. 해가 가는 방향에 따라 방의 온도가 달라지는 모양이다. 이제는 식사 시간이 되면 같이 가지고 현정이 방문을 노크하곤 했다. 그는 머리에 빗질을 하고 외모에 신경을 썼다.

다음 날 아침, 버스는 왕가의 계곡으로 갔다. 사막답게 태양이 작열하고 뜨거웠다. 왕가의 계곡은 사막과 돌산에 은거했던 네크로폴리스였다. 람세스와 하셉수트 여왕 등 많은 파라오들이 묻혀 있던, 왕들의 공동묘지였다. 왕가의 계곡을 나오자 휴식이 주어졌다. 펠루카를 타고 천천히 강을 돌며 룩소르의 외관을 구경하는 것이다. 그는 돛을 배경으로 앉아 있는 현정의 사진을 찍었다. 그녀가 사진이 마음에 든다고 해서 보내 주겠다고 했다. 그는 '사진 잘 찍어주는 아저씨' 역할에 만족했다.

배에서 내리자 마차가 기다리고 있었다. 현정이 마차에 올랐고, 그는 마부 옆 자리에 앉았다. 간접적이나마 말을 몰아보고 싶었던 것이다. 마차를 타고 룩소르 거리와 시장을 둘러보는 코스였다. 그런데 마부가 채찍을 너무 자주, 세게 휘두르는 것이 거슬렸다. 늘 하던 일이므로 말은 알아서 잘 달리고 있었다. 그런데 마부는 습관적으로 말을 때리는 것 같았다. 그는 짐승의 고통을 보며 경관을 즐길 기분이 안 났다. 볼거리도 없었다. 한국 달동네 비슷한, 재개발 단지 같은 동네였다.

자동차 사이로 끼어들던 말이 곡예수준으로 길을 건넜다. 말이 차에 치일까 봐 겁이 났지만 가느다란 말 뒷다리는 용케 요리조리 피했다. 태연한 마부를 보면 늘 하던 익숙한 일이었을 것이다. 다시 채찍 몇 대를 맞자 말 엉덩이 사이로 똥이 주루룩 쏟아졌다. 생풀을 먹었는지 녹차 라떼 색 똥이 굵은 가래떡모양 몇 무더기 쏟아졌다. 말도 뭔가 민망한 것 같았다. 거대한 엉덩이를 수줍게 흔들더니 도망이나 치듯 후다닥 내달렸다.

크루즈에서의 마지막 저녁을 맞았다. 서운했지만 나일강은 사흘 내내 보기에는 지루한 감이 없지 않았다. 똑같은 뷔페도 사흘 먹으니 질렸다.

다음 날, 뷔페 조식을 간단히 먹고 객실로 들어온 그는 창부터 활짝 열었다. 정든 나일강에게 손을 흔들며 작별 인사를 했다. 그리고 멋있게 보이려 외모에 신경을 좀 썼다. 노크 소리에 문을 열자 현정 대신 웨이터가 서 있었다. 웨이터가 나가라 해서, 잠깐 기다리라 하고 캐리어를 내밀었다. 웨이터가 캐리어를 끌고 갔고 그도 곧 엘리베이터로 내려갔다. 프런트 앞에는 이미 아무도 없었다. 그가 일행이 어디 있냐고 묻자 밖으로 나갔다고 했다. 황급히 캐리어를 끌고 그는 배와 밖으로 연결된 다리 위를 달렸다. 다행히 버스는 그를 두고 떠나지는 않았다.

버스는 홍해의 '후르가다'를 향해 가고 있었다. 황무지가 이어졌다. 투어버스를 탈 때마다 서너 시간 씩 이어지는 사막 풍경은 단조롭고 지루했다. 사하라처럼 고운 모래를 가진 사막은 아니었지만 사막이라고 부른다 했다. 볼거리 없는 풍경에 구릉을 그린 돌산과 비쩍 마른 누런 풀 군락이 나타나기도 했다. 그 돌산 사이에도 사람들이 살고 있다고 했다. 염소를 키우고 애도 키우며 마약도 하고.

시나이 반도의 끝자락을 향해 가고 있었다. 갑자기 웅장해진 화강암 바위산이 영화장면처럼 좌우로 드라마틱하게 펼쳐지기 시작했다. 아니, 그가 영화에서 본 적 있던 광경이었다. 풍경은 예수나 모세가 등장한 영화에서 보던 장면과 비슷했다. 얼마 전 예수가 사막과 돌산을 방황하던 영화를 본 적 있었다. 그런데 여기는 출 애급기가 시작된 곳이니 당연히 '십계'의 모세였다.

사막에 면한 기다란 바다가 보이자 드디어 숨통이 트였다. 같은 푸른 색 물이지만 바다는 강과 분위기가 또 달랐다. 더 눈부시며 역동적이고 광활했으며, 모험이 있는 곳이었으므로 인간의 원초적 본능을 깨워 흥분시키는 매력이 있었다.

앞자리의 현정이 잔뜩 들뜬 얼굴로 돌아보았다.

"물속에 들어가실 거죠?"

혼자 놀려면 심심할 것이다. 그녀는 작은 모험이라도 함께 하며 동영상을 찍어줄 상대가 필요했다. 어차피 이 그룹에서 바다 속에 들어갈 만할 사람은 그밖에 없었다. 그녀는 스노클링에 필요한 장비와 수영복 등을 다 챙겨 왔다고 했다.

"이왕이면 스쿠버다이빙을 합시다. 물 속 깊이가 얼마죠?"

그가 남자답게 허세를 부리며 가이드에게 물었다. 가이드가 "8미터요." 하고 대답하자 그는 실망한 투로 소리쳤다.

"에이, 그 정도로 스쿠버다이빙은 못하겠다. 깊이가 얼마 안 되네요."

"여기서 다합이 가까워요. 거기 블루홀이 있으니 한 번 더 와서 스쿠버다이빙 하세요."

젠장, 블루홀에 스쿠버다이빙 하려고 한 번 더 올, 그런 팔자 좋은 놈이 얼마나 있을까.

"장비착용 하는데 시간 다 가서 어차피 스쿠버다이빙은 못 해요."

스쿠버다이빙 안 할 거면서, 현정은 그런 표정으로 그를 보고 있었다.

"현정 씨가 물에 들어가면 내가 물고기들을 쫙 모아서 사진 찍어 줄게."

'허세가 작렬하다'는 표현이 이럴 때 적합할 것이다.

사막과 바다 사이, 화려한 리조트는 오아시스나 신기루 궁전 같기도 했다. 새파란 하늘을 배경으로 늘어선 야자수를 보자 발리라도 온 듯 여유로웠다. 누런 사막과 돌산만 종일 보다가, 세상의 모든 색을 모아 놓은 총천연색 꽃무더기를 보자 감미로웠다. 리조트 마당은 문에서 프런트까지 걸어가는데도 10분 이상 걸렸다. 사막에 지은 것이니 땅값은 거저였을 것이다. 현정은 대형 캐리어를 한참 끌어야 했다. 그는 도와줄까 하다, 그녀 힘이 자기보다 좋은 게 분명하므로 그냥 두었다. 그는 현정의 대형 캐리어와 큰 배낭, 또 다른 가방까지 보고 속으로 놀랐었다. 이 여자가 이집트에 아예 눌러 살

작정을 하고 왔구나. 그녀는 오리발도 들었고 스노클링 장비만 챙겨도 한 짐이라고 이유를 설명했다.

뷔페식당으로 가서 점심부터 먹었다. 식사가 끝나자 우선 각자의 룸으로 돌아갔다. 현정은 그의 옆방이었다. 편의상인지 혼자 온 사람들은 늘 비슷한 장소에 배치하였다. 방은 크루즈보다 훨씬 넓었고 창밖에 테라스까지 있어 전망이 좋았다.

그는 캐리어에서 수영복으로 입을 적당한 반바지를 찾았다. 나머지 장비는 대여할 생각이었다. 스노클링까지 할 예정은 없었던 것이다. 아니 스노클링도 사실 처음이었다. 이럴 줄 알았으면 수중 촬영용 콤팩트 카메라를 가져 오는 건데.

현정이 노크를 했다. 문을 열자 검은 색 래시가드 셔츠와 긴 바지를 입은 현정이 장비가방을 들고 서 있었다. 그들은 함께 리조트를 걸어 나갔고 바닷가를 향해 또 한참 걸었다. 하얗고 아담한 2층 보트 위로 현정이 즐겁게 뛰어 올라갔다. 그는 스노클링 장비를 대여 받고 반바지로 갈아입었다. 배는 바다 가운데를 향해 한참 달렸다. 다른 사람들은 그저 '홍해'라는 바다를 보려고 배에 탔다. 투명한 유리 바닥을 통해 물고기와 산호를 구경하는 정도였지, 액티비티를 할 만한 사람은 없었다.

현정은 스노클링 마스크를 썼고 오리발까지 착용했다. 그도 현정이 하는 것을 보고 따라 했다. 현정이 먼저 물속으로 뛰어들자 사람들이 "와아!" 환호성을 질렀다. 그도 다이빙을 했다. 환호성은 들리지 않았다. 물속에 들어가자 생각보다 어둡고 흐렸다. 눈이 적응하는 시간이 좀 걸렸다. 힘차게 팔을 뻗어 빛이 보이는 곳으로 헤엄치자 시야가 뚫리기 시작했다. 햇살이 들어온 물속은 새파랬으며, 산호 사이로 팔랑거리며 오가는 물고기들도 보였다. 저만치 앞서 춤을 추는 듯 유영하는 현정이 보였다. 그녀야 말로 바다속 가장 큰 물고기처럼 보였다. 긴 머리카락이 미역처럼 나부꼈고 오리발 때문에 몸이 더욱 길어 보였다. 새카맣고 늘씬한 상어 같기도 하고, 인어공주라는 흔한 찬사를 보내도 아깝지 않았다.

홍해 깊은 물속에 그녀와 함께 있다는 사실이 그는 새삼 기뻤다. 그녀는 그를 향해 반갑게 달려왔고 흡사 품에 안길 것만 같았다. 이 순간 그는 자신이 살아있음에 감사했다. 그녀처럼 생동감 있는 피조물이 곁에 와 준 것을, 다시 죽은 심장을 뛰게 하고 멋진 순간을 선물한 것을. 그리고 인생에도 감사했다. 생은 별 것 없고 슬프지만 눈부신 순간도 분명 있었다. 더 환상적인 장면이 펼쳐졌다. 먹이를 따로 주지 않았는데도 물고기 떼가 모여 들고 있었다. 글라스피시, 솔저 피시, 니모를 닮은 클라운 피시 등등, 온갖 피시들이 그녀의 꼬리 뒤로 떼 지어 다녔다. 물고기조차 보는 눈이 있는 것 같고 그녀를 바다의 여왕으로 인정한 것 같았다.

현정이 그에게 뭔가를 건넸다. 그는 황송한 기분으로 받았는데 장난감처럼 생긴 수중 촬영 카메라였다. 그는 동영상을 찍었고, 그녀는 섹시하며 도발적인 포즈를 마음껏 취했다. 그녀 스스로 취해서지 그를 위한 도발은 아니었다. 그래도 그는 기분이 들떴다. 그녀가 역광 속으로 들어가자 걱정이 되었다. 시커멓게 보이는데, 역광보정은 되는 카메라인지, 또 수중 카메라를 가져 오지 않은 걸 후회했다. 그녀가 촬영을 못 했다고 실망할까 봐 신경이 쓰였다. 전갱이 떼 비슷한 물고기가 그녀 쪽으로 몰려왔다. 빛 속으로 나온 그녀가 전갱이 떼와 어울렸다. 멋지다! 뇌에서 도파민이 흘렀고 그는 홍분했다. 그런데 곧 머리가 터질 것처럼 아팠다. 기절할까 싶어 얼른 물 위로 나왔고 배 위로 기다시피 올라왔다.

뒤이어 현정도 올라왔고 사람들은 환호성을 질렀다. 현정을 둘러싸며 박수 치고 인어 공주라고 난리가 났다. 그가 본 것이 다 환상은 아닌 모양이었다.

카드키를 삽입했는데 문이 작동되지 않았다. 그러자 현정이 자기 방으로 가자고 했다. 프런트에 콜을 해주겠다며. 그는 옆방으로 갔고 그녀가 냉장고에서 꺼내준 탄산음료를 마셨다. 그녀는 프런트에 전화를 했는데, '이 방 말고요, 옆방 손님 카드 키가 고장 나서 문이 안 열려요'라는 말을 네 번 이상 되풀이했다. 그 말을 하는데 사람이 네 번 바뀌었다고 한숨을 쉬었다. 담당자가 오기로 했고, 그녀는 그가 찍어준 스노클링 동영상을 보았다. 그녀는 마음에 든다며 활짝 웃었고 그에게도 보여 주었다. 조그만 화면이지만 동영상이 생각보다 평범해서 놀랐다. 헤엄치는 그녀 주변 물고기는 사실 썩 많지 않았다. 허옇게 죽은 산호도 보였다. 세상에서 가장 깨끗하고 아름다운 바다라고 했지만, 산호들은 허옇게 다 죽어 있었다.

뇌에서 도파민이 과도하게 나온 증거를 보자 그는 울적했다. 물론 내색하진 않았다. 그는 그녀에게 사진을 보내 주겠다고 폰 번호를 물었고, 그녀는 그의 이메일 주소까지 물었다. 호텔 직원이 새 카드로 문을 열어 주었다. 그리고 한 시간 후 그녀가 다시 노크했다. 함께 즐거운 만찬을 하러 가기 위해서였다.

다음 날, 투어 버스에 올랐고 6시간 동안 카이로를 향해 달렸다. 그는 이제, 좋은 시간이 다 지나갔다는 것을 알았다.

공항에서 현정이 20대 이집트인과 작별 인사를 나누는 것을 보았다. 그 이집트 남자가 뭣 때문에 공항에 있는 지는 잘 알 수 없었지만, 그 눈길은 아련했고 서운함이 역력했다. 눈물이라도 한 방울 흘릴 것 같았다.

"저 친구, 진짜 서운해 하는데?"

그가 웃으며 말하자 그녀도 진심인 듯 말했다.

"저도 서운해요. 내 또래는 쟤밖에 없었거든요."

그도 서운했다. 그녀는 굳이 같은 '또래'라는 것을 강조했다. 그는 그녀와 있는 것이 즐거웠지만, 그녀는 마지못해 상대해 주었는지 모른다. 그녀에게 자유를 주기 위해 그는 다른 사람에게 작별인사를 하러갔고, 그 틈을 탄 그녀는 잽싸게 사라졌다. 그래 봤자 부처님 손바닥 안이라고, 그녀는 그의 뒷 좌석에 앉아 있었다.

이번에 그의 자리는 창 쪽 좌석이었다. 창 쪽에 앉은 김에 그는 야경 감상을 했다. 자리가 날개 쪽인지 비행기 꼬리가 정면으로 잘 보였다. 기체 꼬리가 푸른 유도등 사이로 서서히 움직이고, 뛰어가듯 빨라지고 마침내 공중으로 붕 떠오르며 이륙하는 광경을 지켜보았다. 기체 꼬리는 공중으로 더 높이 떠올랐고 꼬리 등에서 번개가 치는 듯 요란한 빛이 번쩍였다. 꼬리 등 저 편에는 환한 보름달이 떠올라 있었다. 더 높이 솟아오르자 카이로의 야경이 잘 보였다. 빨강, 주황, 녹색 빛이 현란하게 번쩍였다. 녹색 빛은 비행장 유도등들이었고 빨강, 주황은 카이로 시가지 빛이었다. 그는 카이로의 야경이 사라질 때까지 내려다보았다. 얼마간 날자 아래는 사막인지, 바다인지 불빛 한 점 없는 암흑이었다.

그는 뒤를 돌아보았다. 머리를 젖힌 현정이 입을 크게 벌린 채 자고 있었다. 벌린 입이 얼굴의 반을 차지했다. 동굴 같은 입 속으로 도마뱀도 들어갈 것 같았다. 그 모습이 아기처럼 귀엽고 예뻤다. 그녀에게 작은 선물이라도 못해 준 것이 갑자기 마음에 걸렸다.

비행기에서 내린 일행은 환승게이트로 가느라 경황이 없었다. 그는 친해진 일행에게 미리 작별 인사를 해두었다. 현정에게도 슬쩍 말한 적이 있는데 그녀는 신경 쓰지 않았다. 그녀에게 따라붙어 무슨 말을 또 하고 싶지 않았다. 자신이 다시 보이지 않아서 그녀가 궁금해해주기를 바란 것도 같았다.

모두들 떠나고 그 혼자 이스탄불에 남았다. 2월의 이스탄불은 이집트와 달리 한겨울이었다. 갑자기 혼자 남자 뭘 해야 할지 막막했다. 이렇게 헛헛할 줄 예상 못했다. 하지만 여행은 아직 더 계속되어야만 했다. 그가 오래 산다면 안 가 본 나라를 선택했을 것이다. 그런데 죽기 전 한 번 더 보고 싶은 장소가 있었다. 옛 친구나 연인이 보고 싶듯 그는 파리가 한 번 더 보고 싶었다. 그러나 아직도 따뜻한 이집트와 우호적인 일행들, 잘 웃는 현정에게서 벗어나지 못한 상태였다. 정신도 멍했다. 엉뚱한 컨베이어 벨트 앞에서 자기 캐리어를 찾고 있었다. 몇 바퀴 돌기를 기다려도 가방이 안 보였다. 한참 후, 다른 가방들이 다 내리고 거의 비어있는 벨트 앞으로 달려왔다. 그의 먼지 묻은 검은 캐리어는 넘어진 채 뒹굴며 버림받은 것처럼 돌아가고 있었다.

이스탄불에서 하루를 보냈다. 알렉산드리아와는 다른, 터키의 부산스런 지중해를 그는 둘러보았다. 외로워서 눈물이 흘렀다. 의사가 오래 못 산다 했을 때도 나지 않던 눈물이었다. 다음날 그는 로마행 비행기를 타고 있었다. 빡센 일정에 사람들과 어울리느라 잊었던 '죽음'이 한 발 가까워진 것을 실감했다. 비행기 날개가 구름 속에 있는 것을 보았다. 고도를 높인 비행기는 이제 지구 위에 떠 있었다. 지구라는 푸른 별에 잠깐 왔다가 간다. 지구를 떠난다고 명왕성 같은, 다른 별로 갈 것 같지는 않았다. 영혼이 우주로 날아간다면 그 역시 뇌가 만든 환상일 것이다. 아무리 용감하게 죽음을 맞고 싶어도, 죽음이 무섭다는 건 뇌가 더 잘 알고 있다. 죽을 때 뇌는 평생 썼던 것보다 많은 호르몬을 쏟는다. 오징어가 먹물을 뿜듯 죽음과 맞서 다량의 마약을 방출하는 것. 불쌍한 뇌는 스스로를 속일 뿐, 달리 방법이 없다.

로마에서의 첫날밤은 춥고 끔찍했다. 옆방에 중국인들이 들어 시끄러웠다. 다른 옆방에는 무슬림이 들었는지 기도 소리가 더 시끄러웠다. 시끄러워서 잠을 못 잤다. 그는 눈이 침침해서 거리의 멋진 경관도 잘 들어오지 않았다. 술 취한 듯 로마 거리를 걸어가는데 시비를 걸 듯 흑인 남자가 붙잡았다. 그가 돌아보자 1유로라며 엽서 세트를 내밀었다.

트레비 분수를 한번 볼까 했지만 관광객들이 바글바글해서 발 디딜 틈도 없었다. 대신 그는 부근의 지하묘지로 갔다. 묘지 입구 옆부터 크고 작은 해골들이 쌓여 있었다. 기독교인들의 해골이었다. 지하 공기는 차갑고 천장은 드높았으며, 벽은 세월과 습기의 검은 더께가 앉아 있었다. 우중충한 분위기는 그럴 듯 했다. 그는 죽음의 모습을 보고 싶었지만, 백열등 조명 아래 예쁘게 쌓아둔 해골은 연출일 뿐이었다. 생명이나 영혼이 빠져나간 그저 껍데기일 뿐이며, 구경거리 이상의 의미는 없었다. 그는 천정까지 빼곡히 쌓인 해골들을 올려다보았다. 눈을 부릅뜨고 보아도 영혼이나 유령 같은 것은 보이지 않았다. 뇌가 생각보다 멀쩡한 것이 아닐까, 산처럼 쌓인 해골이 있는데, 왜 내 뇌 속의 종양은 아무 환각도 보여 주지 않는 걸까, 돌아서는데 뒤통수가 따가웠다. 그가 휙 고개를 돌렸다. 구석의 수도복을 입은 해골 하나가 그를 보고 히죽거렸다.

지나간 사랑의 잔해 속에서 살기 위해 무덤들만 찾아다니는, 나야말로 시체성애자(necrophilia)가 아닐까, 그는 피식 웃음이 났다. 시체(necro)는 '추억', '옛사랑'을 은유하기도 한다. 추억에 집착하는 자신에게 '시체성애자'만큼 어울리는 말은 없으리라.

로마 테르미니 역으로 간 그는 아시시행 기차를 탔다. 기차가 두 시간 달리는 동안 그는 거의 잤고 잠깐씩 전원풍경을 봤다. 2월의 전원 풍경은 나무들이 앙상해서 별 볼거리가 없었다. 현정 때문에 까맣게 잊었던 수정이 비몽사몽간 떠올랐다. 꿈결에 감정이 격해져서, 그는 자면서 조금 울었다. 오수정과 함께라면 이 모든 광경이 얼마나 아름다울까, 아무 것도 아닌 것조차 다 감동스러울 것이다, 이제 모든 것은 회색으로 변했고, 그 회색조차 검은 색으로 짙어지고 있었다.

아시시역에 도착하자, 그는 다른 관광객들과 섞여 아시시 마을로 가는 버스를 탔다. 버스를 타자 곧 성 프란체스코 대성당이 보였으므로 내렸다. 그의 눈은 한동안 대성당의 첨탑 사이를 날아다니는 하얀 새에 머물렀다. 차가운 겨울 성당에 흰 새가 어우러지자 생기가 돌았다. 중세 고딕 풍의 거대한 성당을 한 바퀴 둘러보며 사진 몇 장을 찍었다. 사진을 찍으면서도 쓸데없는 일을 하는 것 같아 우울했다. 여기 와야 할 사람은 성 프란체스코를 숭배하던 수정이었다. 그에게 성 프란체스코는 특별한 의미가 없었다. 수정에게 보여 줄 것도 아닌데…… 혹시나 누가 자신의 유품 정리라도 한다면, 이 사진들을 볼 것이고 사진을 어떻게 처리할까 고민할 것이다. 그러다 버리겠지, 그런 생각에 이르자 사진 찍을 의욕도 잃었다.

성당 지하에 성 프란체스코의 유해가 묻혀 있었다.

'만일 당신의 영혼에 어떤 위로가 필요하다면 그대여, 내게 오시오.'

그는 성 프란체스코의 말을 떠올렸다. 그러고 보니 자신의 의지로, 작은 위로라도 받고 싶어 아시시에 온 것 같았다. 까다로운 검색을 통과해서 성당 안으로 입장했다. 성 프란체스코의 기적에 대한 그림들을 천천히 둘러본 후 지하무덤으로 내려갔다. 계단을 내려가자 커다란 육각기둥이 보였는데 그 안에 성인의 유골이 있다 했다. 다닥다닥 기워 입은 성인의 회색 수도복을 보며, 그는 존경심을 느꼈다. 다시 살 수 있는 기회를 얻는다면, 그때는 구도의 길을 걷고도 싶었다.

성인은 베르나 산으로 들어가 40일 동안 단식기도를 하다 환시를 보았다. 날개가 불타고 있는 찬란한 세라핌을 보았다는 것이다. 그 후 양 손과 양 발, 옆구리에 상흔이 생겼다고 했다. 그러나 상흔을 받은 후, 눈도 멀고 미쳤고 작은 오두막으로 돌아가 쓸쓸하게 죽었다. 40일 동안 산에 혼자 있다 굶기까지 했으니 헛것을 보고 영양실조로 눈이 먼 것이다, 무신론자인 그는 그런 결론을 내렸다.

'누구도 신을 찾을 수 없어, 신은 공기 속 원소처럼 떠돌고 있을 뿐……'

그는 자신이 돌아갈 폐가를 떠올리며 쓸쓸하게 성당을 나왔다. 그 어떤 다른 위로도 받지 못한 채.

파리는 지수와 갔던 호텔에 예약을 해두었다. 방은 넓고 쾌적했지만 여전히 추웠다. 이국의 호텔방에 혼자 내던져진 외로움이 끝도 없이 엄습했다. 지긋지긋한 외로움이었다. 배가 고프진 않았지만 주방에 배치된 전기포트로 물을 끓여 컵라면을 먹었다. 뜨겁고 얼큰한 라면을 먹자 외로움이 옅어졌다. 침대에 눕자 몸이 으슬으슬하며 오한이 일었다. 권투선수의 핵주먹에 한 대 맞은 것처럼 머리가 터지는 것 같았고 몸이 떨렸다. 먹은 라면도 토했다. 다시 죽음에 대한 공포를 느꼈지만, 아직은 죽을 때가 아니었다.

그래도 다음 날 그는 움직일 수 없었다. 그는 하루 온 종일 앓으며 호텔에서 보냈다. 심심해서 로마에서 1유로에 산 엽서도 보았다. 1유로에 20장이나 들어 있어 놀랐다. 이 엽서에 간단한 안부 인사라도 써서 지인들에게 보내야겠다는 생각이 들었다. 주소를 아는 몇 사람에게 '고맙다'는 간단한 편지를 썼다.

로마에서 산 엽서를 프랑스 호텔에서 보내다니, 나를 로맨티스트로 기억하겠지, 그러자 그는 좀 흐뭇했다.

문득 그는 텅 빈 집에 혼자 있을 그 외톨박이 유령을 생각했다.

의사 말을 들으면, 유령은 뇌종양이 만들어낸 버라이어티 환각중 하나인지도 모른다. 그래도 상관없었다. 그는 폐허에 대리석 기둥들이 늘어선, 가장 마음에 드는 '포로 로마노' 엽서를 골랐다.

그는 '기다려 줄래? 곧 돌아가서 만날 거야.' 그렇게 쓰고 싶었다.

하지만 반대로 '기다리지 마. 이만 네 갈 길을 가.'라고 썼다.

그는 그 집의 주소를 또박또박 썼고, 받는 이 앞으로는 자신의 사인을 멋지게 휘갈겼다.

그는 프런트에서 항공 우표를 샀다. 호텔의 금빛 우체통 앞에서 그는 로맨틱한 포즈로 엽서들을 하나씩 떨어트렸다.

정원사의 귀환

"또 이곳으로 와 버렸다. 내가 머물 쓸쓸하고 아름다운 곳······."

유령은 산 자들보다 그를 덜 괴롭혔으므로 그는 다시 돌아왔다. 이 집에서 수행하듯 마지막 시간을 보낼 것이다. 심신을 정화하면 정토로 갈지도 모른다는, 내세에 대한 막연한 기대도 있었다.

대문을 열고 들어선 그는 자신의 눈을 믿을 수 없었다. 잘못 본 것이 아닌가, 환상인가, 그는 자신의 눈과 뇌를 의심했다.

정원의 안개가 바람에 걷혀가며 낯선 세상이 드러났다. 오랫동안 정원을 돌보는 이는 아무도 없었을 것이다. 그리고 안개와 먼지에 최적화된, 생명력이 왕성한 새로운 식물이 정원을 점령해서 정글로 만들었다.

그 덩굴 식물은 외래종인지 생소했다. 처음 본 식물에게 그는 '마귀의 덩굴'이라는 이름을 붙였다. '마귀의 덩굴'이 정원의 꽃과 나무들을 덮었고 그 아래 모든 식물들이 말라 죽었다. 뿌연 먼지가 뒤덮인 것처럼 정원은 백골색 덩굴 식물에 점령당했다. 물론 그 식물도 녹색이지만, 잎에 빽빽한 허연 솜털 때문에 멀리서 보면 백골 색으로 보였다.

정원은 꽃 한 송이, 벌 한 마리 없었다.

정원을 본 그는 미소가 떠난 것을 알았다.

미소가 사라지자 '마귀의 씨앗'이 뿌리를 내렸을 것이다.

그는 정원을 폐허로 만든 덩굴 식물을 망연히 바라보고만 있었다.

덩굴 식물은 줄기가 "쏘옥…… 쏘옥, 쏙……" 소리를 내며 자라는 것이 보일 정도로 빨랐다.

그는 유령조차 사라진 폐허의 정원에 혼자 남았다. 아직 안개에 젖어 있는 먼 마당의 나무들을 보았다. 백골 빛 덩굴에 칭칭 감긴 키다리 나무들이 고사하며 비명을 지르는 것 같았다. 더 멀리 있는 숲은 아직 녹색이 짙었다.

아픈 머리를 흔들던 그는 어떤 진실을 뇌 속에서 엿보려 애썼다. 무슨 기억이 떠오르는 순간, 그가 그 기억에 다가가려 하면, 그 희미한 진실은 이미 사라지고 없었다. 미소도 뇌종양이 만들어낸 환상이었을까. 그는 이제 현실과 환상을 구분하기 힘들었다.

그 유령은 분명 존재했고, 장미정원이야말로 유령의 강한 염원이 만들어낸 환상인지도 모른다. 이승과 저승 사이의 대기지역, 혹은 그 틈새로 그 자신과 방문자들이 들어온 것은 아니었을까. 유령인 미소야 말로 자신이 알던 봄, 여름, 가을, 겨울의 이상화한 정원을 복제한 것이 아니었을까. 그 집이 무덤이라고 말하던 마을 사람들이 생각났다.

그는 집 안으로 들어갔다.

여우의 빨간 목걸이가 책상 아래 떨어져 있었다. 그는 개목걸이를 집어 들었다. 목걸이 틈에 붉은 털이 끼어 있고 닳아서 사용한 흔적이 있었다. 여우와의 추억이 진짜임을 확신하자 안도감을 느꼈다.

그는 짐 정리를 하고 간식으로 도넛을 먹었다. 당을 충전해서 뇌에 에너지를 준 후 정원을 제대로 둘러보기로 했다. 미소를 만난다면 무척 반가울 것 같았다. 그녀가 다시 나타난다면 모른 척 하지 않고 친하게 지낼 것이다. 그러나 그녀는 이미 떠난 것이다. 그리고 그는 그것을 무엇보다 잘 알고 있었다.

정원의 식물들은 전멸상태였다. 큰 나무들조차 꼭대기까지 덩굴손이 칭칭 감긴 채 진을 빨리며 고목이 되어가는 중이었다. 그는 낫으로 나무를 감은 덩굴손부터 베어내기 시작했다. '마귀의 덩굴'을 뿌리 뽑기 위해 전쟁을 선포했다.

그는 덩굴손 틈에 낀 종잇조각을 발견했다. 그가 파리 호텔에서 미소에게 보냈던 바로 그 엽서였다. '기다리지 마. 이만 네 갈 길을 가.'라고 썼던 글씨는 흔적이 보였지만, 멋지게 휘갈겼던 그의 사인은 알아볼 수 없었다. 그는 너덜너덜해진 엽서를 구겨 주머니 속에 넣고 먼 마당 구석구석을 돌아보았다. 여우 무덤과 다른 동물들의 무덤 서너 개가 보였다. 여우 무덤을 보자 가슴이 아파 얼른 고개를 돌렸다. 고개를 돌리자, 그늘 귀퉁이에 빨간 열매가 달린, 작은 크리스마스트리 같은 식물 한 그루가 보였다.

그는 식물의 빨간 열매를 보자마자, 미소가 여우에게 주었다는 꿈 열매라는 것을 알았다. 식물의 신비한 힘에 압도당해 '마귀의 덩굴'도 건드리지 못한 것 같았다. 빨간 루비를 매단 식물은 그를 주시하는 것 같았고, 식물치고는 범접하기 어려운 카리스마가 있었다. 그는 바라만 볼 뿐 감히 열매 한 알도 건드리지도 못했다.

아침에 일어나면 그는 오늘도 살아서 깼구나, 다행이라는 생각을 했다. 또 그만큼 한 걸음 더 다가온 죽음부터 생각해야 했다. 그리고 그 화창한 여름날 아침처럼 수정이 앞에 나타나는 상상을 하곤 했다. 그저 그녀와 나란히 앉아 정원을 보며 맥주나 한 잔 하고 싶었다. 그리고 하늘의 구름을 보며 인생무상 같은 이야기라도 하고 싶었다. 그런 이야기라면 그녀와 얼마나 잘 통할 것인가?

그녀와 입산한 중들처럼 공(空)에 대한 이야기를 하며 위안 받고 싶었다. 삶은 한 조각 뜬 구름 일어나는 것이며, 죽음은 한 조각 뜬 구름 스러지는 것이라 했지. 불교는 우주적인 관점에서 인간을 보고, 허무를 위로할 수 있는 것은 더 큰 허무밖에 없다.

"하지만 원하는 대로 다 하고 산 사람은 그만큼 원이 없을 테지. 난 정말 가치 없는, 후회 많은 삶을 살았어. 봉사하고 산 사람은 죽을 때 편안하다고 하던데…… 좋은 일 좀 할 걸. 내가 지금 지옥을 두려워하는 건가? 유치하긴."

중얼거리던 그는 치즈케이크와 블랙커피로 아침을 때웠다.

그는 낫과 삽으로 '마귀의 덩굴'을 자르고 뿌리를 뽑았다. 죽기 전까지 해야 할 목적이 생긴 셈이었다.

"To be or not to be that is the question, to die to sleep…… sleep perchance to dream! 죽는 것은 잠자는 것, 잠을 자면 꿈을 꾸겠지. 죽음이라는 잠을 통해 현세의 번뇌를 벗어났을 때, 다음엔 또 어떤 꿈들이 찾아오는 것일까? 그 미지의 나라로 날아가기보다는…… 죽음 후의 새 꿈을 꾸는 것보단, 오히려 고통스러운 현실의 이 아픔들을 견디는 것이 낫지 않은가?"

그는 햄릿의 대사를 중얼거리다 연기에 몰입해서 절규했다. 그는 자신이 전형적인 햄릿형 인물이라 생각했다.

냉동실에 **빽빽**하게 채워두었던 도넛과 파운드케이크, 롤케이크, 치즈케이크가 어느새 비어가고 있었다. 뇌는 혈당의 60프로를 소모한다고 한다. 당분과 고 탄수화물 식품이 뇌를 잘 돌아가게 하므로, 그는 오직 뇌를 위한 식사에 치중했다.

다시 도시로 나간 그는 약을 처방받고 도넛과 치즈케이크를 한 박스씩 구입했다. 하루가 다르게 두통이 심해졌다. 그는 병원에서 받은 마약 진통제를 먹었지만 충분치 않았다. 그는 의사가 먹으라는 양보다 초과해서 먹었다. 눈이 안 보일 때도 있었고 몸의 감각도 상실해서 아무데서나 쓰러졌다. 그러다 잠에서 깬 듯 다시 일어나고 심장이 뛰는 것을 느끼면 살아있는 사실이 기뻤다. 죽음이란 낮에 일하고 밤에 자는 것과 다름없다. 육체와 정신이 피곤해서 살기를 멈추고 잠을 자는 것 뿐, 그런 생각을 아무리 해도 위로가 되지 않았다.

자면서 그는 귓속말로 위안해주는 어떤 티베트 성자의 목소리를 들었다.

내가 아플 때 돕는 사람 없고, 내가 죽을 때 묻어 줄 사람 없으니,
이 외딴 곳에서 홀로 죽을 수 있다면 수행자가 원하는 것 모두 이루어지리라.
어디로 갔는지 묻는 사람 없고, 이곳에 온 것도 정해진 바 없었으니,
이 외딴 곳에서 홀로 죽을 수 있다면 수행자의 모든 소원 이루어지리라……

서서히 말려 죽이는 죽음도 꽤 잔인하다. 살 기회가 있었는데 놓쳐버린 것은 아닐까 후회도 했다. 죽을 때 무엇을 생각할까. 신을 찾을까? 그리스도를 찾아야 하나, 관세음보살을 불러야 하나? 사랑? 오수정과 수정의 옷을 입고 있던 미소? 그러고 보니 두 여자의 외모가 묘하게 닮았다는 생각이

들었다. 달처럼 은은해서, 이목구비를 지우개로 싹 지운 듯 기억나지 않는 점까지 닮았다.

하루라도 더 살고 싶은 끈질긴 생의 욕망을 느끼면서도 죽음과는 어느 정도 타협했다. 날마다 수명이 줄어드는 걸 느끼면서 그는 '마귀의 덩굴'을 없앴고 열심히 일했다. 기적처럼 장미 한 그루가 살아났다. 살아난 장미는 '마귀의 덩굴'에 내성을 갖게 된 듯 튼튼해 보였고 금세 빨간 꽃봉오리를 맺었다.

비가 내리자, 덩굴손이 더 빨리 자라는 것은 아닌지 그는 몹시 불안했다. 비가 와서 낮인지 밤인지 그 경계도 애매한데, 창밖을 내다보면 '덩굴손'이 쑥쑥 올라오는 게 보였다. 정원으로 나간 그는 빗속에서 올라오는 덩굴손을 미친 듯 낫으로 베고 뽑았다. 장미를 한 그루라도 더 살리고 죽고 싶었다.

그는 침대에 누워 있었고 다시 잠이 깼다. 비가 그친 밖은 해가 눈부셨다. 머리가 터질 듯 아팠지만 약이 없었다. 불현듯 그는 '마귀의 덩굴'도 감히 건드리지 못했던 빨간 열매가 떠올랐다. 그는 문을 열고 맨발로 먼 마당을 향해 뛰어갔다. 몇 발자국 뛰다가 넘어졌고 일어날 수가 없었다. 그러자 기어서 먼 마당의 구석 그늘까지 갔다. 피부가 긁혀서 피가 흘렀지만 느끼지도 못했다.

루비 같은 열매들이 유혹하듯 그를 보며 영롱한 빛을 뿜었다. 그는 숨을 몰아쉬며 그 식물 아래 얼굴을 눕혔다. 열매는 눈이 부셔 똑바로 바라볼 수도 없었다. 눈을 감다시피 한 그는 열매에 손을 댔고 한 알, 두 알 따먹었다. 고통이 금방 사라졌고 살아날 것 같은 힘을 느꼈다. 가까이 있던 한 알을 입맞춤하듯이 또 따먹었다.

그는 얼굴로 흩날리며 떨어지는 환희의 장미꽃들을 보았다. 꽃잎 하나하나가 달콤하고 상냥하게 위안해주었다. 오색구름 하나가 그에게 다가왔다. 구름 속에 천사 같은 미소와 장미처럼 털이 더 새빨개진 여우가 있었다. 그를 보자 기뻐 날뛰던 여우는 날개가 없는데도 날면서 그의 주위를 빙빙 돌았다.

"너희들이 나를 데리러 왔구나."

그도 구름 속으로 올라가려 버둥거렸지만 여우처럼 날 수는 없었다.

꿈에서 깼다. 두통도 사라졌고 몸도 가벼웠다. 그는 세 그루의 장미에서 활짝 피운 빨간 꽃을 보고 눈물을 흘리다 웃다 했다.

"내 노력으로 세 그루의 장미를 살렸구나, 저 장미들은 '마귀의 덩굴'에 면역력이 생겼어. 오히려 '마귀의 덩굴'을 창 같은 가시로 죽이며 점령지를 넓혀갈 거야. 내 장미는 위대한 전사며 마지막 생존자들이야, 장하다 장미들아, 내 새끼들, 범이나 사자보다 용감하게 싸웠구나."

웃으며 정원을 뛰어다니던 그는 불쾌한 장면을 목격했다.

얼굴은 이미 분간할 수 없었지만 그의 옷을 입은 주검이 누워 있었다. 까마귀와 까치, 알 수 없는 새들이 그 주검 여기저기 앉아 있었다. 그를 노려보던 새 한 마리가 새까만 날개를 펼치며 울었다. 새들이 알아서 조장(鳥葬)을 치러주고 있었다. 새가 먹음으로써 죄와 육신이 정화되는 기분이었다. 티베트의 조장터가 떠올랐다. 그저 그 장소만 가 봤는데, 새들이 먹기 좋게 시체를 해체해 준다는 말을 들었다. 그런데 새들은 악업자나 병든 사람 시체는 잘 먹지 않는다고 했다. 해체를 해주지 않은 탓인지, 그의 몸이 병든 탓인지, 혹은 죄 많은 몸이어선지, 새들은 먹다가 불평을 했고 날아가 버렸다. 그래서 조장이 제대로 된 것 같지 않았다. 약간 가벼워졌지만 그의 혼은 하늘로 갈 수 없었다.

"내가 죽었구나……."

새들이 먹다 만 주검을 보며 그는 자신이 죽었다는 것을 확실하게 알았다. 새들에 이어 너구리, 오소리, 들쥐들이 몰려들었다. 이어서 정원의 모든 벌레들과 파리 떼가 시체를 덮었다. 파리들이 시체의 힘줄과 연골을 빨아먹었다. 그 광경을 찬찬이 보던 그가 고개를 돌렸다. 그는 반백년 가량 살면서 자신이 먹은 수많은 생물들을 생각했다. 이 몸을 지탱하기 위해 먹었던 엄청난 생물들을 돌아보면, 죽은 한 몸을 다른 생물들이 먹는다 해서 불평할 순 없으리라. 또 육체가 없어지는 동안 영혼이 더 자유로워지고 있다는 것을 알았다.

그의 몸 일부는 팥알 같은 붉은 흙, 테라로사가 되었다. 사람 몸이 흙으로 돌아가는 것은 진짜였다. 비옥한 붉은 흙은 거름이 될 것이다. 거름이 되면 정원의 식물이나 나무로 다시 태어날 수 있겠지, 그렇게 만족하였다.

그는 지켜보았다. 사내의 주검이 비에 씻기고 햇볕에 말려서 아름답고 깨끗한 백골이 될 때까지.

오소리가 들며 날며 뼈다귀 하나씩을 물어갔다. 여우보다 큰 들개 한 마리가 들어와서 뼈를 갖고 놀았다. 두개골과 뼈들이 사방팔방으로 흩어졌다. 내 몸, 나의 뼈라며 가끔 와서 보았는데, 그는 아주 허전했다.

나는 영혼인가, 유령인가.

그는 자신이 유령이 되었다는 것을 알았다.

장미는 날마다 한 그루씩 살아나 빨간 봉오리를 맺고 꽃을 피웠다.

마침내 장미들은 힘을 합쳐 전투를 했고 '마귀의 덩굴'을 몰아냈다.

정원은 영원히 지지 않을 것 같은 강하고 풍요로운, 대가리가 커다란 빨간 장미가 가득했다. 장미가 풍성하고 아름다울수록 그의 고독도 짙어졌다.

다 가짜고 여전히 꿈을 꾸는 것 같았다.

나는 유령이다……. 그 말을 중얼거리며 그는 소름이 끼쳤다.

아무도 나를 못 보겠지, 이제 사람들을 엿보고 지켜보는, 아무 것도 할 수 없는 비참한 방관자, 외톨박이 유령이 되었구나.

'마귀의 덩굴'에 승리한 장미 군단은 시들지도 않았다. 꽃이 지는 일이 없자 시간이라는 개념조차 사라진 것 같았다. 시간은 아주 천천히 흘렀다. 그는 자신의 목소리가 기억나지 않았다. 말 상대는 바람뿐이었으니까. 그래서 가끔 아무 노래나 흥얼거렸다.

그는 연못에 비친 자신의 모습을 보았다. 젊고 잘 생겼으며 보그 잡지의 모델처럼 멋진 옷을 입고 있었다. 사람도 하나 없는데 잘 생기고 멋진 옷을 입으면 뭐하나, 그는 더 외로워졌다.

얼마나 오래 있었던가? 왜 아직도 이곳에 있는 걸까?

영원히 이 백만 송이 장미 정원을 헤매야 하나. 내가 서 있는 이 장미정원은 정말로 존재하는 것일까.

나는 유령이다……. 독백하며 서성거리던 그는 문득 하늘을 보다 활짝 웃었다.

하늘 한 편이 열리며 찬란한 구름이 빛을 뿜었다. 그는 기다린다. 다시 한번 저 구름 속에서 미소와 여우가 나타날 것을. 미소는 미소 짓고, 여우가 먼저 달려오겠지. 우리는 포옹하며 하늘 높이 떠오를 테고, 순수와 평화, 환희의 빛에 둘러싸여 있다.

그들이 나를 안내할 것이다.

미소의 정원

정진영 지음

발행처·도서출판 **청어**
발행인·이영철
영　업·이동호
홍　보·천성래
기　획·남기환
편　집·방세화
디자인·이수빈 | 김영은
제작이사·공병한
인　쇄·두리터

등　록·1999년 5월 3일
(제321-3210000251001999000063호)

1판 1쇄 발행·2021년 8월 10일

주소·서울특별시 서초구 남부순환로364길 8-15 동일빌딩 2층
대표전화·02-586-0477
팩시밀리·0303-0942-0478
홈페이지·www.chungeobook.com
E-mail·ppi20@hanmail.net
ISBN·979-11-5860-961-0(03810)